Per Leo, geboren 1972, hat Geschichte, Philosophie und Slawistik studiert. 2011 erhielt er für seine Dissertation den Humboldtpreis – Sonderpreis »Judentum und Antisemitismus«. Sein gefeiertes Romandebüt »Flut und Boden« stand auf der Shortlist des Leipziger Buchpreises. Leo lebt mit seiner Familie in Berlin und arbeitet als freier Autor und Schatullenproduzent.

»Klug, temperamentvoll und vor allem: erkenntnisstiftend.« *(Ijoma Mangold, Die Zeit)*

»Der Heimatdichter und der Rockstar, das ist die Skala der Stimmen, die in diesem erstaunlichen Buch zusammenkommen.«
(Andreas Kilb, Frankfurter Allgemeine Zeitung)

»Per Leo beweist, dass die neuen deutschen Familienromane eine lebendige, kraftvolle und gegenwartsrelevante Gattung sind.« *(taz)*

»Eine Variante des Familienromans ... wie man sie noch nicht gelesen hat ... Sie trägt den kühlen Blick ebenso in sich wie den Mut zur Schärfe, auch in eigener Sache.« *(Tagesspiegel)*

Per Leo

FLUT UND BODEN

Roman einer Familie

Rowohlt Taschenbuch Verlag

Veröffentlicht im Rowohlt Taschenbuch Verlag,
Reinbek bei Hamburg, August 2015
Copyright © 2014 by J. G. Cotta'sche Buchhandlung
Nachfolger GmbH, gegr. 1659, Stuttgart
Lektorat: Teresa Löwe-Bahners
Umschlaggestaltung any.way, Hamburg,
nach der Originalausgabe von Klett-Kotta
Umschlaggestaltung Rothfos & Gabler, Hamburg
Abbildung goZooma/Plainpicture
Satz Kösel, Krugzell
Druck und Bindung CPI books GmbH, Leck, Germany
ISBN 978 3 499 26936 3

Welch ein törichtes Verlangen
Treibt mich in die Wüstenein?

Wilhelm Müller

1. KAPITEL

HÄUSER UND LIEDER

Früher Abend, Winter. Links das schwarze Blockland, von halbrechts das Schimmern der Stadt. Vereinzelt drängen weiße Lichter heran, verwandeln sich und sickern rot in die Ferne. So will es die Erinnerung: Immer beginnt die Geschichte mit dem Bild einer Autofahrt. Doch es ist undeutlich, wichtige Teile fehlen, das Wetter zum Beispiel. Regnete es? Nicht unwahrscheinlich. Auch weiß ich nicht mehr, ob es noch 1994 war, das Jahr des Albums, das ich gerade hörte. Oder doch schon Anfang 1995. Hatte das kürzeste Jahr im Leben Kurt Cobains schon Platz gemacht für das längste in meinem? Jedenfalls müssen noch Weihnachtsferien gewesen sein. Sonst wäre es nicht auf der A 27 passiert.

> *Come as you are, as you were, as I want you to be.*
> *As a friend, as a friend, as an old enemy.*
> *Take your time, hurry up, the choice is yours, don't be late.*

Großmutter hatte müde gewirkt. Das allein wäre kaum der Rede wert; schon gar nicht würde ich mich heute noch daran erinnern. Denn ich kannte sie gar nicht anders als müde. Nicht schläfrig, eher erschöpft. Ausgeleiert. Wie der Himmel über ihrer Stadt. Nun aber hatte sich ihrer Müdigkeit ein auffälliger, beinahe greller Zug beigemischt. Sie will nicht mehr, dachte ich. Der Gedanke begleitete meine Fahrt.

Über viele Jahre, bis zu diesem denkwürdigen Tag, waren meine Besuche in der Weserstraße nach dem ewig gleichen Muster verlaufen.

Die steile Treppe in den schlundartigen Eingang. Der weiße, leicht gewölbte Klingelknopf. Die Stille im Windfang zwischen den beiden Milchglastüren. Der Duft alten Gemäuers. Die Ewigkeit, bis sich eine ferne Tür öffnet und langsame Schritte durch die Eingangshalle schlurfen. Der saure Kuss auf die Wange. Der Geruch von Kartoffeln in der Küche, von Spargel auf der Toilette. Wir fassen uns an den Händen und wünschen eine gesegnete Mahlzeit: Haut rein, ihr Türken, und nicht gezittert! Die Mittagsruhe. Das Fünfmarkstück, mit dem ich nach einem Quadrat Butterkuchen geschickt werde. Der Apfelsaft, den man mir statt Kaffee in eine zarte Tasse mit Rosendekor einschenkt. Die besorgte Frage nach dem Befinden meines Vaters. Die Frachtschiffe, die sich durch die Zweige der alten Kastanien nach Bremen oder zur Nordsee schieben. Bleib ein anständiger Junge, sagt der Großvater zum Abschied, vergiss uns alte Leute nicht, die Großmutter.

Seit Großvater tot war, hieß es nur noch: gesegnete Mahlzeit; und zum Abschied: vergiss mich nicht. Aber sonst hatte sich fast nichts geändert.

Es wäre unangemessen, den gleichförmigen Ablauf in die Nähe eines Rituals zu rücken, in ihm eine souveräne Setzung oder kluges Einverständnis mit dem Unabänderlichen zu sehen. Denn er war nicht gewollt. Er geschah einfach. Ein ums andere Mal servierte Großmutter mir das aufgetaute Hühnerfrikassee, das sie in meiner Phantasie vor vielen Jahren in gewaltigen Mengen auf Vorrat gekocht hatte. Sie wollte nichts mehr ausprobieren, sie suchte auch nichts mehr. Außer im

Gespräch, da suchte sie immer den hohen Ton. Ob sie ihn traf, war Stimmungssache. Verfehlte sie ihn, standen ihr nur Vorwurf oder Zerknirschung zu Gebote. Vorwurfsvoll protokollierte sie meine Verspätungen, zerknirscht gestand sie, dass es wieder nur Hühnerfrikassee gab.

Tatsächlich hätte ich es mir aber gar nicht anders gewünscht. Ich mochte Großmutters Frikassee. Und ich mochte auch sie. Obwohl sie nicht mehr gut roch. Obwohl sie ihr Leben mit sich herumschleppte wie einen Staubmantel. Obwohl die Haare an ihrem Kinn kratzig waren. Obwohl sie ständig seufzte und sich über alles und jeden beklagte. Doch wenn sie auf ihren wunden Füßen, die aus den gelöcherten Gesundheitsschuhen herausquollen, wie auf Holzklötzen zum Herd wackelte, wenn ihre wässrigen und immer geröteten Augen mich suchten, ohne meinen Blick je erwidern zu können, wenn sie an Großvaters Grab stand, klein und reglos, als bäte sie still um Einlass, während ihr Kopftuch im Wind flatterte und der überraschend gut geschnittene Trenchcoat sich über ihr mächtiges Hinterteil spannte, dann berührte sie etwas in mir, einen verborgenen Resonanzraum, irgendwo weit unten, dort, wo jetzt die brüchige Stimme Kurt Cobains in mir widerhallte, die gerade das Wort memoria sang, achtlos über die Konsonanten springend, hinein in einen nicht enden wollenden, immer schwerer werdenden Klagelaut, der sich langsam und groß vor den nächsten Atemzug rollte: memo-riii-a.

In meinen Ohren klang es wie eine Mischung aus family und Familie.

Dreimal zog die dunkle Vokalwolke über mich hinweg.

Fami-lyyy-e
Fami-lyyy-e
Fami-lyyy-e

Irgendetwas suchte ich bei meiner Großmutter, für das es in meinem Leben sonst keinen Platz gab. Der Ehrgeiz, einem Menschen ohne Wünsche gefällig zu sein, der Wille, sich einer Willenlosigkeit zu unterwerfen, die vollständige Selbstzurücknahme hätte jeden überrascht, der mich nur ein wenig kannte. Doch es war nicht ihre Gesellschaft, die ich suchte. Wir redeten ja kaum miteinander. Ich kann mich nicht erinnern, Großmutter je einen Ausdruck des Wohlgefallens oder ein Lachen entlockt zu haben. Mein Lob für das Mittagessen wiegelte sie jedes Mal ab. Wenn ich ihr anstandshalber irgendeine Frage stellte, sagte sie immer zuerst: Ach ja. Und das war dann oft schon die ganze Antwort. Auch für ihr Leben interessierte ich mich nicht wirklich. So wenig wie sie sich für meines.

Ich glaube, es ging mir um das Haus. Um die alte Frau in dem alten Haus.

Zumindest würde das erklären, warum es mich erst zu ihm hinzog, als ich dort niemanden mehr antreffen konnte außer meiner Großmutter. Sicher, in einer verqualmten Büroetage unter dem Dach hockte noch M41, der älteste Bruder meines Vaters: gelb, gebeugt, einen ausgeleierten Pullover voller Aschekrümel über dem dicken Bauch, dem Bankrott so nah wie seine Mutter dem Tod; und irgendwo dazwischen, in einer herrschaftlichen Wohnung hoch über dem Fluss, rächte sich auch noch der von ihm betrogene Kleinfamilientorso, indem er einfach blieb. Aber diese Bewohner schienen mir so zufällig, dass man über ihre Existenz hinwegsehen konnte. In der alleinigen Gesellschaft meiner müden Großmutter aber öffnete sich das Haus und lud zum Verweilen ein.

Große Häuser, alte zumal, sind selten einladend. Wohl locken sie den Besucher, aber kaum ist er eingetreten, weisen sie ihn in seine Schranken. Große Häuser sind anspruchsvoll, das ist die Regel. Sie werden gebaut, um Unterschiede fühlbar zu machen: von drinnen und draußen, von Gast und Besitzer, von Notwendigem und Erhabenem, von Zweck und Macht. Der Einlass ist ein Privileg. Im Innern herrscht eine unverrückbare Ordnung, die dem Recht des Besitzers, die Wege seiner Gäste zu bestimmen, Geltung verschafft. Und wie gebieterisch kann solche Herrschaft sein, wenn sie von einer Gemeinschaft entlehnt ist! Wenn die Gemäldesammlung in der Treppenhalle Ahnengalerie heißt. Das erste Gebot für Besucher der Weserstraße 84 hieß: Du darfst niemals tun, was du willst. Und das hieß auch: Du bist nie für dich allein. Jederzeit wurde etwas erwartet. Nur selten beim Namen genannt, waren diese Erwartungen spürbar wie ein Kraftfeld, in das man sich schon mit der Anreise hineinbewegte. Den Stimmen der Eltern im Auto war anzumerken, ob wir die norddeutsche Tiefebene durchquerten, um, wie oft und meistens, die mütterliche oder, wie fast nur an Festtagen, die väterliche Familie zu besuchen. Klang das eine Ziel – »Leuchtenburg« – nach Freiheit und Weite, so löste der Name »Vegesack« Vorahnungen von Verzicht aus und das Gefühl, um einen schulfreien Tag betrogen zu werden. Niemand von uns wollte da hin. Das hätte vielleicht sogar mein Vater zugegeben, wenn meine Mutter ihn nicht in die Enge getrieben hätte. Die chronische Enttäuschung ihrer Schwiegereltern im Voraus vergeltend, suchte sie nach Anlässen, sich über die Familie ihres Mannes zu beklagen. Dabei hatte sie an ihr eigentlich nur auszusetzen, dass es sie gab.

Die Feste, die in meiner Erinnerung zu einem einzigen langen Tag verschmelzen, fühlten sich niemals festlich an. Das beherrschende Gefühl war Vorsicht. Besonders die Allgegenwart von W36, der ältesten Schwester meines Vaters, schüchterte mich ein. (Ich musste erwachsen werden, um sie schätzen zu lernen.) Was auch immer man gerade tat, jederzeit konnte sie einem zu verstehen geben, dass noch längst nicht alle Beiträge zum Gelingen des hohen Tages erbracht worden waren. Getrieben vom schicksalsergebenen Ehrgeiz einer Zeremonienmeisterin bei Hofe lieferte sie einen Beweis ihrer Unersetzlichkeit nach dem anderen. Fortwährend wies sie an, tat so, als schlüge sie vor, wo sie tatsächlich befahl, verpasste Gesprächen, an denen sie gar nicht teilnahm, im Vorbeigehen angemessene Themen und Dosierungen, schob kuchen- und schüsseltragende Körper durch das Haus, nahm eine letzte Konzertprobe ab, klatschte in die Hände, rief zum Essen. Und dann brachte sie sich selbst in Form. Blickte ein letztes Mal in den Spiegel, fuhr sich mit dem Finger über die Braue, zupfte den Kragen zurecht, probierte zwei oder drei Gesichter an und huschte durch die Tür ins Wohnzimmer, wo die Gesellschaft schon Platz genommen hatte. Beim Essen schien sie verschwunden, dabei verstand sie sich nur auf die Kunst, kraft ihres Schweigens alle Blicke von sich abzulenken. Doch dann war sie plötzlich wieder da, und nun schwiegen die anderen. In unendlich gemessener Langsamkeit erhob sie sich, als erwachte sie gerade aus einem tiefen Schönheitsschlaf, setzte ein dezentes Lächeln auf, rief den um den Tisch Versammelten den Anlass der Versammlung ins Gedächtnis, hob das Weinglas und sprach den lieben Eltern einen »von

Herzen« kommenden Dank aus. Wofür, sagte sie nicht. Die derart Geehrten guckten ziemlich geradeaus. Dann senkte Großmutter kurz ihre Lider, nickte traurig und quittierte die fast übermenschliche Anspannung ihres ältesten Kindes mit einem Blick, der sagte, ja, liebe W36, wenn alle so wären wie du, dann könnte ich mich auch über dich freuen.

Die Großeltern saßen an ihrem angestammten Platz auf dem mit grünem Samt bezogenen Sofa, direkt unter dem ovalen, mit rosafarbenen Blumen bekränzten Foto, das W38 so zeigte, wie sie im Gedächtnis der Eltern verteidigt werden sollte: nicht als das vermutlich verlorenste, sondern als das mit Sicherheit schönste ihrer sechs Kinder. Einige Monate bevor sie sich selbst tötete, so wird erzählt, habe W38 mit einem Gewehr vor dem Haus ihrer Eltern gestanden – eines dieser traumartigen Gerüchte, die darin absurd sind, dass sie eine volle Wahrheit in die Kulisse einer halben Begebenheit stellen. Wie konnte sie uns das antun, soll Großvater auf der Beerdigung gesagt haben.

Selbst unten im Obstgarten an der Uferpromenade, den man über eine lange, mit Brettern in den Sand gezwungene Serpentinentreppe erreichte, war man der Observanz des Hauses nicht entrückt. Dabei war es ein herrlicher Ort. Im Rücken die alten Bäume der Böschung, meinte man nasse Finger zu bekommen, wenn man die Hand durch das mit einer dicken Kette verschlossene schmiedeeiserne Tor zur Weser ausstreckte. Im Uferberg gab es einen nach feuchter Erde duftenden Weltkriegsbunker, der gerade so tief versiegelt worden war, dass man die Mauer nicht mehr sehen, ihre Ziegel aber noch ertasten konnte. Doch es waren keine Spaziergänge oder Streifzüge, die uns Kinder hierher, in den entlegensten Teil des Anwesens, führten. Es waren Botengänge, um irgendeinen mühsam ausgedachten Auftrag zu erfüllen: bis zum Mittagessen noch etwas frische Luft zu schnappen; die Reife der Pflaumen zu prüfen; einen Korb mit den mandarinengroßen Walnüssen, die am Steilhang wuchsen, zu sammeln; Cousinen Gesellschaft zu leisten, mit denen einen nichts verband als das Gartenaufsuchgebot.

Zur Straßenseite wurde das Haus von einem großen Saal begrenzt, das Magazin genannt. Seine hohen Decken, die anders als in den Wohnräumen nicht abgehängt waren, und die mit dunklem Holz vertäfelten Wände zeugten von einer Vergangenheit, in der die Bewohner des Hauses mit seiner Größe noch etwas anzufangen gewusst hatten. Den Großeltern diente das Magazin als Abstellraum, und nur alle paar Jahre einmal wurde es seiner ursprünglichen Bestimmung zurückgegeben, wenn es eine große Festgesellschaft um eine lange Kaffeetafel aufnahm.

Das Porzellanservice meiner Ururgroßmutter soll 48 Gedecke umfasst haben. Wenn es komplett zum Einsatz kam, stand die Tür des Hauses den ganzen Tag offen. Hätte es jemand darauf abgesehen, die Honoratioren des Bremer Hafenstädtchens Vegesack auf einen Schlag auszulöschen, ein versteckter Sprengsatz im Speisesaal der Weserstraße 84 wäre an einem solchen Tag das richtige Mittel gewesen. Ein Jahrhundert später hätte eine Festtagsbombe am gleichen Ort bestenfalls einen Genpool ausgelöscht. Die Großeltern luden nicht zum Fest, sie gaben ihrer Sippe ein Datum bekannt. Absagen war keine Option. Das hatte meine Mutter erfahren müssen, als sie nach unserem Umzug in den Süden eine Anreise von 800 Kilometern als unzumutbare Härte darzustellen versuchte.

Die Bedeutung eines Festes ließ sich im Haus der Großeltern nicht nur an der Zahl der Gäste ablesen, sondern auch an den anwesenden Verwandtschaftsgraden. Ostern und Weihnachten wurde meist nur im Kreis der Kinder und Enkel gefeiert; doch zu runden Geburts- und Hochzeitstagen reisten auch Geschwister, Neffen, Nichten, Cousins und Cousinen der Großeltern an, darunter solche, die ich nie zuvor gesehen hatte. Brach über einer solchen Runde im Magazin die Dämmerung herein, fing sie unweigerlich zu singen an.

Keinen anderen Moment der Familienfeste fürchtete ich so wie diesen, kein anderer Moment war so verheißungsvoll. Während alle anderen mit dem Haus verbundenen Erwartungen sich anfühlten wie ein Nebel, in dem man sich tageweise verfing, war das Mitsingen ein echter Zwang. Wenn es ein einziges nicht nur behauptetes Heiligtum dieser Familie gab, dann war es der Gesang. Ich wusste das, weil ich mich ihm verweigerte. Ein unbezwingbares Schamgefühl hinderte mich daran, in den familiären Gesang einzustimmen. Kein Bitten, kein Mahnen, keine enttäuschten Blicke, keine Aussicht auf väterliche Verstimmung konnten mich von dieser Weigerung abbringen. Dabei war mir klar, dass die Freiheit vom Gesang nur um die Scham des Versagens zu haben war. Und um die Schuld des Verrats. Die Enttäuschung des Kollektivs wog schwer, und es war unmöglich, aus dem Kampf mit seinen Erwartungen als Sieger hervorzugehen. Doch das heißt nicht, dass es nichts zu gewinnen gab. Ich wusste, was ich nicht wollte, nämlich mit diesen mir innerlich fremden Menschen im Gesang verschmelzen; aber ich wusste auch, was ich wollte. Ich wollte der Familie meines Vaters beim Singen zuhören.

Das erste Lied war reine Qual. W36 sah in die Runde, wechselte Blicke mit den Führern der zweiten und dritten

Stimme, um dann die Versammelten auf die einzige Reise mitzunehmen, die sie gemeinsam antreten konnten – eine Reise, die weg von der Wirklichkeit führte: je länger, desto weiter. Je weiter, desto enger. Während der Gesang bis zur hohen Decke anstieg, sah ich den strengen Blick meines Vaters, dann spürte ich den Druck seiner Hand auf meinem Arm. Mich selbst hörte ich schweigen. Zwischen dem ersten und dem zweiten Lied wirkte der Missmut meines Vaters noch bedrohlich, aber ich wusste, dass sein Widerstand nachlassen würde, wenn ich den meinen bis zum dritten Lied aushielt. Und dann war ich frei. Und hörte etwas, das sich mit nichts vertrug, was ich sonst von diesen Leuten kannte. Wie viel Vergessen lag in dieser gewaltigen Einstimmigkeit! Wie viel Nachsicht, wie viel Entgegenkommen, wie viel Vertrautheit in dieser sicheren Vielstimmigkeit. Welches Wissen um Verluste, deren Endgültigkeit nur in Momenten wie diesem überhaupt auszuhalten war, wenn mit dem Vergessen auch die Erinnerung kam – wie viel Wehmut lag im Refrain. Ich will nicht behaupten, dass mir das bewusst war, als ich mich hinter das tief herabhängende Tischtuch der langen Kaffeetafel verkrochen hatte. Doch ich spürte das Gift der Romantik. Und ich ahnte die Heide. Die Landschaft, in der Großvater seine Frau gefunden hatte. Die Welt, aus der mein Vater kam.

Kein schöner Land in dieser Zeit
als hier das uns're weit und breit
wo wir uns finden
wohl unter Linden
zur Abendszeit.

Natürlich ist es Zufall, dass die einzige Gelegenheit, bei der ich je frei von Scham und hingebungsvoll singen konnte, sich nur wenige Kilometer stromaufwärts in einem anderen Gebäude am selben Ufer desselben Flusses fand. Als mein Freund Sven Waas mich an einem milden Freitagabend, es war der 12. April 1985, ein Tag nach Großvaters 77. Geburtstag, zum ersten Mal in die Ostkurve des Weserstadions mitnahm, hatte ich darin zunächst nur einen Abstieg gesehen, den Verzicht auf einen Sitzplatz im Oberrang, den man ja immer geschenkt bekam, wenn man irgendwelche Väter oder Onkel zu Werder begleitete. Es sollte fast zwanzig Jahre dauern, bis ich im Stadion wieder saß, nun selbst einer der Männer, die Kindern Karten kaufen, um den Keim der Gemeinschaft in ihnen zu pflanzen. Denn was tatsächlich passierte, war dies: Ohne einen Moment des Zögerns wurde ich schon lange vor Spielbeginn Teil eines tausendstimmigen Chores, der grobschlächtig und frei sang, allein um gehört zu werden. Mich überraschte das mit der Macht einer Offenbarung. Dass man sich einem kollektiven Singen nur schwer entziehen kann, war mir aus der Weserstraße bekannt. Das Neue im Weserstadion war, dass sich mit dem Pflichtgefühl auch ein Gefühl der Verantwortung einstellte. Sich an diesen Gesängen nicht zu beteiligen wäre schlicht fahrlässig gewesen. Es ist ja alles andere als blasphemisch, wenn man den Fangesang in die Nähe des Kirchenliedes rückt. Denn beide sind so viel mehr als nur ein Ausdruck – einer Stimmung, eines Glaubens, einer Wahrheit –, es sind Handlungen: Taten, die etwas zum Guten bewirken sollen. Beide haben einen Adressaten, von dessen Geschick das eigene Wohlergehen nicht unerheblich abhängt. Und so gaben unsere Gesänge an diesem herrlichen Aprilabend Zuversicht und Kraft (allen

Werderanern). So ehrten sie und warben um die Gunst einer Vertragsverlängerung (Rudi Völler nach dem 1 : 0). So trösteten sie, auf dass die Kraft nicht versiege (Uwe Reinders nach dem verschossenen Elfmeter). So schmähten sie (den Gegner im Besonderen, die Bayern und den HSV im Allgemeinen). So schmeichelten sie (der ganzen Mannschaft nach dem 2 : 0). So dankten sie (Otto Rehhagel für das Wunder, das er hier vollbrachte). Und so versprachen sie Standfestigkeit und Treue (zu dem, was bleibt, wenn wir nicht mehr da sind):

> *Werder Brem', Werder Brem', Werder Brem'*
>   (Melodie: *Here we go, here we go …*)
> *Werder Brem', Werder Brem', Werder Bre-men*
> *Werder Brem', Werder Brem', Werder Brem'*
> *O Werder Bremen, o Wer-der Brem'!*

Jeden einzelnen dieser Gesänge nahm ich mit in den Vorortzug nach Vegesack, auf die Heimfahrt nach München, in die Lateinstunde, auf den Tennisplatz, bis zur Radiokonferenz des letzten Spieltags, bis feststand, dass doch wieder Bayern Meister wird. Sie waren damit das genaue Gegenteil der Lieder im Magazin. Auf die Lieder im Weserstadion freute ich mich schon Wochen im Voraus, und spätestens auf dem Osterdeich, wenn es strömte und trommelte und aus der Ferne plötzlich das weiße Flutlichtfeuer herüberschien, war kein Halten mehr: Jetzt mussten sie raus. Jetzt galt es wieder. Der nächste Auftrag wartete, und mit stolzer Freude machten wir uns an seine Erledigung. Den Gesang in der Weserstraße dagegen verdrängte ich bis zum letzten Augenblick. Und wenn er einsetzte, ließ ich ihn über mich ergehen, ertrug sein Dröhnen, bis sein Klang mich endlich forttrug. Ausgerechnet hier, mit Blick auf die Schuhe meiner Verwandten, Schönheit zu finden war ebenso erniedrigend wie überraschend.

Als Großvater im Januar 1993 starb, neigte sich das lange Kapitel, das unsere Familie in der Geschichte dieses Hauses geschrieben hatte, seinem Ende zu. Knapp zwei Jahre Gnadenfrist waren Großmutter noch vergönnt, dann brach die Hypothekenlast über M41 zusammen. Kurz darauf brach Großmutter auf dem Postamt zusammen, für immer. Denn obwohl es für mich mit unserem Namen so untrennbar verbunden ist, als zierte sein Bild (und nicht das tanzende Löwenpaar) unser Wappen, ist es eine Tatsache, dass die Leos allein sich dieses Haus niemals hätten leisten können. Leisten konnten es sich die Langes. Die Leos, das waren seit bald vier Jahrhunderten Lutheraner mit Bildungstiteln. Die Langes, das war in diesem Fall eine Witwe mit Industrievermögen. 1909 hatte Elisabeth Lange das Anwesen in der Weserstraße ihrem Cousin, dem Bremer Reeder Friedrich Bischoff, abgekauft. Ihren Aktienbesitz musste sie dazu nicht antasten. Es reichte ein Teil des Betrags, den die Familie ihres früh verstorbenen Mannes ausgelöst hatte, als die Werft Lange & Söhne 1893 in die Gründungsmasse der Bremer Vulkan AG eingegangen war. Sie selbst bezog das Hochparterre; der Familie ihrer Tochter Gesine, meiner Urgroßmutter, überließ sie die Wohnräume im ersten Stock. Deren Ehemann Heinrich Leo, ein junger Gymnasialprofessor aus Thüringen, in dem man einen kommenden Gelehrten sah, durfte sich das Dachgeschoss als Bibliothek und Studierstube einrichten. Sechs Jahre lang wurde das Haus nun standesgemäß bewohnt. Seidenrock und Steckfrisur, Strohhut und Kaiserbart, Latinum und Matrosenanzug, Teekränzchen, Krocket und Piano – drei

Generationen einer großbürgerlichen Bilderbuchfamilie unter einem Dach. Dann fiel Heinrich auf der Hügelkuppe Les Éparges, nicht weit von Verdun. Dann schmolz das Vermögen in der Inflation. Dann zerfielen die drei Stockwerke, die zuvor eine durch ein Haustelefon verbundene Einheit gebildet hatten, in familieninterne Parzellen. Wenn jemand starb, wurden sie neu verteilt.

1973 starb Gesine. Davon abgesehen, dass sich ihr Sohn Heinz, mit dem sie über drei Jahrzehnte den ersten Stock geteilt hatte, nun selbst versorgen musste, blieb zunächst alles beim Alten. Und doch war das der Anfang vom Ende. Denn jetzt gehörte das Haus plötzlich meinem Großvater und seinen Brüdern. Vier gebürtigen Leos. Ein grandioses Missverständnis, das M41 mit dem Mut der Verzweiflung noch einmal zu verlängern suchte, als er im Grundbuch seinen Namen neben dem der Bank eintragen ließ. Als er einige Jahre später wieder gelöscht wurde, war das, als hätte man ein Versehen bemerkt.

Wenn die bildungsbürgerlichen Leojungs gewissermaßen qua Heirat geduldete Gäste im Palast der Langemädels waren – um wie viel mehr war es die Dorfschmiedstocher Trina Dodenhoff, die 1935 die Frau meines Großvaters Friedrich Leo wurde und mit ihm seit 1958 das Hochparterre bewohnte. Hätte ihr Tod das nicht verhindert, wäre Großmutter im März 1995 wieder an ihren Geburtsort gezogen. Zu ihrer Tochter W37, auf einen Bauernhof. Zurück in die Heide. Aber auch nach Hause? Glaubt man den widersprüchlichen Aussagen, die sie in ihren letzten Monaten machte, wusste sie das selbst nicht. Dass sie in der Stadt nie angekommen sei, konnte man heraushören. Dann wieder die Angst vor dem Ende. Die Rede vom alten Baum, den man nicht mehr verpflanzt. Wenn es bei Großmutter je so etwas wie Anhänglichkeit an die Weserstraße gegeben hat, dann dürfte sie sehr spät entstanden sein. Genau wie bei mir.

Keiner ihrer Eigentümer hatte Trina je das Gefühl geben können, dass sie in der Villa am rechten Platz war, auch ihr Mann nicht. Sie zahlte fast keine Miete. Und doch schien es, als wollte sie sich ihr Wohnrecht verdienen, indem sie sich ihres Wohnortes würdig erwies. Ihr hehrer Moralismus, all die Achs und Ohs in Kulturdingen, das demonstrative Herumblättern in Schillers Werken, Beethovens Neunte, die selbstgestickten Familienwappen – waren das nicht lauter ungelenke Versuche, sich so lange auszupolstern, bis das Haus ihr endlich passte? Und dann waren plötzlich alle, die ihr einst Eintritt gewährt hatten, tot.

Mir scheint, als hätten wir beide, Großmutter und ich, uns erst nach Großvaters Tod zwanglos in diesem Haus bewegen können. Aber wir brauchten dazu die Gesellschaft des jeweils anderen. Sie meine, weil ich sie behandelte wie eine alteingesessene Bewohnerin, die zum Anwesen gehörte wie die Schachbrettfliesen in der Eingangshalle und der Pavillon im oberen Garten. Ich ihre, weil sie von mir nicht mehr erwartete als ein paar Stunden Gesellschaft. In den zwei Jahren, die Großvaters Tod von ihrem trennten, war Großmutter für mich jedenfalls die ideale, weil sozusagen geringstmögliche Bewohnerin des großen Hauses. Umgekehrt dürfte ich für sie das Haus mit einer gewissen Legitimität ausgestattet haben. Sie erkannte in mir einen rechtmäßigen Eigentümer, einen gebürtigen Leo, einen Erben, nicht dem Gesetz, aber ihrem Gefühl nach. So zumindest kam es mir vor.

Über die Stunden, die wir gemeinsam dort verbrachten,

lässt sich kaum etwas erzählen. Wir waren beide müde, sie ihres Alters, ich meiner Jugend. Nun ist ja Müdigkeit an sich nichts Unangenehmes. Im Gegenteil, man muss nur müde sein können. Und hier konnte ich es endlich. Die ohnehin kaum spürbare Anwesenheit meiner Großmutter verflüchtigte sich bis auf einen homöopathischen Rest, wenn sie sich nach dem Essen zum Mittagsschlaf in ihr Zimmer zurückzog. Ich ging in den Wintergarten, legte mich in den Liegestuhl, zog mir eine dicke Wolldecke bis unters Kinn und sah den Gedanken beim Verlassen des Kopfes zu. Das war die schönste Stunde, ihretwegen kam ich. Das Haus war jetzt still und scheinbar leer, ohne dass ich mich einsam gefühlt hätte. Es umfasste mich wie eine große weiche Hülle. Das unentschlossene Studium, die unverliebten Frauen, der irrlichternde Ehrgeiz, Lisa und Lyotard, all das war jetzt weit weg. Hinter den dicken Mauern war die Welt wie eingeschlafen. Die Autos auf dem Kopfsteinpflaster: ein fernes Rauschen. Dann wieder Stille. Vor mir lag eine endlose Weite aus Wiesen, Bäumen, Wasser und den Feldern des Oldenburger Landes. Das juckende Gefühl, da draußen finde irgendetwas statt, dem ich mich stellen müsse, ohne es zu begreifen, der latente Fluchtimpuls, das Gehetztsein, all das beruhigte sich. Plötzlich war es nicht nur Tag – plötzlich wärmte die Sonne, die durch die Kastanienzweige und die großflächigen, von Efeu umkränzten Fenster hereinschien. Für einige Minuten nickte ich weg, wachte wieder auf, nickte wieder ein oder auch nicht, es war egal, dann zog eine Wolke vor die Sonne, dann gab sie ihre Wärme wieder frei, eine Drossel sang, und wenn Großmutter kam, um mich zum Kaffee zu holen, stellte ich mich schlafend.

Aber heute: nichts davon.

Großmutters Müdigkeit hatte scharfe Konturen bekommen. In Form eines Entsetzens, das nicht aus ihrer Miene wich, und in der schmerzhaft schleppenden Schwere ihrer Bewegungen war sie greifbar geworden. Meine Müdigkeit hingegen war verflogen. Ich hatte in Freiburg endlich, endlich! die Versatzstücke eines sogenannten Lebens in Freiheit gefunden, und nun trug ich sie wie Orden mit mir herum. Schon seit dem Ende des Sommers fühlte ich mich einigermaßen unantastbar. Außerdem wussten wir beide, dass dies unser letztes Treffen in Vegesack sein würde. Wenn ich mich richtig erinnere, fand der Mittagsschlaf nicht statt. Oder er fiel dem Notstand geschuldet kürzer aus als sonst. Das Haus in der Weserstraße war im Begriff, die Leos auszuspucken, und nun mussten die Dinge der Großeltern von ihren Räumen getrennt werden. Noch einmal Butterkuchen am Wohnzimmerfenster, dann legte ich die Axt an die mit ihrer Umgebung verwachsenen Gegenstände, dann begann ich das, was ich gerade zu mögen begonnen hatte, zu zerstören.

Welche Bücher sollen mit in die Heide?

Egal, die Goethebiographie vielleicht, sonst alles egal.

Nimm dir, was du willst, sagte sie noch. Es war die Aufforderung, auf die ich seit Jahren gewartet hatte, ohne mir dessen bewusst zu sein. Natürlich wusste ich, dass Großvater ein Nazi gewesen war. Und ich wusste es nicht. Warum hatte mich das nie interessiert? Ich studierte Geschichte, ich hielt mich für links. Warum hatte ich meinem Vater, mit dem ich über fast alles stritt, nicht die Daumenschrauben angelegt? Warum hatte ich ihm nicht zugesetzt damit, dass er mit seinem Vater nie ins Gericht gegangen war? Warum hatte ich nie den Vorhang angehoben, der die beiden untersten Fächer des Bücherregals verdeckte?

Dicker, blauweiß bedruckter Stoff: Das Bild dürfte zu meinen ältesten Erinnerungen an die Weserstraße gehören. Der Vorhang war ja für das kleine Kind, wenn es den langen, raumartigen Flur zwischen Wohnungstür und Wintergarten entlangging, einer der wenigen Anblicke auf Augenhöhe. Doch dem Boden entwachsen, beugte ich mich nie mehr tiefer hinab als bis zu den Bildbänden über Fauna und Erdgeschichte. Ich sah den blauweißen Vorhang darunter, und ich sah ihn nicht. Hatte man mir den Blick dahinter verboten? Eher war es wohl einer der vielen Zauber des Hauses, der bewirkte, dass man nicht fragte, was denn auf dieser noch niemals freigegebenen Bühne gespielt wurde. Und nun kniete ich auf dem Fußboden und tat einfach, worum Großmutter mich gebeten hatte. Ich sortierte die Bücher in solche, die sie behalten, und solche, die ich mitnehmen wollte. Alle Bücher. Auch die hinter dem Vorhang.

Es war, als hätte ich all meine Zurückhaltung den Großeltern gegenüber im erstbesten und zugleich letztmöglichen Moment aufgegeben. Als das erste und einzige Mal nicht alles wie immer war. Wie in einem dieser Filme, in denen ein Schatz in genau dem Augenblick gefunden wird, in dem die ihn bergende Höhle sich mit Wasser füllt, raffte ich den gesamten Inhalt des Giftschranks hinter dem Vorhang an mich, murmelte ein paar Sätze zu meinem Interesse an der Zeitgeschichte und packte den Stoff in Kisten, die ich sofort im Auto verstaute, als fürchtete ich, Großmutter könne jeden Moment zu sich kommen und begreifen, was sie mir da erlaubt hatte. Sie kannte ja die offenen Flanken ihres Mannes. Ob es auch die ihren waren, hatte sie immer gut zu verbergen gewusst. Noch beim Kaffee hatte sie das Gespräch über Großvater gesucht, auch dies ein eklatanter Bruch mit den Regeln.

Sie schien mir zu vertrauen – aber mit wem sonst hätte sie auch reden sollen? Ihr Vertrauen war riskant und voller Hoffnung. Sie wusste, dass es um das Nachleben ihres Mannes nicht zum Besten bestellt war; doch nun schien sie begriffen zu haben, dass auch ihr Nachleben davon berührt war. Merkte sie plötzlich, dass sie doch noch etwas wollte, etwas, das nicht mehr ihr Leben, sondern ihren Tod betraf? Und dann sagte sie doch nichts. Nicht mehr jedenfalls, als dass es offenbar eine Menge zu sagen gäbe. Auf keinen Fall solle ich alles glauben, was man über ihn erzähle. Ein wundervoller Mann sei er gewesen. Aber wer habe das schon wissen wollen? Einer wie er habe es eben nicht leicht gehabt in so einer Familie. Ein Aufmüpfiger! Idealist! Wie ihm seine Großmutter zugesetzt habe, nur weil er anders sein wollte! Und dann der Autounfall im Krieg! Die Medikamente für den Kopf! Ach. Aber jeder, der ihn vorher gekannt habe. Und die Politik! Ach, die Politik.

Genau, die Politik. Die hat mich auch schon immer interessiert, sagte ich. Die Natur dieses Interesses kalkuliert in der Schwebe lassend, entwendete ich meiner Großmutter, was sie mir anzuvertrauen meinte. Nachdem die letzte Kiste im Kofferraum untergebracht war, drängte es mich fort. Achtlos, fast überstürzt, verabschiedete ich mich. Großmutter kam nicht mal mehr dazu, mich zur Tür zu bringen. Ich ließ sie einfach stehen. Im hell erleuchteten Flur, zwischen lauter offenen Umzugskartons. Die Fahrt in die Bremer Innenstadt, wo meine Mutter seit der Scheidung wieder wohnte, kam mir vor wie eine Flucht. Erst auf der Autobahn, als ich nur noch eine Lichtquelle unter vielen war, die sich rasch von Vegesack entfernten, fühlte ich mich sicher.

Wie gesagt, ich weiß nicht mehr, ob es regnete. Aber es würde passen. Nehmen wir also an, es habe geregnet.

Nur für Augenblicke geben die Scheibenwischer die Sicht auf die Umgebung frei. Dann wieder nur Lichter, ein Schmierbild aus Rot und Weiß. Umgebung, Schmierbild. Umgebung, Schmierbild. Nirvana spielt jetzt David Bowie. Die müde Stimme singt nicht nur, sie erzählt etwas, und endlich ist da auch ein Bass oder wenigstens eine Rhythmusgitarre, die sie treibt, und die anderen Gitarren betten sie nicht mehr nur, sondern lenken und zügeln sie auch, mit Tempowechseln und mit einem Ziel. Und doch beherrscht Cobain auch dieses vorwärtsdrängende Lied – es klingt, als sei es sein letztes.

Oh no, not me
We never lost control

Ich trete aufs Gaspedal, ziehe nach links, vorbei an den roten Lichtern, immer schneller, näher zum Blockland. Und dann passiert es. Irgendwo zwischen der Müllverbrennungsanlage und dem bleistiftförmigen Fallturm der Universität. Wie ein Unfall, bei dem man in den Bruchteilen einer Sekunde alles sieht. Eine Vision seines bisherigen Lebens. Nur ist es kein Unfall, und die Vergangenheit, die ich sehe, ist nicht meine eigene. Kopfgeburten und Schemen der Wirklichkeit sind nicht mehr auseinanderzuhalten. Ich rette mich auf den Seitenstreifen. Wellen weißen Lichts kommen näher, werden schnell größer, explodieren im Rückspiegel und sind plötzlich rot. Schmierig, klar, wieder schmierig, wieder klar, nochmal schmierig, nochmal klar, jedes Mal ein wenig kleiner. Mein Kopf fühlt sich an, als würde er ausgespült. Und plötzlich liegt sie vor mir, die Geschichte meiner väterlichen Familie, wie ein Treibgut. Und über dem Blockland steigt das Haus auf, ihr Haus – *unser* Haus. Als hätte es mich auf dem Weg von Vegesack verfolgt und überholt, steht es nun am schwarzen Himmel und guckt auf mich herab. Steinern, mächtig und gelb. Wie eine nächtliche Sonne, die nichts ist als ein rätselhaftes Bild. Zum ersten Mal sehe ich es so klar konturiert von außen, und ganz allmählich rückt seine Pracht, der patrizische Reichtum, zusammen mit Großmutters kugeligem Bauernkörper. Und mit dem schwarzen Lederportemonnaie, das Großvater nach dem Öffnen endlos langsam immer wieder schüttelt, bis er schließlich ein einzelnes Geldstück herausnimmt, es noch einmal wendet und mir dann, als vollzöge er ein Sakrament, zum Kauf eines Butterkuchens überreicht. Ganz langsam hebe ich den Blick, Knopf für Knopf an Großvaters Strickjanker entlang, bis ich sein Gesicht erreicht habe. Was ich sehe, entsetzt mich: ein fremdes Lachen. Lautlos, kalt und böse.

You're face to face
With the man who sold the world

Jetzt trägt Großvater eine graue Uniform, er sitzt auf einem hellen Pferd, das in wildem Galopp über das Blockland jagt, gefolgt von einer Horde anderer Reiter – immer gen Osten. Und jetzt löst sich auch meine Anspannung. Die Beine zittern, das Gesicht heult, der Kopf ist voll von hysterischem Text. Nichts als gestanzte Wörter und pathetische Halbsätze. Dschinghis Khan! Mongolen der Moderne! Er hat sie aus der Heide geraubt! Und dann haben sie Europa verheert! Der Schrecken ihrer Zeit! Aus bestem, aus gelbem Hause! Dem Haus, das ich gerade verlassen habe.

Noch immer steht sein Bild am schwarzen Himmel. Doch allmählich wird es schwächer. Noch immer sind in meinem Kopf nur Wörter. Aber sie tönen nicht mehr so schrill. Sie stehen herum wie Bruchstücke eines Textes, die nur ein langer Kommentar wieder verbinden könnte. Familienwappen, Humanismus, Schiffbau, Villa, Heide, Scholle, Bücher, Blitzkrieg, Sturmbannführer.

Da komme ich also her.

2. KAPITEL

THE MAKING OF A NAZIENKEL

Als ich Mitte Januar 1995 aus den Weihnachtsferien zurück nach Freiburg kam, versank ich in Agonie und tauchte in Panik auf. Nie zuvor hatte ein Frühling so unerträglich grell begonnen wie in den frühen Märztagen, als meine Großmutter starb. Sollte ich über diesen Tod so etwas wie Traurigkeit empfunden haben, hätte er in der Rangliste meines Elends nur sehr weit hinten – unter »was auch noch passierte« – rangiert. Meine größte Sehnsucht galt dem Einbruch der Dunkelheit, wenn ich ohne den brennenden Fluchtimpuls, der tagsüber jede innere Ruhe verhinderte, im Bett liegen konnte. Doch schon kurz vor dem Einschlafen wich das Gefühl der Geborgenheit dem Gedanken an das Herzrasen, das mich am Morgen wieder wecken würde. An der Unterseite des Regalbretts, das über meinem Bett hing, hatte ich einen Zettel befestigt, auf dem stand: Steh auf, du Arschloch. Schon nach wenigen Tagen sah ich ihn nicht mehr.

Es sagt viel über den Grad meiner Verzweiflung, dass ich meine Mutter um Hilfe gebeten haben muss. Denn ich erinnere mich noch an den lakonischen Rat, den sie mir gab. Wenn du den Weg verloren hast, geh einfach weiter, hatte sie gesagt. Ein Ziel würde sich dann schon finden. (Das war eine von drei Maximen, die sie mir mitgab. Wenn du Geld hast, lautete die zweite, gib es aus: es wird zu dir zurückfließen.

Und wenn das Geld knapp ist, so die dritte, kauf dir lieber eine Flasche Champagner als fünfzig Flaschen Bier.) Ich erinnere mich auch, dass ich an diese Worte dachte, als ich auf der Treppe zur Universitätsbibliothek haltmachte und minutenlang mit dem Gedanken spielte, umzudrehen und mich nach Ausbildungsmöglichkeiten bei der Kriminalpolizei zu erkundigen.

Ich ging weiter und las Treitschke.

Im obersten Stockwerk des Bibliotheksneubaus konnte man über die Dächer dieser entsetzlichen Stadt hinweg bis zur Rheinebene sehen. Durch die getönten Scheiben erschien sie in zartem Orange. Treitschke war irgendwie gelb. Gelb wie das Kaiserreich. Gelb wie die Erscheinung des schwebenden Hauses, Baujahr 1887, die mich seit dem Zwischenfall auf der Autobahn nicht mehr verlassen hatte. Das Lesen war eine Qual. Ich kratzte Zeile für Zeile zusammen und hatte keine Ahnung, wie aus diesen Wissenskrümeln je eine Seminararbeit entstehen sollte. Doch wenn ich, um mich von der Anstrengung zu erholen, ab und an aufsah und abwechselnd aus der Stadt hinaus zum Rhein und aus meinem Elend hinaus auf das gelbe Haus blickte, dann ging es mir zwar nicht besser. Aber wenigstens stand die Zeit mal still. Von solch seltenen Momenten der Linderung abgesehen, wirkten nicht einmal die sonst zuverlässigsten Stimmungsaufheller. Dass Werder um ein Haar Deutscher Meister geworden wäre, nahm ich zur Kenntnis wie das Ergebnis einer Schweizer Kantonswahl. Und dass ich 1995 in Freiburg das 1995 veröffentlichte Lied »Freiburg«, das ein Befreiungsschrei hätte sein können, überhaupt nicht bemerkte, ist ebenfalls sehr bezeichnend.

Ich weiß nicht, wieso ich euch so hasse,

Tanztheater dieser Stadt.

Ich bin alleine und ich weiß es,

und ich find es sogar cool,

und ihr demonstriert Verbrüderung.

Das Einzige, was irgendwie funktionierte, war Nazis jagen. Einen Nazi, genauer gesagt. Einen toten Nazi, um noch genauer zu sein. Zeit seines Lebens hatte mir mein Großvater kaum etwas bedeutet. Aber jetzt, als toter Sturmbannführer, wurde er mir ein treuer Begleiter, eine echte Stütze in der Not.

Den Entschluss zur Recherche hatte ich bereits auf der Rückfahrt aus Bremen gefasst. Und schon da war mir die Möglichkeit, Großvaters Tätigkeit bei der SS zu erforschen, wie ein Ast am Ufer eines bedrohlich schneller werdenden Flusses vorgekommen, den ich um keinen Preis mehr loslassen wollte. Es war erstaunlich einfach. Ein Anruf beim Berlin Document Center, eine Unterschrift, und keine zwei Wochen später hielt ich eine Kopie seiner Personalakte in der Hand. Als ich den Umschlag, der zu dick für den Briefkasten war, auf der Schwelle unserer Mansardenwohnung in der Unterwiehre liegen sah, durchzuckte mich helle Vorfreude. Für die Dauer eines Blitzes zeichneten sich vor mir die Umrisse eines Spielbretts ab, das ich so zauberhaft deutlich wie in diesem Augenblick meines ersten Erfolges als Nazijäger nie wieder sehen sollte. Aber es verschwand auch nicht mehr ganz. Wann immer ich in den kommenden Monaten, sei es über den Personaldokumenten des BDC, in der Zentralen Stelle der Landesjustizverwaltungen in Ludwigsburg oder im Berliner Bundesarchiv, wieder ein Schriftstück in den Händen hielt und mich fragte, wie es zu den anderen Stücken passte, kam es mir vor, als säße ich in einem versteckten Kellerraum, der nichts enthielt als einen Tisch und eine schwache Glühbirne. Doch um wie viel besser war dieses einsame Spiel als die gleißende Leere, in der mein sonstiges Leben gerade zerrann. Im Grunde war es nichts anderes als die Partie Patience am Ende eines Tages, der alle Kraft zum abendlichen Lesen, Schreiben oder Ausgehen für sich behalten hat: kein Glück, aber immerhin eine Pause, die sich zwischen den Stumpfsinn der Arbeit und die Besinnungslosigkeit des Schlafs schob, eine Ablenkung von etwas, das auf Dauer nicht auszuhalten gewesen wäre. Eine warme Fanta in der Wüste.

Von anderen nutzlosen Spielen unterschied sich dieses nur dadurch, dass es die vage Aussicht auf einen großen Gewinn enthielt, ohne dass ich gewusst hätte, wie er aussah und wo ich ihn hätte abholen können.

Und dann waren die Akten ausgelesen. In groben Zügen stand das Bild meines Großvaters im Dritten Reich. Aber ich konnte mich kaum noch auf den Beinen halten. Der Nazi war erlegt – und nun? Nirgendwo ist der Frühling so ungeduldig wie in Freiburg. Als das Magnoliengewitter verstummt war, so plötzlich wie es begonnen hatte, war da nichts mehr als Helligkeit und Hitze.

Ich traf Felix im Biergarten auf dem Schlossberg, entschlossen, ihm alles zu erzählen. Doch erschrocken stellte ich fest, dass es gar keine Worte gab für das, was da seit Wochen mit mir los war. Zum Abschied probierte ich einen Witz, er misslang. Vielleicht ging es aber auch gar nicht um Worte. Ich schlich den Berg hinunter, dem prallen Frühsommertag schutzlos ausgeliefert. Es war unmöglich, nach Hause oder in die Bibliothek zu gehen, jeder geschlossene Raum wäre mir wie ein Käfig vorgekommen. Um aber dem Fluchtimpuls nachgeben zu können, war es zu heiß. Irgendwann fand ich mich auf der Treppe der kleinen Adelhauser Klosterkirche wieder, unter dem Schatten einer alten Kastanie, den Kopf im Schoß vergraben. So tat es immerhin etwas weniger weh. In der Nähe plätscherte ein Wasserstrahl, sonst war es still – bis plötzlich aus einem offenen Fenster eine klare Querflöten-melodie erklang, nicht zu forsch, nicht zu wehmütig, aber von großer Kraft. Sonst hätten sich die Tränen nicht gelöst. Dann eine Stimme über mir, ein Mädchen, vermutlich Stu-dentin, nicht zu hübsch, nicht zu hässlich, aber angenehm unaufdringlich. Ob sie mir helfen könne. Ich schüttelte wahr-heitsgemäß den Kopf. Sie ging. Wie sehr sie mir schon ge-holfen hatte, konnte ich ihr nicht mehr sagen.

Von diesem Erlebnis ermutigt, beschloss ich kurz darauf, mir sogenannte professionelle Hilfe zu suchen. Aber wo? Die Stadt, insbesondere mein Viertel, war vollgepackt mit hoch-sensiblen Psychotherapeuten. Doch mich um einen von ihnen zu bemühen, schien mir so aufdringlich und hoff-nungslos wie an einer der Fachwerkvillen in der Nachbar-schaft zu klingeln, um ein Gästebett zu fordern. Ich tat, was man halt tut, wenn man sich seine Probleme eigentlich nicht leisten kann. Ich wählte die Nummer eines Notrufs.

Einige Tage später wartete ich in einem kleinen, von Be-tonpfeilern und einem Glasdach umschlossenen Lichthof, in dem so viele Zimmerpflanzen in einer von braunen Spei-cherkügelchen gehaltenen Nährstoffbrühe vor sich hinwu-cherten, dass er kaum noch Licht enthielt. Psychosozialer Notdienst des Studentenwerks Freiburg e. V. Das niedrige Zimmer, in das ich bald gerufen wurde, hatte keine Fenster, nur eine Glasfront zum Dschungel. Ein albtraumartiger Tun-nel, am einen Ende tödlicher Wald, am anderen eine Wand.

Mir gegenüber saß eine blonde Frau und sah mich an, als ob ich etwas von ihr wollte. Das stimmte ja auch, aber dass man hier initiativ werden musste, nur weil es umsonst war, irritierte mich doch etwas.

»Was ist mit Ihnen?«, fragte sie irgendwann.

Ja, wenn ich das wüsste. Sagen Sie es mir, dachte ich, während ich sagte: »Mir geht es nicht gut.«

Was Sie nicht sagen, sagte ihr Blick, während ich sie sagen hörte: »Beschreiben Sie es doch.«

Es war wie mit Felix, ich fand keine Worte. Nur dass es nicht Felix war.

»Na ja, ich fühle mich irgendwie so leer«, sagte ich schließlich verzagt, fast abwiegelnd, »orientierungslos. Ich weiß nichts mit mir anzufangen.«

»Das Übliche also.«

Wie bitte? Keine zwei Minuten in professionellen Händen und schon die Gewissheit, dass es doch noch schlimmer ging. Mit letzter Kraft nahm ich erneut Anlauf.

»Ich kann nicht richtig arbeiten. Es fällt mir schwer, mich zu konzentrieren. Ich bin so müde.«

»Haben Sie überhaupt schon mal richtig gearbeitet? Körperlich gearbeitet, meine ich.«

Verdammt, mit der Frage hatte ich nicht gerechnet. Du hast schon mal körperlich gearbeitet, ganz sicher, das weißt du, dachte ich, jetzt vollständig gefangen in der Prüfungsfalle dieser offenbar mit allen Wassern gewaschenen Fachfrau. Aber wo war das nochmal? Verdammt, wo war das?

»Wissen Sie«, schickte sie hinterher, »ich komme aus einer sogenannten Arbeiterfamilie. Ich musste mir mein Studium mit Fabrikarbeit verdienen. Da stellen sich bestimmte Probleme gar nicht.«

Nun hatte ich endgültig geschluckt, dass es hier um sie ging und nicht um mich, beziehungsweise dass ich gerade um meine letzte Chance spielte. Nun hatte ich Angst vor ihr. Die Zeit verrann. Schon begann die blonde Frau, in ihren Notizen zu blättern, da fiel es mir wieder ein, gerade noch rechtzeitig. Natürlich: Briefträger! Und Zivildienst, und Bauernhof, und Warenlager. Ein Glück, erst Blackout, und jetzt gleich mehrere richtige Antworten!

Ihr Blick hellte sich ein wenig auf. Sieh an, deine Probleme sind also doch echt, schien er zu sagen.

»Beim nächsten Mal möchte ich mit Ihnen über Ihre familiäre Situation sprechen«, sagte sie und öffnete mir die Tür zum Dschungel.

Eine Woche später schien sie sich zunächst gar nicht an mich zu erinnern. Sie las in ihren Notizen herum.

»Na gut, dann erzählen Sie doch mal von Ihrer Familie«, sagte sie, immerhin verabredungsgemäß.

Diesmal wusste ich besser Bescheid. So viel psychotherapeutischen Common Sense besaß ich doch. Scheidung halt. Vater kürzlich Pleite gemacht. Großmutter gestorben. Kein Urvertrauen, bindungsunfähig, Beziehungen zu Frauen immer schnell am Ende.

Während ich so vor mich hin redete, schrieb sie mit ihrer großen ungezügelten Schrift beide Seiten einer großen Karteikarte voll. Keine Nachfrage, kein Nicken, kein Blick.

»Sie brauchen was Hochfrequentes«, sagte sie, als ich fertig war.

Das klang gar nicht gut. Ob nicht auch Giftspritze ginge, hätte ich fast gefragt.

»Das Problem ist, das zahlt die Krankenkasse normalerweise nicht. Psychoanalyse, Tiefenpsychologie, das zahlen die nicht. Aber nur im Gespräch kommen Sie nicht weiter.«

Das war mir allerdings auch schon aufgefallen.

»Machen Sie Sport?«

Ich hörte die Frage kaum, denn gerade war mir eine Idee gekommen. Vielleicht hatte ich meine familiäre Situation doch etwas zu schematisch dargestellt.

»Da ist noch etwas. Seit einiger Zeit erforsche ich die Vergangenheit meines Großvaters. Wie sich herausstellt, war er ein dicker Nazi. Berufsoffizier in der SS. Vielleicht belastet mich das auch.«

Eine groteske Verkehrung der Wirklichkeit war das. Eine glatte Lüge. Aber, so zeigte sich nun, eine Notlüge, die ihre Wirkung nicht verfehlte. Die Therapeutin ließ ihre Kartei-karten in den Schoß fallen und sah mich zum ersten Mal verständnisvoll an.

»Lebt er noch?«

»Nein, er ist vor zwei Jahren gestorben.«

»Und natürlich hat er sein Leben lang geschwiegen.«

»Natürlich. Das Übliche halt.«

»Und natürlich will man das jetzt in Ihrer Familie nicht wahrhaben.«

»Keine Ahnung. Aber wenn ich darüber nachdenke: Nein, bestimmt wollen die davon nichts wissen.«

Mir dämmerte, dass das bisher einzige Mittel, das mein Leiden lindern konnte, aus psychotherapeutischer Sicht offenbar zu den wenigen akzeptablen Leidensformen zählte. Aber da war er endlich – der erste Griff an dieser glatten Nordwand.

»Wollen Sie mir mehr von Ihrem Großvater erzählen?«

Wollte ich? Ja, ich wollte es. Und zu meiner Überraschung

konnte ich es auch. Es war, als verträte ich todeshalber meinen Großvater auf der Couch, und ich sparte an nichts. Großbürgerliche Herkunft. Kriegstod des Vaters, problematische Kindheit, keine abgeschlossene Ausbildung. Der Idealismus der Jugendbewegung. Unstandesgemäße Ehe mit einem Mädchen von deutschem Blut und Boden. Einzige Berufe: erst Rassenprüfer, dann Chef im SS-Rasseamt. Ermittlungen wegen des Verdachts auf NS-Gewaltverbrechen. Das lebenslange Soldatentum. Flucht aus der amerikanischen Kriegsgefangenschaft. Untergetaucht im dörflichen Herkunftsmilieu seiner Frau, die mit Schneiderarbeiten die Familie über Wasser hält. Umkehrung der ehelichen Machtverhältnisse, Absturz in die Randständigkeit. Mit sechs Kindern in einer Wellblechhütte, Hilfsarbeiter im Heidewald, häusliche Gewalt. Dann die geduldete Rückkehr in die Villa seiner Kindheit. Subalterner Angestellter auf der einst familieneigenen Werft. Schräges Leben, hat erst viel entbehren müssen und dann Leid über andere gebracht.

Sie schrieb kein Wort mehr. Stattdessen rutschte sie tiefer in ihren Sessel, legte den Kopf in die Hand und hörte einfach nur zu. Anscheinend war sie mir für irgendetwas dankbar. Schließlich dankte ich ihr und ging. Ein weiterer Besuch schien mir überflüssig. Wirklich besser ging es mir zwar nicht, aber immerhin wusste ich jetzt, wozu ein Sturmbannführer in der Familie gut war.

So war ich zum Nazienkel geworden. Und so unerfreulich die Umstände auch waren, die das bewirkt hatten – es war tatsächlich ein Fortschritt. Ich wusste immer noch nicht, was ich mit meinem Leben anfangen sollte, auch die Unruhe hatte sich nicht gelegt. Aber die Panik war weg. Und es gab jetzt etwas, das unzweifelhaft zu mir gehörte und dessen ich mir ganz sicher war. Mein Großvater war ein lupenreiner Nazi gewesen. Gutes Haus, schiefe Bahn, SS-Karriere – diese Geschichte erzählte ich bald mit einer Virtuosität, die ihre Wirkung fast nie verfehlte. Ich konnte kaum fassen, wie scharf alle darauf waren. Das löste zwar meine Probleme nicht, aber zumindest war ich wieder partytauglich. Niemand hätte sich wohl angezogen gefühlt, wenn ich als Enkel Himmlers oder Mengeles dahergekommen wäre. Aber die wohlverpackte Mischung aus alter Familie und blondem SS-Offizier schien ohne Umweg über die Hirnrinde eine kräftige Leitbahn des vegetativen Nervensystems zu elektrisieren. Sie löste erregte Augenaufschläge und Backenrötungsprozesse aus, als würde Fest persönlich live aus Speer himself berichten. Kategorie rassiger Gentlemanverbrecher oder so. Weniger schüchterne Naturen hätten mit diesem Pfund zu wuchern gewusst. Ganze Batterien höherer Töchter hätte man mit der Edelnazimasche ins Bett kriegen können. Das wurde mir schlagartig klar, als ich zum ersten Mal seit einem halben Jahr wieder tanzen ging.

Sie der naiv-vergeistigte Engelstyp, so Ballett und Geigenunterricht halt. Ihr langes Haar, das sie mädchenhaft offen trug, roch nach Flieder, aber so taktvoll dosiert, dass diese kleine Geschmacksverirrung sich meinem leicht irritierbaren Begehren nicht in den Weg stellte. Man tanzte, man lachte, man trank ein zweites Bier. Man kam ins Plaudern.

»Und wie war das für dich? Das muss doch schlimm gewesen sein, als dir klar wurde, bei wem du da auf dem Schoß gesessen hast.«

Es war überhaupt nicht schlimm gewesen.

»Schwierige Frage«, sagte ich.

»Inwiefern?«

»Irgendwie nicht die passende Umgebung für das Thema«, schrie ich ihr ins Ohr, etwas lauter als die Musik es erforderte.

»Was schlägst du vor?«, fragte sie und lächelte.

Ich schlug das Gleiche vor wie immer. Und wie immer versagte ich. Aber immerhin mal wieder ein nächtlicher Spaziergang. Immerhin mal wieder fast mit reingekommen.

Wirkliche Besserung brachte erst der hochsommerliche Englische Garten.

Meine Ersparnisse waren aufgebraucht, mein Vater war immer noch pleite, aber erst kürzlich war mir ja wieder zu Bewusstsein gekommen, wie gut Aushilfsbriefträger in München bezahlt wurden. Also hatte ich zuerst beim Postamt in der Angerer Straße, wo man mich schon kannte, angerufen, dann bei meinem Freund Mittelmann, und am 1. Juli trug ich die ersten Briefe ins Hasenbergl. Fünf Tage später trug mich mein kurdischer Schulfreund Roni, von uns aus lokalpatriotischen Gründen »Toni« gerufen, in die Röntgenabteilung des Klinikums Rechts der Isar. Es hatte seit Wochen nicht mehr geregnet, die Wiese am Kleinhesseloher See war knüppelhart gewesen, und ich hatte mir den Ball so weit vorgelegt, dass ich die kleine Vertiefung im Boden nicht sah. Mittelfußfraktur. Was war das nur für ein Jahr? Ich konnte mein Pech kaum noch fassen – bis ich mich am Montag krankmeldete und plötzlich mein Glück nicht fassen konnte. Volle Lohnfortzahlung. 5600 Mark für fünf Wochen Urlaub! Nach der Erfahrung mit dem psychosozialen Notdienst war mir gar nicht mehr bewusst gewesen, dass der Wohlfahrtsstaat ja in Wirklichkeit zwei Seiten hatte.

Die ersten Tage meiner Arbeitsunfähigkeit verbrachte ich mit Mittelmann in seinem kleinen Dachzimmer im Lehel. Draußen kochte der Münchener Sommer. Mittelmann schrieb an einer seiner berüchtigten Hausarbeiten über die Zukunft des Poststrukturalismus und stopfte dabei unfassbare Mengen Bananen in sich hinein. Alle paar Stunden hob er die Schalen vom Boden auf und trug sie in die Küche. Ich lag auf dem Bett, stieß mir hin und wieder eine Thrombosespritze ins Bein und dachte die ganze Zeit nur an das viele Geld und an die vielen Wochen ohne Freiburg. Wir vegetierten auf sehr unterschiedliche Weise nebeneinander her, beide randvoll von uns selbst, aber mit dem klaren, wenn auch etwas abstrakten Bewusstsein, dass da noch jemand im Raum war. Ich konnte Mittelmann vom Bett aus sehen, er mich vom Schreibtisch aus nicht. Plötzlich landete eine von Derrida gesteuerte Bananenschale auf meinem Gips. Wir lachten lange und hysterisch. Als ich am nächsten Tag abreiste, bemerkte ich zu meiner Überraschung freien Platz im Kopf.

Den Rest des Sommers verbrachte ich lesend im Garten meiner Mutter in Bremen. Zuerst nahm ich mir die Bücher meiner Jugend, die ich in zwei Umzugskartons im Gartenschuppen wiedergefunden hatte, noch einmal vor, dann den *Zauberberg*, und dann alles, was ich zur Geschichte des Mittelalters in die Hände kriegen konnte. Als ich nach mehreren Wochen zum ersten Mal den Impuls zum Verlassen des Liegestuhls verspürte, radelte ich mit meinem Gipsbein ins Blockland, wo ich am Ufer der Wümme den *Oblomow* las. Halb konnte ich es wieder genießen, im Spätsommer auf einer Deichwiese liegend ein Buch zu lesen, halb fragte ich mich, ob mein Leben nicht ebenso sinnlos verrann wie das des traurigen Helden. Am nächsten Tag radelte ich in die andere Richtung, um außerhalb Bremens eine kleine romanische Kirche zu besichtigen. Das Dritte Reich rückte in diesen Wochen in den Hintergrund, aber es blieb wahrnehmbar, und mit der sich mir gerade erschließenden älteren Geschichte öffnete sich allmählich der Horizont der historischen Zeit. Als ich zum Beginn des Wintersemesters wieder in Freiburg ankam, stellte ich fest, dass sich offenbar während meiner dreimonatigen Abwesenheit auch die Stadt verändert hatte. Oder hatte sich in ihrer Mitte etwa immer schon die schönste Kirche des Abendlandes befunden? Auch im Studium gab es jetzt wenn kein Ziel, so doch zumindest eine Richtung. Ich schrieb mich für Geschichte im Hauptfach ein. Der Studiengang nannte sich Neuere und Neueste Geschichte, meinetwegen hätte er auch heißen können: Grundlagenvertiefung für Nazienkel.

Ein Jahr später hielt dieses Studium das einzige Mal alles, was ich mir von ihm versprochen hatte. Ulrich Herbert, der damals bedeutendste Naziforscher der Welt, gab ein Hauptseminar zum Holocaust. Schon der Titel des Seminars war vielsagend. Das Wort »Holocaust« kam darin nämlich nicht vor, ebenso nüchtern wie programmatisch hieß es »Die nationalsozialistische Vernichtungspolitik während des Zweiten Weltkriegs«.

Jedes Mal, wenn Herbert als Letzter in dem restlos gefüllten Seminarraum Platz genommen hatte, erschreckte mich aufs Neue der Anblick seines Gesichts, wenn auch nur für einen Moment. Versteckt hinter den dicken Gläsern einer metallgefassten Brille lagen seine Augen da wie zwei Kiesel in einer Hochgebirgspfütze. Es schien unmöglich, ihren Blick zu erwidern, während sie uns lange und schweigend ansahen. Doch abweisend war dieses Gesicht nicht. Im Gegenteil, mit der Natürlichkeit einer großen Landschaft erzwang es Aufmerksamkeit. War das Schönheit? Es war Macht. Es war die Anziehungskraft eines Mannes, der wusste, dass er gefürchtet, aber nicht gehasst wird.

Herbert war anders als die meisten Universitätslehrer seines Fachs. Er machte seinen Job. Er wollte uns etwas beibringen, und er war streng. Wenn eine Seminararbeit schlecht war, benotete er sie nicht mit 1,7. Er lehnte sie ab. Davon abgesehen war er ziemlich normal. Er hatte einen Körper, von dem man sich vorstellen konnte, dass er abends etwas aß und sonntags Fußball spielte. Sofern man davon erfuhr, besaß er den keineswegs stumpfen, aber etwas unsubtilen Geschmack eines promovierten Gymnasiallehrers. Eine Spur zu selbstbewusst trug er ähnlich geschnittene, wenn auch längst nicht so teure Anzüge wie kurz darauf Gerhard Schröder – an den er in seiner Schroffheit ohnehin etwas erinnerte –, hielt *Schindlers Liste* für einen Gipfel der Filmgeschichte und lobte die Romane Walter Kempowskis für ihre historische Wirklichkeitstreue. In seinem Büro hing keine Kunst, schon gar keine selbstgemachte, ganz in grauem Kunststoff gehalten war es ebenso unberührt von Selbstdarstellungswillen wie sein Werk vom Air des Theoretischen. Vergebens suchte man in seinen Texten nach Hinweisen auf einen sogenannten Ansatz. Er hatte einfach etwas wissen wollen, dann lange geforscht und dann geschrieben. Insbesondere ein Buch hatte er geschrieben, das man bei oberflächlicher Betrachtung für eine Biographie halten könnte, das aber tatsächlich zur raren Spezies der unverzichtbaren Bücher über den Nationalsozialismus gehört.

Im Grunde war das alles unerhört für einen Geisteswissenschaftler.

Herbert wusste, dass es vor allem die philosophische Dimension des Holocaust war, die uns reizte: dass wir vor allem diskutieren wollten und dazu, neben etwas Füllvokabular, am liebsten nur die Adjektive »systematisch«, »industriell«,

»staatlich« und »singulär« verwendet hätten. Doch gleich in der ersten Sitzung machte er uns klar, dass das mit ihm nicht zu haben war.

»Wie Sie vielleicht wissen, habe ich an der Universität Tel Aviv unterrichtet«, sagte er nach der Begrüßung.

»Wenn ich dort meine israelischen Kollegen fragte, ob deutsche Studenten ein besonderes Verhältnis zur Shoa haben sollten, habe ich immer die gleiche Antwort erhalten: Wir erwarten nur, dass sie Bescheid wissen. Sie sollen wissen, was passiert ist.«

Aber das tun wir doch, dachten wir.

»Wie viele Häftlinge saßen im Sommer 1938 in deutschen Konzentrationslagern?«, fragte Herbert und schob seine schwere Brille zurück auf die Nasenwurzel.

Niemand wusste es.

»Wie viele Juden wurden in Auschwitz ermordet?«

Jetzt traute sich niemand.

Die Fragen waren mit Bedacht gewählt. Die uns unbekannten Antworten – eine Zahl unter Zehntausend und eine unter einer Million – warfen nämlich weitere Fragen auf. Uns wurde schlagartig klar, wie selbstgerecht und billig unsere Lieblingsanklage an die Nazigeneration war. Es mochte sein, dass unsere Großeltern trotz totalitärer Informationsbeschränkung ziemlich viel gewusst hatten – aber was war das für ein Vorwurf, wenn man selbst trotz frei zugänglicher Bibliotheken praktisch nichts wusste?

Herbert reformierte unser kirchentagsmäßiges Bild vom Holocaust, indem er ihn von einer monströsen, aber letztlich einfachen Tatsache (»Hitler lässt die Juden jagen und umbringen«), die eine Schlüsselstellung in unserem Gefühlshaushalt eingenommen hatte, zu einem hochkomplexen, nur mit größtem Fleiß und äußerster geistiger Anstrengung rekonstruierbaren Prozess machte. Für Überzeugungen war da kein Platz. Es lag eine seltsame Ironie darin, dass man die emotionale Kälte, das Nüchternheitspathos, die einschüchternde Strenge der operativen Köpfe der SS viel besser zu begreifen meinte, wenn man den Autor kannte, der diese Männer an einem herausragenden Beispiel so eindringlich beschrieben hatte. Zu sagen, dass das Porträt Werner Bests Züge Ulrich Herberts trägt, spricht weder gegen Herbert noch für Best. Herbert lehrte uns, endlich neue Dinge wissen statt nur über die immer gleichen Gefühle quatschen zu wollen. Und dabei erlebten wir am eigenen Leib, wie erfrischend männliche Strenge wirken kann. Wir meinten zu verstehen, dass es dieses Ethos des Endlich-Machen-statt-Laberns gewesen sein musste, das die Konservativen Revolutionäre und die intellektuellen Nazis für viele Söhne des gebildeten Bürgertums so anziehend gemacht hatte. Wir wollten Herbert gefallen, so wie die jungen SS-Offiziere Best und die jungen Bests zuvor Ernst Jünger hatten gefallen wollen. Im gleichen Geist der Sachlichkeit hatte der eine kühle Kopf seinerzeit den hitzigen Antisemitismus des Mobs in eine Polizeidoktrin überführt, in dem der andere nun den Holocaust von einem klebrigen Melodram in einen spannenden Kriminalfall verwandelte. Herbert vermittelte uns das gute Gefühl, auch ohne zur Schau gestellte Betroffenheit auf der richtigen Seite zu stehen. Und das nicht, weil uns die Vergangenheit egal war, sondern weil wir Bescheid wussten. Weil wir zu unterscheiden gelernt hatten. Weil wir verstanden, warum deutsche Juden sich auch 1996 durch Hakenkreuzschmierereien noch körperlich angegriffen fühlen mussten, es aber auch lächerlich fanden, wenn Politiker oder die Antifa Parallelen zwischen dem aktuellen Rechtsextremismus und dem der 1930er Jahre zogen.

Herbert wusste viel, er dachte scharf – und er konnte erzählen.

Besonders beeindruckt waren wir, als er vom sogenannten Blutsonntag in Stanislau berichtete. Am 12. Oktober 1941 hatten im ostgalizischen Stanislau deutsche Sicherheitspolizisten, unterstützt von Kräften der einfachen Ordnungspolizei, die örtlichen Juden zum Friedhof getrieben, sie gezwungen, ihre eigenen Gräber auszuheben und sich auszuziehen, um sie anschließend zu erschießen. Zehntausend an einem Tag. Vor den Augen der Bevölkerung und den Kameras deutscher Wehrmachtssoldaten. Die Schilderung war kein Selbstzweck. Sie vermittelte Wissen. Der Völkermord war grausame, blutige Handarbeit. Seine Durchführung erforderte viel Personal. Er begann an abseitigen Orten als improvisiertes Gemetzel. Er war nicht geheim. Und dann noch ein Satz, eine Punch Line, die dem Ganzen sofort eine weitere Dimension hinzufügte:

»Einen Tag später ist das alles Gesprächsthema im Offizierskasino von Paris.«

Ich bin später an der Universität anderen Lehrern gefolgt. Aber so viel wie in diesem einen Seminar habe ich nie wieder gelernt. Für den jungen Nazienkel, der seine Familiengeschichte so weit auspolstern wollte, dass sich vielleicht doch einmal ein hübsches Mädchen auf ihr betten ließe, war der Unterricht dieses Professors jedenfalls eine sehr wichtige Sozialisationsetappe.

Als ich im Mai 1997 nach Berlin zog, hatte ich noch immer keine klare Vorstellung von meiner Zukunft. Es war allein die Vergangenheit, die mir einen gewissen Halt gab. Einen Nazi in der Familie zu haben, das hatte ich in den letzten zwei Jahren gelernt, war doch etwas ziemlich Handfestes. Und auch auf die Frage nach meinem Berufswunsch hatte ich nun zumindest eine provisorische Antwort. Historiker, sagte ich. Wenn alles glattläuft, würde ich gerne Historiker werden. Das war zwar nicht direkt gelogen. Aber von einem echten Wunsch, gar einem Willen konnte keine Rede sein. Es war einfach so, dass von allen Antworten, die ich bisher ausprobiert hatte, keine auch nur annähernd so gut funktionierte. Meist gab es lediglich ein verständiges Nicken, dann Themawechsel. Fast so, als hätte ich Kriminalkommissar gesagt.

3. KAPITEL

KOPFSACHE

Friedrich Leo hatte drei Brüder. Jan, der jüngste, war immer sehr freundlich; das ist fast alles, was ich über ihn sagen kann. An Heinz, den jüngeren der beiden älteren Brüder, habe ich sehr schwache Erinnerungen, weil er schon 1977 starb. In meinem Leben spielte er nur insofern eine Rolle, als er das Vorbild meines Vaters war. Martin, dem ältesten Bruder, bin ich nur ein einziges Mal begegnet. Trotzdem ist er die andere Hauptfigur dieses Buches. Es gibt meine Familiengeschichte nicht ohne ihn. Das war aber nicht immer so. Ich musste erst sein Leben neben das meines Großvaters legen, um festzustellen, dass die beiden für mich zusammengehören wie zwei Hälften eines zerrissenen Bildes. Von diesem Moment an waren Großvater und sein ältester Bruder in meinem Kopf ein unzertrennliches Paar. Ich konnte mir den einen, in dessen Nähe ich aufgewachsen bin, nicht mehr vorstellen ohne den anderen, den ich kaum kannte. Und als ich das auch gar nicht mehr wollte, gab es plötzlich auch etwas zu erzählen.

Warum das so ist, tut jetzt noch nichts zur Sache. Hier soll nur erwähnt werden, dass ich von alleine nicht darauf gekommen wäre. Die Einsicht, dass meine Familiengeschichte zwei Gesichter und zwei Körper hat, verdanke ich nämlich M42. Doch nicht sein Rat war es, der mir dazu verhalf – es war das feine Gespür, das ihn hatte wertschätzen lassen, was ihm da mehr oder weniger vor die Füße gefallen war.

Ich stelle es mir so vor.

Als M42 im Sommer 2008 seine älteste Schwester besuchte, muss es zu etwa folgender Szene gekommen sein. Vermutlich zwischen der Fruchtstandsbegutachtung an der Knorpelkirsche und der Lebensgeschichte ihres »Sorgenkindes«, einer aus Süditalien mitgebrachten, nun prächtig blühenden Storchenschnabelstaude, inmitten der botanischen Exkursion durch ihren sehr schwäbischen Garten also, ließ W36 eine Bemerkung fallen. Eine Bemerkung fachfremden Inhalts. Sie habe im Nachlass der Eltern etwas Interessantes entdeckt. Einen Schreibmaschinentext, anscheinend Jugenderinnerungen von Onkel Martin. Normalerweise von unerschütterlicher Langmut gegen alle Arten weiblichen Mitteilungsdrangs, wird M42 plötzlich hellwach gewesen sein. Er mag noch kurz an der ihm dargebotenen Damaszenerrose geschnuppert haben, dann spätestens wird er gewusst haben, was zu tun war. Ich sehe es direkt vor mir, wie er, als wäre es reiner Zufall, von früher zu erzählen begann. Das konnte er nämlich gut. Und er wusste, dass es der Schwester gefiel, wenn er die Landschaft ihrer Kindheit zum Idyll verklärte und das Hafenstädtchen Vegesack zu einem Vorort der Welt. Vieles wird sie zum hundertsten, anderes zum ersten Mal gehört, manches so noch nie betrachtet haben, aber bestimmt musste sie oft lachen, so wie sie es immer tat, wenn der kleine Bruder fabulierte. Sie konnte ihm einfach nichts abschlagen. Das war immer schon so gewesen. Wie oft hatte sie ihm früher heimlich einen der knappen Küchenschätze zugesteckt, ein Rosinenbrötchen oder einige der Kirschen, die für den im Wald schuftenden Vater übriggelassen worden waren. So auch jetzt. Ein letzter Moment des Zögerns, dann überließ sie ihm den Stapel altersschwachen Durchschlagpapiers. Dessen

Wert hatte M42 aber bestimmt nicht nur nach eigenem Ermessen taxiert. Und auch nicht nur im eigenen Interesse. Denn was tat er, als er nach München zurückgekehrt war? Er schloss sich für einige Tage in sein Arbeitskabuff ein, tippte die gut 200 Seiten ab, druckte den Text aus und steckte ihn zusammen mit dem Original in einen dicken Briefumschlag. Einige Monate muss er absendebereit herumgelegen haben, wahrscheinlich auf dem Mahagonischränkchen, das M42 von seiner Großmutter geerbt hat. Erst zu Weihnachten schickte er ihn mir nach Berlin. Mich überraschte und freute das wie kaum ein Geschenk zuvor. Ihm war es kaum der Rede wert.

In seiner Beiläufigkeit war dieser Glücksfall typisch.

Hätten M42 und ich uns unter anderen Umständen kennengelernt, wäre blindes Verständnis vielleicht die Regel gewesen. Aber es gibt eine Hypothek, die unser Verhältnis von Anfang an belastet hat. Er ist mein Vater.

Fast alle Absichten, die er für mich hegte, schlugen fehl; kaum einer der Wünsche, die ich an ihn hatte, wurde erfüllt. Mir erschienen seine Erziehungsversuche mal beflissen, mal autoritär, jedenfalls unbeholfen; er dagegen dürfte meinen Lebensstil über weite Strecken für verantwortungslos und selbstverliebt gehalten haben. Das immerwährende Bildungsgespräch, das er so gerne mit mir geführt hätte, fand nicht statt. Was mein Vater konnte, Mathe, Physik und Schwachstromspiele, interessierte mich nicht; und von dem, was mich interessierte, Geschichte, Literatur und die Welt, kam von ihm nur ein schwaches Echo aus unverdautem Allgemeinwissen. Auch der elegante Sportsmann, der er selbst so gerne gewesen wäre, wurde nicht aus mir. Auf dem Tennisplatz gehörten wir füreinander zu den unmöglichen Partnern, mit denen man keinen einzigen flüssigen Ballwechsel hinbekommt. Dass er durch nutzlose Ermahnungen wie die, doch bitte konzentriert den Ball anzugucken, indirekt mir die Schuld daran gab, machte das rhythmuslose Trauerspiel im Morgengrauen nur noch schlimmer. Am meisten aber störte ihn, dass ich nicht verlieren konnte. Den Trotz, der mich nach Niederlagen für Stunden unzugänglich und verstockt machte, missbilligte mein Vater zutiefst.

Es waren Hintertüren, über die wir zueinander fanden. Ich weiß nicht, ob etwa meine Liebe zu Werder derart, sagen wir, fromm geworden wäre, wenn der Fußball mir nicht den Vater gerettet hätte. Und wer weiß, ob er die Sportschau nicht heute noch so teilnahmslos gucken würde wie im April 1980, wäre damals nicht die Begeisterung seines Sohnes auf ihn übergesprungen. Dabei hätte es kaum schlimmer beginnen können als mit dem ersten Heimspiel nach dem Abstieg, einem trostlosen 1:2 gegen einen Verein namens 1. FC Bocholt. Doch so wie wir uns 1986, mitten aus der tiefsten Sprachlosigkeit der Scheidungszeit, kameradschaftlich in die Olympiahalle aufmachten, um dort, umringt von ekstatisch aufspringenden Bayernfans, fassungslos auf die Großbildleinwand zu starren, als Kutzop in Bremen einen, ach was, *den* Elfmeter an den Pfosten schoss; so wie es trotz des Dauerstreits, den wir über Jahre nach der Scheidung führten, niemand anderen gab, mit dem ich 1992 das große Finale von Lissabon hätte gucken wollen; so wie ich 2004, nachdem Klasnic, Micoud und Ailton ungläubigen Bayernfans Fußball vom anderen Stern geboten hatten, direkt vom Olympiastadion an den Implerplatz fuhr, wo mich Champagner und grüne Nudeln erwarteten – so sicher wartet heute, sollte ich an einem Samstagabend in Madrid oder Doha aus dem Flugzeug steigen, eine SMS mit dem Spielergebnis auf

mich, je nach Anlass mit einem »leider« oder einem Ausrufe-
zeichen versehen.

Mit der Familie war es ähnlich wie mit dem Sport. Zunächst entfernte sie uns voneinander. Wir wussten ja beide
nicht, wie das auf Dauer funktioniert: eine Familie sein. Dass
die Eltern meines Vaters sich angeblich bis ins Grab liebten,
während die Liebe zu meiner Mutter ihn vor Kummer fast
umgebracht hat, machte da kaum einen Unterschied. Auf den
Tod unglücklich waren ja beide Familien. Nur starb die, aus
der mein Vater kam, indem sich über Jahrzehnte ein immer
dichter werdendes Schimmelgeflecht in ihr ausbreitete, bis sie
schließlich geräuschlos zu grünem Staub zerfiel; während
die, die er selbst gegründet hatte, so gewaltig explodierte, dass
ihre Trümmer einander heute noch suchen. Doch wie tot
auch immer – im Kopf war die Familie für uns beide immer
sehr lebendig. Was mich betrifft, musste ich das allerdings
erst begreifen lernen.

Familiensinn ist ja ein viel zarteres Gefühl als die Liebe zu
einer Fußballmannschaft. Als ich ein Kind war, wollte ich
jedenfalls von der Familie nichts wissen. Es reichte mir, dass
sie da war, und als sie nicht mehr da war, konnten all die
Geschichten das auch nicht mehr ändern. Wenn mein Vater
sie dennoch immer wieder erzählte, dann ließ ich das über
mich ergehen. Es klang für mich genauso hölzern wie seine
allgemeinhistorische Dauerbelehrung. Den Unterschied begriff ich erst viel später. Im einen Fall wusste der Historiker-
enkel nämlich sogar auf die nächstliegenden Fragen, zum
Beispiel warum denn der bewundernswerteste der Athener
Philosophen ein Verächter der ebenso bewundernswerten
Athener Demokratie gewesen war, keine Antwort. Anscheinend befand sich der allgemeine Geschichtssinn meines Va-

ters nicht, wie bei den Berufshistorikern, im Hippocampus, sondern etwas weiter hinten, im exklamatorischen Sprachzentrum. Was seinen Unterweisungen eine leicht hysterische Note verlieh: Athen – Wiege des Abendlandes! 1789 – Freiheit, Gleichheit, Brüderlichkeit! Auschwitz – was Menschen Menschen antun können!

Dagegen war sein Familiensinn voller Gefühl und hochgebildet. Unerschöpflich sprudelte der privathistorische Datenquell aus ihm, ebenso ruhig und stetig wie die exzellente Nachhilfe, die er mir zuweilen in mathematischen Notlagen gab. Was wäre er für ein Lehrer gewesen! Und was hätte er für ein Vater sein können, wenn ich nur eines seiner Interessen geteilt hätte. Sicher, anschaulich und bis in die feinsten Verästelungen präzise entfaltete er das gesellschaftliche Geflecht des alten Vegesack, das mehr oder weniger identisch mit unserem Stammbaum zu sein schien. Doch aus seinem Kopf kam in meinem Kopf nur eine unüberschaubare Menge aus Namen, Orten und Ereignissen an, nicht aber ihr Zusammenhang.

Johann Lange der Ältere und Johann Lange der Jüngere, Diedrich Lange, ich darf dich daran erinnern, dass du gerade unter seinem Konterfei sitzt, allesamt Großväter mit soundso vielen Ur davor, für dich natürlich immer eins mehr als für mich, Heinrich Leo, der jüngere Historiker, und Heinrich Leo, der ältere Historiker, Oma Sina, bei der hast du sogar noch auf dem Schoß gesessen, Elisabeth Stümcke, Elisabeth Lange und Elisabeth Lange, geborene Stümcke – waren das jetzt zwei oder drei Personen? Oder ein und dieselbe? Eine von ihnen jedenfalls trank, ansonsten ganz Grande Dame, ihr Beck's in so großen Zügen direkt aus der Bügelverschlussflasche, dass ihr Kehlkopf im Rhythmus der Schlücke stieg und fiel –, der

Textilfabrikant Fritz Düwell, Ibi Uhlhorn, das Schlösschen an der Lesum, das, wie ja bis 1909 auch die Weserstraßenvilla, Friedrich Bischoff gehörte, dem Eigner der Argo-Linie und einem der vielen Vettern von einer der vielen Elisabeths – ja, genau der: nach dem die Reeder-Bischoff-Straße benannt ist –, das herrschaftliche Anwesen der Stümckes, weißt du, da wo heute das Schwimmbad steht (ausführlich beschrieben in den Memoiren Gott weiß welches Reichstagsabgeordneten; oder war es in *Sommer in Lesmona?*), die Apotheke natürlich, die Fabriken in Grohn, und immer wieder Johann Lange, Johann Lange, Johann-Lange-Straße, die Werft, die Werft, die Vulkan-Werft, das Dampfschiff, das Dampfschiff, das erste deutsche Dampfschiff. Es langweilte mich wie die endlose Star-Wars-Paraphrase, für die sich ausgerechnet einige meiner edelsten Mitschüler mit den Deppen so gemein machten, dass sie dafür sogar das Pausentischtennis sausen ließen. Ob Ibi Uhlhorn jetzt das Alter Ego von Luke Skywalkers geheimer Zwillingsschwester, der Prinzessin Leia Organa, war oder doch die Frau des Apothekers aus der Langen Straße, der sein Handwerk beim neunhundertjährigen Lichtschwertmeister Yoda gelernt haben soll – ich konnte es mir einfach nicht merken, und es war mir auch völlig wurscht.

Anders als sein Schulwissen hat das Privatwissen meines Vaters aber durchaus Spuren in mir hinterlassen. Während ich ihn bei Namen wie »Perikles« noch heute, als wäre er nie aufgestanden, am Esstisch vor sich hin dozieren sehe, ist etwa der Name »Vulkan« durch seinen Mund zu einem Teil meines Körpers geworden. Auf der ersten Silbe betont und von der Bremer Stimme seines Dentallauts beraubt, ist er als »Woukan« mit meinen Sinnen wie verwachsen. Ich kann ihn nicht hören, ohne mir meinen Vater in kurzen Lederhosen vorzustellen, neben Onkel Heinz auf der Kommandobrücke der runderneuerten MS *Bremen*, ein Fernglas in der Hand und traurig, bald wieder zurück in die Heide zu müssen.

Doch sei es, dass ich gegen alles, was mein Vater mir vermitteln wollte, aus Gewohnheit unaufmerksam war, sei es, dass auch er diese Urlandschaft unserer Familie schon mehr geahnt als erlebt hatte, erst Onkel Martins Kindheitsbericht fügte den Vulkan mit all den anderen in mir ausgestreuten Namen, Daten und Geschichten zu einem Ganzen zusammen. Und in dessen Mitte regte sich plötzlich auch das Bild der gelben Villa. So viele Jahre hatte sie mich einfach nur angestarrt. Wie ein nächtlicher Sonnenzwilling.

Drei Sonnen sah ich am Himmel stehn,
Hab' lang' und fest sie angesehn;
Und sie auch standen da so stier,
Als wollten sie nicht weg von mir.
Ach, meine Sonnen seid ihr nicht!
Schaut andern doch ins Angesicht!

Nun aber strahlte sie, ihre Wärme hauchte den vermoosten Orten, den Grabsteingravuren und den verhallten Wörtern Leben ein, und ganz natürlich gravitieren seitdem all die familiären Vorstellungsbrocken auf ihre Schwere hin. Wie oft hatte ich meinen Großeltern beim Wohnen zugesehen, ohne einen Zusammenhang zwischen ihnen und ihrer Umgebung zu erkennen. Und nun erfuhr ich aus dem Text eines praktisch Unbekannten, dass in dem großen Haus wirklich einmal gelebt worden war – und dass es in seiner Stadt nicht immer schon gestanden hatte wie ein außerirdisches Raumschiff.

Mit der Großwerft, die ein paar hundert Meter fluss-abwärts lag, war die Weserstraße 84 seit jeher eng verbunden gewesen. Ich wusste das, seit ich denken konnte. Ich wusste, dass die Übernahme der Firma J. Lange & Söhne durch die neugegründete Bremer Vulkan AG die Mittel zum Kauf des Anwesens bereitgestellt hatte; so wie ich wusste, dass mein Großonkel Heinz ein »Vulkanese« in leitender Position ge-wesen war, der nach dem Krieg auch seinen ungelernten Bruder Friedrich, meinen Großvater, dort auf irgendeiner Schreibstelle untergebracht hatte. Ich wusste, dass die beiden jeden Morgen dem Ruf der Werksirene folgend ihre Straße hinuntergegangen waren, als begäben sie sich von einem Fa-miliensitz zum anderen. Doch es sagte mir nichts. Ebenso gut hätten sie Lehrer am örtlichen Gymnasium sein können, oder Schuhverkäufer in der Breiten Straße, oder einfach nur das, was sie für mich immer schon gewesen waren: Gebissträger, Erbsenesser, Rentenbezieher. Warum aber waren mir die familiären Verflechtungen mit dem Vulkan so gleichgültig, während die feinen Eindrücke, die ein kleines Kind namens Martin von dort empfangen hatte, mir sofort eine ganze Welt erschlossen? Hat es mit den unschuldigen Wörtern zu tun, von denen seine Erinnerungen so voll sind, Wörtern, die keine Botschaft und keine Absicht transportieren? Die nur bezeugen, dass Martin tatsächlich ein Erbe dieser Werft war, nicht weil ein legendäres Band ihn an ihren Gründer fesselte, sondern weil er unter ihrem Bann aufwuchs? Mit dem Wort »Niet« zum Beispiel?

Im Haus der Eltern habe gewöhnlich tiefe Stille geherrscht, schreibt Martin. Nur vom Vulkan seien stetige, in ihrer All-täglichkeit kaum merkliche Geräusche herübergeweht. Be-sonders das Einhämmern der Niete in den Schiffsstahl klinge noch immer in ihm nach. Dass, wer den Ozeanen trotzen will, mit gewaltigen, ja tödlichen Kräften im Bunde sein muss, hatte zu den ersten Dingen gehört, die er und seine Brüder über ihre Umwelt erfuhren. Schon wenige Kilometer landeinwärts waren es die Zigeuner, von denen auf den Ausfallstraßen und im Wald angeblich die größte Gefahr drohte. Für die wohlhabenden Anrainer des Hochufers war es das Industrieproletariat: Menschen materialistischer Gesinnung, ohne deren Körper im reichen Staat Bremen nichts gelaufen wäre. Trotz ihres unbezweifelbaren Nutzens wurde den Kindern eingeschärft, sich der rohen Kraft solcher Leute niemals grundlos auszusetzen. Wessen Weg etwa ihre Wohngebiete jenseits der bremisch-preußischen Grenze kreuze, der dürfe sich über eine geklaute Gymnasiastenmütze oder eine blutende Nase nicht beklagen; und wer sich auf der Weser im Ruderboot zu nah an einen der am Ausrüstungskai liegenden Schiffsrohlinge wage, der müsse damit rechnen, dass ein apfelgroßer Stahlniet wie zufällig auf ihn herabfalle. »Ausrüstungskai« – noch so ein Wort, das von nichts als dem Zauber des Vorhandenen spricht. Wie der »Schwimmkran«, der eines Tages auf seinem Weg zur Werft durch die Baumwipfel am Hochufer zu spazieren schien. Und auch die »Dreadnoughts«, kolossale Schlachtschiffe neuen Typs, die Seine Kaiserliche Majestät von His Majesty kopiert hatten, waren dem kleinen Vulkan-Anwohner nicht fremd, weder als Wort noch als Ding. Nur ungesehen groß und unerhört laut waren sie: die SMS Westfalen, die sich am 29. September 1909, nachdem sie kurzzeitig im Wesersand stecken geblieben und daraufhin vom Ballast ihrer Geschütze befreit worden war, durch einen überirdischen Signalton ankündigte und dann plötzlich einfach da war und den Blick auf das oldenburgische Ufer versperrte; die SMS Thüringen, die am 11. April 1911, Friedrichs drittem Geburtstag, wie eine Mauer vor der Weserstraße 84 stand, ja wirklich stand: wegen unruhiger Witterung festgebunden an riesige Eichenpfähle, die unter ihrem Gewicht aber mit gewaltigem Krachen zerbarsten, als das Wasser unerwartet schnell stieg, worauf unzählige Schleppdampfer samt ihrer Scheinwerfer und Signalhörner die nächtliche Weser in eine hellwache Panikzone verwandelten; und schließlich die SMS Markgraf, die mit feiner Ironie am 8. September 1915, als in ganz Europa Panik herrschte, so reibungslos ausfuhr, dass Martin diesen Anblick zum allgemeinen Sinnbild stilisieren konnte: *Durch die Flusslandschaft glitten die Großkampfschiffe trügerisch wie friedliche, zarte blaugraue Wolken, die vom Horizonte her kamen und von einer Unzahl von Schleppdampfern aller Größen begleitet waren, von denen sie durch den für sie eigentlich zu wenig Wasser führenden Strom behutsam ins Meer bugsiert wurden.*

Wer war dieser Martin?

Um das herauszufinden, sollte man seine Autobiographie mal für einen Moment zur Seite legen. Nicht, weil sie unzuverlässig wäre, im Gegenteil. Doch lohnt es sich, zunächst zu überhören, was Martin in seinem Text mit sich und dem Leser besprechen will, und diesen Text stattdessen zu betrachten: wirklich zu betrachten, als wäre er in einer vollkommen fremden Sprache verfasst, als wäre er nichts als ein handfestes Ding aus Farbe und Papier. Glücklicherweise geht das, denn mit dem frischen Ausdruck der Computerabschrift hatte mein Vater mir ja auch das Originaldokument geschickt: 205 zerfranste Blätter, von korrodierenden Heftklammern kapitelweise zusammengehalten. Was erzählen solche Blätter nicht alles, ohne dass man auch nur ein einziges Wort lesen müsste! Nicht nur duften sie nach ihrem Alter, vor allem versammeln sich auf ihnen die vielfältigen Spuren eines schreibenden Individuums: die gewählte Papiersorte; die Raumaufteilung der Seite; die Schriftmasse aus Tinte, Blei, Filz, Leinen, Wachs oder Talkum; die von einer Hand oder einer Maschinentype herrührende Schriftgestalt; die mit Lineal oder frei gezogenen Linien; und natürlich all die Zeichen, die wie Staub auf dem Text liegen und immer nur das Auge des Lesers erreichen, aber nie sein geistiges Gehör – das idiosynkratische Spektakel aus Durchstreichungen, Korrekturen, Randbemerkungen, Kritzeleien, Zeichnungen oder wie in fast allen Texten von Martins Hand: aus Zeitangaben.

Wenn ich jetzt, am 7. Juni 2012 um zehn Minuten nach zwei, schreibe, Martin Leo habe die Abfassung seiner Lebenserinnerungen am 5. September 1958 um zwei Minuten nach halb elf begonnen und am 11. Juni 1968 um zehn Minuten vor zwölf beendet, dann weist das auf einen Unterschied hin. Für die meisten Menschen spielt die Uhrzeit einer Handlung kaum eine Rolle. Ihre Angabe ist fast immer überflüssig. Für Martin hingegen war sie bedeutungsvoll, eine existentielle Dimension, die er so selbstverständlich zur Orientierung brauchte wie das Wissen um seinen Aufenthaltsort. Schon der erste Blick in seine nachgelassenen Dokumente zeigt, dass er praktisch jede Lebensregung mit einem bis auf die Minute präzisen Datum markierte. Seine Tageskalender sind randvoll mit Uhrzeiten, an die sich, oft in maximaler Verkürzung, eine Tätigkeitschiffre anschließt. Jedes Schriftstück, das er anfertigte, sei es ein Brief, ein Tagebucheintrag oder ein längerer Text wie seine Autobiographie, ist nach Tag, Monat, Jahr und Uhrzeit datiert. Meist findet sich auf der Stirn des ersten Blattes die Anfangs- und Endzeit der Schreibtätigkeit. Manchmal aber ist auch der fließende Text so präzise gekennzeichnet, dass sich auf dem amorph gealterten Papier exakt lokalisierbare Zeitspuren finden. Als Martin die ersten, noch handschriftlich verfassten Seiten seiner Erinnerungen einige Wochen nach ihrer Abfassung, am 31. Oktober 1958, korrigiert, notiert er jede Unterbrechung dieser Tätigkeit an genau der Stelle des Textes, an der sie sich ereignet. Neben dem eigentlichen Lektorat legt sich dadurch ein Netz aus Zeitangaben über das Manuskript. So wissen wir, dass Martin zwischen dem dritten und vierten Absatz drei Minuten, von 17h32 bis 17h35, beim Lesen pausiert hat, zu welchem Zweck auch immer. Auf Seite 6 ist es sogar ein singulärer Zeitpunkt, der sich ins Geflecht der Wörter bohrt. *Der Vater*, heißt es da, *steigt ein und nachdem auch die Jungen im Boote sicher verstaut sind, löst er das zu einem kunstvollen Knoten geschlungene Tau vom Anleger.* Dem Leser des Manuskripts springt der senkrechte Tintenstrich förmlich ins Auge, der das Wort »geschlungene« hinter der ersten Silbe in zwei Teile trennt, ergänzt um die Zeitangabe 20h28. Ohne ersichtlichen Grund, als wäre es plötzlich Chronos, der die Blitze schleudert.

Schon vor der Lektüre verrät dieser Text dem Betrachter also, dass da jemand mit größter Selbstverständlichkeit Unverständliches tat. Da kann man nun lachen. Man kann aber auch staunen. Das jedenfalls scheint die dauernde Reaktion zweier Kinder gewesen zu sein, die in Martins Nähe aufwuchsen.

Wenn S. Leo von seinem Großvater erzählt, was er hinreißend tut, dann wird der Fluss der Erinnerungen immer wieder durch den Ausruf eines einzigen Wortes unterbrochen.

»Skurril!« – in auffälligem Kontrast zur bedächtigen Art seines Vortrags und der leicht sächselnden Stimme schreit er es fast. Und schüttelt dann amüsiert den Kopf.

Das ist kein gemütlicher Opa mit Pfeife und Rauschebart, an den man sich ankuscheln möchte. Das ist eine Naturmacht, die ehernen Gesetzen folgt. Zuweilen muss man ihr weichen. Wenn seine Frau mal alleine verreist, dann übersiedelt Martin, um zu überleben, in das Haus seines Sohnes. Weil sich in ihrem Zimmer ein Waschbecken befindet, muss B. es für den Großvater räumen. Dort zieht er dann ein, gerade kräftig genug, seinen Koffer zu tragen, und doch unweigerlich mit einem gewaltigen Fernrohr über der Schulter. Schon am Ankunftstag baut er es auf dem Dach des Wintergartens auf, um von nun an jeden Tag zu einer genau festgesetzten Stunde die auf ein jeweils neues Stück Pappe projizierten Sonnenflecken abzuzeichnen und das Ergebnis in ein astronomisches Tagebuch einzutragen.

Er spricht wenig.

Als die Eltern eines Abends ausgegangen sind und ein Gewitter ausbricht, haben die Kinder Angst, weil es scheint, sie könnten von diesem Großvater keinen tröstenden Zuspruch erwarten. Wie soll schließlich eine Naturerscheinung gegen die andere helfen? Doch sie tut es. Gemeinsam mit seinen Enkeln setzt sich Martin an das große Wohnzimmerfenster und sieht dem himmlischen Treiben zu. Mehr nicht, aber das reicht.

Seine Erscheinung ist ein Muster an Kultiviertheit. Trotz des körperlichen Gebrechens trägt er auch im Ruhestand jeden Tag Anzug und einen breiten Schlips, der so kurz gebunden ist, dass er gerade bis zum Rand der altmodisch überhüftigen Hose reicht. Immer ist er umgeben von Dingen, die ihm Zutritt zum Geistigen ermöglichen: dem selbstgebauten Sonnenfernrohr; Büchern natürlich; einem kleinen Taschenkalender, in dem er ebenso sorgfältig und knapp über das irdische Geschehen Buch führt wie an anderer Stelle über das himmlische; dem Füllfederhalter für die Korrespondenz, einem einfachen Kugelschreiber für alle anderen Notate; dickem Briefpapier aus dem VEB Penig, Marke National Hartpost; dem Klavier, auf dem er hin und wieder improvisiert. Aber er ist kein Stubenhocker. Im Gegenteil, ohne jeden Anflug von Frischluftjubel befindet er sich gerne im Freien. Da kann es passieren, dass er am Gartentisch mit der Bastelei eines platonischen Vielecks beschäftigt ist und es zu tröpfeln beginnt. Aber das stört ihn nicht. Ein gekrümmter, beschwerlich, doch ruhig atmender Mann in Anzug und Krawatte sitzt im Regen und bastelt ein geometrisches Modell aus Papier.

Auch die Nahrungsaufnahme dieses Kulturmenschen ist auffällig. Nicht weil er sich gehen ließe, sondern weil er selbst das Alleralltäglichste auf seine Weise tut. Den ersten Schluck Tee nimmt er aus der Untertasse; das Abendessen besteht jeden Tag aus zwei Scheiben Brot und einem genau bemessenen Kontingent Aufstrich, den er zunächst an verschiedenen Stellen des Tellers plaziert, um ihn dann seinem Bestimmungsort zuzuführen: die Leberwurst auf die linke, die Marmelade auf die rechte Hälfte des Brots.

Alle paar Tage verlässt er das Haus.

Er geht langsam, aber ausdauernd Schritt für Schritt die Straße zum Fluss hinunter. Will er ihn begleiten, und das ist in den Ferien oft der Fall, hat S. auch hier keine andere Wahl, als sich nach der ruhigen Flugbahn des Großvaters zu richten. Anfangs muss er immer wieder auf den alten Mann warten; aber spätestens wenn sie die Blaues Wunder genannte Brücke erreicht haben, gehen sie im Gleichschritt. Wenn sie Glück haben, können sie nun ein Schiff der tschechischen Handelsflotte sehen, das sie beide noch nicht kennen. Das Ziel ist immer das gleiche, die Stadtteilbibliothek auf der anderen Elbseite. Und immer greift Martin zum gleichen Buch, dem aktuellen NVA-Marinekalender. Er studiert ihn. Mit der gleichen Aufmerksamkeit liest er Erich Hensels historischen Aufsatz über die österreichisch-ungarische Kriegsflotte wie Helmut Lassnigs Hommage an den Klipper als »Höhepunkt der Segelschiffahrt des 19. Jahrhunderts«. Und auch die gut recherchierte Lebensgeschichte eines »Kriegsschiffes des deutschen Imperialismus« liest er vom ersten bis zum letzten Wort, schließlich kommt es auf die Sache an und nicht auf den Namen. Gerne hätte man sein Gesicht gesehen, wenn er die Humoristischen Zeichnungen betrachtet. Hat dieser stille Schiffsenthusiast Sinn für Seefahrerwitze? Auf dem Rückweg betritt er jedes Mal die Schreibwarenhandlung am Körnerplatz. Dort kauft er zwei schwarze Kugelschreiberminen. S. hat mitgezählt, seit der Ankunft des Großvaters sind es jetzt schon insgesamt sechs. Er zögert einen Moment, dann fragt er.

»Brauchst du die alle?«

»Wahrscheinlich nicht.«

»Aber warum kaufst du sie dann?«

»Das mache ich eben so.«

Pünktlich zum Mittagessen sind sie zuhause. Nachdem die Tafel aufgehoben ist, folgt einer von drei zeremoniellen Höhepunkten des Tages. Schon am Morgen hat der Großvater eine Zigarre gedrittelt. Mit einer Laubsäge, denn Tabak ist Laub. Nun legt er sich die Baskenmütze auf den Kopf. Das Bündchen zieht er nicht hinunter, flach wie ein Fladen liegt sie auf dem kahlen Schädel. Auch das macht er eben so. In seine Jackentasche steckt er den Schlüsselbund, obwohl man den zum Öffnen der Balkontür gar nicht braucht. »Weil es dazugehört«, antwortet er B. auf ihre erstaunte Frage nach dem Grund. Er legt das Zigarrendrittel, ein Brennglas und »zur Sicherheit« auch ein Päckchen Streichhölzer in einen geschwungenen Emaille-Aschenbecher, auf dessen immer sauberer Innenfläche ein Zierfisch abgebildet ist, und geht auf den Balkon. Dort dreht er das Glas zur Sonne und hält es vor die Zigarre, bis sie sich »am göttlichen Strahl« entzündet hat. Dann raucht er.

In S.s Wohnzimmer hängt heute ein altes Schiffschronometer. Er hat es von seinem Großvater geerbt, in dessen Leben es einen Königsplatz einnahm. Ihm ist die letzte Runde des Tages gewidmet. Um kurz vor Mitternacht bringt Martin das Uhrwerk zum Stillstand, indem er einen Zylinderstift in das Messinggehäuse steckt. Er dreht den großen Zeiger ein winziges Stück, bis sich dieser mit dem kleinen Zeiger auf der Zwölf vereint, stellt das Radio an und wartet auf das letzte Zeitzeichen, das Radio DDR 2 an diesem wie an jedem Tag sendet. Wenn es ertönt, zieht er den Stift heraus. Dann legt sich Dr. Martin Leo schlafen. Für ein paar Stunden muss er jetzt, wie jeder andere Mensch auch, der Schwerkraft ihren Tribut zollen.

In ihrer anschaulichen Genauigkeit ähnelt S.s Erzählweise der meines Vaters. Beiden könnte man stundenlang zuhören. Teilen sie zufällig das gleiche Talent? Oder liegt es daran, dass beide als Ingenieure gelernt haben, im Detail präzise und im Ganzen prägnant zu sein? Wenn C. Leo von seinem Vater Martin erzählt, klingt es jedenfalls anders: nicht etwa vage, aber gedankenvoller, tiefer, komplizierter. Nicht das Erstaunen über eine Naturerscheinung steht da am Anfang, sondern die Herausforderung, vor einem großen Geist zu bestehen. Auch er war ja einmal ein Kind in Martins Nähe, und auch er ist bis heute fasziniert von der Eigentümlichkeit dieses Mannes. Aber es ist sein Vater, und Väter lassen sich nicht so einfach beobachten. Väter sind rätselhafte Wesen, die etwas von einem wollen, wo man doch eigentlich etwas von ihnen will. Nie kann der kleine C. jedenfalls die Unzugänglichkeit des Vaters ganz vergessen, auch dann nicht, wenn er neben ihm zum Fluss läuft. Immer läuft die Frage mit: Was geht in diesem Mann vor? Und warum bewegt sich der ältere Bruder so sicher in dessen unsichtbarer Welt? Wie ist es möglich, dass er und der Vater sich zum Gespräch über anscheinend unendlich wichtige Sachen zurückziehen, die ich kaum dem Namen nach kenne? Muss ich etwa auch Altgriechisch lernen? Dann könnte ich vielleicht teilnehmen, wenn die beiden das Johannes-Evangelium im Original lesen. Doch das Beispiel seiner Mutter beruhigt ihn, es zeigt, dass der Vater nicht nur die eigene Art liebt. Und vielleicht spürt der Junge sogar, dass das Geistesleben selbst in seinen mächtigen Verkörperungen auch nur einer von vielen Wegen ist, aus der menschlichen Not eine Tugend zu machen. So fasst er intuitiv Zutrauen zum Unverständlichen – und geht dann seiner eigenen Wege.

Einen Wunsch allerdings gab es, dessen Erfüllung C. auf andere Weise in die Nähe des Vaters gebracht hätte: Er wollte auf die Werft. Aber heute scheint er fast dankbar, dass man dem damals schnell einen Riegel vorschob. Nach zwei Semestern wurde ihm der Studienplatz für Schiffselektrotechnik ohne Begründung wieder entzogen. Ein bisschen Spionage hatte wohl zu dem Verdacht geführt, er könne sich »auf Arbeitergroschen« in Roßlau und Rostock ausbilden lassen, um dann zu seinem Onkel nach Vegesack rüberzumachen. So wurde C. Architekt. Seiner künstlerischen Neigung kam das sicher entgegen, obwohl es rückblickend auch ein paar Platten weniger hätten sein dürfen. Erst als er sich seiner eigenen Welt sicher war, las er einige der Bücher, die dem Vater etwas bedeuteten. Ich weiß nicht, ob er sich deren Inhalte zu eigen gemacht hat oder ob er einfach nur respektiert, dass sie für Martin Wahrheiten enthielten. Jedenfalls ist keine Distanz spürbar, wenn er sagt, sein Vater habe sich nicht nur um fünf Jahre, sondern um mehrere Erdenleben älter gewähnt als mein Großvater. Und wie anders auch immer ich das ausdrücken würde – widersprechen möchte ich dem nicht.

C. erzählt genau, aber verdichtet; sein Bruder lebt nicht mehr. Ich kann mir darum Martin als Vater nicht so genau vorstellen wie als Großvater. Aber ich weiß, dass es einmal zu einer erstaunlichen Begegnung zwischen ihm und seinen Söhnen gekommen sein muss. Niemand hat mir davon berichtet; C. erinnert sich nicht einmal an sie. Weil aber Martin ihr eine bleibende Gestalt gegeben hat, lässt sie sich jederzeit nachvollziehen, auch wenn es ein wenig Mühe erfordert. Eine Schilderung? Ein Foto? Eine Zeichnung? Nein, wieder ist es der Anblick eines Textes. Doch anders als ein Manuskript oder ein im Archiv verstecktes Notizblatt *will* dieses Schriftstück gesehen werden. Wie eine Kalligraphie, nur dass es um viel mehr als schönen Ausdruck geht. Auf kunstvolle, fast magische Weise spiegeln sich in diesem sonderbaren, wahrscheinlich nicht mehr im Deutschen Reich, sondern schon in der SBZ entstandenen Dokument Sinn und Form.

Der Text ist vermutlich eine Keimzelle von Martins Autobiographie. Er umfasst nur einen Bruchteil der endgültigen Version, alles in allem höchstens zehn der später gut 200 Seiten. Man muss das schätzen, weil diese Fassung ein eigenes

Format besitzt. Sie besteht aus einer kleinen Ansammlung loser Oktavblätter, die auf den ersten Blick so unscheinbar sind, dass ich sie im Päckchen meines Vaters fast übersehen hätte. Sie sind fortlaufend numeriert und beidseitig von Hand beschrieben. Aber nicht von einer, sondern von drei Händen! Inhaltlich eine Einheit, zeigt sich der Text zuerst in der lateinischen Schrift zweier Grundschüler, dann in einer reifen deutschen Handschrift. Die Kinderschriften stehen auf vorgedruckten Hilfslinien, die erwachsene kann sich selbst halten, sie schwebt geradezu über den imaginierten Zeilen. Die ersten sechzehn Seiten verteilen sich auf vier zweiblättrige Papierbögen, wie sie in der Schule für Diktate und Aufsätze verwendet werden. Und als wäre es tatsächlich eine Klassenarbeit, steht auf der jeweils ersten Seite oben der Name des Schreibers: zweimal »H. Leo«, zweimal einfach nur »C.«. Den Rest des Textes hat der erwachsene Schreiber auf sechs einfachen Blättern von festerer Qualität zu Papier gebracht. Auch wenn er ungenannt bleibt, ist in ihm unschwer Martin Leo zu erkennen. Und ebenso offensichtlich ist er auch der Autor des kleinen Erinnerungsstücks. Es trägt den Titel »Erste Schulzeit in Vegesack« und beginnt so:

In der Zeit zwischen der Geburt der ersten beiden Söhne des Oberlehrers am Realgymnasium zu Vegesack, Dr. Heinrich Leo in der Weserstraße, und dem Umzug in ein etliche hundert Meter weiter südlich in der gleichen Straße gelegenes, 1909 durch die Großmutter mütterlicherseits erworbenes Patrizierhaus, waren die Stadtväter des kleinen bremischen Hafenortes an der Unterweser nicht untätig gewesen. Wie man auf hoher See, ringsum in einer ungeheuren Weite von Wasser, nichts als Wasser, am Horizont, an der Kimm, wie der Seemann sagt, von entgegenkommenden Schif-

fen zunächst nur die Mastspitzen und sonst nichts sieht, so hatten sich seit 1904 Ereignisse vorbereitet, die mit dem Herrn Lehrer Diedrich Steilen irgendwie zusammenhängen mußten, der an der Ecke Weserstraße-Kimmstraße wohnte. Es war uns Kindern so, als ob auch Onkel Christians und unser Vater selber daran nicht ganz unbeteiligt waren, aber so genau wußten wir das nicht. Wir waren ja noch gar so klein und unerfahren in der Welt. Wir Kleinen sahen also an unserem Horizonte Mastspitzen auftauchen, die näher und näher kamen. Den Schiffsrumpf darunter konnten wir aber ebenso wenig erkennen, wie der Seemann ein Fahrzeug erkennt, dessen Mastspitzen er über die Kimm herausragen sieht.

Was hier so geheimnisvoll angedeutet wird, ist der Bau eines neuen Schulgebäudes. Selbst Häuser schienen in Vegesack also aus dem Wasser zu kommen. Ob der kleine H. die komplizierte maritime Metapher, die er da hinschreiben musste, verstanden hat? Ein paar Seiten weiter ist es dann der noch kleinere C., der notiert, wie der Vater sich an sein erstes Klassenzimmer erinnert:

Die Klasse, in der ich meinen ersten Unterricht genoß, machte in dem noch nicht abgenutzten, nach modernsten Grundsätzen eingerichteten Schulgebäude einen sehr hellen, sehr freundlichen und sehr sauberen Eindruck. Die Bänke glänzten in gelbbrauner, feiner Holzmaserung schön durch den blanken, durchsichtigen Bootslack, der darüber gestrichen war. Die Tafel mit den schnurgeraden, roten Doppellinien auf der Vorderseite und der herunterzuklappenden Rechenhälfte war noch nicht grau und abgenutzt, sondern von einem satten, tiefen, matten Schwarz.

In der Begebenheit, auf die dieses kleine Kapitel hinausläuft, spielt die beschriebene Tafel die eine Hauptrolle. Die andere spielt »Onkel Christians«, Nachbar in der Weserstraße und Martins erster Lehrer. Die Szene findet sich am Ende des Teils, den Martin selbst niedergeschrieben hat:

Am nächsten Tage hatte Onkel Christians tatsächlich ein Fläschchen mit roter Tinte mitgebracht, und nun begann er geschäftig vor unseren Augen allerlei merkwürdige Dinge zusammenzustellen. Er brauchte nicht nur den langen, flachen, offenen Kasten aus Zinkblech, der mit Wasser eben bedeckt, zur Befeuchtung der Luft in der Klasse durch die Dampfheizung diente, sondern auch ein ganz neues, weißes Stück Kreide und eine eben aufgeblühte weiße Rose, die er von dem Strauch in seinem eigenen Garten beim Morgengrauen taufrisch abgeschnitten hatte. Das Wasser in dem Zinkkasten stieg nur wenige Millimeter, als er den Inhalt des Tintenfäßchens hinzugemischt hatte, und nun stellte er in das flache rote Meer die Kreide aufrecht wie einen kleinen weißen Leuchtturm hinein. Auch die Rose wurde so an der Wand des Wassers befestigt, daß die Schnittstelle in die Flüssigkeit eintauchte und die weiße Blüte über den Rand des Kastens hinausragte. Alles das blieb nun bis zum Morgen des folgenden Tages stehen, und wir wandten uns anderen Dingen zu.

Selten sind wir pünktlichere und mustergültigere Schüler gewesen als an jenem Morgen, der die Enthüllung von Onkel Christians Geheimnissen bringen sollte. Wir konnten kaum erwarten, zu schauen, was aus der weißen Kreide geworden war und welches Wunder in dem unschuldigen keuschen Weiß der Rose geschehen war.

Die Kreide hatte zur Hälfte ihr nüchternes Weiß mit einem fast leuchtenden Rot vertauscht. Onkel Christians nahm sie aus dem roten Meer heraus und zeigte sie uns, halb weiß, halb rot, wie die Flagge unserer Heimatstadt Bremen. So – nun wollen wir auch einmal mit der bremischen Kreide bremische Buchstaben auf die Tafel schreiben! Und er schrieb mit der ihm eigenen unnachahmlichen Sorgfalt mit der roten Seite der Kreide ein großes C, ein H, ein K und ein M in die roten Doppellinien hinein. Darunter setzte er, weiß geschrieben, drei andere Buchstaben, die wir nicht kannten und auch nicht zu kennen brauchten.

So, sagte er, so wie hier oben die roten Buchstaben, so machen wir Bremer unsere Schriftzeichen. Sie sind ähnlicher der lateinischen Schrift, die man fast in allen mit Bremen Handel treibenden Ländern schreibt, als die gleichen Buchstaben der preußischen Schrift, die ich in weißer Farbe darunter geschrieben habe. Die Preußen können nicht mit beiden Farben ihrer schwarzweißen Fahne auf der Tafel schreiben, wir Hanseaten, wir Bremer, können das! Dreimal ist Bremer Recht, eine schwarze Tafel und eine Kreide, die auf der einen Seite weiß und auf der anderen Seite rot ist.

Seht, es ist eine eigene Sache um die warme, rote Flamme, die in der Begeisterung eines reinen Herzens für unser Hanseatentum emporlodert und Dinge in die Welt hineinbringt, die ohne den Hanseatengeist gar nicht dasein würden. Und nun wandte er sich der Rose im roten Wasser zu. Sie war nicht weiß geblieben. Durch ihre Blütenblätter zogen sich unzählige feine verästelte Äderchen. Ihre Farbe war auch wie die der Kreide hanseatisch geworden, aber in einer viel lebendigeren Form als die nüchterne mathematische Begrenztheit in der Kreide. Onkel Christians hatte aus der abgeschnittenen Rose über Nacht eine künstliche Rose gezüchtet, die es nirgendwo in der Welt sonst gab, eine Rose, die sich vor dem Verwelken und Absterben noch einmal mit den Farben ihrer Abstammung aus fantastischem Grund und Boden geschmückt hatte, eine Rose aus Bremen.

Natürlich kann diese Szene nicht unkommentiert bleiben. Doch ohne ihre Form zu würdigen, wird man sie nicht ganz entschlüsseln. Warum hat Martin seine Söhne überhaupt zu Komplizen dieses Erinnerungsakts gemacht? Und wie ließ er sie ihre Passagen zu Papier bringen? War es ein Diktat? Wahrscheinlicher erscheint mir ein anderer Weg der Vermittlung. Vermutlich hat der Vater zuerst den ganzen Text in deutschen Buchstaben geschrieben und dann dessen erste Hälfte zu jeweils gleichen Teilen von H. und C. in den ihnen vertrauten lateinischen Buchstaben abschreiben lassen. Nach der Abschrift wurde dann die erste Hälfte der Originalhandschrift vernichtet, während die zweite das Abgeschriebene um den fehlenden Rest ergänzte. Die Abschrift hätte demnach einen ganz anderen Zweck verfolgt, als die Kopie eines Musters zu erstellen oder einen Inhalt bloß zu vervielfältigen. Aber welchen? Ich bin mir sicher, Martin hatte mit seinen Kindern nichts anderes im Sinn als mein Vater mit mir. Er wollte, dass etwas aus seinem Kopf den Weg in die Köpfe seiner Söhne fand. Nur waren seine Mittel subtiler. Er wusste um die Komplizenschaft von Geist und Hand. Und er wusste zu nutzen, was seine Söhne ihm voraushatten: ihre Kindheit.

Indem der Erwachsene seine Kindheitserinnerung von Kindern aufschreiben lässt, gibt er ihr eine kindliche Form. So verringert sich die Kluft zwischen dem Kind, das Martin war, und dem Mann, der er ist. Eine Kindheitserinnerung in Kinderschrift. Doch faszinierend und deshalb so viel mehr als nur ein nostalgischer Memorialakt ist dieses Schriftstück ja, weil es auch die umgekehrte Bewegung, die der Kinder zum Vater, erzwingt. H. und C. eignen sich nicht nur einen Bewusstseinsinhalt ihres Vaters an, sie tun das auch in einer eigentlich nur dem Vater angemessenen Form. Sie müssen sich einer hochartifiziellen Sprache beugen, die weit über das hinausgeht, was man Kindern in diesem Alter üblicherweise zumutet. Und sie müssen zu diesem Zweck eine Schrift lesen lernen, die aus der väterlichen Vergangenheit stammt.

Die Blätter sind nicht datiert. Doch aus der Schrift der Kinder, die im einen Fall ein Alter von höchstens neun, im anderen von höchstens sieben Jahren verrät, lässt sich schließen, dass sie um 1945 entstanden sein müssen. Zwischen 1941 und 1954 wurde aber an keiner Schule auf deutschem Boden deutsche Schrift gelehrt, das weiß ich aus den Studien für meine Doktorarbeit. Sosehr man die »Sütterlin« genannte Schrift auch mit den Nazis assoziiert: Es war die Regierung Hitler, die sie – aus imperialen Gründen – im gesamten Reichsgebiet vom Lehrplan nahm. Wie mühsam das Erlernen dieser Schrift für einen lateinisch Schreibenden ist, weiß jeder, der mal versucht hat, deutsche Briefe oder Tagebücher aus dem frühen 20. Jahrhundert zu entziffern. Martin verlangt diese Mühe von seinen eben erst schulpflichtigen Söhnen. Der Name des kleinen C. ist deutsch geschrieben, wie ein Siegerkranz thront er über dem Text in der geläufigen Schulschrift.

Warum aber haben die Kinder nicht den ganzen Text abgeschrieben? Betrachtet man die Sorgfalt des Arrangements, ist kaum vorstellbar, dass man ein Fragment in Händen hält. Tatsächlich scheint der Text in genau dieser Form beabsichtigt zu sein. Dafür spricht nicht zuletzt seine wohlproportionierte Aufteilung. Die beiden Brüder bringen je ein Viertel zu Papier, der Vater die noch fehlende Hälfte. Denn, so könnte man die Absicht des Autors in Worte fassen, auch die Erinnerung ist eine Bewegung in zwei Richtungen, das Auftauchen des Vergangenen in der Gegenwart wie das Abtauchen des Gegenwärtigen in die Vergangenheit. Und ebendies bringt

Martin dadurch zum Ausdruck, dass er den Text in Gestalt beider Schriften erscheinen lässt: zur einen Hälfte in neuer lateinischer Abschrift, zur anderen im alten deutschen Original. Es ist also ein raffiniertes Schreibspiel, das der Vater hier mit den Söhnen veranstaltet. Nimmt man nun auch den Inhalt hinzu, muss man endgültig zu dem Schluss kommen, dass da ein hochentwickelter Gestaltungswille Regie geführt hat. Nicht nur die Form ist nämlich spiegelbildlich arrangiert – auch erzählt die Geschichte genau das, was ihre materielle Gestalt anschaulich macht. Ein Text, der zur einen Hälfte lateinisch, zur anderen Hälfte deutsch geschrieben ist, läuft auf die Szene hinaus, in der sich der Erzähler des Moments erinnert, in dem die Unterscheidung dieser beiden Schriftarten in sein Leben tritt. Und in diesem Unterschied wiederum spiegeln sich zwei andere Unterschiede: der von Rot und Weiß und der von Preußen und der weiten Welt. Aber so wie die Form alle zum Ausdruck gebrachten Unterschiede in einer Gestalt vereint, so gibt es auch im Text eine Idee und ein Dingsymbol, in denen die dargestellten Unterschiede aufgehoben werden. Die Idee ist das bremische Hanseatentum, dessen Sinnbild die zweifarbige Rose. Einer seiner kleinsten Staaten verkörpert in diesem Text das alte, das geistige, das kleinteilige Deutschland. Das Deutschland der Gebildeten und, Verzeihung, Eingebildeten. Es wähnt sich anderen Nationen überlegen, weil es zu diesen nicht in Gegensatz zu stehen, sondern, die eigene Überlegenheit subtiler reklamierend, die Gegensätze in sich selbst zu vereinen meint. So stellt Bremen 1910 eine ideelle Mitte Deutschlands dar und zugleich einen deutschen Grenzort: Insel in der kaiserlichen Hegemonialmacht Preußen, schlägt es über Seefahrt und Handel zugleich eine Brücke zwischen Deutschland und der

Welt. Die zweifarbige Kreide ist eine Allegorie dieser Einheit des Gegensätzlichen, zudem ihrem Zweck nach nüchtern und geeignet, die Idee an der Tafel zu demonstrieren. Die rotweiße Rose hingegen, wie sollte es bei diesem undinglichsten aller Dinge anders sein, ist nichts mehr als ihr Symbol. Sie verweist auf die Stadt Bremen und ist selbst ein Gewächs des Bremer Bodens. Der Zweck ihres Sterbens ist das Lob ihres Lebensgrundes – wenn es nach der Erwähnung der Ostkurve noch eines weiteren Beweises bedürfte, dass Patriotismus ein religiöses Gefühl sein kann: Hier wäre er.

Gleich einem Spiegelkabinett sind diese Blätter ohne Zentrum. Wohin man auch blickt, man sieht immer zugleich in die Gegenrichtung, in der sich durch die raffinierte Krümmung des Spiegels eine dritte Richtung auftut, die wiederum in ihre Gegenrichtung zeigt und so fort. Vergangenheit und Gegenwart, Erwachsenenalter und Kindheit, Inhalt und Form entsprechen einander, sie konvergieren, ohne zu verschmelzen. Und wie bei den Blättern eines Baumes haben die Teile die gleiche Gestalt wie das Ganze. Aus dem Mikrokosmos eines einzigen Dings, der rotweißen Rose, lässt sich nicht nur der Makrokosmos der ganzen Geschichte entfalten, sondern auch die Art ihrer Entfaltung. Die Trennung des Unterschiedlichen und seine erneute Zusammenführung sind zwei Momente einer einzigen Denkbewegung.

Nicht ohne Grund stand bei Martin in einem niedrigen Glasschränkchen eine fünfundvierzigbändige Werkausgabe, die jeder gebildete Zeitgenosse schon von weitem an ihren charakteristischen Halblederrücken erkannte. Wenn auf dieser Vitrine etwas lag, eine Schachtel Streichhölzer zum Beispiel, die seine Enkelin zum Entzünden der Adventskerzen suchte, dann hieß die Ortsangabe: auf dem alten Goethe.

4. KAPITEL

KEIN GEHEIMNIS

Ein dicker Leitz-Ordner. Auf das Etikett habe ich 1996 mit grünem Filzstift *Großvater* geschrieben, darunter in etwas kleineren Buchstaben *NS-Dokumente*. Im Innern befinden sich vier mit Heftstreifen zusammengehaltene Stöße Schwarzweißkopien. Vor das jeweils erste Blatt ist eine ebenfalls von meiner Hand beschriftete Karteikarte geklemmt: *1) Personalakte BDC; 2) Bundesarchiv NS-Akten; 3) Akten der Zentralen Stelle Ludwigsburg; 4) Nürnberger Dokumente.* Die Kopien des ersten und umfangreichsten Konvoluts sind mit Bleistift numeriert. Blatt Nr. 2b zeigt eine sichere deutsche Handschrift, mittelgroß und ohne auffällige Merkmale.

> *Am 11. April 1908 wurde ich als 3. Sohn von 4 Söhnen des Oberlehrers Dr. Heinrich Leo und seiner Ehefrau Gesine Lange in Vegesack geboren. Ich besuchte das Realgymnasium in Vegesack bis zur Obersekundarreife. Ich trat dann in die Forstlehre als Privatforstlehrling. Nach 3 jähriger Lehrzeit schloß ich meine Berufsausbildung mit dem bestandenen Forstgehilfeexamen ab. Da ich im Jahre 1928/29 keine Stellung bekommen konnte beschäftigte ich mich zunächst als Praktikant beim Katasteramt und Kreisausschuß, Jugendamt in Blumenthal an der Unterweser. Als ich dort meiner politischen Einstellung wegen entlassen wurde, betätigte ich mich in der Landwirtschaft, um mich als Siedler umschulen zu lassen. Eine eigene Neubauernstelle konnte ich wegen des fehlenden*

Anzahlungskapital nicht übernehmen. Im Besitze des Neubauern-
scheins bin ich seit 1934. Eine mir dann als Schulungsleiter innerhalb der Landbauernschaft Hannover angebotene Stellung nahm
ich im Januar 1935 an. Bis Februar 1936 war ich dann Sachbearbeiter in der Abteilung Landjugend und weltanschauliche Schulung.
Von dort wurde ich als Sachbearbeiter für die H. A. I an die Kreis-
bauernschaft Danneberg versetzt.

Seit 1921 war ich Mitglied des deutschen Pfadfinderbundes,
wo ich seit 1929 als Gauführer und Leiter des Grenzlandamtes
Nordschleswig und Mitarbeiter im Siedlungsbund war. Von dort
wurde ich als Gefolgschaftsführer der H. J. übernommen. Herbst
1934 trat ich in die SS und war bisher in der 88. 12. u. 17. SS Stan-
darte als Sturmbannschulungsleiter tätig. Am 2. 3. 1935 verheira-
tete ich mich mit Trina Dodenhoff. Aus unserer Ehe ging 2 Kinder,
weibl. Geschlechts hervor.

So hat es am 8. Dezember 1937 der SS-Rottenführer Friedrich
Leo über sich selbst geschrieben. Sieben Rechtschreibfehler
auf einer Seite, kein Desaster, aber im freien Diktat wäre das
nach den strengen Maßstäben seiner Schulzeit bestenfalls be-
friedigend gewesen. Für eine Bewerbung in die Reichshauptstadt, deren Erfolg das erste Schrittchen auf einer Karriere-
leiter bedeuten würde, jedenfalls erstaunlich viel. Andererseits,
hätte er sie seinen studierten Brüdern zum Gegenlesen schicken sollen? Zusammen mit einem ausgefüllten Fragebogen,
der die Konfession als *gottgläubig* ausweist und – nicht wahr-
heitsgemäß – als einzige Krankheit im Kreis der unmittelbaren
Verwandten die mütterliche Neigung zu chronischen Kopf-
schmerzen nennt, wird diese Selbstauskunft am 11. Dezember
1937 ihrem Empfänger zugestellt: Rasse- und Siedlungshauptamt SS, Hedemannstraße 24, Berlin SW 68.

Vor dem Hintergrund des jahrelangen Dahintreibens in einer Übergangszeit, das dieser Lebenslauf dokumentiert, muss man sagen: Friedrich nimmt allmählich Fahrt auf. Das erste und letzte Mal in seinem langen Leben. Mit der Anfertigung eines neuen Stammrollen-Auszugs darf er sich mit Wirkung vom 29. April 1938 tatsächlich Führer im RuS-Hauptamt-SS nennen. Sein Einsatzgebiet bleibt aber vorläufig noch die 17. SS-Standarte, mit der er sich in seiner Freizeit die Welt anschaut. Das bescheidene Gehalt überweist weiterhin der Reichsnährstand, für den er im preußischen Regierungsbezirk Lüneburg Sachen bearbeitet. Und was machen Sie so? Ich bearbeite Sachen und schaue die Welt an. Ein kleiner Provinzangestellter der nationalsozialistischen Agrarbürokratie, abgebrochenes Gymnasium, verheiratet, 2 Töchter, Hobbys: Lesen, SS. Wer weiß, wie lange dieses zwar endlich geregelte, aber wohl auch ein wenig langweilige Leben so weitergegangen wäre, hätte ihm nicht der Mörder seines Vaters auf die Sprünge geholfen, der gute alte Krieg.

Dass er höher hinauswollte, hatte Friedrich schon angedeutet, als er sich im März 1939 erfolglos beim Ahnenerbe der SS bewarb. Zwei Gründe gibt er für diese Bewerbung an, *kulturelles Interesse* und den Wunsch, endlich *hauptamtlich in der SS* zu arbeiten. Die sogenannte Forschungs- und Lehrgemeinschaft, die sich der sogenannten Geistesurgeschichte der sogenannten arischen Rasse verschrieben hatte, wäre ein ideales Betätigungsfeld für die Sonntagsleseratte, den halbgebildeten Historikergroßneffen, Historikersohn und Historikergroßvater Friedrich Leo gewesen. Aber es hat nicht sein sollen, weder im Großen noch im Kleinen, und so muss er sich gefallen lassen, dass Geschichte nicht von ihm, sondern über ihn geschrieben wird. Einstweilen aber verlegte sich

Friedrich darauf, Geschichte zu machen. Oder wie auch immer man es nennen wollte, als plötzlich kein Stein mehr auf dem anderen stand.

Zunächst wird Friedrich ab August 1939 für ein gutes Jahr ein ganz normaler deutscher Mann. Vergleichsweise sympathisch, wie er da zusammen mit anderen Wehrmachtsrekruten die Grundausbildung absolviert, im Frost Wache schiebt und dann sehr sportlich Frankreich überfällt. Aber im Oktober 1940, die Generalität hängt längst mit Gott in Paris ab, hat man in Berlin genug von dieser Humankapitalverschwendung. *Bis auf weiteres uk-gestellt* und *sofort zu entlassen* sei der Reserveoffiziersanwärter mit der SS-Nummer 278243. Unabkömmlich? Seine Brüder Martin und Heinz, Synthesechemiker der eine, Schiffbauingenieur der andere: selbstverständlich. Aber was kann denn dieser Schulabbrecher, dass er mitten im größten Krieg, den je ein deutsches Heer ausgefochten hat, das Gewehr fallen lassen soll? Bäume pflanzen? Fackeln halten? Volkslieder singen? Es sagt viel über Natur und Zweck dieses Krieges, dass er wirklich dringend gebraucht wurde.

Am 12. Dezember 1940 tritt er seinen neuen Dienst in Metz an. Doch was hat Friedrich, nachdem Frankreich besiegt ist, noch in Lothringen zu suchen?

Der überraschend günstige Kriegsverlauf hatte Ende 1939 die Frage aufgeworfen, wie sich von einem Tag auf den anderen aus all dem Volkstumsgerede völkische Großraumpolitik machen lasse. Der Plan war einfach und schon vor Kriegsbeginn vielfach zu Papier gebracht worden: Deutsche reinholen und fördern, alle anderen entweder ausbeuten oder rauswerfen und sich selbst überlassen. In praktischer Hinsicht erforderte das aber eine immense Logistik. Zum Beispiel brauchte man, um die Organisationsmaschine überhaupt anwerfen zu können, Fachleute, die in einer Masse aus nackten Menschen Deutsche von Nichtdeutschen unterscheiden konnten. Die SS, deren Reichsführer für dieses gigantische Unternehmen verantwortlich war, verfügte in ihrem Rasseamt über solches Personal.

Der Ursprung dieses Expertentums war nun freilich ganz unkriegerischer, fast möchte man sagen: romantischer Natur. Am 31. Dezember 1931 hatte Heinrich Himmler seinen Leuten den sogenannten Heiratsbefehl erteilt. Dieser besagte nicht, wie man vielleicht meinen könnte, dass der noch ledige SS-Mann sich unverzüglich ein Weib zu suchen habe, sondern nur, dass seine Heiratsabsicht von nun an genehmigungspflichtig war. Einerseits segelten die Nazis auch hier nur mit dem Wind. Wenn Himmler von den Bräuten seiner Leute ein Erbgesundheitszeugnis verlangte, dann machte er mit der Eugenik in seinem Geltungsbereich nur so ernst, wie es in Skandinavien oder den USA längst üblich war. Andererseits hieß Eugenik auf Deutsch nicht umsonst »Rassenhygiene« – ein schillernder Ausdruck, der eben nicht nur auf die Gesundheit einer Bevölkerung zielte, sondern auch auf das sogenannte Wesen eines Volkes.

Die SS war, wie es in § 1 des Befehls heißt, *ein nach besonderen Gesichtspunkten ausgewählter Verband Nordisch-bestimmter Männer,* deren Daseinszweck, so § 3, *die erbgesundheitlich wertvolle Sippe deutscher Nordisch-bestimmter Art* sei. Also nicht nur ohne Mangel sollte diese Gruppe sein, sondern auch von »nordischer« Art. Eine Zuchtgemeinschaft, in die nur gesunde Lurche, Erdkröten, Breitmaulfrösche und unter gewissen Bedingungen auch Stechmücken aufgenommen werden konnten, auf keinen Fall aber Waschbären oder Krokodile, und

Wanzen schon gleich gar nicht, seien sie auch noch so unausrottbar robust. Da Himmler gemäß § 7 seines Befehls das Rasseamt der SS mit der *sachgemäßen Bearbeitung der Heiratsgesuche* betraut hatte, bildete sich dort erstmals in der deutschen Geschichte ein kleiner Stab von Experten zur Herstellung von Deutschen heraus. Denn in praktischer Hinsicht bekundete die Rede von »Rasse« ja nichts als den Willen, immer mehr deutsche Staatsbürger dem eigenen Ideal genügen zu lassen. Um dieser Aufgabe nachzukommen, musste die Züchteravantgarde der sogenannten Eignungsprüfer zum einen ein Erbgesundheitsattest unfallfrei lesen können. Das hätten wohl auch andere geschafft. Darüber hinaus aber musste sie ein Züchtungsideal verinnerlicht haben, dem nicht nur die SS-Bewerber, sondern auch die Bräute der SS-Männer zu entsprechen hatten. Neben dem unvermeidlichen Abstammungsnachweis – bis zu den Großeltern für die niederen, bis 1750 für die höheren Ränge – umfasste der Prüfungskatalog daher auch anatomische, phänotypische und charakterologische Merkmale, durch die sich die Mitglieder einer deutschen Idealsippe auszeichnen sollten.

Ich hatte es immer für eine Schrulle gehalten, dass Großvater meinte, allen männlichen Enkeln einen Wachstumsanreiz bieten zu müssen: Wer die 1 Meter 80 erreiche – seine Körperlänge, hieß das –, dem werde er ein Quadrat Butterkuchen spendieren. Er scheint sich daran gehalten zu haben, wenigstens behaupten das diejenigen Cousins, die es im Gegensatz zu mir geschafft haben. Wie ernst es dem ehemaligen Rassezüchter damit war, ahnte wohl keiner von uns. Allerdings hätte die erste ausdrückliche Information, die ich über die Arbeit der SS-Eignungsprüfer erhielt, bei mir durchaus Zweifel an deren Ernsthaftigkeit aufkommen lassen können.

Wenn mich nicht alles täuscht, war es das einzige Mal überhaupt, dass Großmutter aus der Zeit des Nationalsozialismus berichtete.

Es war aber nicht als historische Mitteilung gemeint, als sie mir erzählte, Großvater habe sie geheiratet, obwohl eine – nicht näher beschriebene – Prüfungskommission ihr die Ehetauglichkeit abgesprochen habe. Ariernachweis zwar tadellos, auch Schollenverhaftung traumhaft, Erscheinungsbild nordisch-fälisch wie aus dem Lehrbuch, gesund wie ein Bienenstock und so kräftig, dass ihr nach einem bei der Heuernte erlittenen Kreuzotternbiss nur etwas schwindlig geworden war. Hübsch war sie sowieso. Aber leider zu klein. Wenn ich mich richtig erinnere, hob sie zwei Arten der Treue hervor, die es Großvater erlaubt hatten, sich im März 1935 über dieses Urteil hinwegzusetzen: seine Treue zu ihr und die seiner Kameraden zu ihm. Tatsächlich erzählt diese Anekdote viel darüber, wie das Dritte Reich funktionierte. Wer etwas in die Waagschale zu werfen hatte, Geld, Einfluss, Freundschaft, seinen Körper oder andere Naturalien, dem konnte das Gesetz egal sein.

Was hatten die Einwohner Lothringens der SS zu bieten? Wie viele Francs, wie viele Schinken, wie viele Geschlechtsakte war die Bescheinigung eines nordischen Blutsanteils wert? Wir wissen es nicht und können nur vermuten, dass die erstaunlich hohe Eindeutschungsquote in den westlichen Annexionsgebieten nicht nur sachliche Gründe hatte. Als Führer im Rasseamt, der auch entsprechende Fortbildungskurse besucht hat, fordert man Friedrich Leo dort jedenfalls aus keinen anderen als sachlichen Gründen an. Er wird einer sogenannten Fliegenden Kommission zugewiesen, die das lothringische Hinterland durchkämmt, um die rassische Zusammensetzung der Bevölkerung zu kartieren und über Eindeutschungsanträge zu entscheiden. Diese Kommissionen bestehen aus Medizinern und Eignungsprüfern der SS. Während die Ärzte wiegen, messen, abhören, Krankheitsgeschichten erfragen, machen sich die Rasseexperten einen Eindruck von der Gesamterscheinung des examinierten Körpers. Praktisch heißt das, sie gleichen die in dem Standardwerk *Rassenkunde Europas* abgedruckten Menschenbilder mit der Wirklichkeit im deutschfranzösischen Grenzgebiet ab. War das französische Volk der Gegenwart tatsächlich »überwiegend ostrassisch« geworden, wie der Autor, ein Privatgelehrter namens Hans F. K. Günther, behauptete? Hatten die dunkelhaarigen Rundköpfe wirklich die hellhäutigen Langschädel verdrängt?

Eine Stellenausschreibung für Rasseprüfer, deren Aufgabe die Auslese eindeutschungsfähigen Menschenmaterials war, hätte so lauten können: »Visionäre mit Sinn fürs Praktische gesucht. Sind Sie ein halbwegs gebildeter Bauer, Gärtner, Förster, Winzer oder Bienenzüchter mit ein wenig Gefühl für deutsche Kultur im Leib? Oder ein Theoretiker mit Neigung zur Praxis, ein arischer Bildungsbürger mit Haustieren, mit Spaß an der Beerenlese oder Erfahrung beim Pilzesammeln, der vielleicht sogar Biologie oder Germanistik studiert hat? Dann sind Sie richtig bei uns!« Der Neubauernscheinbesitzer Friedrich Leo jedenfalls hätte sich wohl von jener, sein Metzer Dienststellenleiter, der Biologieprofessor Bruno K. Schultz, von dieser Charakterisierung angesprochen gefühlt. Zwei Typen der gleichen Art, die einander schnell schätzen lernen und sich über die Fortsetzung ihrer Zusammenarbeit freuen, als nach Erledigung des Jobs im Westen der gesamte Auslesestab nach Marburg an der Drau ins slowenische Grenzgebiet verlegt wird.

Im Sommer 1941 ist ein Personalbericht über den Eignungsprüfer mit der Nummer 76 zu erstellen, dem Anschein nach routinemäßig. Vermutlich hätten das auch andere Vorgesetzte erledigen können. Aber diesen Fall nimmt der Leiter der Einsatzstelle Süd-Ost lieber persönlich in die Hände. Der zu Beurteilende ist gerade von den Folgen eines schweren Autounfalls genesen, und außerdem hat sein Chef etwas vor mit ihm.

Rassisches Gesamtbild: *nordisch-fälisch*, schreibt er in freundlich runden Buchstaben, die sich angenehm von den zackigen Prätentionsbrocken anderer hoher SS-Führer unterscheiden (wenn er Bests Unterschrift sieht, muss er jedes Mal schmunzeln).

Persönliche Haltung: *soldatisch-tadellos.*

Auftreten und Benehmen in und außer Dienst: *einwandfrei u. vorbildlich.*

Geldliche Verhältnisse: *geordnet soweit bekannt.*

Familienverhältnisse: *geordnet.*

Allgemeine Charaktereigenschaften: *gerader, offener Charakter, stets einsatzbereit.*

Geistige Frische: *sehr rege.*

Auffassungsvermögen: *sehr gut.*

Willenskraft und persönliche Härte: *ausgeprägt.*

Lebensauffassung und Urteilsvermögen: *sauber und klar.*

Besondere Vorzüge und Fähigkeiten: *großes Verständnis f. Rassen und Bevölkerungsbiologie, Naturfreund.*

Besondere Mängel und Schwächen: *keine bekannt.*

Jeden dieser Einträge bringt er flüssig, ohne aufzuschauen, zu Papier. Er weiß genau, was er da tut. Nur einmal stockt diese kleine, ihm aber sehr wichtige Schreibarbeit. Punkt II, 5: Wissen und Bildung. Das weiß er nicht, da muss er fragen.

»Schule?«

»Gymnasium.«

»Also Abitur.«

»Nein, Standartenführer, kein Abitur. In der Sekunda bin ich raus.«

»Was? Das gibt's doch gar nicht.«

»Doch. So was kommt in den besten Familien vor.«

Der Vorgesetzte wirkt erstaunt und hält kurz inne. Dann gibt er sich einen Ruck.

»Papperlapapp«, sagt er. »Wenn ich sage, Sie haben Abitur, dann haben Sie Abitur. Verstanden? Und lassen Sie mal den Standartenführer weg. Für Sie, mein Lieber: Schultz.«

Der Obersturmführer fühlt das warme Wohlwollen, das ihm da entgegengebracht wird. Aber noch traut er ihm nicht, so was ist er nämlich nicht gewohnt. Will der andere ihn prüfen?

»Danke, Herr«, sagt er, und erst nach einer Pause spricht er auch den Nachnamen aus; aus dem Bremer Munde klingt es wie: Schouz. »Aber ich weiß nicht recht. Wenn da Abitur steht und das rauskommt, wird das Konsequenzen haben. Das wissen Sie.«

»Nun mal nicht so ängstlich«, sagt der Chef und lächelt aufmunternd, »ist doch sonst nicht Ihre Art. Wer hat das denn ausgefüllt und unterschrieben? Genau, der Standartenführer Schultz. Na, und der wird sich doch mal irren können. Alles, was er gehört hat, ist: Gymnasium. Alles, was er dabei gedacht hat, ist: eh klar bei dem. Und dann schreibt er halt aus Versehen hin: Abitur. Ich bitte Sie. Wo, sagten Sie, wurde Ihr verehrter Vater promoviert?«

»In Leipzig, Herr Schultz.«

»Bei Lamprecht?«

»Ja, ich glaube. Mutter hat den Namen oft erwähnt.«

»Meine Güte! Und dann so kleinlaut. Und der andere Historiker? Heinrich Leo, der alte Hegelfresser – auch einer von Ihnen?«

»Ja, aber keine direkte Linie.«

Der Professor schüttelt den Kopf, als könne er so viel selbstgewählte Unmündigkeit gar nicht fassen. Dann beugt er sich, um dem Folgenden Nachdruck zu verleihen, so weit über den Schreibtisch, dass er seinem kerzengerade sitzenden Gegenüber im Flüsterton kommen und zugleich ein wenig von unten in die Augen gucken kann. Es soll wohl verschwörerisch aussehen.

»Wir sind hier im Feld, Leo. Auf ein Wort: Wollen Sie wirklich Ihr ganzes Leben lang Slawenärsche mustern?«

Der Angesprochene regt sich nicht, aber er kapiert langsam, wo das hinführt. Auf keinen Fall anmerken lassen!

»Wann haben Sie sich denn von der Penne verdrückt? Um '25 vermutlich?«

Der Obersturmführer nickt.

»Also bitte! Jetzt machen Sie sich mal keinen Kopf um die paar Jahre Systemzeit. Das ist ein Furz der Weltgeschichte. Dass da so manches aus dem Ruder gelaufen ist, muss ich Ihnen ja wohl nicht erklären. Wer hat sich denn da alles die Matura erschlichen? Judenmädels, die einen auf dicke Bertha machen. Ostvolk, das dann auf unsere Kosten Wehrtechnik studiert. Aber bei Ihnen ist es umgekehrt, verstehen Sie? Sie brauchen den Lappen gar nicht, weil Sie das Abitur im Blut haben. Verstehen Sie mich, Leo? Das Abitur im Blut! Und jetzt schreib' ich das da hin. Sonst hab' ich nämlich nix mehr von Ihnen.«

Diese vermutlich so oder ähnlich geäußerte Ansicht hatte

nach Auffassung von Standartenführer Prof. Dr. Schultz ganz und gar nichts mit Begünstigung zu tun. Sein kreativer Umgang mit den Fakten rückte lediglich gerade, was die Prinzipien einer völlig verjudeten Menschenauslese aus dem Gleichgewicht gebracht hatten. Höchste Zeit, dem neuesten Stand der Forschung im eigenen Hause Geltung zu verschaffen! Wo bitte, wenn nicht hier? Und wer, wenn nicht er, sollte damit beginnen? Schließlich war der Forschungsstand ja nicht zuletzt auf seinem Mist gewachsen. *Überdies hat sich die rassische Auslese* – so hatte er in einer Richtlinie für Rasseprüfer geschrieben – *grundsätzlich nicht auf eine Einzelperson, sondern auf ganze Sippen zu beziehen, wobei auch wieder die Lebensbewährung der Sippe von größter Wichtigkeit ist.* Und bitte: Gelehrte, Staatsbeamte, Pastoren, Schiffbauer, Fabrikanten, Apotheker – hatte sich die Sippe dieses jungen Mannes nicht auf das Lebenswürdigste bewährt? Also her mit dem Abitur und ab nach Berlin mit ihm.

1942 ist für Schultz ein großes Jahr, und genau deshalb wird es für Friedrich sogar das größte überhaupt. Im Sommer wird eigens für den Professor, der von Reche, Mollison und Lenz in der Sahneschicht deutscher Rasseforschung ausgebildet wurde, an der Universität Prag ein Lehrstuhl für Rassenbiologie eingerichtet. Schon im Dezember 1941 ist er zum Chef des SS-Rasseamtes in Berlin ernannt worden. Damit ist er nicht nur einer der angesehensten Rassisten Deutschlands, er ist hinter dem Gruppenführer Hofmann auch der zweite Mann im zweitmächtigsten Hauptamt der SS. Ein Fundament, auf dem sich was bewegen lässt im Dritten Reich. Zum faktisch dritten Mann in seinem Amt macht er meinen zukünftigen Großvater. Am 1. April 1942, die Kollegen in Minsk erledigen gerade ihr Tagespensum von 500 Juden, darf Friedrich sich offiziell Abteilungsleiter im Rasseamt des RuSHA-SS nennen. Es ist die erste Beförderung auf der Himmlers Name steht, wenn auch nur in Maschinenschrift. Schultz hat ihm ein Schlüsselressort anvertraut, die Ausbildung und Inspektion aller Eignungsprüfer. Wo immer in Europa ab jetzt SS-Angehörige und neuerdings auch Luftwaffenpsychologen die örtliche Bevölkerung oder SS-Bewerber professionell auf Arsch und Charakter mustern, haben sie das im Zweifelsfall vor meinem Großvater zu verantworten.

Was er und seine Kollegen in Berlin um ein Haar zu verantworten hatten, das waren die sogenannten Sonderbehandlungsfälle.

Dem Gesetz nach stand für osteuropäische Zwangsarbeiter auf Sex mit deutschen Frauen der Tod. In der Praxis war man da etwas beweglicher. Warum Leute voreilig erschießen, von denen Volk und Vaterland noch was haben könnten? Hübsche Kinder zum Beispiel. Also erstmal prüfen, ob der Lüstling nicht als Deutscher durchgehen könnte. Sicheres Auftreten, blaue Augen? Ja, Bolek, das war dann wohl ein echter Glücksfick – willkommen, Volksgenosse! Verschlagener Blick, hohe Wangenknochen? Tja, Iwan, etwas mehr Selbstkontrolle und in sechzig Jahren hättest du von der Stiftung »Erinnerung, Verantwortung, Zukunft« vielleicht 1000 Euro bekommen. Es waren diese unmittelbar tödlichen Nichteindeutschungsfähigkeitsbescheide, die Friedrich näher als je an Taten brachten, die man getrost als Mord bezeichnen darf. Das sahen auch die Staatsanwälte so, die von den Bundesländern 1956 in die Zentrale Stelle nach Ludwigsburg abgestellt worden waren, um die im Nationalsozialismus begangenen Verbrechen systematisch zu verfolgen. 1966 wurden gegen die Mordverdächtigen Leo, Harders, Klinger und Schultz Vorermittlungen eingeleitet. Sie hatten Glück, dass sie auf faire Bedingungen trafen. Alle wussten, wie die Sache gelaufen war. Es fehlte nur an belastbaren Beweisen.

Aber zurück in die schöne Zeit.

Leo und Schultz – das passte einfach. Noch in der Bundesrepublik schreibt und trifft man sich regelmäßig, und angeblich war es nur weiblichem Starrsinn geschuldet, dass W36 – oder war es W38? – nicht Schultzens Schwiegertochter wurde. Großmutter jedenfalls hatte es der Anthropologieprofessor aus Münster, dieser ehemalige Kollege ihres Mannes, schwer angetan. Was der für Leute kannte! Und keine Spur von Überheblichkeit, ganz reizend war er zu ihr, das kannte sie auch anders, von ihrer eigenen Sippe aus der Weserstraße zum Beispiel. Zwar ist Schultz sieben Jahre älter als Friedrich, doch glaubt man der historischen Generationsforschung, kann bei den deutschen Geburtsjahrgängen um 1900 ein solcher Unterschied vernachlässigt werden – solange er nicht einhergeht mit dem Unterschied zwischen Kriegseinsatz und Kriegsjugend. Doch im Ersten Weltkrieg hatte keiner von beiden gekämpft. Wohl aber hatte beider Selbstwertgefühl unter der Zerschlagung der kaiserlichen Imperien gelitten. Vom Verlust all der Väter ganz zu schweigen. Auch gesellschaftlich treffen sich der etwas aus der Bahn geratene Spross einer alten hanseatischen Familie und der aufstiegswillige Forscher aus Niederösterreich auf Augenhöhe.

Der eine scheint zu verkörpern, was der andere beweisen will.

Im November 1942 ist Friedrich Leo auf dem Gipfel angekommen. Er ist Abteilungsleiter in einem kriegswichtigen Amt, und in der elitärsten Organisation des Dritten Reichs muss er sich vor niemandem verstecken. Es ist, wie üblich in der SS, der deutsche Schicksalstag, an dem er in den Rang eines Majors befördert wird: der 9. November. Fünf Tage später wird mein Vater geboren. In Burgdorf bei Hannover fällt aus grauem Himmel schmelzender Schlackerschnee. Man hätte darin durchaus ein Omen auf unmittelbar bevorstehende Ereignisse erkennen können. Doch die Zeichen des Lebens sind stärker. Als wolle die Vorsehung noch ein letztes Mal alle Zweifel an ihrer Güte ausräumen, lässt sie den Stationsvorsteher des Anhalter Bahnhofs am Morgen des 14. November 1942 einen Reisenden ausrufen, der gerade im Begriff ist, seinem Chef nach Prag zu folgen.

»Der Sturmbannführer Friedrich Leo bitte dringend zur Bahnhofsauskunft! Gute Nachrichten von zuhause! Sein Zug wird warten.«

Der Rest ist schnell erzählt. Nach Stalingrad besinnt man sich auch in der SS auf das Kerngeschäft. Innerhalb eines Jahres wird das Personal der kämpfenden Einheiten fast verdoppelt. Friedrichs Wechsel zur Waffen-SS fällt da 1943 überhaupt nicht aus dem Rahmen. Abgesehen von zivilen Sondereinsätzen, zu denen Berlin ihn immer wieder anfordert, bleibt er nun bis zum Kriegsende Soldat. Aber er muss nicht mehr an die Front. Dafür ist er dann doch zu gut. Denn worin unterschied sich die Waffen-SS von der Wehrmacht? Im Kriegszielwissen, in der Endsiegkompetenz. Um zu sogenannten politischen Soldaten zu werden, musste man die Rekruten der SS deshalb doppelt ausbilden. An der Waffe und am Kopf. Und da hatte Friedrichs eigene Lehrzeit bei der Waffen-SS ergeben, dass sich im Truppendienst zwar das *Fehlen von Ostfronteindrücken* nachteilig bemerkbar machte. Aber dafür volle Punktzahl – 42 von 42 – im Fach Weltanschauliche

Schulung. *L. ist eine Persönlichkeit ausgeprägter Führereigenschaften, von nationalsozialistischem Ideengut durchdrungen,* heißt es im Abschlusszeugnis. Pädagogischer Eros, eloquent, energisch, im politischen Glauben unangefochten: Typen wie er wurden zu Weltanschauungspredigern für die Elitesoldaten des Dritten Reichs. Und das funktionierte. Bei Interviews mit Kriegsgefangenen stellten amerikanische Geheimdienstbeamte fest, dass, gegenüber einem harten Kern von gut 10 Prozent bei Wehrmachtsangehörigen, die Einheiten der Waffen-SS oft komplett aus überzeugten Nationalsozialisten bestanden. Gute Arbeit, Großväter.

Und dann: Schnitt. Block 8, Civilian Internment Camp No. 6. Flucht. Heide. Westbindung. 35 Jahre Sterben in Vegesack.

5. KAPITEL

IM MASTKORB

Häuser sind Sachen. Über Häuser verfügt man. Wer mit ihnen Geld verdient, nennt sie gerne »Objekte«. Häuser werden entworfen, finanziert und gebaut, bewohnt, gepflegt und beliehen, vernachlässigt, vererbt und verkauft. Normalerweise herrschen Menschen über Häuser. Manchmal ist es aber auch umgekehrt. Es kommt vor, dass ein Haus sich eines Menschen bemächtigt, auch wenn die Sprache sich dem nur widerwillig beugt. Im Fall des kleinen Martin muss man es aber wohl so sagen: Kaum sechs Jahre alt, hält ein hoch über dem Wasser gelegenes Haus mit Turm Einzug in sein Leben. Eine mächtige Vertikale, die ihn so lange anweisen wird, den Kopf zu heben und zu senken, bis sein natürlicher Ort die Mitte zwischen Oben und Unten geworden ist. Wie eine zweite Wirbelsäule wird diese Achse durch ihn hindurchlaufen, ihn aufrichten und halten, indem sie seinen Körper zwischen Himmel und Erde aufspannt.

Natürlich kann man den Sachverhalt auch geläufig ausdrücken. Am 22. September 1909, hieße es dann, zog die Familie des Gymnasialprofessors Heinrich Leo innerhalb der Weserstraße um: aus dem Kapitänshäuschen an ihrem nördlichen Ende in die stolze Villa mit der Hausnummer 84. Doch das wäre ein Satz für das Einwohnermeldeamt, der sich um Unterschiede nicht kümmert. Oder wenn, dann um die falschen. Für das Brüderchen Friedrich etwa, das gerade mal laufen kann, ändert sich durch den Umzug ja so gut wie nichts. Höchstens wird seine Bewegungsfreiheit etwas einge-schränkt, denn anders als im alten Haus muss er nun erst eine steile Holztreppe überwinden, um in den Garten zu gelangen; und dort droht dann auch noch der Uferhang. Die Mutter wiederum muss sich zwar an neue Räume gewöhnen, doch die Situation kommt ihr auch vertraut vor: Schließlich lebt sie sieben Jahre nach der Hochzeit wieder mit ihrer Mutter unter einem Dach; das wird zwiespältige Gefühle ausgelöst haben, auch wenn man abends einen dritten Kartenspieler gut gebrauchen kann und Platz genug ist, sich aus dem Weg zu gehen. Der Vater allerdings gewinnt eine Menge, vor allem Raum und Prestige. Er besitzt nun ein ganzes Stockwerk zum Arbeiten und Studieren; und er wohnt plötzlich in einem herrschaftlichen Haus, einem der größten in dem blühenden Hafenstädtchen – nicht schlecht für einen ehemaligen Mit-telgebirgsbewohner Anfang dreißig. Aber all das hätte er auch in einem Landhaus beim Schönebecker Schloss haben können. Für Martin hingegen (und wohl auch für seinen kaum jüngeren Bruder Heinz) ändert sich auf einen Schlag das ganze Leben.

Man muss sich vorstellen, was es für ein sechsjähriges Kind bedeutete, in genau dieses Haus einzuziehen. Zumal für ein so empfängliches Kind wie dieses. Zumal zu genau diesem Zeitpunkt. Bis zur Einschulung sind es noch sieben Monate, bis zum Kriegsausbruch noch fast fünf Jahre. Kin-dergärten gibt es nicht. Unbedrängt von Geschichte und Ge-sellschaft kann es seine ganze Aufmerksamkeit der unmittel-baren Umgebung schenken: den Menschen, die ihm vertraut sind, und dem Raum, den es überschaut. Martin hatte Glück! Plötzlich muss er nur noch eine geschwungene Treppe hinunterlaufen und eine Eingangshalle durchqueren, dann ist er bei seiner Großmutter. Der geliebten Großmutter, über die er schreibt: *Die Wirkung, die von ihr ausging, war für mich ein reiner Strom von innerer Kräftigung und von Freude. Von der ersten Begegnung an scheint dies etwas Gegenseitiges gewesen zu sein. Wir hatten zueinander gefunden, als hätten wir schon eine unerschöpfliche Fülle herrlichster Erlebnisse gemeinsam ausgekostet. Nicht einen Augenblick war etwas zwischen uns wie Fremdheit oder Missverstehen. Das war so selbstverständlich und stand so felsenfest, dass sich die ganze Verwandtschaft nicht genug darüber wundern konnte.* Die Wohnung im Hochparterre wirkt auf ihn wie eine unerschöpfliche Schatzkammer. Zuweilen ist es wirklich der Reichtum, der ihn betört. Wenn die Großmutter in ihrem riesigen Esszimmer eine Abendgesellschaft gibt, dann entfaltet sich dort eine Pracht, die in Vegesack ihresgleichen sucht.

Einige Gesichter der Gäste mögen dem Jungen vertraut sein, andere nicht, in ihren dunklen Anzügen und den wallenden Kleidern wirken sie allesamt wie einem Bilderbuch entsprungen. In endloser Karawane ziehen teils verlockend unvertraut, teils herrlich nach Weihnachten duftende Speisen durch den Saal, der im Glanz von geschliffenem Kristall, weißem Porzellan, poliertem Silber und Spiegelglas erstrahlt. Vor dem milden Kerzenlicht haben sich die vertäfelten Wände tief in die Dunkelheit zurückgezogen, die Bilder scheinen im Raum zu schweben: Schemenhaft zeichnen sich Jesus und seine Jünger auf Leonardos Abendmahl ab, einem originalgroßen Kupferstich von flämischer Hand, umgeben von rätselhaften Gebäuden in allegorischen Landschaften, Erbstücken eines längst verstorbenen Meisters vom Stuhl. Kaum zu glauben, dass es wirklich nur ein schwerer Vorhang ist, der diese Pracht vor den Blicken der Straße schützt. Doch woher

sonst sollte das Hufgeklapper und hin und wieder das Dröhnen eines Automobils kommen? So hoch ist der Raum, dass
man die mit dunkelrotem Tuch bespannte Decke nur ahnt.
Die Farbe kommt Martin bekannt vor; sie erinnert ihn an die
Plüschmappen, die von der Großmutter in ihrem zierlichen
Eichenschreibtisch verwahrt werden und ganz andere, viel
feinere Schätze bergen. Auf jeden der Deckel ist mit gold-
gelber Seide ein Name gestickt. »Herkulaneum« – »Pompeji« –
»Florenz« – »Siena« – »Rom« – »Venedig« – »Pisa«. Man meint
die Szene vor sich zu sehen, weil man sie aus Filmen kennt:
Zwei Damen in weißen Rauschekleidern und wagenradgro-
ßen Prachthüten, die eine einen Picknickkorb in der Hand,
die andere eine Großformatkamera über der Schulter, laufen
einem schwitzenden Archäologen (es ist der Berliner Muse-
umsdirektor Carl Schuchardt) hinterher, der schon vor der
nächsten Ruine seine Gedanken sortiert und ohne Not immer wieder eine goldene Uhr aus der Anzugweste zieht.
Martin sieht das nicht; er sieht nur die quartgroßen Fotografien, die ihm eine fremde, farblose und menschenleere Welt
aus Kuppelkirchen, brüchigen Säulen und schlanken Bäumen
vor endloser Hügellandschaft vorspiegeln.

Der Name »Italien« klingt wie eine Verheißung für ihn. Nie
wird er diesem Lockruf folgen, so wenig wie dem, den er später aus »Chartres« vernimmt. Dass aber auch Reisen, die man
nicht gemacht hat, enorm bereichern können: Wie so vieles
lernt der spätere DDR-Bewohner auch das von seiner Großmutter. Ihr ganzes Leben lang sehnt sie sich nach der Insel
Ceylon. Doch weil sie insgeheim weiß, dass dieser Reise-
wunsch unerfüllt bleiben wird, hat sie ihm im Wintergarten
ein prächtiges Denkmal gesetzt. Inmitten von Schiefblatt-
gewächsen, Farnen und Palmen blüht hier ein kleines Stück

Regenwald mit Weserblick. Bunte, zart duftende Pflanzen, denen nur eine aufopferungsvolle Pflege den Mangel an Sonne ersetzen kann. Und als wollte sie ihren tropischen Ziehkindern auch nicht einen Lichtstrahl zu viel nehmen, hat sie, als zu ihrem Einzug der Wintergarten angebaut wurde, das Fensterglas zum anliegenden Zimmerchen durch dunkelgelbe Butzenscheiben ersetzen lassen. In dieses dämmrige »Eichhörnchennest« zieht die Großmutter sich zurück, wenn sie mal für sich sein möchte. Hier darf sie abends die Steckfrisur lösen und dem röchelnden Punsch auf dem Stövchen lauschen. Hier ist der Platz für Dinge, über die man nicht spricht, ohne die das Leben aber nur halb so schön wäre: Süßigkeiten, Kitsch und Technik. Hier bergen chinesische Tontöpfe kandierten Ingwer und Porzellantrommeln sogenannte Neujahrskuchen: knusprige, mit Kardamom und Koriander gewürzte Waffelröllchen; hier gibt es Riechfläschchen aus grünem Glas, in denen durchsichtige Perlen in Eau de Cologne oder Salmiakgeist schwimmen; hier hält ein Schweizer Zwerglein unterm Regenschirm ein Schild, auf dem steht: *Frau, sei vergnügt!* Und hier befindet sich auch die geheime Schaltzentrale des Hauses, eine riesige hölzerne Telefonanlage, die die Weserstraße 84 mit der weiten Welt und das Hochparterre mit den beiden oberen Stockwerken verbindet.

Bringt das neue Haus dem Jungen die Großmutter räumlich näher, so entfernt es den Vater von ihm. Den bewunderten und ein wenig gefürchteten Vater. Noch bis vor kurzem war der entweder in der Schule oder in Feld und Flur verschwunden, oder er war zum Greifen nah gewesen. Da konnte das Kind dann aufwachen, und das Erste, was es im Dämmerlicht sah, war ein muskulöser Oberkörper, der sich über den Waschtisch zum Spiegel beugte. Mit spitzen Fingern, als packte er eine zerbrechliche Christbaumkugel aus, entfernte der Vater im Schein zweier Hängekerzen die Bartbinde von der Oberlippe; und wenn er befriedigt feststellte, dass die Spitzen sich immer noch kaisermäßig nach oben reckten, dann stimmte er »Jung Siegfried war ein stolzer Knab« an. Nun aber schlafen die Eltern am anderen Ende einer geräumigen Beletage, und nach dem Dienst verschwindet der Vater bis tief in die Nacht zum Studieren in seine Gefilde. Will Martin ihn dort besuchen, muss er die Hallentreppe hoch zur Galerie laufen und an einer schweren Tür klopfen.

Die Räume, die hinter dieser Tür liegen, werden das väterliche Reich genannt, und es ist schwer zu entscheiden, ob das nun bürgerliche Ironie ist oder eine ernst gemeinte Übertreibung. Jedenfalls steht fest, dass diese Räume nicht so gastfrei sind wie die der Großmutter. Weniger reizvoll sind sie deshalb nicht. Nur öffnen sie sich erst, wenn der Vater den Augenblick für gekommen hält. Dann aber nimmt er sich Zeit. Er wählt aus den vielen Büchern diejenigen aus, die auch dem Kind schon etwas sagen können, Ludwig Richters Holzschnitte etwa, oder die Geschichte vom Roggenkörnlein, das seinen Weg aus den Händen des Bauern in den Boden findet und von dort in die Ähre, zur Mühle, in die Bäckerei und schließlich in das Schwarzbrot auf dem Esstisch. Überhaupt geht beim Vater alles seinen Weg – wie der Wandersmann und sein Bruder im Geiste, der Soldat. Beides ist er selbst mit großer Hingabe, und zumindest die Leidenschaft für das Wandern leuchtet Martin auch ein. Eine bemalte Porzellanplatte auf einem runden Tischchen zeigt eine Landschaft, die für den Vater das Gleiche ist wie die Marsch für seinen Sohn. Von dort stammen die Geschichten, an denen der Junge sich nicht satthören kann. Geschichten, die oft nicht mehr enthalten als Schilderungen einer Welt, in der schon jenseits des angrenzenden Waldes oder über der nächsten Bergkuppe alles ganz anders aussehen könnte als im eigenen Dorf. Noch mehr muss der Junge seine Vorstellungskraft anstrengen, wenn er begreifen will, in welchem Zusammenhang die väterliche Heimat mit den seltsamen Dingen steht, die in der großen Holztruhe verwahrt werden. Die Bilder aus der Treppenhalle helfen ihm dabei. Von ihnen weiß er, dass es vertraute Gesichter gibt, die einen Rest an Fremdheit nie verlieren. Wie oft hat er etwa den Mann betrachtet, dessen Gesicht er kennt wie das eines Onkels, obwohl er nichts über ihn zu sagen wüsste, außer dass er »Böhner« hieß; oder den »Bohnenjungen« in den barocken Kniehosen und der seltsam langen Jacke, von dem er weiß und es doch nicht glauben kann, dass er sich eine Bohne ins Ohr steckte und starb, als sie zu quellen begann.

So ungefähr jedenfalls kann er sich auch vorstellen, dass ein Vorfahr mal das Löwenwappen mit dem großen »Petschaft«, das er gerade in der Hand hielt, auf ein dickes Papier gedrückt hat; auch wenn »Jena« natürlich ein viel lustigerer Städtename ist als Bremen oder Oldenburg und »notarius publicus« ein viel geheimnisvollerer Beruf als Lehrer oder Kapitän. Auf gleiche Weise fremd und vertraut ist ihm auch das »Nürnbergisch Ey« eines anderen Vorfahren. Natürlich hat Martin schon mal eine Taschenuhr in der Hand gehabt, aber dieser hier fehlt ja der zweite Zeiger, und statt der Ziffern sieht man nur verschlungene Linien, die dem Betrachter eine »Mondphase« anzeigen sollen, was immer das ist. Und auch von den »Befreiungskriegen« hat dieses Kind keinen Begriff, aber dafür eine umso lebhaftere Anschauung. Sie stammt aus dem Skizzenbuch, das ein längst verstorbener Leo um das –

vom Vater mit fast liturgischem Bedacht ausgesprochene – Jahr »1813« in Leipzig angefertigt hat. Berittene Kosaken sieht man da und eine so große Zahl unterschiedlicher Soldaten, dass man meinen kann, das Wort Uniform bezeichne sein Gegenteil, nämlich ein einmaliges Festgewand. Dass »Epauletten«, »Schärpen« und »Tschakos« zum Krieg gehören wie Gewehr und Säbel, das ist selbstverständlich für Martin; aber ahnt er, dass auch die vielen »Generalstabskarten« militärischen Ursprungs sind? Von jedem Stück Deutschland, durch das er gewandert ist, hat der Vater eine gesammelt und zusammen mit den »Messtischblättern« in einem herrlichen Stück Tischlerarbeit sortiert, das ebenso wie die Truhe der Meister Kroog aus Aumund angefertigt hat: ein bis unter die Decke reichendes Regal mit breiten, flachen Schubladen, das wegen seiner gewaltigen Größe »Munster« genannt wird. Und ahnt Martin, was in dem Raum passiert, wenn sich die Tür wieder hinter ihm geschlossen hat – wo doch vieles davon auch sein Leben berührt?

Der Vater ist durch und durch Pädagoge. Er fühlt sich der deutschen Jugend als ganzer verpflichtet, und zwar nicht in ihrem, sondern in Deutschlands Interesse. Das scheint sich herumgesprochen zu haben. Kurz nach dem Umzug hat ihn jedenfalls der Berliner Paetel-Verlag beauftragt, ein Buch zur *Sammlung belehrender Unterhaltungsschriften für die deutsche Jugend* beizusteuern. Bis in die Nacht hinein erübrigt er nun täglich ein paar Stunden für diese Aufgabe – das können die Steuermänner der vorbeifahrenden Schiffe bezeugen, denen das Turmzimmer am Hochufer seit einiger Zeit wie ein neuer Leuchtturm vorkommt. Und so fügt sich bald ein weiterer Band in die illustre Reihe, die bereits Titel wie *Samoa, die Perle der Südsee* (Otto H. Ehlers, Band 1), *Der Deutsche Ritterorden*

(Wilhelm Holzgraefe, Band 11), *Der Kampf um Südwestafrika* (Franz Henkel, Band 24), *Luftfahrten einst und jetzt* (Franz M. Feldhaus, Band 28) oder *Was da kreucht und fleucht* (Hermann Löns, Band 31) umfasst. Er trägt die Nr. 47 und heißt *Jung-deutschland. Wehrerziehung für die deutsche Jugend.* Dass der Verfasser weiß, worüber er schreibt, soll ein kleines Foto auf dem Buchdeckel bezeugen. Es zeigt ihn, wie er in freier Wildbahn, mit Reserveoffiziersmütze und umringt von einer Schar ebenfalls bemützter Gymnasiasten, die Reichsfahne in den Wind reckt. Direkt daneben weht noch eine zweite, etwas kleinere Fahne. An der hält sich ein vielleicht siebenjähriger, schüchtern lächelnder Junge mit beiden Händen fest: sein ältester Sohn. Der gehört schließlich auch zur deutschen Jugend. Ach, wäre er doch in einer dänischen Hafenstadt zur Welt gekommen! Er hätte sonntags nicht mit seinem Vater und dessen Schülern ins Grüne gemusst; er hätte nicht so tun müssen, als wäre endlich Krieg; sich nicht rechtfertigen, weil ihm wieder einmal als Erstem alle Bindfäden, von denen jeder ein Leben symbolisierte, vom Ärmel gerissen worden waren; sich abends nicht fragen, ob seine Hose dem Vater auch schmutzig genug war. Und er hätte sich nicht angewöhnt, nur noch mit Vorsicht von dem zu sprechen, was ihm wichtig war. Den zarten Gefühlen für seine Großmutter zum Beispiel. Dass es da wirklich etwas zu verteidigen gibt, zeigt der suggestive Knittelvers, den der Vater seiner Schwiegermutter in ihr Exemplar des Buches hineingedichtet hat. Er liest sich wie das Machtwort eines ranghöheren Verwandten:

Großmutter hält die Buben / Gern in den warmen Stuben, / Doch Vater jagt sie früh hinaus / In Sommerglut und Sturmgebraus, / Schwärmt ihnen vor von Völkerkampf, / Von Männermord und

Pulverdampf, / Von frischem, frohem Streifen / Und scharfem
Kugelpfeifen. / Das imponiert dem kleinen Wicht, / Die gute Oma
hält ihn nicht. / Doch daß sie ihn nicht ganz entbehrt, / Sie, die
sein Herz so treu verehrt, / Grüßt hier der kleine Wilde / Groß-
mütterchen im Bilde.

Steht da wirklich »Männermord«? Ich entziffere das deutsch
geschriebene Wort Buchstabe für Buchstabe, mehrmals, aber
es bleibt stehen. Ein Zugeständnis an das Versmaß vielleicht?
Nein – wer mit einem bewährten Euphemismus »Männer-
mut« hätte schreiben können und unverhohlen »Männermord« schreibt, der will es so. Der will etwas klarstellen. Der
will, dass sein Sohn den Schuss endlich hört. Schon länger
meint der Vater nämlich zu wissen, dass Martin sich mit
sanften Methoden nicht mehr korrigieren lässt. Denn der
mag tatsächlich alles Mögliche sein: aufgeweckt, neugierig,
begeisterungsfähig, drollig; nur ein »kleiner Wilder« – das ist
er bestimmt nicht.

Die Furchtsamkeit hatte sich schon früh gezeigt. Kaum
zwei Jahre war Martin alt, als ein und dasselbe Ereignis bei
ihm und beim Vater Entsetzen hervorgerufen hatte. Aber
nicht gleichzeitig. Zuerst war da nur eine Dampfwalze, dann
aber schrie der Sohn plötzlich, als hätte sie ihn nicht soeben
passiert, sondern überfahren, schrie in Schmerz und Panik,
und als er nicht aufhörte zu schreien, verwandelte sich das
Mitgefühl des Vaters in Wut. Wann immer Martin von nun an
in die Nähe großer oder lauter Maschinen gerät, schlagen die
Nerven Alarm und der kleine Körper verkrampft sich wie in
Abwehr gegen ein schlimmes Gift. Und als der Vater merkt,
dass sich diese Empfindlichkeit nicht von selbst auswächst,
geht er entschlossen gegen sie vor. Wann immer er nun mit

seinem Sohn auf dem Seitenraddampfer die Weser befährt, verlangt er von ihm, ruhigen Schritts vom Bug zum Heck und zurück zu gehen. Zweimal an der unheimlichen Maschine vorbei. Wenn Martin ihn um Nachsicht bittet, weil er damit zu viel von ihm verlangt, nennt er ihn höhnisch »Martha« und besteht auf seiner Forderung.

Dabei kann Heinrich Leo ein solches Verhalten kaum überraschen, im Grunde erwartet er es sogar. Von Feinden umstellt, drohe der deutsche Volkskörper an krankhafter Nervosität zu ermatten: Das glauben er und viele andere ja wirklich. Sonst müsste er nicht so viel Kraft aufwenden, um dagegen anzugehen. Und nicht mit Sätzen drohen wie diesem: *Es hilft nichts: die Muttersöhnchen und Stubenhocker, die altklugen Jünglinge werden sich an die neue und doch uralte Art deutschen Jugendspiels gewöhnen müssen, und wer nicht zu ihnen gerechnet werden will, mag sich beeilen, mit gutem Beispiel voranzugehen.* Allerdings hatte er wohl nicht damit gerechnet, dass auch sein eigenes Söhnchen von der Mutter stammen könnte. Aber als er merkt, aus welchem Holz Martin geschnitzt ist, hat er sofort einen Verdacht. Da dämmert dem robusten Pfarrerssohn, dass sich das herrliche Turmzimmer, in dem er der Jugend Entbehrung predigt, dem gleichen Wohlstand verdanken könnte wie die fröhliche Zartheit seines Kindes.

Karl Otto Uhlhorn, der Neffe seiner Frau, ist ihm jedenfalls das Sinnbild eines inneren Feindes. Ein aufgeweckter Kerl, der lateinisch gestellte Fragen lateinisch beantworten kann, durchaus, doch von der reichen Mutter so verwöhnt wie vom geschäftigen Vater vernachlässigt. Ein Fall für Pamphlete: *Der HERR LEHRLING oder der HERR SEKUNDANER stolziert vielleicht im steifen Hut, die Zigarette im Munde, feierlich einher und dünkt sich wunder wie fein, wie stolz und männlich. Er* möchte gern in jeder Hinsicht als Erwachsener gelten, sei es auf der Straße, auf dem glatten Boden des Tanzsaales, in der Kneipe oder im Geschäftskontor. Ja, wir haben leider Gottes in Deutschland heutzutage auch eine große Menge solcher Herrchen, die es unter ihrer Würde halten, sich überhaupt nach kräftiger, gesunder Jungen Art auszutoben, die sich höchstens einmal zu einem philisterhaften Bummel versteigen. Schon bald aber, so hofft Heinrich, wird aus diesem Typus der Gegenwart ein Bild der Sittengeschichte geworden sein, ein mahnendes Exempel aus der Zeit des Eudämonismus, als schwarzer Schokoladenpudding die Seelen der Jugend verklebte. So drückt er sich tatsächlich aus. Martin hingegen kann mit dem großen Cousin viel anfangen. Wenn er »Kato« später beschreibt, dann mit großer Zuneigung zu genau diesem Exemplar eines Herrn Obertertianers: *Seine Schwestern nannten ihn ja Schrullus. Er hatte einige Allüren mitgebracht, die bei uns Männern allerdings kaum ins Gewicht fielen. Begegnete ihm jemand mit einer unbequemen Frage, dann zog er ein Monokel aus der Tasche, klemmte es ins rechte Auge, strich mit der Hand über den tadellos mit Pomade geglätteten Scheitel und fertigte den Frager mit nachlässig wegwerfender Armbewegung ab: »Pardon pst«, hieß es da, und er hatte seine Ruhe und Überlegenheit rasch wieder erlangt, wenn das Gegenüber sich davon beeindrucken ließ.*

Doch letztlich konnten alle Drohsätze und Mörderverse Martin nichts anhaben. Es bleibt dabei: Er hatte Glück. Auf der oberen Galerie gab es ja noch eine zweite Tür. Sie führte zum Dachboden. Und der führte zum Himmel.

Wenn Heinrich seinem Sohn diese Tür öffnet, dann soll auch das zunächst der Abhärtung dienen. Heftiger Schwindel erfasst Martin, als der Vater zum ersten Mal mit ihm die steile Holztreppe emporklettert, mit seinem kräftigen Unterarm die Fallklappe aufstößt und ihn dann auf das Turmpodest hochzieht. Dort scheint es dem kleinen Jungen, als täte sich plötzlich ein bodenloser Abgrund auf, der ihn in die Tiefe reißen will. Wieder einmal fürchtet er sich. Doch er schreit nicht. Er hält sich mit beiden Händen am Geländer fest, bis er sicher ist, dass die Erde gar nicht wirklich schwankt und der kühle Wind ihm nichts Böses will. Wohl hat ihn Unbehagen erfasst – aber eben keine Panik. Martin beschleicht die Ahnung, dass manchmal im Schrecken auch etwas Gutes steckt. Ein gemischtes Gefühl, das ihn sein Leben lang begleiten wird. Immer werden es Ereignisse hervorrufen, die viel von ihm verlangen – aber eben nicht zu viel.

Von nun an darf er das Turmdach jederzeit besteigen, der Vater muss nur gut gelaunt sein und ein paar Minuten Zeit haben. Und obwohl oder vielleicht sogar weil er dabei nicht ganz ohne Furcht ist, will Martin das so oft wie möglich. Denn dem Ausblick von hier oben gleicht nichts, was er je zuvor gesehen hat. Für sich genommen kennt er die Dinge schon: die Wolken, den Garten, die Weser, die Schiffsmasten im Hafen, die Abwrackwerft am anderen Ufer, den Vulkan flussabwärts, das Schulgebäude, die beiden Kirchen in Vegesack und Aumund, den riesigen Park um die Villa der Urgroßmutter im benachbarten Fähr, den Bremer Dom und selbst die Türme des 30 Kilometer entfernten Oldenburg. Aber welch ein Zauber, all dies in einem Bild vereint zu sehen, zusammengehalten nur vom Himmel und vom Horizont!

Der Turm beherrschte ganz eindeutig das hohe Ufer, und unter seiner Herrschaft standen auch wir, schreibt Martin und spricht damit die Macht an, die ein gelungenes Bauwerk über Körper und Raum ausüben kann. Er hat begriffen, wie gut der Turm, der vom Architekten wie ein stolzer Ritter an die Wasserseite der Villa gestellt worden war, zum ganzen Anwesen passt.

Das Grundstück ist kaum breiter als das Haus, das auf ihm steht. Aber es ist lang – und hoch! Wie ein riesiger Treppenläufer fällt der Garten hinter den hohen Kastanien den Uferhang hinab, um sich in der Niederung durch die Streuobstwiese bis zum Weserstrand hin auszurollen. Gemeinsam mit dem hohen Turm bildet er die vertikale Achse eines überdimensionalen Koordinatenpaares, und an welchem ihrer beiden Pole man sich befindet: Man orientiert sich an dem anderen. Wer zwischen den Apfel-, Birnen- und Pflaumenbäumen oder an der Wasserkante herumstreifte, der konnte gar nicht anders, als immer wieder den Kopf zu heben und nach dem Blechdrachen Ausschau zu halten, der an spitzer Stange auf dem Turmdach saß, nun aber über den Böschungswald zu fliegen schien. So wie man auf der Turmspitze gar nicht anders konnte, als zwischen den Zweigen nach dem Ort des letzten Strandabenteuers zu suchen. Der gleiche wechselseitige Bezug verbindet den Turm mit der quer zum Garten liegenden Horizontalachse: dem Fluss. Immer und immer wieder sieht Martin von oben auf die vorbeifahrenden Schiffe hinab; aber genauso selbstverständlich ist ihm die umgekehrte Perspektive, der Blick vom Schiff zum Turm: *Eine Fahrt auf der Unterweser*, schreibt er, *ist bei gutem Wetter sehr eindrucksvoll. Auf einer Strecke von 70 Kilometern gleitet man von Bremen bis Bremerhaven durch eine flache Flusslandschaft, die sich bis an den Horizont erstreckt und im satten Grün der Weiden und der langgestreckten Deiche einen lebendigen, wenn auch etwas behäbigen Eindruck macht. Niemand aber, der das zwischen Bremen und Bremerhaven verkehrende* DAMPFBOOT *– wie Großmutter zu sagen pflegte – besteigt, wird sich den Blick auf das hohe Ufer, das zu Vegesack gehört, entgehen lassen. Ein* DAMPFBOOT *fährt schon seit 1817 auf der Weser – gebaut hat es natürlich Johann Lange – und seit 1887 ist das hohe Ufer von*

Vegesack mit einem Turm geschmückt, den der Architekt Klingenberg dort auf ein palastähnliches Haus gesetzt hat.

Fünf Treppen sind es, die den Fluss mit dem Himmel in Berührung bringen: eine in den Uferhang gepresste Serpentine aus unregelmäßigen, teils abschüssigen Stufen, die an einigen Stellen durch Geländer gegen den Hang abgeschirmt werden müssen; eine gerade, nach Regenfällen glitschige Eichenholztreppe, die von der oberen Rasenfläche in den Wintergarten führt; die beiden geschwungenen Treppen in der Eingangshalle, die Hochparterre, Beletage und Dachgeschoss verbinden; und schließlich auf dem Dachboden die schmale, fast leiterartige Treppe zum Turmpodest. Insgesamt befindet sich, wer auf dem höchsten Punkt des Hauses steht, 34 Meter über der Weser. Ein gewaltiges Privileg in einer Landschaft, die so sehr von ihrer Wassernähe bestimmt ist, dass ganze Länder und Großräume nach diesem Merkmal benannt sind: die Niederlande, Niedersachsen, die Norddeutsche Tiefebene.

Willst du ins Unendliche schreiten, geh nur im Endlichen nach allen Seiten. Wie viele Sätze Goethes schwankt auch diese Maxime absichtsvoll zwischen Idee und Wirklichkeit. Als Martin sie als junger Mann kennenlernte, war er von ihrer Richtigkeit längst überzeugt. Schon mit sechs Jahren hatte er auf dem Turm des elterlichen Hauses erfahren, was es bedeutet, sich zu bilden. Was bedeutet es? Von vielen möglichen Antworten lautet die schönste: Es bedeutet, sich selbst in der Welt zu begegnen. Man ahnt ja kaum noch, wie viel Geistesgeschichte in dieser kurzen Umschreibung steckt! Was fiele einem nicht alles dazu ein. Man könnte daran erinnern, dass Hegel die Selbstwerdung des Subjekts als Entfremdung deutete; dass die Bildungsidee auch eine deutsche Reaktion auf die Französische Revolution war; dass diese Reaktion aber nicht polemisch gemeint war, sondern zwischen dem Alten und Neuen, zwischen antiker Kosmosgläubigkeit und moderner Selbstermächtigung, vermitteln sollte; dass diese Vermittlung kühn gedacht war, weil sie erstens unchristlich war und zweitens von einem Paradoxon ausging, nämlich der Frage, wie sich ein Endliches im Unendlichen finden könne; dass die Lösung darin lag, eine der ältesten Denkfiguren überhaupt, die Analogie von Mikrokosmos und Makrokosmos, neu zu fassen: nicht mehr als statisches Spiegelverhältnis, sondern als Möglichkeitsbedingung einer wechselseitigen Durchdringung von Ich und All; dass also, wie Humboldt es fasste, sich bilden heiße, so viel Welt als möglich in die eigene Person zu verwandeln; dass es aber angesichts der Unendlichkeit der Welt kein endliches Verwandlungsergebnis zweimal geben kann; kurz: dass jedes gebildete Subjekt ein Kosmos für sich ist. Und dann könnte man ein Buch darüber schreiben.

Man könnte aber auch daran erinnern, dass schon das einfachste deutsche Kinderlied, zumindest in seiner unverstümmelten Variante, von nichts anderem erzählt; dass da nämlich ein Hänschen alleine in die weite Welt geht, um als Hans aus ihr zurückzukommen; dass auch Eichendorff schon auf der ersten Seite seinen »Taugenichts« singen lässt, in die weite Welt vertrieben zu werden sei ein göttlicher Gunstbeweis; dass diese Lieder nur Kurzformen des deutschen Bildungsromans sind; dass dieser wiederum oft eine Reiseerzählung ist, die sich aber von anderen Arten des Genres unterscheidet, weil sie nicht aus der Fremde berichtet, sondern aus der Heimat und aus sich selbst; dass adligen Reiseschriftstellern wie Karamzin oder Empire-Bewohnern wie

Sterne zwar andere Ziele vor Augen standen als ihren biederen Kollegen aus Deutschland; dass diese aber, wenn sie ihre Helden aus den elterlichen Mühlen, Katen und Werkstätten durch Wälder, Heiden und Gebirge nach Frankfurt, Braunschweig oder München wandern ließen, aus der Not räumlicher Beschränktheit die Tugend geistiger Grenzenlosigkeit machten. Und dann könnte man fragen: Muss man überhaupt reisen, um sich zu bilden?

Nein, das muss man nicht. Aber es gibt Orte, die kann der eine auf seinem Bildungsweg kreuzen, während der andere sich an ihnen bildet. Gehen wir, um einen solchen Ort zu finden, zunächst einen kleinen Schritt zurück, bis kurz vor die Französische Revolution, als der deutsche Geist sein Lebensthema noch nicht gefunden hatte; und dann einen kleinen Schritt voran, bis ans äußerste Ende des langen 19. Jahrhunderts, als er im Begriff war, in einen langen Dornröschenschlaf zu versinken. Als 1786 der dritte Teil des schönsten aller Bildungsromane erschien, da gab es das Genre noch gar nicht. Kurz vor dem Ausbruch des Deutschen Idealismus wollte Karl Philipp Moritz nichts als einen »psychologischen« Roman verfasst haben. Vermutlich liest er sich deshalb immer noch so frisch. Die Orte sind hier noch kein Gleichnis der Unendlichkeit. Sie dürfen, in fast amerikanischer Naivität, einfach sie selbst sein. So auch das Städtchen, das der Held auf seiner missglückten Reise an die Wesermündung streift.

Nachdem Anton Reiser sich in Bremen eingeschifft hat, merkt er auf halbem Wege zur Nordsee, dass die geplante Fahrt seine Verhältnisse übersteigt. Mit nicht mehr als einem Vierpfennigstück in der Tasche wandert er daraufhin zurück nach Bremen, immer den Fluss entlang: *Den Nachmittag erreichte er Vegesack und betrachtete hier mit hungrigem Magen, was er noch nie gesehen hatte, eine Anzahl dreimastiger Schiffe, die in dem kleinen Hafen lagen. – Dieser Anblick ergötzte ihn ohngeachtet des mißlichen Zustandes, worin er sich befand, unbeschreiblich – und weil er an diesem Zustande durch seine Unbesonnenheit selber schuld war, so wollte er es sich gleichsam gegen sich selber nicht einmal merken lassen, daß er nun damit unzufrieden sei.* Zweimal passiert Anton auf seinem Weg das hohe Ufer, das damals noch außerhalb Vegesacks lag und nichts als eine Naturschönheit war, einmal flussabwärts mit dem Schiff, einmal flussaufwärts zu Fuß. Gut 120 Jahre später steht hier ein Haus, in dem gerade einer seiner Bewohner lernt, die Dinge so unverstellt zu betrachten wie Karl Philipp Moritz und dabei doch das unendliche Ganze so wenig aus dem Blick zu verlieren wie Goethe. Martin muss dazu nicht wandern. Er hat Zugang zu einem erhabenen Ort, der ihm alle Seiten erschließt, ohne dass er sich in irgendeine Richtung bewegen müsste.

Gewöhnlich ist der Mensch verwachsen mit dem, was nah ist: den zuhandenen Dingen auf dem Tisch, im Garten oder auf der Straße. Oder er ist verloren vor dem, was fern ist: dem Himmel, dem Ende der Wüste, der nächsten Küste. Will er das Nahe und das Ferne in sich zusammenbringen, muss er sie ständig gegeneinander vertauschen; er muss reisen. Es sei denn, er befindet sich an einem Ort, an dem Nähe und Ferne sich berühren. Über dem Boden, aber nicht zu weit, gerade so, dass die Welt zur gestauchten Kugel wird und man in sanftem Abschwung von der Nasenspitze bis zum Horizont sehen kann, wo Himmel und Erde sich begegnen. Wie im Mastkorb eines Segelschiffs nach heftigem Regen, wenn die Luft scharf ist wie eine Rasierklinge und jede Wolke eine andere Farbe hat. Oder, noch besser, auf dem Dach eines hohen, aber nicht allzu hohen Turms in flacher, aber nicht karger Landschaft.

Ihm sei, schreibt Martin, schon in der Kindheit das *Hinauf- und Hinunterschauen* zur natürlichen Orientierungsweise geworden, während er das *Hin- und Herblicken nach rechts und links* nie so recht gelernt habe. Mit diesen wenigen Worten ist sehr präzise beschrieben, wie er die Welt vom Turm aus sieht. Wer das Glück hat, die aufrechte Haltung des menschlichen Körpers beizubehalten, aber dem Boden entwachsen zu sein, der ist ja über den Unterschied von Rechts und Links erhaben. Statt der körpergebundenen Seiten gibt es für ihn nur noch zwei unverrückbare Pole, einen oben und einen unten, und einen kreisrunden Horizont um ihn herum. Gerade mal 20 Meter über dem Boden untersteht der Raum damit plötzlich ganz anderen Gesetzen. Es gibt zum Beispiel keine Nachbarn mehr. Jeden Abend beim Einschlafen weiß Martin, dass sich direkt neben dem Haus eine Bäckerei befindet. Durch das Flurfenster dringt der Schein ihrer Laterne in sein Schlafzimmer, und wenn es im Sommer offen steht, auch der Duft von frischem Schiffszwieback. Jeden Morgen gibt es zur warmen Milch einen davon, mit einer dicken Schicht Butter an ein Stück Schwarzbrot geheftet. Doch auf dem Turm existiert die Bäckerei nicht mehr. Warum auch sollte der Junge hier oben ausgerechnet das suchen, was ihm am Boden den Blick verstellt? Und was sollte ihn das Motorboot interessieren, mit dem der Bäcker die Anrainer von Weser und Lesum beliefert, wenn jederzeit am Horizont ein rahgetakeltes Vollschiff oder ein kaiserlicher Schlachtkreuzer auftauchen kann? Es gehört zu den Dingen, über die Martin schreibt: *Wir kannten manches davon aus der Anschauung, aber es berührte uns nicht.* Was für ein Privileg, sich seine

Anblicke danach aussuchen zu können, ob sie einen berühren!

Für die Gleichzeitigkeit von Anschauung, Gefühl und Einsicht gibt es im Deutschen ein unübersetzbares Wort: Erlebnis. Goethe baute eine ganze Erkenntnistheorie auf den Glauben, dass sich die Natur dem Menschen in Form von Erlebnissen mitteilt. Der Geist, hieß das, soll die Sinne nicht an sich binden, sondern ihnen zur Wahrheit folgen. Denn die liegt dort, wo Inneres und Äußeres sich berühren. Wer liest, wie hingebungsvoll und präzise Goethe von Oberflächen schrieb oder Martin an anderer Stelle von der Haut, der wird begreifen, dass das keine Schwärmerei ist, sondern ein Programm. Die Mitte zwischen dem Geist und den Sinnen ist schwankend, und auf ihr zu verweilen will erlernt sein. Natürlich hat jedes Kind ständig Erlebnisse. Es sieht die Mutter, einen Tiger oder den Weihnachtsbaum und ist hin und weg. Genauso kann schon jedes Kind die sinnliche von der geistigen Welt unterscheiden. Es weiß einerseits, wie lecker Kirschen schmecken, und andererseits, dass zwei plus zwei vier ist; und es weiß auch, dass der Preis für vier Pfund Kirschen nicht erklärt, warum man nach zwei Pfund Kirschen Bauchschmerzen bekommt. Aber Sinneseindrücke, die etwas im Innern so hauchzart berühren, dass der Geist Fernweh bekommt – die haben viele Menschen ihr ganzes Leben nicht. Martin hat sie schon als kleines Kind.

Das Zeppelin-Luftschiff *Hansa*, das da eines Tages zum Greifen nah über den Turm hinweggleitet, hätte sich wohl kaum ein Junge entgehen lassen. Aber schon um mit dem Feldstecher des Vaters – einem Trieder-Binokel von C. P. Goerz – die wuchtigen Hammerbewegungen der Werftarbeiter am gegenüberliegenden Ufer zu beobachten und festzustellen, dass die Schläge erst zwei Sekunden später zu hören waren, braucht es neben Geduld ein feines Gespür für die Möglichkeiten dieses Ortes. Die gleiche Empfindsamkeit ist es auch, die Martin in der Osternacht weg von den anderen Kindern treibt. Auch für ihn sind die Feuer, die in dieser Nacht überall in der norddeutschen Tiefebene brennen, ein Erlebnis. Doch statt eines von ihnen zu besuchen, tut er lieber etwas anderes – er betrachtet sie alle. Das ist durchaus überraschend, denn es bedeutet ja erst einmal Verzicht. Wer von einem Turm auf Osterfeuer herabschaut, der hört nicht, wie sie prasseln, der spürt ihre Wärme nicht, seine Kleider riechen am nächsten Morgen nicht nach Rauch, und er bekommt auch keine Bratwurst. Aber er kann ein Schauspiel erleben, das er nie wieder vergisst.

1910 gibt es im Bremer Umland kaum Laternen, nur die elektrischen Blinkfeuer entlang der Weser weisen den Schiffen Abend für Abend ihren Weg. Am Osterabend aber wird aus der Lichterstraße ein Meer. Ein Feuer nach dem anderen entflammt auf den umliegenden Feldern und Weiden, bis schließlich das weite Oldenburger Land wie ein Spiegelbild des Sternenhimmels aussieht. Bald schon sind die Feuerflecken von vielen kleinen Feuerpunkten umgeben: Pechfackeln, die im Kreis geschwenkt und in die Luft geworfen werden. Zum großen Erlebnis aber macht diese Nacht erst eine andere Erscheinung. Wie auf Sternschnuppen wartet Martin auf die Lichter, von denen er später schreiben wird: *Hier keimte ein Gefühl dafür, dass in den Eindrücken, die von menschlichen Sinnen aufgenommen werden, mehr lebt, als nur das Vergängliche, das der Vergessenheit anheimfällt.* Es sind Leuchtraketen, die für wenige Sekunden den gespiegelten Himmel wieder zur Erde machen und den schönen Schein durch einen noch schöneren ersetzen. Es ist wie der Kampf zweier Engel. Ein Ringen zwischen unstofflichen Kräften, bei dem die eine der anderen nachgibt, indem sie sich zeigt. Für einen Ewigkeitsmoment erleuchtet die stärkere Lichtquelle die schwächere und verrät, dass sie gar nicht reines Licht ist, sondern ein brennender Haufen aus Reisig, Ästen, vertrockneten Weihnachtsbäumen, Teertonnen und alten Möbeln; und dass sie gar nicht im Raum schwebt, sondern umstellt ist von einer Puppenwelt aus Menschen, Bäumen, Karren und Gebüsch. Aber nur für einen einzigen, langen Moment! Dann zieht sich die Erscheinung wie ein verblassendes Traumbild zurück und macht wieder Platz für das österliche Lichtermeer zwischen Unterweser und Nordsee.

Auf dem Turm wurde Martin die Welt zum Kosmos, was im griechischen Sinn des Wortes bedeutet, dass sie in Ordnung geriet. Und er selbst wurde dabei zum Träger der *kosmiotēs*, einem Menschen, der sein Maß kennt, was für Aristoteles eine Umschreibung für Glücklichsein war. Um sein Glück aber ganz ergreifen zu können, bedurfte es erst eines großen Unglücks. Am 26. April 1915 wurde der Vater beim Sturm auf einen französischen Erdhaufen erschossen. Der Reservehauptmann mochte seinem zarten Sohn zuweilen befremdlich vorgekommen sein – er fehlt ihm trotzdem unsäglich. Bei aller Verschiedenheit hatten sie sich ja nicht ferngestanden; im Gegenteil, sie waren sogar gute Nachbarn gewesen. Nur diese beiden hatten schließlich außer dem Haus auch noch den Turm bewohnt. Die Beletage war nichts als eine schöne Wohnung reicher Leute. Doch wenn Martin hoch zum Vater stürmte, dann, so schreibt er, sei es ihm vorgekommen, als sei er dabei *in immer lichtere Regionen des Geistes* gelangt. Wie so oft bei ihm, ist das eine Beschreibung und zugleich eine Deutung. Durch das mit Milchglas ausgelegte Oberlicht strömte ja wirklich helles Tageslicht in die hohe Treppenhalle. Je höher man stieg, desto mehr hatte man das Gefühl, einen Bergwald zu verlassen und plötzlich nur noch Gipfel und Himmel über sich zu haben. Und zugleich, was anderes konnte man im Dachgeschoss mit dem herrlichen Weserblick wahrnehmen als eine luftige, fast konturlose Tätigkeit? Hier saß der Vater in der immer gleichen, leicht gebeugten Haltung hinter seinem Schreibtisch; hier trieb er seine historischen Studien; hier schrieb er fürs Vaterland; hier brütete er über Kant und der Frage, wie sich die Gegensätze im Volk überwinden ließen (nur, um eine Lösung zu finden, die nicht mehr als eine Losung war: Gott mit uns – und auf ins Gefecht!). Hier erholte er sich aber auch von diesen Anstrengungen, indem er Goethe las. Und hier hatte er seinem Sohn die Tür geöffnet, die über ihn hinausführte, aufs Turmdach, zu einem Denken, das sich nicht zuerst aus Lektüre speiste, sondern aus Erfahrung.

Nach Heinrichs Tod leert sich das Haus. Zwar zieht die Familie nicht aus; doch sämtliche Nöte des Krieges, die inneren wie die äußeren, lassen sich für die Mutter und die Großmutter bei Verwandten leichter ertragen. Zuerst wollen sie bei der Familie Düwell, die ein paar Häuser weiter wohnt, nur der abendlichen Stille entfliehen; aber schon bald wird es zur Gewohnheit, dort auch zu essen, sich vorzulesen und die Wochenenden zu verbringen. Martin aber zieht der Trauergesellschaft die traurige Stille vor. Sein früh erlerntes Vermögen, gemischte Gefühle zu ertragen, kommt ihm dabei zugute. Der kaum zwölfjährige Junge ist schwer erschüttert; doch er sucht einen Trost, der ihn nicht vom Kummer ablenkt. Und er findet ihn in der vertrauten Umgebung. Für viele

Stunden und oft ganze Tage ist er jetzt allein im großen Haus. Mit der Familie sind aber auch all ihre Launen und Routinen, alle Anlässe zur Rücksichtnahme, zu den Düwells abgewandert; und der Vater hat immerhin ein Reich hinterlassen. Ganz natürlich zieht es Martin nun nach oben, dahin, wo das Haus fast nur noch Turm ist. Nur wendet er den Blick jetzt nicht mehr in die weite Welt, die hat ihm schließlich den Vater genommen. Und auch zum Lesen ist ihm nicht zumute. Dem Gymnasiasten geht es noch immer wie dem kleinen Kind: Das Geistige muss sich zeigen, sonst interessiert es ihn nicht. So findet er Trost im Auffinden und im Herstellen von Ordnung.

Wie sehr das Ordnen für ihn mehr als ein Mittel zum Zweck ist, nämlich eine Eigenart seines Geistes, zeigt sich gerade da, wo Martins Talente fehl am Platz sind. Als er dem Drang nachgibt, die verwaiste Bibliothek im Turmzimmer neu zu sortieren, zerstört er im Handstreich einen über viele Jahre gewachsenen Organismus. Der Vater hatte in gut wissenschaftlicher Manier den Standort eines Buches von der Signatur im systematischen Katalog abhängig gemacht. Der so entstandenen Ordnung entsprach nichts in der Anschauung; aber sie half dem Kundigen, Antworten auf offene Fragen zu finden. Wollte er etwa einen Aufsatz zum mittelalterlichen Salzhandel schreiben, musste er nur wissen, unter welchen Stichwörtern er zu suchen hatte. Dagegen ist die alphabetische Reihe, in die Martin die mehreren tausend Bände jetzt stellt, ein Akt der Barbarei. Der Junge mag nun mit einem Griff *Brehms Thierleben* oder Schwabs *Sagen des klassischen Altertums* finden, und auch Cäsars *De Bello Gallico* oder die *Colloquia Desiderii Erasmi Roterodami* dürften dem Gymnasiasten schnell zur Hand sein. Aber schon den Namen

Ranke kennt er womöglich nicht, weshalb er ab jetzt ohne Not auf dem Trockenen säße, wenn er sich mal über die Schlacht bei Kunersdorf oder Papst Gregor XIII. informieren wollte; und Bücher wie Otto Fürsens *Geschichte des kursächsischen Salzwesens bis 1586* hat er in seinem Eifer vollends lebendig begraben. Doch so unzweckmäßig Martins Ordnung sein mag, man kann sie sehen: Wie ein wandumfassendes Alphabet steht die Bibliothek nun als Ganzes vor ihm.

Dabei lernt Martin zur gleichen Zeit, dass gute Wissenschaft die Dinge immer ins Verhältnis zu einem Zeichensystem setzt. Nur kommt er dabei lieber von der Anschauung zur Schrift als umgekehrt. Lieber als Sätze und Karteikarten ordnet er Beobachtungen; und er findet es sympathisch, dass sich Geräte im Gegensatz zu Büchern gerne *res extensae* nennen lassen. Er ist eben ein kommender Naturwissenschaftler. Auch das zeigt sich im untergegangenen Reich des Vaters, mitten im Krieg. Die Anregung, im kleinsten Dachzimmer ein chemisches Laboratorium einzurichten, kommt von einem Lehrer, der auf die Welt ähnlich blickt wie Martin. Dr. Mager sieht in den Stoffen und Substanzen, mit denen er es als Chemiker zu tun hat, eine lebensähnliche Kraft am Werke. Deshalb hat er als zweites Fach Biologie studiert, sich dabei aber auf keine unmittelbar »chemische« Disziplin spezialisiert, wie etwa Zellbiologie, sondern auf Zoologie und Botanik. Es sind die elementaren Formen und Erscheinungen der Materie, die ihn interessieren – die Gestalt eines Blattes ebenso wie die einer stabilen Molekülverbindung, die Farbe eines Gefieders ebenso wie die einer Reaktionsflamme.

So geht es auch Martin. Er kommt von der Geometrie zur Chemie. Der angewandten Geometrie, sozusagen. In den Sommerferien 1913 war es unter Anleitung eines Kurarztes zwischen ihm und anderen Kindern über der Aufgabe, aus einem Quadrat Papier ein möglichst kühnes Modell zu basteln, zu einem regen Wettbewerb gekommen. Einmal entflammt, wollte die Bastelleidenschaft zuhause bald weiter: vom reinen zum wirklichkeitsgetreuen Modell und von dort zu neuen Wirklichkeiten. Ist das Papierschiff des Zehnjährigen näher am Original als das Schiffsbild des Sechsjährigen, so ist es davon weiter entfernt als das Schiffsmodell, das der Zwölfjährige unter Verwendung vielfältiger Werkstoffe baut; und um aus einem Holzquader einen elektrischen Apparat zu machen, muss der Dreizehnjährige neben den sicht- und greifbaren eben auch die verborgenen Eigenschaften eines Materials kennen. Dass eine moderne Klingelanlage wie die in der Weserstraße 84 den Einsatz von Zink, Kohle und Salmiak erfordert, das weiß Martin bereits, seit er dem Elektrikergesellen bei der Reparatur zugesehen hat. Aber das waren ja Stoffe von barbarisch schlichter Wirksamkeit! Wie sich hingegen ein Stoff, Acetylensilber zum Beispiel, durch die Behandlung mit anderen Stoffen verändert, Jod oder Ammoniak zum Beispiel, das weiß selbst Dr. Mager nicht immer so genau. Also muss man es ausprobieren.

Die Chemie ist eine unendliche Kombinatorik. Ein und dieselbe Substanz kann mal gelb aussehen, mal wie ein zäher Teer; die erste Temperatur wird ihr ein Gas entlocken, die zweite einen Knall, die dritte eine weiße Stichflamme; in Kontakt mit diesem Element bildet sich etwas Drittes, mit jenem tut sich gar nichts. Wer da den Überblick behalten und sein Publikum möglichst oft mit neuen Reaktionsspektakeln unterhalten will, der muss wirtschaften und Ordnung halten. Mit den teilweise kostbaren Chemikalien geht Martin daher äußerst sparsam um, Richtmaß ist das Milligramm. Außerdem führt er über jedes Experiment sorgfältig Buch; und von Zeit zu Zeit räumt er das komplette Laboratorium aus, um es samt dem Experimentiertisch feucht zu wischen. Wieder einmal trotzt Martin auf dem Turm sich selbst und wächst dabei. Nur wandert sein Blick nicht mehr über die Dinge hinweg, er dringt in sie ein. Der Sechsjährige hatte auf dem Podest die Fülle der Aussicht gewonnen, indem er seinen Schwindel überwand; nun findet der Vierzehnjährige sein vom Krieg erschüttertes Gleichgewicht wieder, indem er im Labor Molekülverbindungen zur kontrollierten Explosion bringt und anschließend putzt.

Als sich Martins Blick im Frühjahr 1919, kurz nachdem Freikorpstruppen die Bremer Räterepublik niedergeschossen haben, wieder ins Freie traut, meidet er das irdische Geschehen. Als wolle er sich von allen Explosionen erholen, zieht es ihn nun in den Teil der Welt, der von jeher als Abglanz der Ewigkeit gegolten hat. Es sind Lehrer und Freunde, die ihm den bestirnten Himmel nahebringen. Am Abend des 30. Mai machen moderne Zeiss-Okulare im Treppenhaus des Realgymnasiums den Jupiter in fünfzigfacher Vergrößerung sichtbar. Ein ungekanntes Gefühl der Erhabenheit ergreift Martin, als das Gestirn plötzlich kein Punkt am Himmel mehr ist, sondern wie die Erde eine Insel im Meer der Unendlichkeit. Auch sie böte Dingen Platz. Doch niemals würden Menschen auf ihr leben – ein unvorstellbar trauriger Gedanke und zugleich ein tröstlicher: Es würde ja auch nie jemand auf ihr sterben.

Kurz darauf ernennt Martin den Turm ganz offiziell zu dem, was er im Grunde schon lange ist: einer »Beobachtungsstation«. Der wissenschaftlich anmutende Name ist aber erst jetzt angebracht, denn wirklich lassen sich Himmelskörper nicht so spontan und umstandslos betrachten wie Schlacht-schiffe und Osterfeuer. Kein Astronom kann sich nur auf sein Glück verlassen. Vielmehr verlangt die Beobachtung eines 700 Millionen Kilometer entfernten Planeten eine ähnliche Sorgfalt wie das Experimentieren mit einem halben Milligramm Jodstickstoff; auch wenn sie andere Mittel erfordert. Genauso unentbehrlich wie für den Chemiker ist für den Astronomen allerdings ein Heft, das Umstände und Ergebnisse der Forschung protokolliert. Aber anders als eine Farbveränderung im Reagenzglas wird eine Himmelsbeobachtung erst durch genaue Selbstbestimmung des Beobachters zur Tatsache. Der Turm ist nun nicht mehr nur der Mittelpunkt von Martins Welt oder der beliebige Ort seines Labors; er ist plötzlich auch eine von unendlich vielen Achsen zwischen Nadir und Zenit.

Um dem Blick in den Himmel seine Beliebigkeit zu nehmen, braucht man sechs Variablen: Längengrad, Breitengrad, Horizontalwinkel, Höhenwinkel, Datum, Uhrzeit. Eine astronomische Aussage – sagen wir: *9. IV. 1920, 22h15, 53° 10' N, 8° 38' O: Jupiter 63° 30' Zenit, 41° 55' Azimut* – setzt daher Instrumente voraus, wie sie auch zur Navigation verwendet werden; im Sommer 1919 erfordert sie außerdem den Besitz von Kriegsgerät. Nicht nur den Theodoliten zur Winkelmessung leiht Dr. Stockmann nämlich seinem Musterschüler, immerhin Sohn eines gefallenen Kollegen, über die Ferien aus, sondern auch das Chronometer, das ein ehemaliger U-Boot-Kapitän dem Realgymnasium gestiftet hat. Den Rest stiftet Martin sich selbst, vor allem das aus Brillengläsern und Lupen zusammengebaute Fernrohr, mit dem sich der Nachthimmel vom Turmfenster aus punktieren lässt. Um aber die Aufenthaltsorte eines Gestirns im Laufe der Monate und Jahre ins

Verhältnis zueinander zu setzen, müssen sie zudem auf einer Karte markiert werden. Dazu teilt Martin zwei senkrecht aufeinanderstehende Papierkreise – einen für das horizontale, einen für das vertikale Orbital – in jeweils 720 halbe Grade, die wiederum vom Schatten eines zwischen den Linsen angebrachten Fadenkreuzes in vier gleich große Bogen zerschnitten werden.

Um wie viel mehr aber ist der Blick auf die Sonne auf die indirekte Beobachtung angewiesen! Wer den astronomischen Zauber des Sterns aller Sterne erfahren will, und Martin will das von jetzt an für den Rest seines Lebens, der muss ihn wie ein Bild betrachten. Anders als bei den Planeten ist bei der Sonne die flächige Präsenz der natürlichste Anblick, den die Erde dem Menschen zu bieten hat. Ihre geheimnisvolle Haut aber, das ständig wechselnde Muster aus schwarzen Flecken, bekommt nur zu sehen, wer die Augen von ihr abwendet und auf ein Stück Papier blickt, es kann auch ein erst nach der Entwicklung zu betrachtendes Fotopapier sein, auf das er ihre Erscheinung durch den Linsenkanal gelockt hat.

Astronomische Anblicke sind nicht nur anspruchsvoll, sie sind auch eifersüchtig. Sie dulden keine anderen Sinneseindrücke neben sich, am allerwenigsten Geräusche. Die Sterne erscheinen als reines Licht in der Stille. Aber wer sie aufmerksam und geduldig betrachtet, der wird sie so schön finden wie sonst nur Musik. Ja, Martin wird später sogar sagen: Sie sind Musik – für das geistige Gehör. Dass die himmlischen Sphären harmonisch klingen, hatte schon Pythagoras gelehrt; und Platon hatte diese Lehre erweitert, als er die Seele mit einem gestimmten Instrument verglich. Doch zwei Jahrtausende später musste man schon Goethe heißen, um für die Idee hörbarer Anblicke nicht ausgelacht zu werden.

Jedenfalls meint Martin, etwaigen Unterstellungen seiner Leser vorbeugen zu müssen, indem er den Prolog des *Faust* zitiert:

Die Sonne tönt nach alter Weise
In Brudersphären Wettgesang
Und ihre altgewohnte Reise
Vollendet sie mit Donnergang …

Es gibt für Martin noch eine weitere Fläche, die den Augen ein Konzert geben kann: das menschliche Gesicht. Als er einen der Bälle besucht, die auf die Tanzschule folgen, kommt es zu einem Ereignis, von dem er später schreiben wird: *Es wirkte auf mich wie der Übergang aus einer Morgendämmerung zu einem strahlenden Sonnenaufgang, mit dem sich nichts vorher Erlebtes vergleichen lässt.* Natürlich, ein Mädchen. Aber was ist geschehen? Fast nichts. Martin hat die viel Jüngere, die sich nur widerwillig von Bekannten hatte mitnehmen lassen, nach einem angeregten Gespräch zum Tanzen aufgefordert. Das kann sie aber nicht. Sie fühlt sich ausgeschlossen und weint. Doch der Ältere überredet sie zu einem Versuch, und als er zur Überraschung beider gelingt, da strahlt sie. Wie ein Osterfeuer im Leuchtkugelschein. Wie Sonnenmusik. Was Martin in den Zügen dieses – für uns namenlos bleibenden – Mädchens gesehen und gehört hat, das präsentiert er dem Leser viele Jahre später als einen Unsterblichkeitsbeweis: *Mochte alles, was es in der Welt gab, in Atome oder wie Dr. Mager im Chemieunterricht als das Ergebnis neuester Forschungen mitgeteilt hatte, in Elektronen und Atomkerne auseinandergerissen und womöglich noch weiter zerstäubt werden* (ich schreibe dies am 4. Juli 2012 ab, dem Tag des Higgs-Bosons), *die Individualität, der Mensch im Menschen, der diesem seit*

Jahrtausenden erst die eigentliche Menschenwürde verleiht, sie bleibt erhalten, weil sie aus einem Leben in der Ewigkeit kommt und weil sie für ein ferneres Leben in der Ewigkeit vorherbestimmt ist. Nur hat man das heute in der modernen Zivilisation vergessen und will möglichst nicht daran erinnert werden.

Man sieht, am Ende eines zwölf Jahre dauernden Bildungsgeschehens schickt der Turm seinen Bewohner nicht nur in die Wissenschaft. Er wirft Fragen auf, die sich nicht mehr einsam lösen lassen. Nachdem er ihre Fülle schon genossen hat, muss Martin nun in die weite Welt hinaus. Er wird studieren, arbeiten, eine Familie gründen, sich mit Gleichgesinnten zusammentun, seinen Idealen folgen und für sie werben. Doch all das tut er nicht, um die Welt zu verändern. Im Gegenteil. Er tut es, um zu zeigen, dass alle Veränderung in Raum und Zeit Illusion ist. Er wird ein stiller und bis zur Unerbittlichkeit treuer Anhänger der Wiederholung.

Er wird seine Bahnen ziehen.

6. KAPITEL

STADT, LAND, FLUSS

Im Frühjahr 1938 ordnen die Nazis an, dass Dr. Martin Leo, wohnhaft Dessau, Schlageterallee 58, zu sterilisieren sei. Vorladung. Skalpell. Wahrscheinlichkeit chronischer Folgeschmerzen im Nebenhoden bei 6 Prozent. Man ist einfach nicht bereit, den Morbus Bechterew noch länger im Volkskörper zu dulden. In Berlin wird zur gleichen Zeit der Papierkram für Friedrich Leos Aufnahme ins Rasse- und Siedlungshauptamt erledigt. Trina ist ganz aufgeregt, womöglich wird ihr Mann bald aus Danneberg in die Reichshauptstadt versetzt. Nicht, dass sie sonst nichts zu tun hätte, außerdem ist sie schon wieder schwanger; aber vorsichtshalber sucht sie die schwarze Uniform noch einmal auf Mottenlöcher ab. Und auch beim Plätten geht sie auf Nummer sicher. Doppelt hält einfach besser.

Schon die erste Begegnung der beiden Brüder war asymmetrisch verlaufen. Aber sie hatte noch in der Welt des Älteren stattgefunden.

Und in seinem Element.

Als Martin und Heinz am 11. April 1908 von einem langen Uferspaziergang mit der Großmutter zurückkehren, berichtet der Vater von höchst merkwürdigen Dingen, die sich während ihrer Abwesenheit ereignet haben. Martin weiß gar nicht, worüber er mehr staunen soll: dass da tatsächlich, so unbestreitbar wie plötzlich, ein Brüderchen namens Friedrich im Zimmer der Eltern schläft oder dass es angeblich der Tonnenleger war, der ihn mit seinem Schwimmkran aus der Weser gefischt und bei der Familie abgeliefert hat. Bis zum Morgengrauen noch, so der Vater, habe Friedrich in einer der spitzen Kegeltonnen gewohnt, die zwischen Bremen und Bremerhaven die Fahrrinne markieren. Doch trotz dieser befremdlichen Umstände scheinen sich die Eltern sehr über ihren dritten Sohn zu freuen. Auch wenn er für die Mutter offenbar so überraschend gekommen ist, dass sie sich erst einmal erholen muss. Sie liegt im Bett und ist ganz blass vor Freude. Der Vater aber scheint doch etwas geahnt zu haben. Warum sonst hätte er mit Martin und Heinz in letzter Zeit so viele Ruderfahrten zu den Kegeltonnen unternommen? Jedenfalls versteht Martin nun endlich, was ihm immer schon aufgefallen war, nämlich die Verschiedenheit ihrer Farben. Anne Gülsen, die auch gerade frisch angelieferte Tochter eines Kollegen, so erklärt der Vater, stamme wie alle Mädchen aus einer roten, Friedrich als Junge dagegen aus einer schwarzen Tonne. Natürlich! Nachdem er es einmal erfahren hat, wundert sich Martin fast, dass er darauf nicht von allein gekommen ist. Und trotzdem sind das alles schockierende Neuigkeiten. Wenn er in den nächsten Wochen an den kleinen Bruder denkt, hat er immer zwei Bilder im Kopf: mal das flaumige Knäuel mit den schrumpeligen Händchen, das auf ebenso unverständliche wie unverwechselbare Weise in der Wiege strampelt, schreit und röchelt; und mal die vielen Tonnen, die sich in den Wellen heben und senken, eine wie die andere, doch jede in ihrem eigenen Rhythmus. Angestrengt versucht er, sich eines Zeichens zu erinnern, das ihm verriete, in welcher sich der Bruder befunden hat. Aber sie bleiben alle gleich: verschlossen, schwarz und schwankend.

Große Schwimmer werden sie beide nicht. Der eine aber, einmal herausgezogen, scheut das Wasser; dagegen schöpft der andere aus seiner Nähe Kraft. Friedrich wird sich vom Hochufer landeinwärts schlagen. Martin mag sich aufhalten, wo er will – er bleibt das Kind eines sich öffnenden Flusses unter weitem Himmel, eines Ufers, das fast schon Küste ist.

So auch in Dessau, an einem Sonntag im August 1958.

Martin liegt im Gras, des eingefallenen Brustkorbs und der verwachsenen Halswirbelsäule wegen nicht auf dem Rücken, sondern in leicht kauernder Seitenlage, bequem genug jedoch, um schon bald nichts mehr zu spüren als die Wärme, in die der trockene Boden und die milde Sonne ihn hüllen. Er schläft ein und beginnt zu träumen. Hoch am Himmel überfliegt er ein Meer. Zuerst sind da nur Wasser und Horizont, dann taucht plötzlich die Insel Helgoland auf, schwillt an und wieder ab, und als der Jadebusen in der Ferne Gestalt gewinnt, verwandelt sich die Erdoberfläche in eine Landkarte. Auf ihr markiert er die Inseln dieser amphibischen Landschaft mit kleinen Fähnchen: ein grünrotweißes setzt er nach Helgoland, ein schwarzweißes nach Stade, ein blaurotes nach Oldenburg, je eines in den Hansefarben Rot-Weiß nach Hamburg, Bremerhaven, Bremen und natürlich nach Vegesack. Und dann hört er den über ihm kreisenden Hubschrauber, dessen Knattern den kurzen Traum ebenso beflügelt hat, wie es ihn jetzt beendet. Zuerst weiß er nicht, wo er ist, aber als er sich umsieht, erkennt er, dass die Wirklichkeit ihm nicht nur den geträumten Flug, sondern auch das im Traum überflogene Gebiet souffliert hat. Er befindet sich am Ufer eines Flusses. Eines meerfernen Flüsschens, genauer gesagt, das sich schon durch seinen Namen vor der mächtigen Elbe zu verneigen scheint, noch bevor es einige Kilometer weiter ganz in ihr verschwinden wird. Doch auch die Mulde führt Wasser. Genug sogar, um Martin bis an den meernahen Ort seiner Kindheit zu tragen. Die Schilderung des Anblicks, den sie ihm kurz nach dem Aufwachen bietet, hat sie sich jedenfalls redlich verdient:

Mir gegenüber steht die Sonne und erzeugt ein äußerst lebendiges Glitzern auf der durch eine frische Brise leicht gekräuselten Wasseroberfläche. Es ist, als wenn Sterne auf die Erde heruntergekommen wären und über dem Wasser ein freudig bewegtes Leben entfalteten, aufblitzend, sich wieder versteckend, einzeln aufleuchtend, dann wieder in einen schnell dahinschwindenden Schwarm übergehend, bis mit einem Male jedes Glitzern aufhört, ohne dass aber die Kräuselung des Wassers gleichzeitig verschwindet. An die Stelle der Sterne, deren Licht alles überstrahlte, treten jetzt dunkle, kurze Streifen in überraschender Fülle, die von halbdunklen begleitet und ergänzt werden. Kaum hatte sich dieser Anblick dem erstaunten Auge gezeigt, als schon wieder ein neues Glitzern einsetzte, erst hier, dann da, dann überall, und es kostete nun Mühe, trotzdem auf die graudunklen Strukturelemente des Untergrundes zu achten, die ja erst in der Zwischenzeit bemerkbar geworden waren, nachdem das zarte Glitzern erst einmal nachgelassen hatte. Das Naturschauspiel vor meinen Augen lässt Erinnerungen wach werden. Es führt mich zu Erlebnissen, die schon manches Jahrzehnt in der Vergangenheit liegen, zurück, so als ob sie im Augenblick neu wären und sich noch einmal taufrisch abspielen sollten.

Das sonntägliche Grenzerlebnis wirkt nach. Plötzlich ist die Kindheit in Vegesack so wach in Martin, dass er manchmal kaum mehr unterscheiden kann, was Tagtraum und was Wirklichkeit ist, die Schlachtschiffe auf der Weser, die Feste der Großmutter, die Hammerschläge der Werftarbeiter – oder seine »Scheißpötte« in Bitterfeld. Jedenfalls freut er sich nun noch mehr als sonst auf die Wochenenden, die beiden hohen Tage, an denen ihm das Wachstum von *Brot, Wohlstand und Schönheit* ausnahmsweise mal, Entschuldigung, den Buckel runterrutschen darf. (Für sein eigenes Brot ist er dem Elektrochemischen Kombinat durchaus dankbar, auch wenn der behauptete Wohlstand natürlich eine Propagandalüge ist; was allerdings Lippenstifte und Polyamidfasern mit Schönheit zu tun haben sollen, das wird er nie verstehen.) Verwandelt er unter der Woche hunderte Stoffe in tausenderlei Dinge des sozialistischen Alltags, so konzentriert er sich in seiner freien Zeit auf das Ewige: die Partitur Gottes am Himmel und die göttliche Musik im Menschen. Nun aber hat sich zu Harmonie und Kultus noch ein Drittes gesellt – die eigene Vergangenheit. Auch ihr will er von jetzt an dienen. Anders als die astronomische Datenerhebung und die ihm anvertraute Vorbereitung der kirchlichen Liturgie, die beide zeremoniellen Ernst erfordern, ohne im eigentlichen Sinn Mühe zu machen, ist die schriftliche Fixierung der Erinnerung aber echte Arbeit. Martin nimmt sie, gemessen an seinem Temperament, fast begierig an, er stürzt sich auf sie wie auf eine lange vermisste Aufgabe. Als er sie genau zehn Jahre später, im September 1968, vollendet, ist Bitterfeld für ihn nur noch eine Dunstquelle südöstlich von Dessau.

Friedrich wird in den Erinnerungen seines Bruders kaum vorkommen. Natürlich liegt das auch am Altersunterschied von viereinhalb Jahren. Martin und Heinz, geboren innerhalb eines Jahres, sind so unzertrennlich, dass der Ruf »Martineinz«, der oft durch das Haus und in den Garten dringt, nur einem Kind zu gelten scheint. Auf frühen Fotos wirkt der kleine Friedrich neben den älteren, meist gleich gekleideten Brüdern wie angeklebt. Und doch können es nicht nur die Jahre sein, die ihm fehlen. Jemanden zu übersehen, nur weil er keine Hauptrolle im eigenen Leben spielt, das passt nicht zu Martin. Im Gegenteil, auf fast jeder Seite bedenkt er die Menschen seiner Kindheit mit der gleichen Sorgfalt wie ihre Dinge. Noch der entfernteste Verwandte, der unscheinbarste Nachbar, jeder Freund seines Vaters, jeder Lehrer, Handwerker und Ladenbesitzer, die Fischer an der Lesum und die Weißwäscherin in der Kellerküche – sie alle sind ihm eine oft bis in die Einzelheiten von Kleidung und Mimik gehende Beschreibung wert. Nur Friedrich nicht.

Natürlich kann Martin den Bruder nicht ganz beschweigen. Doch was er über ihn mitzuteilen hat, das lässt er meist andere sagen, vor allem die Großmutter. Sie ist auch das Subjekt der einzigen Passage, in der Friedrich wirklich zum Thema gemacht wird. Drei Sätze, mehr nicht, aber die laufen dem sonstigen Erzählton auffällig zuwider. Als hätte sich der Autor hier einer unangenehmen Pflicht entledigen wollen, eines Gegenstandes, den zwanghaft zu vergessen auf Dauer mühsamer wäre, als ihn einmal zu benennen und damit für immer zu erledigen. *Mit Friedrich, der 5 Jahre jünger war als ich,* schreibt er, *gab es eh und je kein Auskommen. Es war direkt schrecklich, welches Misstrauen bei ihr – der Großmutter – immer wach wurde, wenn er irgendwo auftauchte. Gleich war dieses oder jenes nicht in Ordnung und die Jagd nach dem von vornherein für schuldig Angesehenen endete dort, wo sie enden musste – bei Friedrich!* Das klingt, als wolle Martin seinen Bruder verteidigen. Doch ihm geht es um etwas anderes, um die Feststellung nämlich, dass er sich seine eigene Kindheit nur bis zu Friedrichs Geburt ungetrüb vorstellen kann. Die Zeit bis 1908, schreibt Martin in metaphorischer Verblümung, komme ihm vor wie *ein fast unwahrscheinlicher Ausblick in einen sonnendurchhellten, paradiesischen Garten,* während für die folgenden Jahren von *Nebelschleiern* die Rede ist und vom *Schatten des Missverstehens,* der über der Vegesacker Familie gelegen habe, schließlich gar von *tobenden Gewittern und Stürmen der Leidenschaft.* Was soll das heißen? Geht es wirklich nur um den ohnehin recht merkwürdigen Widerwillen der Großmutter gegen ihren dritten Enkel? Und regte der sich etwa schon gleich nach der Geburt? Gab es vielleicht zwischen den jugendlichen Brüdern Streit, von dem Martin lieber schweigt, ohne aber die Folgen unbenannt zu lassen? Oder werden hier der Erinnerung Stimmungen und Urteile untergeschoben, die sich erst viel später herausgebildet haben? Andererseits: Wer wüsste nicht, dass schon Kinder, nur weil sie so sind, wie sie sind, eine unüberwindbare Abneigung hervorrufen können? Und dass es kaum eine Form gibt, ein derart ungerechtes Gefühl zum Ausdruck zu bringen? Was immer später hinzugekommen sein mag, ganz unglaubwürdig ist es jedenfalls nicht, dass sich schon am jungen Friedrich die Geister schieden.

Am alten Friedrich schieden sie sich ganz gewiss.

Als ich ein Junge war, wusste ich das noch nicht. Ich wusste nur, dass mein Großvater – anders als mein Opa – mir nichts zu bieten hatte. Sicher lag das auch daran, dass wir uns nicht in seiner Welt begegneten. Hätte er noch auf dem Land gelebt, wären wir vielleicht im Wald Freunde geworden. Er hätte mir zeigen können, wie man eine Kreuzotter mit dem Spaten erlegt: indianerartig, ganz ruhig, und dann direkt hinter dem Kopf. Ich hätte ihn fragen können, ob es möglich ist, sich nur von Kräutern zu ernähren, und falls ja, wie lange und von welchen. Vielleicht hätte er mir auch auf eine Weise von früher erzählt, die mehr von ihm preisgegeben hätte als sein unwandelbares Repertoire an Heldengeschichten. So wie damals dem siebenjährigen M42, als der ihn auf einem Gang durch die Heide gefragt hatte, wer denn den Krieg, von dem manchmal sonntags nach dem Mittagessen so äußerst spannend die Rede war, eigentlich gewonnen habe. Der Vater lächelte kurz, so wie sein Sohn es noch nie gesehen hatte, dann spannte sich sein muskulöser Körper, er sprang in die Höhe und ergriff einen Birkenzweig. Als er die erbeuteten Blätter langsam mit seinen Fingern zerteilte, sah er zu Boden.

»Leider nicht wir«, sagte er.

Aber Großvater lebte nicht mehr in der Heide. Er wohnte wieder in Vegesack, im Haus seiner Eltern. Dass er eigentlich woanders sein wollte, hätte ich mir damals nicht vorstellen können. Ich merkte nur, dass er mit seiner Umgebung nichts anzufangen wusste. Wie viele Männer seines Alters existierte er im Ruhestand wie ein Findling nach der Eiszeit. Er war einfach da. Nichts gab es, und sei es noch so klein, was ihn angezogen, worauf er sich zubewegt hätte. Sein gesamtes geistiges Kapital war von einem schwarzen Loch geschluckt worden, in das er vor vielen Jahren investiert hatte. Freunde hatte er nicht. Und der ehelichen Arbeitsteilung gemäß oblagen ihm nur die Arbeiten außerhalb des Hauses. Die allerdings erledigte er mit fast zeremoniellem Bedacht. Der Durchbruch an der Somme konnte kaum mehr Aufwand verlangt haben als der Weg zum Reformhaus oder zur Apotheke. Nachdem er den Einkaufszettel auf das rechte Format – aus dem beschrifteten Stück Papierrolle war ein Notizblatt geworden – gebracht, sein schwarzes Portemonnaie mit einer

schweren Scherenbewegung in die hintere Hosentasche gesteckt und seine Wetterjacke angelegt hatte, nahm Großmutter sein Gesicht in beide Hände, zog es zu sich hinunter und
gab ihm einen ziemlich dicken Kuss. Er mochte 1940 noch
etwas inniger gewesen sein, aber auch die Eroberung von
Werlandbrot erforderte einen Abschied.

Im Frühling schnitt er die Zweige, im Herbst harkte er das
Laub. Einmal fand er dabei inmitten welker Kastanienblätter
den Ehering wieder, den Großmutter im Sommer verloren
hatte. Ich habe sie kein zweites Mal so wach und glücklich
erlebt wie in dem Moment, als sie mir von diesem Wunder
erzählte. Wenn Großvater, für mein Gefühl eher einer Pflicht
als einer Neigung gehorchend, mit mir etwas unternehmen
wollte, dann forderte er mich auf, meine Jacke anzuziehen.
Wir gingen die Weserstraße hinunter. Er tat geheimnisvoll,
ich tat gespannt. Dabei war mir klar, dass wir hinter der
Strandlust, dem großen Hotel mit Flussblick, in dem meine
Eltern ihre Hochzeit gefeiert hatten, die Fähre betreten würden. Er würde aus seiner Hosentasche das Portemonnaie und
aus diesem zwei Zehnerkarten herausziehen, vier Stück ab-
reißen, je zwei grüne für Kinder, zwei rote für Erwachsene
(oder war es umgekehrt?), um sie dem Fährmann zur Entwer-
tung zu reichen. Dann würden wir ans niedersächsische Ufer
fahren, ohne es zu betreten. Und wieder zurück. Schweigend.
Manchmal würde Großvater in der Mitte des Flusses auf den
Turm des Hauses zeigen, manchmal nicht.

Auf der gepflegten Rasenfläche zu Füßen des Turms
spielte er mit seinen Enkeln zuweilen Krocket, eine unfassbar
öde Angelegenheit, eine der schlimmsten Hinterlassenschaf-
ten des britischen Weltreichs. Ein einziges Mal konnte ich ihn
überreden, sich auf den schönsten, von ihm sonst verach-

teten englischen Kulturexport einzulassen und mir einen Ball aufs Tor zu schießen. Er tat es so ungelenk, dass ich nicht wusste, wofür ich mich mehr schämen sollte, mein Drängen oder sein Unvermögen. Trotzdem, die wenigen Gelegenheiten, bei denen ich an Großvater so etwas wie innere Anteilnahme erlebte, ergaben sich im Garten, in dem langen, schmalen Streifen abschüssigen Landes zwischen der Villa und dem Fluss. Meistens geschah das an Ostern. Das Verstecken der Schokoladeneier etwa muss ihm wirklich Spaß bereitet haben. Wie ein Feldherr stand er auf der steilen Eichentreppe und sah hinab auf das hektische Durcheinander, das seine Enkel da wie auf einer großen Bühne veranstalteten. Mit sicherem Gespür hatte er Orte ausgesucht, an denen die bunten Stanniolfolien in der natürlichen Umgebung aus Blumen und blühenden Sträuchern vollkommen getarnt waren. Es half nichts, wer nicht mit leerem Korb zurück ins Haus wollte, der musste sich schmutzig machen. Dass unsere Mütter schimpfen könnten, weil wir in der feuchten Erde herumgekrochen waren, schien er nicht bedacht zu haben, oder es war ihm egal. Vielleicht freute es ihn sogar. Wir strengten uns an, weil es ihm gefiel, das gab es sonst nie.

Doch der Höhepunkt des Osterfestes fand im unteren Teil des Gartens statt. Abends, wenn die Weser in der Dunkelheit versunken war, entzündete Großvater hier zwischen den Pflaumenbäumen einen sorgfältig aufgetürmten Berg aus Laub, Reisig und Ästen. Das war weniger spektakulär als die riesigen Osterfeuer auf freier Flur, die ich von zuhause kannte, zwischen den flackernden Umrissen der kahlen Zweige war es sogar ein wenig unheimlich. Aber Feuer ist Feuer, und auch, dass Ostern angeblich nur eine weitere »Jahreswende« war, nahm ich gerne hin. Einmal kam die Vegesacker Feuerwehr und machte dem unangemeldeten Spektakel ein Ende. Großvater protestierte schwach und fügte sich. Zurück im Haus, erwähnte er das Vorkommnis mit keinem Wort. Aber mir schien, dass er den ganzen Abend an nichts anderes mehr denken konnte und dabei irgendetwas aus tiefer Seele hasste, so elementar und unversöhnlich wie sein Sonnenwendfeuer das städtische Löschwasser.

Auch drinnen schien er sich erst wohl zu fühlen, wenn die Nacht den Standort des Hauses verhüllte. Wenn die Räume der Einbildungskraft sich öffneten. Wenn gesungen oder einer der Bildbände hervorgeholt wurde, in denen Zeichnungen eine abendliche Stimmung über frisch gepflügten Feldern heraufbeschworen oder Szenen aus dem Leben der sogenannten Waldbewohner zeigten, als wären Zwerge, Trolle und Feen so wirklich wie die Pilze, Moose und Beeren, zwischen denen sie sich angeblich aufhielten: äußerst scheu zwar, aber für den geduldigen Beobachter durchaus nicht unsichtbar. Was fühlte er, wenn wir sangen? Woran dachte er, wenn wir solche Bilder betrachteten? An die Nordlandfahrten mit den Pfadfindern? An die Zeit als Forstlehrling, die ihn nach Ahausen brachte? An die Sonnenaufgänge, die er dort zusammen mit seiner zukünftigen Frau erlebte? An die harte Arbeit im Wurzelwerk der Quecken, die ihm 1932 ein karges Brot einbrachte? An die noch härtere Waldarbeit, die 1950 nicht ausreichte, um seine Familie zu ernähren? Roch er wieder die Frühlingsausdünstungen der aufgewühlten lothringischen Erde, denen das Donnern der Artillerie nicht das Geringste anhaben konnte? Sah er die Landschaften von Aufstieg und Vernichtung an sich vorbeiziehen, ihre Gestalt wechselnd, als wären sie nur Seiten eines Buches: die Ebenen der Champagne, die Weinstöcke bei Metz, die Berge Sloweniens, die endlosen Felder Brandenburgs, die hügeligen Wälder Böhmens? Oder starrte er wieder von seiner Pritsche auf das immer gleiche Stück fetten oberbayerischen Bodens, das er um jeden Preis mit dem braunen Sand der Lüneburger Heide vertauschen wollte?

Im ersten Teil seines Lebens sehnte mein Großvater sich nach der Zukunft. Dabei wühlte er kubikmeterweise Boden um. Im zweiten Teil seines Lebens erzählte er von der Vergangenheit, umgewühlter Boden spielte dabei eine zentrale Rolle. Die Herbsttage 1946, in denen er mit einigen Kameraden einen Tunnel unter ein amerikanisches Internierungslager grub, trennen die beiden Teile voneinander. Vielleicht standen sie deswegen auch im Mittelpunkt seiner Lebensgeschichte. Jedenfalls war die Erzählung mit dem Titel »Die Flucht« sein kostbarster Besitz. Mehr hatte er nicht zu geben, darum handhabte er sie mit äußerster Sorgfalt. Jahrelang hatte er sie geputzt und poliert. Dann zog er eine Mauer um sie herum und bewachte ihr Tor. Doch zugleich legte er Fährten zu ihrem Hintereingang. Er schützte sie inkonsequent, doch effektiv, wie einen Schatz, der ihm schon hundert Mal geraubt worden war. Seine Söhne hatten nicht genug davon kriegen können. Anders als all die anderen Geschichten war sie aber nicht an einfachen Sonntagen erzählt worden, sondern nur an hohen Festtagen und nur, wenn sie es verdient hatten. Als ich die Geschichte von Großvaters Flucht endlich zu hören bekam, stand ihre Form so fest wie ein liturgischer Text. Kein Wort, das nicht schon alle meine Onkels und Cousins an genau der gleichen Stelle gehört hatten, nach genau der gleichen Kunstpause, mit genau der gleichen Betonung.

Sobald ich ein »großer Junge« geworden war, hatte Großvater begonnen, mich mit Erzählungen geringeren Kalibers anzufüttern, und mir dabei das Gefühl gegeben, ich sei es, der etwas von ihm wolle. Oberflächlich betrachtet war es ja auch so. Er hatte nur ein einziges Mal, wie zufällig und kurz vor dem Aufbruch, ein lächerliches Abenteuerchen aus dem Frankreichfeldzug preisgeben müssen, und schlagartig war mein Interesse entzündet. Plötzlich verging kein Besuch mehr, ohne dass ich auf einen passenden Moment gelauert hätte, ihm eine Geschichte »vom Krieg« zu entlocken. Ich war der jüngste seiner männlichen Enkel und Neffen, weitere waren nicht zu erwarten. Vermutlich zum letzten Mal also begann nun ein Spiel, das er wie kein anderes beherrschte, ein Spiel, das ihm die Aufmerksamkeit und die Nähe eines Jungen verschaffte, dem er sonst nichts zu bieten hatte. Ein Spiel mit begrenzten Ressourcen. Er dosierte sie meisterhaft, indem er mich mit den vielen kleinen Geschichten auf die eine große Geschichte vorbereitete, Geschichten, in denen Piloten aus ihrem abgeschossenen Flugzeug kletterten, sich mit kalter Miene den Helm vom Kopf rissen und den Blick auf wallendes Frauenhaar freigaben, feste Männerstimmen auf die Frage »Wo zum Teufel ist Leo?« antworteten »Leo ist tot«, so wie sie bei anderer Gelegenheit sagten »auf Leo ist Verlass«, und ein Vorgesetzter namens »Ich« seinen Männern beibrachte, dass Mut bedeute, sich vor etwas zu fürchten und es dennoch zu tun. Als Leo alias Ich schließlich nur noch die Flucht blieb, kam das Großvaterspiel, das insgesamt wohl kaum drei Jahre gedauert hatte, zu seinem Ende.

Wir saßen im Wintergarten. Wie immer trug er seinen grünen Strickjanker mit den Zinnknöpfen und eine weite, gerade geschnittene Hose aus grauem Flanell. Großmutter, die natürlich wusste, was hinter ihrem Rücken gespielt wurde, hatte sich zurückgezogen. Und dann verschoss mein Großvater sein Pulver bis aufs letzte Korn. Obwohl ich selten jemanden so atemberaubend erzählen gehört habe, kann ich mich an den Verlauf der Geschichte nicht mehr erinnern. Nur noch einige aus dem Zusammenhang gerissene Details stehen mir vor Augen. Namenlose Männer müssen sich den Schrei abtrainieren, wenn ihnen eine Nadel durch die Hand gebohrt wird. Unerträglicher Latrinengestank. Früher Frost. Berge von Erde, die sich eben noch da befanden, wo jetzt ein Tunnel ist, und im Lager verteilt werden müssen. Und ich bin mir nicht mal sicher, ob es in meiner Erinnerung wirklich SS-Offiziere sind, die aus einem US-Lager, oder nicht doch US-Offiziere, die aus einem SS-Lager ausbrechen. Jedenfalls hat Großvater auf der Flucht plötzlich Haare. Sie sind blond, seine Augen stahlblau. Er sieht aus wie Steve McQueen.

Einige Jahre später trug Großvater immer noch den grünen Janker und die graue Flanellhose. Aber den Wintergarten verließ er nur noch zum Schlafen und Essen. Von hier hatte man den besten Blick auf die Weser. Gefesselt an einen Rollstuhl hatte er an der nordwestlichen Grenze Bremens Posten bezogen und starrte hinüber nach Niedersachsen. Auf meine Begrüßung reagierte er nicht.

»Siehst du sie?«, fragte er nach einer Weile.

»Wen soll ich sehen?«

Er guckte mich verstohlen an, dann flüsterte er: »Soldaten.«

»Wo denn?«

»Am anderen Ufer.«

»Großvater, da ist niemand. Das bildest du dir ein.«

»Jaaaa«, sagte er, so gedehnt wie früher, wenn er, statt zu widersprechen, ironisch zugestimmt oder die Antwort auf eine Kinderfrage größer gemacht hatte, als sie war. Doch jetzt klang es verbittert. »Das behauptet ihr alle, weil ihr mich beruhigen wollt. Aber ich beobachte sie schon lange. Sie sind gerade wieder in Deckung gegangen.«

Er starrte erneut aus dem Fenster. Sein Schweigen war jetzt trotzig.

»Aber warum sollten denn da Soldaten sein?«

»Sie sind gekommen, mich zu holen«, sagte er tonlos.

Bald darauf kam ein Zivi.

Dann internierte ihn der Tod.

Auch Martins Feinde hatten sich von der Weser her genähert. Auch sie waren für alle anderen unsichtbar gewesen. Alle außer Kato.

Im Obstgarten steht ein alter Schuppen. Hier haben sich die beiden Cousins ein allseits bekanntes Geheimversteck eingerichtet. In der Mitte des kleinen Raums decken einige Bretter einen »Keller« ab, in dem nach jedem Uferstreifzug das frische Strandgut untergebracht wird. In selbstgezimmerten Regalen steht aus Weserschlick getöpfertes Geschirr, das der großmütterliche Ofen hart gebrannt hat. Die Wände sind mit Tapetenresten bezogen, eine mit feinen Mustern verzierte Gardine aus Seidenpapier schützt das Idyll vor neugierigen Blicken. Aber man ist nicht naiv. Natürlich ist die florierende Handelsfaktorei, in der vorbeikommende Familienmitglieder für 1 Pfennig das Stück geteerte Korksteine kaufen können, höchst bedroht. Jederzeit können Wilde am Ufer landen, von den Schlachtschiffen feindlicher Mächte ganz zu schweigen. Für den Notfall ist daher auf der nahegelegenen Steintreppe eine schwere Batteriestellung errichtet worden. Und auch das Unterseeboot im vorgelagerten Sandkasten dreht seine Wachrunden, sooft es eben geht. Gerade mal zwei Mann Besatzung bietet der schmale, mit Brettern ausgelegte Schacht Platz, es ist dunkel hier, nur von oben fällt durch eine kleine Glasscheibe gedämpftes Licht. Mit dem Periskop, einem abgewinkelten Papprohr, an dessen Ende ein Spiegelpaar angebracht ist, sucht Kapitänleutnant Kato den Horizont unermüdlich nach Feindbewegungen ab, während Martin, der Maschinenmaat, zur Sicherheit noch einmal die Torpedos nachfettet.

Der eine der beiden Brüder steht mir näher, der andere ist mir lieber. Das ist offensichtlich. Doch welchem Element fühle ich mich verbunden? Dem des Wasserbetrachters oder dem des Erdaufwühlers?

Meine halbe Jugend verbrachte ich auf Wanderungen durch halb Europa; aber mindestens ebenso lieb wie das Wandern ist mir immer das Schwimmen gewesen, am liebsten in strömungsstarken Flüssen oder in der Meeresbrandung. Als ich nach der Schule meinen Aufenthaltsort erstmals frei wählen konnte, entschied ich mich folgerichtig für einen Kompromiss: die amphibische Landschaft des nordfriesischen Wattenmeeres. In das Land meiner Kindheit aber hätte ich mich nur mit meinem Großvater zurückträumen können. Denn es war das Land seines Lebens.

Bremen, Hamburg und Celle, das waren die ersten Städte, die ich bewusst kennenlernte. Aber aufgewachsen bin ich in keiner dieser Städte, sondern in der weiten Ebene, die von ihnen wie den Spitzen eines Dreiecks umschlossen wird. In einer Gegend, in der Wasser dicker ist als anderswo, langsamer fließt und sehr braun aussieht. Der typische, noch unbegradigte Fluss zieht hier wie eine aufgeschreckte Schlange seines Weges: Zielstrebig, aber nicht überstürzt macht er sich durchs Gras davon. Wenn wir mit einem Stocherkahn aus Styropor die Grobe hinunterschipperten, wären wir nie auf die Idee gekommen, in ihr zu baden; von ihrem Wasser zu trinken, hatten die Eltern uns verboten. Wenn mein Vater die großen Rhododendronbüsche mit elektrisch gepumptem Grundwasser goss, lag über dem Garten ein süßlicher Moorgeruch. Wenn die Aller im Sommer aus ihrem flachen Urstromtal über die Ufer trat, verfingen sich manchmal aufgeschwemmte Tierkadaver im Stacheldraht; wenn sie es im Winter tat und Frost einsetzte, liefen wir Schlittschuh.

Das Land ist wie gemacht für Radtouren. Im steten Wechsel von flachwelligen Endmoränen und weiten Ebenen, von Mischwäldern, Weideland, Feldern, Hochmooren und Heideflächen ist es mit einem dichten Netz aus Wegen überzogen, auf denen kaum Autos fahren. Je kleiner sie werden, desto mehr muss man aufpassen, dass die Räder im feinen Sand nicht ihren Halt verlieren. Wenn sie es doch tun, riecht es oft nach Kiefern, so wie es, wenn sie munter rollen, nach Heu oder Kuh riecht. Und manchmal auch nach Pferd, so wie auf dem Gestüt, das Freunde von uns in der Nähe von Eschede betrieben. Hier lernten meine Eltern Reiten. Im Spätsommer, wenn das Getreide eingeholt war und der Erde keinen Schatten mehr spenden konnte, ließen sich die Pferde auf dem trockenen Boden kaum noch im Zaum halten. Bevor sie sich auf den langen Weg der Selbstfindung begab, war »Stoppelfeld« eines der wenigen Wörter, die meine Mutter mit Andacht und Leidenschaft aussprach. Einmal nahm der Gutsbesitzer, ein Major der Bundeswehr, meinen Vater und mich nachts mit auf die Hirschjagd. Als er am nächsten Morgen den schon aufgeblähten Bauch des Zehnenders aufschnitt, die Hinterläufe auseinanderbog, bis irgendwelche Knochen krachten und schwarzes Blut in den Sandboden sickerte, stank es entsetzlich. Der zähe Heidehonig, den man nicht weit vom Gut in einer Bauernkate kaufen konnte und den wir uns noch lange nach München schicken ließen, roch dagegen herb nach Harz und süß nach Heckenrosen.

Wann immer ich in russischen Romanen von Landgütern lese, habe ich unwillkürlich das Bild eines gelben Hauses mit großer Treppe vor Augen, das, durch eine lange Zufahrt vor dem Lärm der Landstraße und durch hohe Bäume vor Blicken geschützt, neben einem verfallenen Schlösschen liegt und im Innern von einem Aroma aus Lederfett, gekochtem Kohl und prätentionsloser Rechtschaffenheit erfüllt ist. 1983 verbrachten wir auf dem Gut der Familie von Schliewe meine ersten bayerischen Sommerferien. Als uns dort Anfang September die Meldung erreichte, sowjetische Abfangjäger hätten ein südkoreanisches Passagierflugzeug abgeschossen, nannte Major von Schliewe die Mitglieder des Politbüros sarkastisch Friedensfürsten. Vielleicht hatte er den Ausdruck auch schon ein Jahr zuvor gebraucht, als wir an einem herrlichen Julinachmittag unseren Abschied aus Norddeutschland feierten. Es muss dabei viel fotografiert worden sein. Erinnern kann ich mich aber nur an ein einziges Bild. Es zeigt Großvater im Gespräch mit Hans-Joachim von Schliewe. Während er spricht, blickt der Major und Ausbilder des letzten Weltkriegs in die Ferne, sein Zuhörer, der Major des kommenden Weltkriegs, hat ihm den Kopf leicht gesenkt zugewendet. Umringt von Fanta trinkenden Kindern und lachenden Erwachsenen, wirken sie an diesem Festtag wie eine Insel des weltpolitischen Ernstes.

Wir feierten, weil wir im Begriff waren, aus einer Neubausiedlung bei Celle ins Zentrum Münchens zu ziehen. Die meisten Gäste kamen aus Bremen. Warum aber waren meine Gedanken fast die ganze Zeit über in Hamburg? Nun ja. Bevor ich im Oktober 1982, Hamburger Hooligans hatten gerade den Bremer Glaserlehrling Adrian Maleika erschlagen, ausschließlich und endgültig Werderfan wurde, war meine Lieblingsmannschaft der HSV. Ich will mich nicht lange mit Erklärungen aufhalten, es war einfach so. Jedenfalls hätte ich in diesem Sommer niemand lieber sein wollen als Jupp Koitka. Der Name ist heute nur noch ein Lückenfüller zwischen »Rudi Kargus« und »Uli Stein«, ein statistisches Datum zwischen zwei Großkapiteln der deutschen Torhütergeschichte. Aber im Sommer 1982 schillerte er genauso wie die Namen Kaltz, Hrubesch, von Heesen, Magath, Rolff, Bastrup, Milewski oder Jakobs, denn er gehörte dazu, als der HSV aufregender war als zu Uwe Seelers besten Zeiten und dank eines Kettenrauchers aus Wien moderner spielte als irgendeine andere Mannschaft in Europa.

Da der gegnerische Sturm sich an diesem Samstag erst für den Nachmittag angekündigt hatte, war ich bis zum Nachmittag nicht Jupp Koitka, sondern Horst Hrubesch und – mit Blick auf meine zukünftige Heimat – versuchsweise sogar Karl-Heinz Rummenigge. Mit meinem neuen Fußball umdribbelte ich die lange Festtafel, die meine Eltern im Garten aufgebaut hatten, und jagte einen meisterschafts- beziehungsweise weltmeisterschaftsentscheidenden Traumschuss nach dem anderen aufs Garagentor. Nach der Mittagspause hielt ich es nicht mehr aus. Ich kletterte auf den Erdwall, der unser Grundstück von der Landstraße trennte, und sah sehnsüchtig nach Westen, bis sie endlich kam, die Kolonne aus Bremen, vorneweg der metallrote BMW meines Opas, auf dessen Rückbank sich auch Großmutter und Großvater befanden, dahinter ein dunkelblauer Mercedes Kombi voller Tanten und Ehemänner, und schließlich, mit einigem Abstand, der grüne R5, an dessen Steuer, inmitten eines Pulks junger Leute, mein Ehrengast saß: Thomas, ein schussgewaltiger Quasischwager meiner Mutter, der beruflich was mit Kindern machte. Dass er die Gulaschsuppe nach wenigen Löffeln stehen ließ, um mir meine große Torwartklappe zu stopfen, war Ehrensache, genauso wie die halbhohen Schaufelschüsse, die mir zum Aufwärmen einige Flugparaden erlaubten. Aber schon der erste ernstgemeinte Elfmeter saß so sicher, dass der Ball mangels Tornetz auf dem Nachbargrundstück landete. Jupp Koitka kroch durch die Sträucher, fest entschlossen, die schwache Reaktion durch einen umso präziseren Abschlag wiedergutzumachen. Kaum hatte der Ball sich über die Rhododendronbüsche gesenkt, als wildes Gekreisch ahnen ließ, dass er tatsächlich recht punktgenau gelandet sein musste. Der Punkt war aber nicht Thomas' Fuß, sondern Großvaters Suppenschüssel.

Sein beiges Hemd war mit dunkelbraunen Flecken überzogen. Reglos saß er da und starrte geradeaus. Umso regsamer hatten sich in kürzester Zeit mehrere Frauen unterschiedlichsten Alters um ihn versammelt, die vielfingrig mit Wasser und Tüchern an seiner Kleidung herumnestelten. Meine Entschuldigung, zu der ich von irgendwelchen Verantwortungsträgern eher geschubst als aufgefordert worden war, nahm er mit einem stummen Nicken zur Kenntnis. Für meine Oma aber, die gleich zwei ihrer Töchter mit einem Leo verheiratet hatte, war der Tag gelaufen. Sie hatte ihr Thema gefunden. Wie ein aufgescheuchtes Huhn rannte sie den ganzen Nachmittag von einem Gesprächspulk zum anderen, erzählte immer und immer wieder nach, was ja alle mit eigenen Augen gesehen hatten, nur um ihre Pointe loszuwerden. So laut, wie es der jeweilige Abstand zum Schwiegervater ihrer Tochter eben erlaubte, rief sie jedes Mal, bevor sie sich zum nächsten Pulk aufmachte:

»Vater Leo! Nein – ausgerechnet Vater Leo!«

Als wäre er ein Fußballer, der gegen seinen Ex-Verein ein Tor geschossen hat. Abgesehen davon, dass es sich hier ja eher umgekehrt verhielt: Warum lag meine Oma trotz ihrer stark ausgeprägten Sensationslust richtig? Warum hatte es unter allen Gästen »ausgerechnet« Friedrich getroffen? Warum hätte sie bei leicht anderer Flugkurve nicht »ausgerechnet Major von Schliewe!« oder »ausgerechnet seine Mutter!« gerufen? Sicher, in gewisser Hinsicht war Großvater das Familienoberhaupt, der Vater des Gastgebers und unter allen Anwesenden der Älteste. Aber das allein hätte nicht gereicht. Es war kein Faktum, das ihn von den anderen trennte. Es war eine Atmosphäre.

Seine Glieder waren alt geworden, sie ließen sich nur noch schwer bewegen, aber immer noch atmeten sie eine gewaltige Kraft aus. Es lag eine Erinnerung an Macht über ihm, eine verblasste Aura von Autorität. Nichts davon war mehr wirklich. Hinter seinem Rücken redete man über ihn, nicht offen schlecht zwar, aber sie waren ja überall zu greifen, die Anspielungen auf sein Scheitern, die Andeutungen über seine Vergangenheit und die Gerüchte um die Last, die er seinen Kindern war. Trotzdem verstummte alles Geschwätz, sobald er den Raum betrat, und alle Schwätzer gravitierten ergeben auf die fast unbewegliche Masse seines Körpers hin. Man sprach nicht mit ihm, sondern zu ihm. Wie ausdruckslos auch immer, sein Blick konnte noch strafen, sein Lächeln wurde noch gejagt. Aber es war reine Magie! Niemand stand ja tatsächlich unter seinem Schutz, niemand schuldete ihm Geld oder Dank, er konnte weder helfen noch schaden, er besaß weder Vermögen noch Waffen, er kannte keine einzige Telefonnummer, unter der sich was hätte bewegen lassen, und selbst den Entzug seiner Liebe musste niemand fürchten, außer vielleicht seine Frau. Aber alle verhielten sich, als hätte er sie in der Hand. Als wären sie Komplizen eines Geheimnisses, dessen Enthüllung nicht nur ihn bedroht hätte. Er herrschte über niemanden, aber er strahlte Herrschaft aus. Wie eine batteriebetriebene Lampe, deren Wirkung man sich nicht entziehen kann, auch wenn ihr Licht von Tag zu Tag schwächer wird.

Einer der wenigen Menschen, die Großvater wohl wirklich etwas zu verdanken hatten, war an diesem Tag nicht unter den Gästen. Wieder ist es nur ein Gerücht. Ein Bild und ein Gerücht, genaugenommen. Das Bild: Eine Zelle im Gestapogefängnis. An der hohen Decke baumelt eine schwache, unbeschirmte Glühbirne. Unter der Glühbirne steht ein Tisch. Auf dem Tisch steht ein Stuhl. Auf dem Stuhl sitzt Martin und liest in einem Buch. Warum, weiß kein Mensch. Das Gerücht: Friedrich hat ihn da rausgeboxt.

Kein einziger Streit ist zwischen den beiden Brüdern überliefert. Sie suchten einander nicht, aber sie gingen sich auch nicht aus dem Weg. Nach dem Krieg schrieben sie sich regelmäßig über die innerdeutsche Grenze, der jüngere oft umständlich um Selbsterklärung bemüht, der ältere so knapp wie souverän. Der beiderseits verbindliche Tonfall steigerte sich, nachdem sie kurz nacheinander gestorben waren, in den Briefen ihrer Witwen zu einer ausgesprochenen Herzlichkeit. An ihrer Gegensätzlichkeit hat sich also offenbar nie ein Gegensatz entzündet. Doch zumindest Martin scheint sich der elementaren Verschiedenheit zwischen ihm und seinem Bruder immer bewusst gewesen zu sein, vielleicht schon von Anfang an, seit dem Tag, an dem der Vegesacker Tonnenleger den winzigen Friedrich aus der Weser fischte.

Hat er ihn manchmal dorthin zurückgewünscht?

Von Hochstimmung ergriffen, fängt Martin am 1. August 1914 an, ein Tagebuch zu führen. Es beginnt mit folgendem Eintrag: *Vater nach Halle abgereist, von uns allen zur Bahn gebracht. Lebensmittel werden teurer. Abends, ½7 Uhr Bekanntmachung der Mobilmachung in Vegesack durch einen Hornisten u. einen Polizisten. Bis spät in die Nacht hinein Vaterlandslieder und Gespräche vor dem Haus.* Im Abstand weniger Tage wächst von nun an das Protokoll der kleinen und großen Ereignisse, deren gewichtigen Zusammenhang schon der Elfjährige empfindet. Bis es im April 1915 angesichts eines Ereignisses, das Martin nicht zu protokollieren imstande ist, plötzlich abbricht. Da sich im Westen gerade nichts tut, sind die letzten Eintragungen alle privater Natur. Eine von ihnen ist auf den 5. April 1915 datiert. Sie lautet: *Friedrich fällt in die Weser. Bis unter die Arme nass.*

7. KAPITEL

IN BEWEGUNG

Im Februar 1914 lassen sich noch Lachtränen über den Krieg vergießen. Spaß muss sein, also werden die Leojungs für den Fotografen in Kostüme gesteckt. Martin und Heinz tragen Wikingerrüstungen, mit ihren federgeschmückten Helmen, den großen runden Holzschilden und -schwertern sollen sie wie brandschatzende Seefahrer aussehen; aber die Zaghaftigkeit ihrer Blicke und Gebärden verrät dem Betrachter sofort, dass sie in Wirklichkeit etwas ganz anderes sind. Dagegen trägt der kaum sechsjährige Friedrich die mit Posamenten besetzte Uniform und den schlanken Säbel der Husaren mit verblüffender Selbstverständlichkeit. Anders als seine Brüder wirkt er überhaupt nicht lächerlich in diesem Kostüm, es kleidet ihn prächtig. Wie er dabei *keck* und *mit einem ungemein frechen Gesicht* in die Kamera schaut, berichtet Martin, habe den Eltern großes Vergnügen bereitet, ja mehr noch: *Sie waren direkt stolz auf die Frechheit, die sich hier ganz ungeniert zu offenbaren schien.* Überhaupt ist Friedrich nicht gerade schüchtern. Er redet gerne, laut und viel, aber durchaus geschickt, und auch seine Selbsteinschätzung passt ins Bild: »Reichsadler«, antwortet er einem Onkel auf die Frage nach seinem Berufswunsch. Wenn der Vater ihn sich später gar als Reichskanzler vorstellen kann, ist das natürlich übermütiger Elternstolz, aber wenn man den kleinen Kerl da kerzengrade und zufrieden auf dem Baumstumpf stehen sieht, versteht man ihn schon. Es ist nun mal so: Ob Uniformen einen Menschen kleiden oder nicht, ist keine Frage des Schneiders und auch nicht des Alters, sondern des Charakters. Beim Anblick ihrer Bilder offenbart sich jedenfalls sofort die Wesensverwandtschaft, die den zukünftigen Sturmbannführer Friedrich mit dem ehemaligen Gardejäger Bismarck verbindet, während Martin in seinem Wikingerfummel ähnlich lasch wirkt wie wenige Monate später Reichskanzler Theobald von Bethmann-Hollweg in der Generaluniform.

Der Vater erkennt in Friedrich den Sohn, den er sich schon lange gewünscht hat. Martin schätzt er zwar, aber der ist und bleibt eben ein Weichling; für den etwas linkischen Heinz kann sich niemand so recht erwärmen, irgendwie ist er nicht Fisch, nicht Fleisch (dass er später nie heiraten und seine Neffen allen Frauen der Welt vorziehen wird, hätte den Vater wohl entsetzt, aber kaum überrascht); und Johann, »der süße kleine Jan«, der im Herbst 1913 letztgeborene seiner Söhne, hatte sich schon bei der Taufe ein für alle Mal vergriffen, als er als einziger der vier Brüder nicht nach rechts fasste, zum über die Wiege gehaltenen Säbel, sondern nach links zur Bibel. Aber Friedrich – der könnte seinem Wehrerziehungsbuch entsprungen sein. Darum gefällt er ja auch der Schwiegermutter nicht.

Als der Krieg im April 1915 Ernst mit Heinrich Leo macht, ist Friedrich gerade sieben Jahre alt geworden. Zu jung, um den Vater als Gelehrten zu erinnern. Von wem der Junge nachts träumt und wen er sich heftig zurückwünscht, das ist nicht der Bewohner des luftigen Studierzimmers mit Wasserblick. Es ist der kräftige, erdverbundene Körper, der Wanderer und Soldat. Ihn wird er von jetzt an suchen, und da er nicht zu finden ist, will Friedrich schon bald nur noch eines vom Leben: die Gewissheit, dass sein Vater stolz auf ihn gewesen wäre. Was hätte er getan? – diese Frage wird ihm von nun an den Halt borgen, den er in sich selbst nicht finden kann. Wäre der Vater im Januar 1919 klaglos zurück ins Berufsleben gegangen? Hätte er sich irgendwann mit dem »System von Versailles« abgefunden? Oder hätte er, auf welche Weise auch immer, weitergekämpft? Und wie hätte er sich an meiner Stelle verhalten? Muss man mit so viel gerechtem Zorn im Bauch tatsächlich die Schulbank drücken? Stellen sich einem tatkräftigen jungen Deutschen 1925 nicht andere Aufgaben als 1895? Haben die Kriegstoten den Überlebenden, vor allem der Jugend, nicht einen unerfüllten Auftrag hinterlassen? Ist Gewaltverzicht in einem falschen Frieden nicht Verrat? Ist Rebellion in einem illegitimen Staat nicht eine höhere Form des Gehorsams? Kann das Scheitern in einer verdorbenen Gesellschaft nicht Hinweis auf eine höhere Berufung sein? Friedrich beantwortet diese Fragen, indem er wählt, was ihn ergriffen hat. Der Rastlose entscheidet sich für ein Leben in Bewegung.

Als ließe sie sich eingesperrt nicht atmen, hat es Friedrich schon immer an die Luft gezogen. Andauernd muss er rennen und klettern, aber was draußen eine Freude ist, kann drinnen schnell zur Qual werden. Seine Unfähigkeit, länger still zu halten, ist heute längst als Syndrom klassifiziert, damals nannte man es, zumindest in Bremen, einfach »Hibbeligkeit« oder »Jachterei« – ein Zustand, von dem schon wenige Sekunden ausreichen, um der Großmutter all ihre Gemütlichkeit auszutreiben. In gewisser Hinsicht ist der Krieg deshalb sogar ein Glücksfall. Wegen Personalmangels fällt nämlich die Volksschule aus. Ab Ostern 1915 wird Friedrich zusammen mit Anne Gülsen von einem Hauslehrer unterrichtet. Aber auch dieser eher zwanglose Rahmen kann nicht verhindern, dass sich der Beginn des Unterrichts wie ein Schock anfühlt. Die Zäsur kommt ja nicht allein. Kurz nach der »Einschulung« ist der Vater tot – man kann das ohne allzu viel Pathos ein jähes Ende der Kindheit nennen. Der Zusammenfall von Schulbeginn und Vatertod führt jedenfalls dazu, dass sich jene Lust am Lernen, die für Martin so charakteristisch ist, bei Friedrich gar nicht erst regt. Auf den Wechsel ans Gymnasium, der Ostern 1918 ansteht, ist er äußerlich notdürftig, innerlich aber überhaupt nicht vorbereitet. Was Martin vom ersten Tag an als Ort der Anregung und Ermutigung erlebt, wird für Friedrich nichts als ein Haus mit dicken Mauern bleiben, älter und größer noch als das der Großmutter – und zugleich unerträglich leer, weil er immer noch erwartet, hier den Vater anzutreffen. Wie gerne hatte der sich bis in den Sommer 1914 von seinem strammen Söhnchen bis zum Schultor bringen lassen!

Das Klassenfoto der Vegesacker Untertertia von 1921 aber hätte dem Vater gar nicht gefallen. Es ist im Unterricht aufgenommen, die Szene wirkt auf den Betrachter ein wenig unübersichtlich. Doch nicht nur, weil er weit hinten sitzt, muss man Friedrich suchen – sondern weil er sich zu verstecken scheint. Hat man ihn einmal entdeckt, sticht direkt ins Auge, wie anders er sich verhält als seine Mitschüler. Alle anderen wirken mit der Situation einverstanden. Sie mögen gucken, wie sie wollen: verbissen oder offen, selbstbewusst oder schüchtern, um Natürlichkeit bemüht oder um Pose – sie bieten dem Fotografen ihr Gesicht. Friedrich aber geht in Deckung. Auf der Bank hat er vor sich einen Block oder eine Mappe aufgebaut, wie eine Mauer, hinter die er sich so tief duckt, dass Oberkörper und Hals unsichtbar sind und er von unten in die Kamera blicken kann. Verstohlen sieht das aus. Man wartet förmlich auf den Schuss aus der Zwille.

Dass Friedrich es für ein paar Jahre überhaupt im Klassenzimmer aushält, ist vermutlich den Pfadfindern zu verdanken. Der junge Bund immunisiert ihn gegen die Ansprüche der alten Institution, und nirgendwo fühlt er sich vor den betürmten Häusern sicherer als unter freiem Himmel. Kein Bruder, kein Freund, kein Steckenpferd, die jugendliche Gemeinschaft ist es, die den Nachmittagen, den Wochenenden und vor allem den Ferien Richtung und Sinn gibt. Er vergilt es ihr, indem er in jeder freien Minute ihre »Kluft« trägt und sich »auf Fahrt« wähnt. Dazu muss er sich, wenn er nach dem Unterricht ins Freie flieht, nur vorstellen, der Weserstrand, die Felder um das Schönebecker Schloss und die Blocklandwiesen lägen außerhalb Bremens. Am Wochenende aber braucht es keine Tagträume, da zieht er mit seinen Kameraden hinaus ins Teufelsmoor oder in die Lüneburger Heide und in den Ferien sogar bis nach Dänemark.

Das gemeinschaftliche Leben in der Natur ist ein Gegenentwurf zum geregelten Alltagsleben, wo alles seinen Zweck, seine Zeit und seinen Platz hat. Beim bündischen Wandern, dem sich auch die Pfadfinder verschrieben haben, sind Himmelsrichtung und Spontaneität wichtiger als Plan und Ziel. »Auf eigene Faust« heißt die Zauberformel, nach der man vielleicht nicht gerade schnell, aber immer um einige Erfahrungen reicher ankommt. Man singt, was einer gerade anstimmt, kocht, was die Bauern geben oder der Boden sich nehmen lässt, schlägt die Zelte auf, wenn es dunkel wird oder wo sich eine schöne Stelle findet. Die Gespräche am Lagerfeuer drehen sich um große Dinge wie den Sinn des Lebens oder die Aufgaben der Gegenwart, es ist viel von »Selbsterziehung«,

»Freiheit«, »Gemeinschaft« und »Verantwortung« die Rede, doch das sind Wörter mehr beschwörenden als klärenden Charakters. Und wenn wirklich mal diskutiert wird, geht es meist um die eigene Sache: Worin unterscheidet man selbst sich von Kindern und Erwachsenen? Ist die Jugend eine Phase oder eine Existenzform? Wie stehen die Pfadfinder zum Wandervogel? Und zur Idee eines Einheitsbundes? Dürfen Mädchen aufgenommen werden oder sollen die ihre eigenen Bünde gründen?

Wo war Friedrichs Platz in der Vielfalt der Bünde? Natürlich an der Seite seines Vaters. Zwar war der selbst kein Pfadfinder gewesen, aber aus seiner Sympathie für die englischen und amerikanischen Boy Scouts hatte er nie einen Hehl gemacht. Man kann das ausführlich in seinem Büchlein zur Wehrerziehung nachlesen, und es ist kaum vorstellbar, dass Friedrich das nicht getan hat. Generell befürwortet Heinrich Leo jegliche Art jugendlichen Wanderns, Streifens und Kämpfens. Dass sich die Wandervogelidee nach dem Krieg zu einer echten Bewegung ausweitete, hätte er vorbehaltlos begrüßt. Der schwärmerischen Attitüde wäre er aber reserviert begegnet. Egal, in welcher Form sich die Jugend der Natur zuwendet, sie soll dabei etwas lernen, und zwar zum Nutzen der Nation. Da ist und bleibt er Pädagoge. Nur unterscheidet sich das Lernen im Freien darin von jeglichem Unterricht, dass es eher mit dem Körper als mit dem Geist geschieht. Gegen den Trend zu »Verkopfung« und »Verweichlichung«, den er und andere Pädagogen beklagen, sollen die Jungs in freier Wildbahn wieder ein bisschen tierischer werden. Auch wenn er das so nicht sagt, es läuft doch darauf hinaus. Was anderes als die Forderung nach einer zarten Enthumanisierung wäre es denn, wenn der Autor begrüßt, dass das Leben unter freiem Himmel zu Gleichgültigkeit gegen Kälte und Nässe und Anspruchslosigkeit in der Ernährung führt? Es ist ein Plädoyer für eine Abstumpfung der menschlichsten aller Sinne, der Haut und der Zunge, zugunsten einer Sensibilisierung von Augen, Nase und Ohren. Witterungsschärfe statt Wetterfühligkeit. Genau diesen zweckrationalen Zug vermisst Heinrich Leo beim Wandervogel, während er ihn an den Boy Scouts lobt. Und ihr Anliegen, das ja auch ihm besonders am Herzen liegt, sprechen seine englischen und amerikanischen Kollegen schließlich ganz offen aus: Wer mit den Pfadfindern auf Fahrt war, so die Idee, der wird sich im Felde nicht verwundert die Augen reiben. Wer gelernt hat, auf Luxusbedürfnisse zu verzichten, ein Zelt aufzubauen, sich bei Wind und Wetter durchzuschlagen, in unwegsamem Gelände die nächste Anhöhe nach der Karte zu finden – der wird einfach ein besserer Soldat.

Wiederfinden wird Friedrich den Vater auch beim bündischen Wandern nicht. Aber nie ist er ihm näher als im Matsch.

Für einen jungen Deutschen verschmolz um 1920 der Aufbruch ins eigene Leben mit dem Aufbruch in die Zukunft seines Landes. In dieser Stimmungslage – Nietzsche hatte ihr mit der »Morgenröthe« ein Bild gegeben – musste sich die Jugendbewegung, egal in welcher Form und Farbe sie an einen herantrat, für ihre Existenz nicht rechtfertigen. Man konnte kaum gegen sie sein. Aber man konnte sich fragen, ob man auch als Erwachsener noch zu ihr gehören wollte. Friedrich jedenfalls bejaht diese Frage, Martin verneint sie. Die beiden Brüder sind Teil der gleichen Generation, ja sogar der gleichen Altersgruppe, nämlich jener Jahrgänge ab 1901, die den Krieg in schmerzhafter Bewusstheit erlebt haben, ohne dabei gewesen zu sein. Es kann daher nicht verwundern, dass sich auch Martin der Jugendbewegung anschließt. Auch er ist in den Nachkriegsjahren Pfadfinder, als Student wechselt er 1922 zum »Jungdeutschen Orden« – um 1923 wieder auszutreten. Schon für den Zwanzigjährigen ist die Jugendbewegung ein Teil seiner Vergangenheit, eine *Durchgangszeit zu anderen Bestrebungen*, wie er schreibt. Diese Bestrebungen werden nicht nur auf sein privates Wohlergehen, sondern auch auf bessere Zeiten zielen. In seinem Idealismus bleibt also auch Martin durchaus jung. Für Friedrich dagegen, schreibt er, sei die bündische Jugend zu einem *Lebenselement* geworden. Wie treffend die Bemerkung ist, zeigt der Weg, den der Bruder als junger Mann einschlägt.

Als Friedrich 1925 das Gymnasium verlässt, tut er das ohne klares Ziel, aber mit einem starken Wunsch: Er will von nun an den ganzen Tag nichts als Erde unter den Füßen haben. Die Wahl der Forstlehre ist also durchaus keine Verlegenheitslösung. Auch soll sie der Familie zeigen, dass er mehr ist als ein Nachfahre bedeutender Schiffbauer und Gelehrter. Das ganze Gewese um die Leistungen aus der Vergangenheit geht ihm schon lange auf die Nerven. Er kennt das alles auswendig und kann es nicht mehr hören. Er will nun endgültig weg. Warum und wohin, das könnte er kaum sagen, es ist eben ein starkes Gefühl, und deshalb hat er auch eher Symbole als Begriffe dafür. Das Wort »Stadt« zum Beispiel reicht aus, um sich all das zu vergegenwärtigen, was ihn bedrängt und überfordert. Die pingelige Großmutter mit ihren zarten Gefühlen und Bedürfnissen. Die Schule mit ihrem lebensfremden Wissen. Die großen Brüder, die sich Gott weiß was auf Gott weiß was einbilden. Vor allem Martins stiller Perfektionismus provoziert ihn. Diese überlegenen Fragen des

Älteren, an denen alles stimmt, außer dass nichts an ihnen stimmt; dieses gelassene Schweigen auf seine gehetzten Antworten; und erst recht dieses Prinzengetue der Mutter und Großmutter, wenn Martin am Wochenende aus Marburg kommt. Sogar die alte Reichsfahne haben sie in der Treppenhalle ausgehängt, nur weil der hüftsteife Streber endlich mal eine höhere Tochter mit nach Hause gebracht hat. Frauenwirtschaft! Er findet das alles lachhaft. Und doch kommt es ihm manchmal so vor, als gelte die ganze Aufmerksamkeit für den Bruder eigentlich ihm. Als wäre sie ein stummer Vorwurf.

Das Wort »Wald« dagegen löst in Friedrich Bilder von geheimnisvollen, durchaus zwiespältigen, aber unbedingt anziehenden Landschaften aus, die er nie gesehen hat und doch zu kennen meint, von versteckten Häuschen böser Hexen, verschrobenen Zwergen und guten Großmüttern, der tödlichen Quelle aus dem Nibelungenlied, den Bergen Thüringens. Es sind ahnungsvoll-begehrliche Gefühle des Mangels, die ihn vom Hochufer aufs Land, vom hellen Licht in die schattige Kühle, von der Dunkelheit zur nächsten Lichtung, von dort zurück in die Dunkelheit und wieder hinaus ins Freie treiben. Er meint, den Kampf der Gegensätze in sich zu spüren, ständig schlägt er sich von der einen auf die andere Seite, und nie ist er mehr bei sich und zuhause in der Welt als in den kurzen Momenten, in denen die Kämpfer einander müde in die Arme fallen. Wie in der sommerlichen Abenddämmerung, wenn der feuchte Duft von Harz und Moder sich mit den würzigen Ausdünstungen trocknenden Heus vermischt, während der Mond altrosa aus Schwarzgrün auftaucht. Da könnte er heulen vor innerer Fülle.

Die Ausbildung bringt den Forstlehrling auch in die Lüneburger Heide. Als er im Frühjahr 1927 auf Gut Stellichte beim Grafen von Behr logiert, wird er Zeuge einer höchst anmutigen Szene. Die Schneidergesellin Trina Dodenhoff, eines von elf Kindern des Ahauser Hufschmieds, nimmt an den Töchtern des Gutshauses für einen Feststaat Maß. Nur ein Jahr jünger als Friedrich, fühlt sich die kleine Dorfschönheit von der Aufmerksamkeit des ansehnlichen Städters sehr geschmeichelt. Um das, was nun seinen Lauf nimmt, ranken sich in der Familie viele Legenden. Meine Großeltern, so heißt es, hätten sich über alle Maßen geliebt. Aber was bedeutet das? Versteht solche Liebe sich von selbst? Muss man sie hinnehmen wie ein gütiges Schicksal? Oder lässt sie sich erklären? Zumindest kann man über sie reden, ohne gleich die Augen zu verdrehen.

Im Sinne einer gesteigerten Unwahrscheinlichkeit, die Friedrich und Trina zu Fremdkörpern in ihren Familien macht, ist diese Liebe jedenfalls sehr romantisch. Beide wissen schließlich genau, was sie zuhause erwartet. Die Eltern Dodenhoff haben ja nicht auf einen schwärmerischen Waldpfleger gehofft, sondern auf den Erben eines Hofs; außerdem sind sie kirchentreue Lutheraner, die städtischer Freigeisterei zutiefst misstrauen. Und was sollen Mutter Leo und Großmutter Lange zu einer Landpomeranze sagen, einer ungebildeten Person, für deren Benehmen man sich niemals verbürgen würde? So verloben sich die beiden, ohne auf den Rat der Eltern zu hören. Immerhin lassen sie sich das Zugeständnis abringen, erst zu heiraten, wenn Friedrich eine Familie ernähren kann. Als Forstlehrling kann er das nicht. Als Forstgehilfe ohne Anstellung auch nicht. Als Arbeitsloser in der Weltwirtschaftskrise erst recht nicht. Als Angestellter im Reichsnährstand dann schon.

Dass Friedrich und Trina sich zunächst kaum flüssig unterhalten können, weil er ein gedehntes, hanseatisch »s-teiniges« Deutsch spricht, das sie nur aus Unterricht und Gottesdienst kennt, behindert ihre Nähe nicht. Im Gegenteil, als Beweis ihrer Unwahrscheinlichkeit fördert es sie sogar. Allerdings führt das dazu, dass sie zeitlebens eine quasi zweisprachige Beziehung führen werden. Damit sich ihre Seelen treffen, müssen sich ihre Münder aufeinander zubewegen. Sowohl das platte wie das hohe Deutsch bieten dazu Möglichkeiten. Wo Hochdeutsch Umgangssprache ist, im Grunde nur auf einigen städtischen Inseln zwischen Göttingen und Bremen, kann ein Landbewohner es kaum unbefangen sprechen. Als Schriftsprache lässt sich das Hochdeutsche aber vom Alltäglichen ins Festliche steigern. Und in der gehobenen Modulation des Predigers oder des Dichters klingt es auch für den Muttersprachler künstlich. Umgekehrt fällt, wer als Städter plattdeutsch spricht, unangenehm auf; mit etwas Übung kann man es aber problemlos verstehen. Vor allem kann man es singen. So werden erbauliche Literatur und Gesang zu den Mitteln, die zwischen Friedrich und Trina immer wieder aufs Neue die Nähe erzeugen müssen, die sich bei Liebenden sonst durch zwanglose Plauderei ergibt. Zwei markante Stimmlagen, die einander stützen und ergänzen, werden, für jeden Gast mit Händen zu greifen, die Atmosphäre ihres Haushalts prägen: der hohe Ton der protestantischen Predigt und das ziehende Moll des niederdeutschen Volkslieds.

Während die Liebenden sich aus Paul de Lagardes *Deutschen Schriften* vorlesen, verlieben sie sich in Stellen wie diese: *Deutschland würde gegründet werden, indem wir gegen die jetzt gültigen, aus dem Vorhergehenden deutlich genug zu erkennenden Laster* ersichtlich undeutsch beeinflusster Zeit uns verneinend verhielten, indem wir zur Abwehr und Bekämpfung dieser Laster einen offenen Bund schlössen, welcher der äußeren Kennzeichen und Symbole so wenig entbehren dürfte wie der strengsten Zucht, indem weiter jedes einzelne Glied dieses Bundes den treuherzigsten Haß gegen seine eigenen Fehler und eine bescheidene, scheue, aber warme Liebe für alles hegte, was ihm – ich sage nicht gut, sondern etwas anderes, wie mich deucht, völlig deutsches – was ihm echt zu sein schiene und sich als echt erprobe. Oft legen sie das Buch in den Sand und lassen den Blick über die Heide schweifen. Oder sie singen.

Dat du min Leevsten büst,
dat du woll weeß.
Kumm bi de Nacht, kumm bi de Nacht,
segg wo du heeßt.

Kumm du um Middernacht,
Kumm du Klock een.
Vader slöpt, Moder slöpt,
Ick slap alleen.

Klopp an de Kammerdör,
fat an de Klink.
Vader meent, Moder meent,
dat deit de Wind.

Im Sommer 1928 beendet Friedrich seine Ausbildung. Später hieß es immer: Er wäre gerne Förster geworden. Wenn er selbst aus seiner Vergangenheit erzählte, hätte man meinen können, er sei nichts als Soldat gewesen. Dass er die meiste Zeit seines Lebens in einer Schreibstube auf der Werft arbeitete, gab nicht nur keine Geschichten her, es hatte offenbar auch nichts mit einem Beruf zu tun. Im Standardwerk über das SS-Amt, das ihm ab 1939 sein Gehalt überwies, steht hinter seinem Namen aber nichts von alledem, sondern: Landwirt. Was war da passiert? Mit der Republik ging es zu Ende, das war passiert. Der Beruf des Försters war sowieso nie realistisch, zumindest in den Staatsforsten hätte er dazu ein Abitur benötigt. Aber auch die Forstgehilfenstellen sind so rar, dass Friedrich im Wald nicht unterkommt. Zwanzig Jahre alt, ist er plötzlich nichts mehr als ein in die Jahre kommender Pfadfinder. Was nun? Irgendwas mit Jugend vielleicht. In Blumenthal, einer Nachbargemeinde Vegesacks, findet er einen Praktikumsplatz beim Katasteramt, in dem ein launischer Stadtgott auch die Abteilung für lokale Jugendbelange untergebracht hat. 1929 wird über seine dauerhafte Beschäftigung entschieden. Friedrich wird später behaupten, er sei »aus politischen Gründen« nicht eingestellt worden. Aber was soll das heißen? Er gehört keiner Partei an, er agitiert nicht. Vermutlich hat er einfach seine Klappe nicht gehalten. Kaum ein Jahr ist es her, da sind in Nordwestdeutschland reihenweise Amtshäuser explodiert. Die Täter stammen aus dem Umkreis der Landvolkbewegung, eines lockeren Zusammenschlusses norddeutscher Bauern, die sich in ihrem Existenzkampf gegen steigende Abgaben und sinkende Preise – in den USA und Ostelbien wird billiger produziert – vom Staat im Stich gelassen fühlen. Seitdem fragt man sich hier etwas genauer, wem man die Schlüsselgewalt für ein Behördengebäude überlässt. Einem leicht entzündlichen Schwärmer, der vorhat, ins terroristische Unterstützermilieu einzuheiraten, wohl lieber nicht.

Wenn aber seine Liebe zu den Bauern ihm schon Wege

versperrt – liegt es da nicht nahe, selbst einer zu werden? Der Wille zum Wald entsprang der Sehnsucht nach einer Gegenwelt, dem Impuls, der Villa am Hochufer zu entfliehen. Aber die Stadtflucht hat sein Leben verändert. Was könnte das stärker belegen als die Verlobung mit einer Frau vom Land?

1930 waren die imperialistischen Phantasien der Landnahme noch sehr lebendig. Zumindest in Deutschland, wo niemand damit rechnete, dass die politischen Grenzen und Verbote, die 1919 in Versailles festgelegt worden waren, auf Dauer bestehen würden; wo der Erste Weltkrieg den Traum vom Weltreich mächtig befeuert hatte; wo Karl Mays Geschichten aus dem Wilden Westen auch als Gebrauchsanweisungen für die vermeintliche Wildnis im Osten gelesen wurden. Wenn sich Friedrich also entschließt, mit einigen seiner Pfadfinder und anderen Gleichgesinnten in der Nähe Bremens kleine »Quecken« für die Gemüseanpflanzung urbar zu machen, dann ist das mehr als nur ein Rückzug in eine Nische, die notdürftig Schutz vor der Massenarbeitslosigkeit bietet. Es ist auch ein Training für bessere Zeiten.

Man kann Friedrichs Situation 1932 düster zeichnen. Er hat alle Erwartungen seiner Familie enttäuscht. Auch von den eigenen Hoffnungen, mit denen er in sein Leben aufgebrochen ist, hat sich keine erfüllt. Er hat die Schule abgebrochen. In dem erlernten Beruf hat er keine Zukunft. Er ist nicht in der Lage, seine langjährige Verlobte zu heiraten und eine Familie zu gründen. Man kann die Medaille aber auch umdrehen. Dann sieht man, dass erst im Verfehlen aller Ziele dieses Leben einen Horizont gewinnt. Stück für Stück fügen sich die Stationen seiner Flucht und die Fragmente seiner Biographie zu einer schlüssigen Wette auf die Zukunft zusammen. Er will ein deutscher Siedler werden, ein Bauer neuen Schlags, der mit völkischem Bewusstsein über den Schollenrand hinaussieht und am Horizont die Gestalt eines jungen Deutschland erkennt. Trotz des schwärmerischen Überhangs ist das ein klares Ziel. Nur lässt es sich in den bestehenden Verhältnissen nicht verwirklichen. Seit er das verstanden hat, führt Friedrich ein politisches Leben.

Unter den deutschen Parteien wird die völkische Idee nur von der NSDAP vertreten. Dass Friedrich trotzdem zunächst weder ihr noch einer ihrer Organisationen beitritt, ist durchaus nicht verwunderlich. Anders als den etablierten Parteien fehlt ihr jegliche Milieuanbindung. Solange sie noch nicht Staatspartei ist, gibt es wenige Gründe, sich ihr anzuschließen. Bis 1933 führt der Weg zu den Nazis in der Regel über die SA. Bei ihr gibt es etwas zu tun, sie nimmt sich auf allen Ebenen des politischen Kampfes an, in Zeiten des gesellschaftlichen Zerfalls gewinnt hier die Gemeinschaft der »Bewegung« erfahrbare Gestalt. Aber für gehobene Bürgerkinder, auch für rebellische, ist das oft nichts. Man macht sich nicht ohne Not gemein. Und Friedrich ist ja bereits in der Jugendbewegung organisiert. So findet er den Weg zu den Nazis auch von dort. Schon bevor er 1933 seinen Pfadfinderzug geschlossen in die Hitlerjugend überführt, hat er sich um 1930 dem Bund der Artamanen angeschlossen. Die haben sich der Siedlung nach völkischen Gesichtspunkten verschrieben, was praktisch Verschiedenes bedeuten kann: die Vertreibung und Ersetzung polnischer Wanderarbeiter von den ostelbischen Gütern, Volkstumsarbeit im dänischen Grenzland, das Anlegen von Mustersiedlungen oder die Sensibilisierung der traditionsverhafteten Bauern für die Sache der Nation. In diesem Kreis treffen sich um 1927 auch Heinrich Himmler und Walther Darré, zwei Stadtflüchtlinge mit Sympathien für die Hitler-Bewegung. Als sie beschließen, aus ihren agrar-mystizistischen Neigungen etwas mehr zu machen, entsteht hier das Programm eines Eliteordens aus erdverhafteten Musterdeutschen. Hier wird das Ideal der blutsreinen deutschen Bauernsippe zu einer nationalsozialistischen Kernidee. Hier fällt Hitlers Gerede vom »Lebensraum im Osten« auf fruchtbaren Boden, hier werden die Keime für eine großgermanische Siedlungspolitik gelegt. Und dieses Milieu ist es auch, in dem Friedrichs jugendliche Entschlossenheit einen weltanschaulichen Schliff bekommt. Siedlungssehnsucht, Blutsbewusstsein und Bauernideal sind nun zu einem Programm verwoben, in dem das Gelingen des eigenen Lebens unter dem Stern der deutschen Außenpolitik steht.

Adolf Hitler, der im Januar 1933 erstmals eine Regierung leitet und wenige Jahre später einer der mächtigsten Männer der Weltgeschichte sein wird, bleibt für die meisten Deutschen eine ferne Lichtgestalt, eine massenmediale Epiphanie, deren seltsame Erscheinung über sich selbst hinausweist – für die einen auf etwas Großes, für die anderen auf ein Grauen. Die wirkliche Diktatur hat keine Aura. Sie hat tausend Gesichter und fast genauso viele Uniformen. Überall gibt es nun starke Männer, die Fakten schaffen. Kein Ort der Gesellschaft, an dem nicht alte Netze gekappt und neue ausgelegt, alte Konkurrenzen erledigt und neue gezüchtet, alte Probleme gelöst und neue geschaffen werden. Für Friedrich Leo setzt die Diktatur ein besonders freundliches Gesicht auf: das von Walther Darré.

Jahrtausendelang war die Landwirtschaft zwischen Alpen und Marsch ein unüberschaubares Geflecht aus lokalen Wirtschaftsweisen, Machtverhältnissen und Gewohnheitsrechten – doch im Sommer 1933 haben plötzlich auch die deutschen Bauern einen starken Mann. Mehr als die Hälfte der vielen Ämter und Positionen, die Darré in seiner Person vereint, hat er selbst erfunden. Als Leiter des Parteiamts für Agrarpolitik macht er die landwirtschaftliche Autarkie zu einem Schlüsselanliegen des neuen Staates; als Reichsbauernführer bringt er sämtliche Agrarverbände unter seine persönliche Herrschaft; als Ernährungsminister baut er mit dem Reichsnährstand eine Infrastruktur auf, die den gesamten landwirtschaftlichen Produktionssektor zentral verwaltet; als Ideologe der SS überwölbt er all diese Aktivitäten mit der Zukunftsvision eines großgermanischen Reichs, dessen neue Lebensräume rassereine, volksbewusste und wehrhafte Siedler dem deutschen Mutterboden anverwandeln sollen; als Chef des Rasseamtes der SS, das bald zum Rasse- und Siedlungshauptamt erweitert wird, obliegt ihm die Schaffung eines Elitestandes, der die Vision jederzeit mit Leben füllen könnte. Vor diesem Hintergrund leuchtet es ein, dass Darré die Landwirtschaft schnell zu einem Lehrberuf macht – keinen wie alle anderen, dafür hängt zu viel davon ab, aber gebunden an einen Katalog strenger Voraussetzungen für jedermann offen. Friedrich erfüllt sie jedenfalls alle, endlich einmal hat er Glück und alles richtig gemacht. Unter seinen Vorfahren sind keine Juden; er hat, wenn auch meistens mit sich selbst, in der »Kampfzeit« wirklich gekämpft; seine Hinwendung zum Bauerntum ist biographisch verbürgt, sein Bekenntnis zum Nationalsozialismus glaubwürdig. So gehört er zu den ersten Absolventen der Bauernschule, die Darré 1933 auf der Haneburg im ostfriesischen Leer gründet. Hier erwirbt er seinen Neubauernschein, die Berechtigung, eine vom Staat ausgeschriebene Hofstelle zu besetzen. Aus Mangel an neuem Boden sind die zwar einstweilen noch rar. Aber für eine Stelle im Reichsnährstand ist er überreif. Und der Traum vom Siedeln ist damit nicht ausgeträumt. Im Gegenteil, allmählich bekommt er eine Perspektive.

1934 tritt Friedrich als Neubauer in die SS ein. 1935 heiratet er eine Frau von der Scholle. 1936 verkündet Göring der Wirtschaft offiziell den ersten Vierjahresplan, inoffizielles Planziel: Krieg. 1937 hat Friedrich schon zwei blonde Töchter. 1938 nimmt das Rasse- und Siedlungshauptamt ihn auf. 1939 fallen die polnischen Schlagbäume.

Die Tore zum Osten haben sich geöffnet.

8. KAPITEL

VIER, DREI, ZWEI, EINS – FEUER

Im Frühjahr 1999 stand Werder am Abgrund. Nach 1980 drohte der zweite Abstieg. Doch meiner Mutter war das egal; wenn sie etwas wollte, dann konnte sie nichts aufhalten. Und nun wollte sie weg aus Bremen. Zurück nach München. Ausgerechnet München, wird man vielleicht sagen, die Stadt des ewigen Konkurrenten. Doch nicht dieser Taktlosigkeit wegen nervte mich der Umzug, sondern weil für den ganzen Kram, den ich seit Jahren im Gartenschuppen meiner Mutter aufbewahrt hatte, ein neues Lager gefunden werden musste. Ihr neues Zuhause würde einstweilen nur provisorisch sein; und meine Berliner WG war so randvoll mit Mitbewohnern und reaktiviertem Sperrmüll, dass an weiteres Gerümpel nicht zu denken war. Also bat ich meine Oma, die Kartons bei ihr unterbringen zu dürfen. Im Keller, neben dem Heizöltank, fand sich ein geeigneter Platz. Als aber im Sommer 2004, Werder hatte gerade Meisterschaft und Pokal gewonnen, meine Oma altersbedingt aus dem Bremer Speckgürtel in die Innenstadt zog, musste über den Verbleib der Sachen erneut entschieden werden. Ich hatte im Osten kaum Lebensraum hinzugewonnen, also musste ausgesiebt werden. Zu den wenigen Dingen, von denen ich mich nicht trennen konnte, gehörte neben ein paar Büchern aus dem Giftschrank meines Großvaters auch die LGB.

Von den Büchern soll noch die Rede sein. Doch wie ließe sich über sie sprechen, ohne zuvor von der Lehmann-Groß-bahn – Spurweite 45! – erzählt zu haben, einem exquisiten Stück bundesrepublikanischen Spielzeugs, das vollständig aufgebaut den Fußboden eines großen Wohnzimmers ausfüllte? Ich hing an ihr wie an kaum einem anderen Besitz meiner Kindheit. Vielleicht weil sie eine Ausnahme von der Regel darstellte, dass die Schwachstrombegeisterung meines Vaters bei mir nicht verfing. Wir beide liebten die LGB, wenn auch aus unterschiedlichen Gründen. Seine Absicht war didaktischer Natur. Und eigentlich war die Idee auch nicht verkehrt. Von der Arbeit meines Vaters besaß ich nämlich nur eine sehr undeutliche Vorstellung. Wenn mich Freunde nach dem Beruf meines Vaters fragten, antwortete ich: Diplom-Ingenieur. Doch was hatten der schwarze Koffer mit Zahlenschloss und Messwandler damit zu tun? Die Selbst-auskünfte meines Vaters kamen mir jedenfalls rätselhaft vor. Erklär es doch einfacher, dachte ich. Aber es war nicht seine Schuld. Die Sache war nun mal schwer verständlich – zumal bei meinem angeborenen Mangel an technischer Vorstel-lungskraft. Das wurde mir klar, als ich im Brockhaus, der mich in seiner verlässlichen Allwissenheit immerhin schon über die Anatomie der weiblichen Geschlechtsorgane und über alle Deutschen Meister seit Gründung der Bundesliga aufgeklärt hatte, das Wort »Messwandler« nachschlug. Er kann halt nicht gut erklären, dachte ich, aber die Leute vom Lexi-kon können das – und las: *Transformatoren kleiner Leistung, die den bequemen Anschluss üblicher Messgeräte, Regler, Schalter u. a. ermöglichen und diese Geräte vor Überlastung schützen (VDE 0414). Stromwandler übersetzen den Strom (Primärströme bis 100 kA) be-trags- und phasengetreu auf 1 A oder 5 A. Sie sind sekundär über die*

Messgeräte praktisch kurzgeschlossen. Spannungswandler arbeiten im Leerlauf. Übersetzung z. B. von 400 kV auf 100 V, Frequenzbereich i. a. 45 bis 60 Hz. Ich verstand nur Bahnhof. Und Transformator natürlich. Ein »Trafo«, das wusste schließlich jeder, war ein kleiner roter Kasten, von dem an der einen Seite ein normales graues Stromkabel mit Schukostecker zur Dose führte, von der anderen zwei dünne Kabel, eines gelb, eines grün, die man durch Schraubklemmen an den Schienensträngen befestigen musste. Das Herzstück eines Trafos war der oblatengroße Drehknopf, auf dessen Zustandsveränderungen hin eine Lokomotive sich bewegte. Und dieser Knopf folgte den Bewegungen meiner Hand. Während der mit vielen Waggons behängte Zug in einem sich wellenartig ausbreitenden Ruck seine Trägheit überwand, für ein oder zwei Sekunden vielleicht, flirrte die Luft von einem Geräusch, das nicht unbedingt schöner, aber viel zarter und geheimnisvoller war als der harte Rhythmus, mit dem die Räder kurz darauf über die Schienennähte ratterten: ein leises Summen aus dem Innern des Kastens, das selbst dem Unkundigsten verriet, dass Strom nicht nur die wunderbarsten Dinge bewirkt, sondern auch unzweifelhaft »da« ist.

Doch das Tollste war nicht der Trafo. Das Tollste waren die Schaltpulte. Jedes Pult hatte einen Klappdeckel, den man im stumpfen Winkel aufstellen konnte; unter jedem Deckel befanden sich vier längliche Kippschalter; und jeder dieser Schalter ließ sich am vorderen wie am hinteren Ende nach unten drücken, von wo er durch einen Federmechanismus in die Ausgangsposition zurücksprang. Während der kurzen Berührung wurde, so viel hatte ich immerhin begriffen, in dem Kasten ein Kontakt überbrückt, was dem Strom ermöglichte, in der »elektromagnetischen Spule« eines »Relais« eine

»Induktion« zu erzeugen. Was immer das bedeutete, es führte dazu, dass eine Weiche, ein Signal oder ein Entkoppler in die andere von zwei möglichen Positionen sprang. Es war die Mischung aus Dummheit und Macht, die ich an diesem Spielzeug liebte: die Illusion, mein kaum merkliches Fingerspiel sei es, das die raumfüllende Dynamik aus Bewegungen, Lichtern und Geräuschen bewirkte. Im Grunde war unsere Welt ja voll von solchem Zauber. Man drückte einen Knopf, und schon begann in der anderen Zimmerecke die Sportschau. Oder es wurde hell. Oder laut. Aber meine elektrische Eisenbahn war noch viel mehr.

Sie war ein Stück deutscher Weihnacht.

Einem unausgesprochenen Gebot zufolge durfte die LGB nicht länger stehen als der Christbaum. Das allein hätte genügt, um diesem kleinen Energiewandelsystem jedes Air des Technischen auszutreiben; doch genau wie ein Filmprojektor diente es ohnehin keinem anderen Zweck als der Erzeugung von Schönheit. Zumindest empfand ich das so. Für diesen Dienst musste allerdings alles Technische verborgen werden, sofern es nicht schon, wie etwa die flache Zeile aus Trafo und Schaltpulten, in seiner Zweckmäßigkeit schön war. Das betraf besonders die vielen Signal- und Weichenkabel, die ein undurchdringliches Gestrüpp gebildet hätten, wären sie nicht sorgfältig zu Strängen gebündelt und unter den Schienen versteckt worden. War das erledigt, entstand um die Bahn herum eine Kulturlandschaft aus Häusern, Menschen und Fahrzeugen. Schließlich mussten die Sonne untergegangen, alle Lampen ausgeschaltet und der kleine schwarze Schornstein mit Dampföl gefüllt sein. Dann konnte das Schauspiel beginnen. Ob die flackernden Lichter, die weißen an der Vorderseite der Lok, die gelben in den Abteilen und die beiden roten am Heck des Postwagens, deren Helligkeit mit der Frequenz des Räderratterns an- und abschwoll, größeren Zauber ausübten, wenn sie alleine ihre Runden drehten und dabei immer nur den Teil des Wohnzimmers erleuchteten, der gerade von ihnen berührt wurde, mal das Bücherregal, mal den Mahagonitisch, mal die geschmückten Zweige des Tannenbaums – oder wenn sie als die geringere, aber aktivere von zwei schwachen Lichtquellen durch den trägen Schein der Christbaumkerzen tauchten, so dass die umherstehenden Dinge wie ein stummes Publikum wirkten: Das war eine Frage, die ich nie entscheiden konnte. So oder so stieg mir der süßliche Schornsteindampf im Halbdunkel hundertfach stärker in die Nase als am Tag.

Meinem Vater waren Dampf und Lichterglanz ziemlich egal. Im Wohnzimmer genauso wie im Fernsehen oder gar in der Disko. Er ist einfach nicht der sinnliche Typ. Was ihn an der LGB faszinierte, das war die Wirklichkeit des Unsichtbaren. Und damit sind nicht die Kabel gemeint, die zu verbergen für ihn nur ein Stück des handwerklichen Anstands war, ohne den kein Ingenieur etwas taugt. Niemand sieht schließlich gerne Kabel. Aber manche Menschen, und zu denen gehört mein Vater, sehen gerne Schaltpläne. Nur Schaltpläne verraten die Wahrheit über den Strom. Zeigen sie doch, dass er kein Ding mit Ort und Namen ist, sondern ein unbewegter Beweger, eine Macht von solcher Unbestimmtheit, dass sie ebenso gigantische Kräfte verursachen kann wie Bewegungen von filigraner Präzision. Dem Kundigen enthüllt der Schaltplan eine Idee, eine technische Lösung, durch die sich ein plumper Druck in ein vielgliedriges Schema von Zuleitungen und Abflüssen, Verstärkungen und Unterbrechungen, Parallelen und Gegenläufigkeiten verwandelt. Wer, statt auf Dinge zu glotzen, Pläne zu lesen versteht, der erkennt, noch bevor das erste Auto aus der Kurve fliegt, dass Carrera-bahnen etwas furchtbar Stumpfsinniges sind: ein Kreis, zwei Drehwiderstände, fertig. Bei einer elektrischen Eisenbahn hingegen erkennt er sofort den Geist ihres Erbauers, er sieht, ob es sich um einen Banausen handelt, der heimlich von Car-rerabahnen träumt, oder um einen Meister, dem man auch die Elektrifizierung des ersten Krankenhauses auf dem Mond anvertrauen könnte.

Mein Vater verstand sich auf sein Fach, und er liebte zwar nicht immer seinen Job, aber ganz sicher seinen Beruf. Der Weihnachtsurlaub begann für ihn am frühen Nachmittag des 23. Dezember. Bevor wir nach München umzogen, trennte ihn dann noch eine halbe Tagesreise von seiner Familie. Aber was tat er, wenn er spätabends zuhause angekommen war? Fiel er ins Bett oder stürzte er sich auf seine Frau, die er eine Woche nicht gesehen hatte? Nein. Er verschwand hinter dem großen Laken, das mir und meiner Schwester schon seit dem Morgen den Blick ins Wohnzimmer versperrte. Und was machte er dort? Er holte aus seiner Reisetasche mehrere Schachteln und Kartons, deren Etikett die Herkunft aus einem Spielzeug-laden in der Theatinerstraße verriet, stellte sie nach Funktion und Größe geordnet vor sich auf den Tisch hin und sah ab-wechselnd von diesem kleinen zu dem großen Stapel aus grünroten Kisten, die meine Mutter auf seine Bitte bereits am Nachmittag vom Dachboden geholt hatte. Dann zog er eine Klarsichthülle aus seinem Arbeitskoffer und ging ein weiteres Mal die Lösung durch, die in den letzten Wochen Gestalt angenommen hatte, zunächst in seinem Kopf, und dann, in Form feingezogener Linien und Symbole, auf dem Papier. Und dann machte er sich bis zum Morgengrauen die Knie wund.

In jedem Jahr wurde der Bestand der LGB erweitert. Mal wuchs die Länge der Strecke, mal die Größe des Fuhrparks; doch die unvergesslichsten Feste feierten wir, wenn eine neue Idee hinzukam. Die Wendeschleife etwa oder das abschaltbare Abstellgleis oder die vom Hauptstrang unabhängige Kreuzungsstrecke. Die größte Überraschung aber war der zweite Stromkreis. Denn plötzlich gab es da noch einen Trafo. Und auch an dieser Veränderung zeigte sich, auf wie unterschiedliche Weise zwei Menschen dasselbe lieben können. Für meinen Vater öffnete sich mit dem zweiten Trafo ein technischer Horizont. Die oft komplizierten Rangieraufgaben, die er mir so gerne stellte und denen ich mich aus einem diffusen Gefühl der Dankbarkeit nicht entziehen wollte, konnten nun unabhängig vom sonstigen Fahrbetrieb gelöst werden. Bisher hatte die Dampflok auf einem abschaltbaren Abstellgleis stehen müssen, solange ich mit der Rangierlok in nervösen Manövern die Reihenfolge der Waggons veränderte. Nun konnte sie weiter ihre Bahnen ziehen. Dass sich hinter der Einheit des Modells tatsächlich eine Zweiheit befand, die den Übertritt vom einen in den anderen Kreis nur kraft mechanischer Trägheit erlaubte – der Uneingeweihte bemerkte nicht, dass die Loks über eine bestimmte Weiche eher stolperten als glitten –, das ergötzte meinen Vater. Mich ergötzte anderes. Zwei Züge etwa, die in unterschiedlicher Geschwindigkeit eng aneinander vorbeifahren konnten. Oder das Schienenrattern, das nun nicht mehr monoton klang, sondern wie ein Rhythmusinstrument, tak-tak-tak-tak-tak auf rabumm, rabumm, rabumm. Oder eine rasende Lok, die an einem Kreuzungspunkt mit einem langen Güterzug zusammenzustoßen drohte und erst im letzten Augenblick durch ein Signal daran gehindert wurde.

Angeblich zerfällt die Weihnachtszeit in drei Phasen ansteigenden Übels: zunehmenden Stress vor dem Fest, zunehmende häusliche Gewalt während des Festes, zunehmende Scheidungsrate nach dem Fest. Dazu kann ich nur sagen, dass bei uns Weihnachten nicht gestritten wurde. Dass meine Eltern sich im September scheiden ließen. Und dass Stress höchstens mein Vater hatte, wenn er unter größter Zeitnot unbemerkt die Eisenbahn aufbaute, er dazu aber mit einer Erkenntnis aus dem Managerseminar gesagt hätte, es gebe eben »Eu-« und »Dis-«, also guten und schlechten Stress, und der in der Nacht vor Heiligabend sei besser als der beste Stress, den er in seinem Job je haben würde.

Weihnachten ist wunderbar, man muss es nur können. Und mein Vater konnte es. Von wem aber lernt man Weihnachten? Von seinen Eltern natürlich.

Friedrich konnte seinen Enkeln nicht viel bieten, das sagte ich schon. Doch auch seine Söhne hatten wohl erkannt, dass ihre Onkel, der Werftingenieur und Mercedesfahrer Heinz auf die eine, der geheimnisvolle, unnahbare Martin auf die andere Weise, ja auf seine Weise selbst der immer zurückhaltende und freundliche Jan, besser zum Vorbild taugten als der im Wald wütende Vater. Doch eines immerhin tat er sehr geschickt. Er verstand es, seinen Mangel zu bewirtschaften. So wie die Kinder ihm die Geschichten vom Krieg immer und immer wieder aus der Nase ziehen mussten, weil er die Proben seines magischen Erzähltalents bis aufs Äußerste verknappte, so wie er die wenigen Schokoladeneier, die er sich leisten konnte, so raffiniert versteckte, dass die Suche nach ihnen ein viel größeres Erlebnis war als der Verzehr, so war der Tag der zum Äußersten gespannten Erwartung: so war

Heiligabend sein Fest. In der Heide bei Ahausen jedenfalls war der 24. Dezember um 1950 der mit Abstand längste Tag des Jahres. Wie oft ließ mein Vater mich spüren, dass unser Warten auf die Bescherung doch lächerlich sei im Vergleich zu der Folter, die er selbst und seine Geschwister hatten erleiden müssen.

Wenn am frühen Nachmittag die Bockwürste mit Kartoffelsalat gegessen waren, mochte es für mich und meine Schwester noch ein paar Stunden dauern, bis das Fest begann. Für Friedrichs Kinder dauerte es dann noch eine Ewigkeit. Erst bei Sonnenuntergang machte sich die Mutter mit ihnen auf den langen Weg, der durch die Heide und den Wald zur Dorfkirche führte. Und der Pastor nahm keine Rücksicht auf kindliche Ungeduld, dem hohen Anlass gemäß dauerte der Gottesdienst sogar noch länger als sonst. Dann, nachdem die vollzählig versammelte Gemeinde das Kirchlein unter inbrünstigem Absingen von »O du Fröhliche« noch einmal hatte erbeben lassen, kam wieder der Gang durch Wald und Heide. Und dann? Dann ließ der Vater sie warten. Eine Stunde, manchmal zwei. Und dann? Dann rief ein Glöckchen in den Himmel. Und im Himmel? Da wurde bekanntlich viel musiziert. Und nach der Musik? Da waren sie so platt vom Warten und so erschlagen von dessen Ende, dass der Anblick ein paar neuer Buntstifte und eines Marzipanbrots im Kerzenschein ihnen vorkam wie die Pforte zu den Ewigen Jagdgründen.

Ein einziges Mal hielt die Wirklichkeit des ersten Weihnachtstages dem schönen Schein des Heiligen Abends stand. Das war, als Friedrich seinen Söhnen eine Märklinbahn schenkte. Sie bestand aus nicht besonders vielen Teilen, war irgendwo gebraucht erstanden worden, und schon am zweiten Weihnachtstag war sie kaputt (ohne dass der Vater sie hätte reparieren können). Doch diese zwei Tage genügten, um in einem seiner Söhne für immer eine Idee davon zu verankern, wie Weihnachten sein sollte. Am Rande des Unerträglichen spannend sollte es sein; sich festlicher anfühlen als jedes andere Fest, Hochzeiten und Taufen eingeschlossen; und eine echte, auch vom Tageslicht nicht zu erschütternde Fülle sollte es bieten, die für lange Zeit keine neuen Wünsche aufkommen ließ.

Natürlich war der kultische Ernst, mit dem mein Großvater Weihnachten anging, ein bürgerliches Erbe. Umso bemerkenswerter, dass sich in seine Festgestaltung Elemente hineinmischten, die fraglos aus dem Dritten Reich stammten. Auch in der SS konnte man ja Weihnachten. Es war schließlich eines der wenigen traditionellen Feste, die sich problemlos ins Völkische umdeuten ließen. Ostern war zu eindeutig christlich geprägt, als dass man es ohne Gewalt zur »Tagundnachtgleiche« erklären konnte; Pfingsten ein ohnehin hoffnungsloser Fall; Karneval der entlarvende Beweis, dass man mit lebendiger Volkskultur in Wahrheit nichts anfangen konnte; und Geburtstage zu Sippenerhaltungsfeiern umzudekorieren wirkte auch ziemlich verkrampft. Aber Weihnachten! War das nicht immer schon das Fest des Nordens, der verschneiten Nadelwälder, der brechenden Dunkelheit, der familiären Einkehr, der Sehnsucht nach Wiedergeburt gewesen?

Nur bei der Adventszeit mussten die Nazis ein wenig nachhelfen. Anders als dem leuchtenden Baum, der ja etwas zweifellos Gutes zum Ausdruck brachte, mochte der eine an Jesu Geburt denken, der andere an den Wintertod, fehlte dem Adventskranz diese schöne Vieldeutigkeit. In der Vorweihnachtszeit musste man sich entscheiden. Nicht dem Gefühl nach, das konnte beidem gelten, aber symbolisch. Was erwartete man? Den Heiland oder die Sonne? Die vier Kerzen enthielten ja unweigerlich das Wesen der Zeit. Sie symbolisierten entweder ein irreversibles Heilsgeschehen, das jeden Moment der Geschichte ins Verhältnis zu den Stationen der Offenbarung setzt. Dann geschah etwas vor oder nach der Sintflut, vor oder nach der Stiftung des Heiligen Bundes, vor oder nach der Menschwerdung Gottes. Oder sie symbolisierten eine mythische Zeitordnung, die nur der ewigen Wiederkehr der Naturkräfte und des Lebens göttlichen Rang zuerkennt. War Weihnachten die Erinnerung an ein Ereignis oder, wie es die Katholiken sahen, das Mysterium seiner Dauer, dann gab es kein Zurück. Dann war plötzlich Licht in der Welt, wo vorher keines war. Dann wurde es mit der wachsenden Nähe dieses Ereignisses immer heller. Advent, Advent, ein Lichtlein brennt. Erst eins, dann zwei, dann drei, dann vier. War Weihnachten aber der Moment, in dem der Jahreszyklus sich vollendete und das kosmische Rad in eine weitere Runde ohne Zahl aufbrach, dann bildete der Adventskranz nur ab, was in der Natur tatsächlich geschah. Dann wurde es in den Wochen vor Weihnachten immer dunkler.

Erst vier, dann drei, dann zwei, dann eins.

Ich habe mich oft gefragt, warum meinem Vater die Schule so wichtig war. Warum er, anders als die Stars im Fußball-Magazin, auf die Frage nach dem glücklichsten Moment seines Lebens nicht antwortete: als mein Sohn geboren wurde. Sondern: als ich die Aufnahmeprüfung zum Gymnasium bestanden hatte. Ich verstand es erst, als ich mich in ihm wiedererkannte – und dabei einen Unterschied bemerkte. Auch ich ging schließlich gerne zur Schule. Auch ich war ein Streber.

Was uns trennte, war nicht die Art, sondern der Grad unseres Einverständnisses. Wir schätzten beide die Schule als eine Institution, die frei machte von zuhause, weil in ihr andere, durchschaubarere Kriterien der Anerkennung galten. Aber wir wussten auch, dass diese Freiheit gefährdet war, wenn man sich vor den Mitschülern für seine Familie schämen musste. Nun gab es für mich eigentlich kaum Grund zur Scham. Bis zum Umzug nach München sowieso nicht und danach höchstens, weil ich von Natur aus dazu neigte, mich mit dem Augen meiner Umwelt zu betrachten. Und diese Augen mochten feststellen, dass meine Eltern ein klein wenig weniger lässig und elegant waren als die Eltern meiner neuen Großstadtfreunde. Kein Grund zur Panik, aber doch peinlich genug, um in mir ein Mitgefühl mit all jenen Kindern zu wecken, deren Eltern so merkwürdig waren, dass man gerne mal auf dem Pausenhof darüber sprach. Mit Kindern wie meinem Vater.

Dass München-Schwabing ein anderes Pflaster war als der Außenbezirk eines niedersächsischen Verwaltungszentrums, wurde mir klar, als mein Vater mich am 14. September 1982 zu meinem ersten Schultag ins Alte Realgymnasium begleitete. Das Gebäude war in jeder Hinsicht überwältigend, fest wie eine Burg und unfassbar viel größer als der barackenartige Bau meiner Celler Grundschule. Mit seinem hohen Turm und den langen, sanft geschwungenen Fluren kam es mir mächtig erhaben vor. Auch die Schüler schienen einem anderen Menschenschlag anzugehören, nicht nur die Riesen mit Bärten und Brüsten, die so zahlreich zusammenstanden, dass es unmöglich Lehrer sein konnten, sondern auch mein zukünftiger Freund Christian Sandmann. Er wartete mit seiner Mutter schon vor dem verschlossenen Klassenzimmer. Dass es außer mir noch ein weiteres Kind gab, dessen Eltern immer viel zu früh kamen, weil sie »Notfallzeit« einplanten, beruhigte mich zwar. Doch damit hatten sich die Gemeinsamkeiten schon erledigt. Der Anblick von Frau Sandmann war ein Schock. Nicht nur überragte sie meinen Vater um einen ganzen Kopf, der Kussmund mit Zigarette, den sie als Brosche trug, verwies auch auf Dimensionen der Existenz, von denen sein Strickschlips wohl nicht mal zu träumen wagte. Der erste Eindruck sollte sich bald bestätigten. Sandmanns bewohnten ein Haus, das anscheinend ohne einen einzigen Stein gebaut worden war. Nur Stahl und Glas. Zur Vanillesoße aß man dort nicht Schokoladenpudding, sondern ein undefinierbares Hauptgericht, in dem auch Nudeln vorkamen. In der Küche hingen alte Reklameschilder aus Blech und im Wohnzimmer drei mit fast leerem Filzstift gemalte Amerikaflaggen, über denen in großen Druckbuchstaben der Name JASPER JOHNS stand. Als ich Frau Sandmann fragte, ob sie das Plakat gekauft hätten, weil Christians kleiner Bruder Jasper hieß, verfiel sie in ihr unverwechselbares, warmherzig-rauhes Frausandmannlachen. Es sollte wohl nein heißen. Obwohl ich nichts von alldem schön fand, hatte ich ein klares Gefühl für die souveräne Überlegenheit dieser Ästhetik. Aber ich will nicht übertreiben. Meine Eltern waren eher kleingewachsen, sie besaßen keine Kussmundbroschen und hielten Vanillesoße für eine Nachtischzutat, alles halb so wild, nur eben etwas peinlich.

Die Eltern meines Vaters dagegen hatten ein echtes Imageproblem. Obwohl er davon eher belustigt als verstört erzählte, konnte ich seine Scham fühlen, als wäre sie Teil meiner eigenen Erinnerung.

Dass sie anders waren, das merkte man doch schon an der

Lage ihres Häuschens und daran, dass es gar nicht ihnen gehörte. Wollte denn, wer mitten in der Heide zur Miete wohnte, überhaupt dazugehören? Und warum bitte hatte Trina einen Städter geheiratet und war dann zurückgekehrt? Warum ging der Mann nicht in die Kirche? Warum ließ er sich nie im Dorfkrug blicken? Warum hatte man ihn noch auf keiner Hochzeit tanzen sehen? Man wusste es natürlich, aber trotzdem. Man würde ja wohl mal fragen dürfen. Hielt er sich etwa immer noch für einen Herrn, obwohl seinem Spuk längst ein Ende gemacht worden war? Lehrte ihn denn die Waldarbeit keine Demut? War denn seine Frau nicht eigentlich eine von ihnen? Aber die hielt sich ja inzwischen auch für was Besseres. Und machte sich doch nur den Rücken krumm, an der Nähmaschine, Nacht für Nacht. Arme Trina, wat'n seuten Deern. Hätte jeden von ihnen haben können, und wo hockte sie jetzt mit ihren Bälgern? Hinterm Wald, nicht weit vom Lagerplatz der Zigeuner.

Durch diesen Wald stapfte der gerade achtjährige M42 am 4. Dezember 1950, einem Montag, und war voll schwerer Gedanken. Nicht dass er sich vor den Zigeunerjungen fürchtete; das tat er zwar, seit sie ihn im letzten Sommer »überfallen« und ihm dabei die Blechkanne aus der Hand geschlagen hatten, worauf die frische Milch in den Sand gesickert war. Aber gerade hatten sie sich mal wieder davongemacht. Nein, er fürchtete sich vor seiner Lehrerin. Und das war im Grunde viel schlimmer. Denn er liebte und verehrte sie fast so sehr wie die Mutter. Was er fürchtete, das war die erste Frage der neuen Schulwoche. Keine Wissensfrage, auch keine Rechenaufgabe, sondern ausgerechnet die einzige Frage, die den Bauernkindern ihre Mundfaulheit austrieb. Was habt ihr denn am Wochenende gemacht? Niemals reckten sich mehr Arme in die Höhe, nie wurde freimütiger geredet, nie verging die Schulzeit schneller als am Montag zu Beginn der ersten Stunde. Und normalerweise bereiteten auch M42 diese Minuten Freude, etwa wenn er, dessen Eltern keine Kühe, keinen Traktor und keine Schmiede besaßen, erzählen konnte, dass Onkel Heinz mit dem großen Benz aus Vegesack gekommen war und er während der ganzen Fahrt über den Feldweg das Lenkrad hatte halten dürfen. Aber heute war kein normaler Montag. Heute rang M42 mit dem achten Gebot.

Sollte er lügen? Täte er es, wäre er sein reines Gewissen los gewesen, eines der wenigen Besitztümer, das ihn über die frechen Mitschüler erhob. Täte er es aber nicht, dann würde er nicht nur die Wahrheit über sein Wochenende aussprechen, sondern auch über sich und die anderen. Und die hieß nun mal, dass er keiner von ihnen war. Er fürchtete diese Wahrheit, und was waren seine guten Noten, die Ergebenheit gegen alle Gebote der Lehrerin, seine Überangepasstheit, sein zwanghafter Perfektionismus anderes als verzweifelte Versuche, sie wenn schon nicht zu leugnen, so doch zu seinem Vorteil auszulegen? Aber hatte er denn überhaupt eine Wahl? Er wusste ja nur deshalb so genau, was passieren würde, weil er es im letzten Jahr schon erfahren hatte. Wenn er heute log, würde es ihm sowieso niemand glauben. Vermutlich waren die anderen schon voller Schadenfreude, weil sie wussten, dass M42, der kleine Streber mit der Riesenlücke zwischen den beiden oberen Schneidezähnen, sich gleich lächerlich machen würde. Und wenn er es einfach verschwieg? Dann würden sie es erzählen. Dann würden sie mit dem Finger auf ihn zeigen und es hinausbrüllen. Oder noch gemeiner, sie würden ihn mit Unschuldsmiene fragen, wie viele Kerzen die Familie Leo denn dieses Mal angezündet habe. Etwa schon wieder vier? Hatte den Hinterwäldlern denn immer noch niemand erklärt, wie Advent ging? Vier Kerzen am ersten Advent! Was waren M42s richtige Antworten beim Rechnen, der wie am Schnürchen runtergeratterte Dekalog, die Eins in Betragen wert, wenn er nicht mal Adventskranz konnte? Mochten sie auch etwas schwerfällig im Kopf sein, so hatten sie doch ein deutliches Gespür dafür, dass alles Wissen nichts taugt, wenn man sich in der Wirklichkeit nicht auskennt. Und hier ging es ja nicht um komplizierte Dinge wie Melken, Mähdreschen oder Heuernte, sondern um die pipieinfachste Regel auf der Welt. Junge, Junge – erst eins. Dann zwei, Mann. Dann drei, Alter. Und dann vier: aus die Maus, Halleluja. Kapiert?

M42 begriff, dass es gar kein moralisches Problem gab. Es führte ja kein Weg an der Wahrheit vorbei. Die Frage, die er nun wälzte, war deshalb eher theoretischer Natur. War es besser, sehenden Auges ins Verderben zu rennen wie heute oder aus heiterem Himmel von ihm überrascht zu werden wie im letzten Jahr? Mit kaum erträglicher Scham erinnerte er sich daran, wie die Lehrerin ihn damals als Ersten drangenommen und nach seiner Antwort zwar nicht in den Lachorkan eingestimmt hatte, aber doch merklich amüsiert gewesen war. Das habe sie wirklich noch nie gehört, und ob er denn wisse, warum sich der Brauch seiner Familie so sehr vom allgemein üblichen unterscheide. Er wusste es nicht, und das erst machte seine Verlorenheit vollkommen. Immerhin hatte er inzwischen gefragt, also war es ihm erklärt worden. Er würde nicht lügen müssen. Aber einen ganzen Schultag lang würde er nur der bescheuerte Sohn seines bescheuerten Vaters sein.

Das andere Problem, das die Nazis in der Weihnachtszeit hatten, waren die Lieder. Denn obwohl sie fast alle von einem Judenkindlein handelten, das geboren wurde, um die Welt zu beherrschen, steckten diese Lieder ja tief drin in den Deutschen und wollten jedes Jahr aufs Neue wieder raus aus ihnen. Ganz allein mit »O Tannenbaum« und »Morgen kommt der Weihnachtsmann« ließ sich eben doch kein Staat machen. Darum duldete man das alte Liedgut, dessen Erhabenheit jeden ergriff, und hoffte, dass das neue allmählich an Boden gewinnen würde. Durchaus nicht ohne Erfolg.

Es ist für uns eine Zeit angekommen,
die bringt uns eine große Freud.
Übers schneebeglänzte Feld, wandern wir, wandern wir,
durch die weite, weiße Welt.

Es schlafen Bächlein und See unterm Eise,
es träumt der Wald einen tiefen Traum.
Durch den Schnee, der leise fällt, wandern wir, wandern wir,
durch die weite, weiße Welt.

So habe ich das Lied um 1978 kennen, auf der Flöte begleiten und dabei lieben gelernt. So steht es in dem Büchlein, das Heinrich Himmler den Familien seiner Männer zum Julfest 1944 überreichen ließ. So stand es aber nicht in der Sammlung Schweizerischer Volkslieder, die Otto von Greyerz 1912 herausgegeben hatte. Erst 1939 hatte nämlich Paul Hermann dem Lied den heute geläufigen Text angedichtet. Davor lautete er, je nachdem in welchem Kanton man es hörte, mehr oder weniger so:

Es ist für uns eine Zeit angekommen,
es ist für uns eine große Gnad'.
Denn es ist ein Kind geboren,
und das der höchste König war,
unser Heiland Jesus Christ, der für uns, der für uns,
der für uns Mensch geworden ist.

Auch Himmlers Festgabe überlebte die Auslese im Keller meiner Oma.

Fast die Hälfte der dort untergebrachten Umzugskartons war gefüllt mit dem »politischen« Schrifttum, das ich bei meinem letzten Besuch im Haus der Großeltern sichergestellt hatte. Doch als ich die Bände dann Stück für Stück in die Hand nahm, um zu entscheiden, für welche ich einen Platz in meinem Bücherschrank freizumachen bereit war, blieb schließlich nicht mehr als eine Handvoll übrig. Bei dem Geschenk aus dem SS-Hauptamt musste ich zwar etwas länger überlegen als bei der LGB, aber am Ende bestand gar kein Zweifel, dass es bewahrt zu werden verdiente. Warum? Weil es eine Nähe der SS-Welt zu meiner eigenen Welt herstellte.

Was ich dagegen kistenweise dem Altpapier übergab, das waren all die öligen Folianten, die von Blutswerten und Ahnenschicksal schwafelten, die nichts enthielten als die Sentimentalität und das Ressentiment der Wohlanständigkeit, die ihren Bedeutungswillen mit sich herumschleppten wie Himmler seine Wolke aus esoterischem Geschwätz, Darmschwäche und Kölnisch Wasser. Sicher hatte Großvater das Gewicht dieser Schinken zu spüren gemeint, aber nüchtern betrachtet war ihr Schwindel erschreckend offensichtlich. Sie waren plump wie ein Stück Seife. Aber das Weihnachtsbüchlein war anders. Es gab sich so geschickt biedermeierlich, dass man es in seiner Mischung aus kleinen Texten, Holzstichen und Liedern zunächst für einen Verwandten von Ludwig Richters Hausschatz halten konnte.

Man musste schon genauer hinsehen, um neben den stimmungsvollen Winterbildern, einer Auswahl aus Grimms Märchen, zahllosen Gedichten und Notensätzen etwa den Weihnachtsbrief zu bemerken, den angeblich 1939 ein deutscher Soldat an seinen kleinen Sohn geschrieben hatte. Seine Botschaft schien 1944 nichts von ihrer Gültigkeit verloren zu haben. In aller Kürze hieß sie: Krieg sei auf Erden, und die Menschen mögen fallen. Etwas ausführlicher las sich das so: *Und siehst Du, mein liebes Eberlein, da sind nun die Soldaten nur dazu da, daß die frechen und bösen Leute, die ganz weit weg wohnen, nicht zu Dir kommen können, und nicht zur Mutti und nicht zum Weihnachtsbaum, überhaupt nicht zu allen lieben Leuten. Das sind ganz viele Soldaten, so viel, daß Du Dir das gar nicht denken kannst. Die stellen sich an jede Straße hin, wo die Bösen vielleicht kommen könnten, und passen auf, ob einer anschleicht. Und wenn so einer angeschlichen kommt – was denkst Du wohl, was dann die Soldaten machen? Sie nehmen ganz, ganz leise, damit der Böse das nicht hört, ihr Gewehr, dann stecken sie eine Kugel hinein, dann legen sie das Gewehr an (die Mutti soll Dir zeigen, wie man das macht) – und dann: schießen sie! Bumm! Nochmal bumm! Es kracht ganz fürchterlich. So arg kracht es, daß der böse Feind schnell wieder davonläuft, er kommt vor lauter Bumm und lauter tüchtigen deutschen Soldaten gar nicht dazu, daß er Dir und Mutti und allen Leuten in München und Pasing was tun könnte. Manchmal wird er dabei auch totgeschossen. So fest wird da hinaufgeschossen bei dem gewaltigen Bumm, daß er hinfällt und gar nicht mehr aufstehen kann. Und dann kann er überhaupt nicht mehr nach München und Pasing laufen und die braven Leute hauen. Siehst*

Du, das machen die Soldaten. Und deshalb haben alle Leute die Sol-daten gern. Man muss befürchten, dass dem armen Kind in einem ähnlich debilen Tonfall auch erklärt worden war, wie der Papamann und die Mamafrau das kleine Eberlein ge-macht hatten. (Lass dir das von der Mutti zeigen – krach-bumm.) Der Weihnachtsbrief jedenfalls mündete, wie sollte es anders sein, in einen Lobpreis des höchsten Wesens: *Weißt Du auch, wer am allermeisten aufpaßt, daß die Polen und Engländer Dir und der Mutti nichts tun können? Der Hitlerführer! Das ist ein so lieber und tüchtiger Mann, daß er Tag und Nacht nur daran denkt: was muß ich tun, daß dem Eber und der Mutti und allen lieben deutschen Menschen nichts geschieht. Der hat uns alle so lieb, das kannst Du Dir gar nicht denken, wie. Der Hitlerführer ist noch viel lieber als der Weih-nachtsmann.* Von Behauptungen wie dieser vollends aus seiner Gefühligkeit gerissen, merkt man plötzlich, dass das Büch-lein voll von Schwachsinn ist. Und wenn man weiter hinten noch auf Rudolf Zills Hitlerbild stößt und auf das irre Gemur-mel, das der oberste Deutsche darunter an das einzige Wesen von noch höherem Rang richtet, dann vergeht einem der Spaß endgültig: *Allmächtiger Gott, segne dereinst unseren Kampf; sei so gerecht, wie du es immer warst; urteile jetzt, ob wir die Freiheit nun verdienen; Herr, segne unseren Kampf!* – Man möchte nie wie-der im Leben ein Semikolon setzen.

Wie morsch in Wirklichkeit das ganze Heftchen ist, das wird auf der allerletzten Seite deutlich. Kleingedruckt finden sich dort neben den Quellenangaben die Korrekturen der Notensätze. Sie nehmen ziemlich viel Platz ein. Von insge-samt zwölf Liedern und Stücken haben nämlich nur zwei den Satz unbeschadet überstanden. »Aus zeitbedingten Schwie-rigkeiten«, wie es heißt. »Aus Unfähigkeit« wäre wohl ehr-licher gewesen. Eigentlich erstaunlich, dass die SS, die für sekundäre Kriegszwecke wie die Endlösung der Judenfrage reichlich Personal erübrigen konnte, nicht in der Lage war, dem F. Bruckmann Verlag einen einzigen Notensetzer u. k. zu stellen. Das Menuett von Johann S. Bach jedenfalls sei, so informiert die Schriftleitung den Leser, derart verschrieben, dass sich eine Korrektur gar nicht mehr lohne. Man ist geneigt, dem Weltgeist für diese kleine List zu danken. In allen anderen Fällen aber hatte man keine Mühen gescheut, der um Innigkeit bemühten nordischen Seele alle Missklänge zu ersparen. Im Fall eines schon recht beliebten neueren Liedes, dessen Noten aber auch die meisten Sturmbannführer wohl noch nicht besaßen, waren 43 von insgesamt 103 möglichen Setzfehlern gemacht und durch entsprechende Hinweise zur Eigenkorrektur vorbereitet worden.

Aber hören wir selbst, wozu das führen konnte.

»Das klang ja komisch«, sagt der Vater. »Kann eigentlich nicht stimmen.«

»Sieh doch mal nach«, antwortet die Mutter, »ob da irgendwo Korrekturen stehen. Meist hinten.«

»Ja, da sind wirklich welche. Ui, ganz schön viele sogar. Warte, ich schreibe die Noten eben ab. – – So, hier. Diktierst du mir mal bitte?«

»Gerne, gib her. – Bist du so weit? Also gut: 1. System, Oberstimme, 1. Takt: eingestrichen f statt eingestrichen g, eingestrichen e statt eingestrichen f, eingestrichen d statt eingestrichen e; 2. Takt: eingestrichen a statt eingestrichen h, nochmal eingestrichen a statt eingestrichen h, nochmal eingestrichen a statt eingestrichen h; Unterstimme, 1. Takt: eingestrichen d statt eingestrichen c, eingestrichen d statt eingestrichen e; 2. Takt: eingestrichen e statt eingestrichen f, eingestrichen d statt eingestrichen e, eingestrichen cis statt eingestrichen dis; 2. System, Oberstimme, 1. Takt: a statt h, nochmal a statt h, 2. Takt, schon wieder a statt h, und nochmal a statt h; Unterstimme, 1. Takt: d statt e, cis statt dis, groß H statt c, 2. Takt: cis statt dis, groß H statt c, groß A statt groß H; 3. System, Oberstimme, 1. Takt: eingestrichen h statt zweigestrichen c, eingestrichen h statt zweigestrichen c, zweigestrichen cis statt zweigestrichen dis; 2. Takt: zweigestrichen d statt zweigestrichen c, zweigestrichen d statt zweigestrichen c, a statt eingestrichen h; Unterstimme, 1. Takt: eingestrichen g statt eingestrichen a, eingestrichen fis statt eingestrichen gis; 2. Takt: eingestrichen f statt eingestrichen g, eingestrichen e statt eingestrichen f; 4. System, Oberstimme, 1. Takt: eingestrichen d statt eingestrichen f, a statt h; Unterstimme, 1. Takt: g statt a, fis statt gis; 5. System, Oberstimme, 1. Takt: eingestrichen h statt zweigestrichen c, eingestrichen h statt zweigestrichen c, zweigestrichen cis statt zweigestrichen dis; Unterstimme, 1. Takt: eingestrichen d statt eingestrichen c, eingestrichen d statt eingestrichen c, eingestrichen e statt eingestrichen f; 6. System, Oberstimme, 1. Takt: g statt a, a statt h; Unterstimme, 1. Takt: g statt a, und nochmal g statt a. Puh.«

»Ist das alles?«

»Ja. Aber kann man das denn überhaupt noch lesen?«

»Na ja, ziemliches Gekritzel.«

»Zeig mal her, Liebling. O je, wie sieht das denn aus? Das geht so nicht. Komm, ich übertrage das schnell auf ein neues Notenblatt. – – So, jetzt aber. Mädchen, ihr die erste Stimme, Vater und ich die zweite!«

»Na, dann los. Gibst du mir mal ein a? – Aaaah, Aaaah.«

Zwo, drei, vier –

Bald nun ist Weihnachtszeit, fröhliche Zeit.
Jetzt ist der Weihnachtsmann gar nimmer weit,

Horch nur, der Alte klopft draußen ans Tor,
mit seinem Schimmel, so steht er davor.

Leg' ich dem Schimmelchen Heu vor das Haus,
packt gleich der Ruprecht den großen Sack aus.

Pfeffernüß, Äpfelchen, Mandeln, Korinth,
alles das schenkt er dem guten Kind.

9. KAPITEL

WENN DAS DER GOETHE WÜSSTE!

Ich hatte angekündigt, von den Büchern meines Großvaters zu erzählen. Plural. Von einem war ja schon die Rede. Fehlt also noch mindestens eines.

Was musste passieren, damit einem der Bücher, die hinter dem blauweißen Vorhang vor der Bundesrepublik versteckt worden waren, der Gang in die Müllverbrennungsanlage erspart blieb? Nichts Besonderes, es musste mich nur faszinieren. Ganz plump faszinieren, spontan und intuitiv. Was mich nach ein oder zwei flüchtigen Blicken nicht anmachte, wanderte in die Todeskiste. Tschüs, Walther Darré. Tschüs, Arno Breker. Tschüs, Hans F. K. Günther. Insgesamt schafften es vielleicht fünfzehn Bände, sich in meinen Koffer zu retten. In einigen habe ich später tatsächlich hin und wieder herumgeblättert. Bei anderen fragte ich mich, ob ich nicht zu milde gewesen war. Eines von ihnen aber sollte mich lange begleiten. Nicht weil ich es schätzen gelernt hätte. Nein, auch dieses Buch faszinierte mich bloß. Aber das tat es auf eine Weise, die mir Anerkennung abverlangte. Und Mühe. Letztlich ließ es sich aber genau wie alle anderen durchschauen, so dass kein Grund bestand, es je wieder in die Hand zu nehmen. Doch auch dieser Prozess verlangte mir etwas ab, eine Doktorarbeit und sechs Jahre Lebenszeit. Erst danach konnte ich auch sagen: Tschüs, Ludwig Klages.

Klages war kein Nazi, aber viele Nazis verehrten ihn. Das allein wäre nicht der Rede wert. Die Nazis gaben ja auch vor, Hölderlin zu lieben, obwohl es keiner großen Phantasie bedarf, ihn beim Anhören einer Hitlerrede tot umfallen zu sehen. Doch Klages' Fall lag komplizierter. Er war ein Zeitgenosse Hitlers. Er war ein Judenfeind. Er hätte, anders als Hölderlin, gegen das Dritte Reich Einspruch erheben können oder wenigstens schweigen, statt im Freundeskreis zu behaupten, sein Werk bilde das »metaphysische Fundament« des Nationalsozialismus. Er hätte seine guten Kontakte zur Berliner Polizei und zur Reichsschrifttumskammer nicht ausspielen müssen, um Berufs- und Publikationsverbote für unliebsame Konkurrenten zu erwirken. Vor allem aber half Klages, ohne je offen für sie Partei genommen zu haben, die Macht der Nazis in der deutschen Bildungsschicht zu festigen. Denn er gehörte zu den Meisterdenkern, die zwischen den Kriegen tatsächlich viel gelesen wurden. Und worüber dachte er nach? Über ein Problem, an dem sich schon Aristoteles, Schopenhauer und Nietzsche den Kopf zerbrochen hatten. Ein Problem, das viele Deutsche im frühen 20. Jahrhundert auf eine geradezu hysterische Weise umtrieb. Ein Problem, das seine plumpeste Lösung im Rassismus gefunden hatte.

Klages wollte wissen, wie sich Menschen nach Art und Wert unterscheiden lassen. Die Frage ist unvermeidlich. Denn die eine Person ist für die andere ja immer beides: Artgenosse und zugleich befremdlich anders. Ich Tarzan, du Jane. Und sie ist vertrackt, weil es unüberschaubar viele Antworten gibt, von denen jede praktische Folgen hat. Im äußersten Fall sogar tödliche. Wer bist du? Mann oder Frau? Weib oder Hexe? Kulturmensch oder Barbar? Bürger oder Gast? Ist dein Saft das Blut oder die Galle? Bist du normal oder krank? Lebendig oder erstarrt? Und bist du wirklich, wer du vorgibst zu sein? Ist das gezeigte Gefühl echt? Macht schon das Bekenntnis einen Christen aus dir? Sprache und Pass schon einen Deutschen? Ist dein Wesen das eines Künstlers? Oder willst du nur deine innere Leere verbergen? Fragen wie diesen kann man mit Skepsis oder Ironie begegnen. Die deutsche Bildungsschicht nach der Jahrhundertwende aber nahm sie ernst wie kaum etwas anderes. Man muss das wissen, um zu begreifen, was es mit ihrem Antisemitismus auf sich hatte. Das gefährlichere Ressentiment gegen die Juden war ja das der Gebildeten. Es war frei vom offenen Hass der Straße und konnte auch mit Bewunderung einhergehen. Es drängte nicht zum Pogrom, nicht mal zum Boykott. Es artikulierte nur ein Unbehagen. Und es wurde gerne grundsätzlich, weil es zu wissen meinte, dass man dem eigenen Wesen nur auf die Schliche komme, wenn man das Rätsel seines Gegensatzes gelöst habe. Obwohl sein Eigenes unverkennbar eine Idee von »Deutschtum« war, nannte Klages es fast nie so. Das Andere hingegen benannte er. Mal gab er ihm den Namen eines psychopathologischen Syndroms, dann bezeichnete er es als Hysterie. Und mal den Namen eines Volkes. Oder meinte er eigentlich eine Religion? Oder eine Kulturidee? Jedenfalls nannte er es dann Juda.

Worin gründete das tiefe Fremdheitsgefühl gegenüber den Juden, das viele deutsche Bildungsbürger empfanden, wenn sie doch die gleichen Bücher lasen, die gleiche Musik liebten, dem gleichen Patriotismus huldigten, wenn sie getauft waren, die deutsche Staatsbürgerschaft besaßen, in den gleichen Häusern wohnten und nach Körperbau und Kleidung von ihnen selbst nicht zu unterscheiden waren? Ein philosophisch belesener Zeitgenosse wie Klages antwortete darauf unüberbietbar abstrakt. Das Sein der Juden sei in Wahrheit nur ein Schein. Nie orientierten sie sich an der eigenen Wesensart, sondern immer an der ihrer Umwelt, daher habe ihr Charakter keinen Kern, alles an ihnen sei Behauptung. In Deutschland gäben sie sich deutsch, in Frankreich französisch, in Italien italienisch. Bei ihnen sei theatralische Gebärde, was bei anderen echter Ausdruck sei. Darum verstünden sie sich auf die schmeichelnde Anpassung, darum seien sie begabte Händler, Schauspieler und Verführer. Darum seien sie gefährlich. Denn man lebe in einer Zeit, in der immer weniger Menschen verstünden, echten Ausdruck von falscher Gebärde zu unterscheiden. Körperlich ausdrücken aber könne sich nur, was mit schicksalhafter Notwendigkeit existiere. Und das sei nicht zu wählen. So wie man ein Gefühl erleide und dessen Ausdruck in Stimme, Gestik und Mienenspiel an sich geschehen lassen müsse. Der Ausdruck sei daher immer ein Zeichen von Lebendigkeit. Wo hingegen nichts lebe, da könne sich auch nichts zeigen. Da aber eine solche Leere unerträglich sei, werde sie durch die umso lautere Behauptung von Fülle überspielt. Was nun drückt sich im eigenen Wesen aus? Was besitzen »wir« tatsächlich, dessen Besitz die Juden nur behaupten? Die Regsamkeit des Seelenlebens, sagt Klages, die Gefühlstiefe, die treue Einfalt, die Kraft zu künstlerischer Gestaltung, die Neigung zum zwecklosen Schweifen, die lebendige Erinnerung der Volkskultur, mit einem urdeutschen Wort: es sei das Gemüt, worum die Juden »uns« beneideten (worum er einen ganz bestimmten Juden beneidete, mit dem er lange befreundet gewesen war, sagte er natürlich nicht).

Wäre das jedoch alles gewesen, was Klages zu sagen hatte, dann müsste man sich heute nicht mehr mit ihm beschäftigen. Antisemiten, die in der Lage waren, ihrem Ressentiment einen subtilen Schliff zu geben, gab es in Deutschland zuhauf. Tatsächlich aber war in seinem Werk nur an wenigen Stellen ausdrücklich vom jüdischen Wesen die Rede. Wer es nicht wollte, der brauchte diese Obsession gar nicht zu bemerken. Unter Klages' Lesern und Freunden waren auch Juden, und seine Judenfeindschaft konnte unter gebildeten Zeitgenossen verfangen, weil er sie nicht so nannte. Weil seine Psychologie des Judentums Teil einer ausgreifenden Argumentation war, die über jegliches Spezialproblem weit hinausging: einer Argumentation von ebenso welthistorischem Ausmaß wie großer theoretischer Kraft. Gegen »die Juden« zu schreiben, wäre für einen Denker wie Klages unter Niveau gewesen. Wem er mit Leidenschaft zu begegnen suchte, das war ein metaphysisches Prinzip namens »Geist«, dessen Macht, so die These, im Laufe der abendländischen Geschichte immer größer geworden sei, und zwar auf Kosten des gegenteiligen Prinzips, das er »Seele« nannte. Was klingt wie die übliche Nörgelei der Zeitkritik, war für Klages tatsächlich ein philosophischer Großkonflikt, zu dessen gedanklicher Bewältigung er mehr als tausend Seiten benötigte. Man könnte auch sagen: Er machte ernst mit der Nörgelei.

Klages' Kulturpessimismus war eingebettet in eine gewaltige Forschungsanstrengung. In eine Vielzahl subtiler Beobachtungen. In eine universale Verfallsgeschichte. Und in eine radikale Erkenntnistheorie. Es würde zu weit führen, die Dimensionen dieses Werks hier auch nur anzudeuten. Aber von dem großen Reiz, den es von der ersten Begegnung an auf mich ausübte, kann ich nicht schweigen. Dabei war es einem glücklichen Zufall zu verdanken, dass es sich mir von seiner unscheinbarsten Seite zeigte. Der Band aus Klages' gesammelten Schriften, der mir aus Großvaters geheimem Bücherschrank entgegenfiel und dessen Begutachtung länger dauerte als die des gesamten restlichen Materials, war nicht *Der Geist als Widersacher der Seele*, das monumentale Opus magnum; es war nicht die *Grundlegung der Wissenschaft vom Ausdruck*, die Urfassung der Symboltheorie; es waren auch nicht die nachgelassenen Fragmente Alfred Schulers, die Klages 1940 herausgegeben und mit einer wahnwitzigen Verschwörungstheorie eingeleitet hatte, seine einzige Publikation mit offen antisemitischer Tendenz. Hätte mich damals wohl die Abgehobenheit der ersten beiden Texte abgeschreckt, so die Gehässigkeit des dritten. Und vermutlich hätte Klages in allen drei Fällen die Auslese nicht überstanden. Das Buch, das mir in die Hände fiel und mich sofort reizte, war dagegen ein Stück reiner Gebrauchsprosa: ein Lehrbuch mit dem Titel *Handschrift und Charakter*. Wer darin herumblättert, findet nichts Funkelndes, kaum sprachliche Prägnanz, keine Große-Denker-Gesten. Nur eine Aneinanderreihung staubiger Wissenspartikel, zahllose Schriftproben und Merkmalstabellen, Begriffe wie Formniveau, Fadenbindung und Deutungsverfahren, sperrige Sätze wie diesen: *Die Doppeldeutigkeit, die wir bisher für zwei Schrifteigenschaften, für Ebenmaß und Regelmäßigkeit, erwiesen haben, kehrt nun bei jeder Schrifteigenschaft wieder, ja bei jeder Eigenschaft des Ausdrucks überhaupt, und weist auf einen Sachverhalt von allergrößter Allgemeinheit zurück.*

Was konnte daran faszinieren? Zunächst nichts als der Gegenstand selbst. Es war die menschliche Handschrift, die mich anzog. Und ich vermute, nicht nur mich. Jeder Schreibende geht ja ein eigenartiges Verhältnis zu sich selbst ein. Wie die Schrift ein Zwischending ist oder ein Doppelding, zugleich körperlich und geistig, so ist es auch die Tätigkeit des

Schreibens. Die Verbalform suggeriert eine falsche Eindeutigkeit. Wer schreibt, handelt nicht einfach. Vielmehr geschieht etwas mit ihm, während er etwas tut. Der Schreiber ist immer aktiv und passiv zugleich. Mag das Geschriebene hundertmal einem anderen gelten, es gilt immer auch und zuallererst ihm selbst. Noch während die Hand im Schreibakt etwas gibt, nimmt das Auge es wieder auf. Zeigen und Schauen sind beim Schreibakt nicht zu unterscheiden.

Lange bevor ein Kind anfängt, in fremden Schriftbildern einen Sinn zu erkennen, hat es das sich selbst zuschauende Zeigen tausendfach am eigenen Leib erfahren: im Gekritzel, das Schrift und Bild noch amorph zusammenhält; in den unsicheren Gemälden, die immer auch sprechen wollen, in denen sich darum bald Buchstaben und Namen unter die Ikonen von Sonne, Haus und Schiff mischen; schließlich auch in der richtigen Schrift, die nie zum reinen Bedeutungsträger wird, sondern auch weiterhin Bild bleibt, gelobt oder getadelt, geschätzt oder missachtet für ihre Gestalt. Einmal mit dem Auge verwachsen, lässt sich die Empfänglichkeit für Schriftgestalten nie wieder ablegen. Nicht nur der junge Schreiber selbst, auch jeder andere hat für ihn ab jetzt eine Schrift, ja er ist Schrift, denn sie gehört so untrennbar zu ihm wie seine Stimme und sein Gesicht. Und auch wenn sie längst nicht alles verrät, so kann man sich ihrer Macht doch kaum entziehen. Für den Schüler, der mühsam lernt, die Buchstaben nach Vorschrift zu verbinden, ist die kaum leserliche, doch in ihrem schnellen Flug so sichere Handschrift der Eltern ein Hoheitszeichen. Die seiner Klassenkameraden ist für den Heranwachsenden ein körperliches Faktum, das ihn ebenso anzuziehen oder zu irritieren vermag wie lockiges Haar, ein verwachsener Fingernagel oder das erste Paar Röhrenjeans.

Und wie mächtig erst ist sie für den Jugendlichen, der erleben muss, dass der Anblick einer blumigen Mädchenschrift den Zauber eines zweisamen Gesprächs für immer vertreiben kann, während er bei einer anderen fühlt, dass die frühreife Eigenart ihrer Schreibbewegung ein Geheimnis birgt, das seinem Begehren, genau wie ein gleitender Tanzschritt, über das Stocken der Rede, die Scheu der Blicke oder die noch unentwickelten Reize des Körpers spielend hinweghilft. Ob das heute noch immer so ist? Schließlich fiel meine Jugend zusammen mit dem Ende einer monumentalen Kulturepoche.

Neben Petrarca, Mozart, Gneisenau, Goya, Heine, Droste-Hülshoff, Lenin, Rathenau, George, Himmler, Picasso, Friedrich und Martin stehen wir am einen Ufer, unsere Kinder stehen am anderen. Wir? – Die letzten Briefschreiber.

Mochten sie auch nichts anderes enthalten als Erinnerungen an gemeinsame Ferienerlebnisse, verlegene Referate über den aktuellen Schulstoff oder Ausblicke auf den nächsten Besuch im Weserstadion: Wenn mein Freund Sven Waas und ich etwa alle zwei Wochen zwischen Bremen und München Briefe tauschten, was taten wir dann anderes, als das Spiel zu wiederholen, das schon Reuchlin und Melanchthon, Friedrich und Voltaire, Goethe und Zelter zwischen Wittenberg und Ingolstadt, Paris und Potsdam, Weimar und Berlin getrieben hatten? Wir ersetzten das Dauergespräch durch den Austausch mehr oder weniger spärlicher Notizen, und wir begnügten uns, da wir das Lachen des anderen nicht hören, die Spannung seiner Muskeln nicht sehen und den frühen Bart nicht fühlen konnten, mit dem Anblick seiner Schrift. Mochte im Hintergrund auch nur ein kalter Krieg geherrscht haben, in dem ein gewaltsamer Tod immer unwahrscheinlicher wurde: Als ich Ende 1989 im äußersten Nordwesten der USA saß und meine Tage danach bemaß, ob Post gekommen war, und wenn ja, wie viel und vor allem von wem – was erfüllte mich dann anderes als die Wehmut, die auch die Soldaten der Weltkriege erfasst hatte, wenn sie die Briefe ihrer Angehörigen lasen? Menschen, ohne die man sich ein Leben nicht vorstellen konnte, waren allein durch ihre Schrift anwesend, also achtete man peinlich genau auf sie. Nicht nur war ja der Körper eines anderen in ihr enthalten, nicht nur erlebte man ihn beim Lesen typische Bewegungen vollführen und idiomatische Sätze sprechen. Sie wies auch, teils in Verstärkung, teils in Kontrast zum Inhalt, auf Gleichmut oder Erregung hin, auf Gedrücktheit oder Freude; und manchmal war die Tinte verwischt: auf dem Umschlag vermutlich vom Regen, im Brief selbstverständlich von einer Träne. Und mochte es auch nur eine spontane Regung sein, die ich am liebsten unterdrückt hätte: Wenn ich mich fragte, ob der Buchstabe m, den meine erste Freundin immer mit einem ganzen Bogen zu viel schrieb, ein Ausdruck ihrer überbordenden, mich oft überfordernden Energie war, verhielt ich mich dann nicht wie ein Graphologe, der aus den Details einer Handschrift Schlüsse auf den Charakter des Schreibers zieht?

Von der Straße her ein Posthorn klingt.
Was hat es, daß es so hoch aufspringt,
Mein Herz?

Die Post bringt keinen Brief für dich:
Was drängst du denn so wunderlich,
Mein Herz?

Schon in der bloßen Faszination für den Gegenstand war also etwas vom Beruf des Graphologen enthalten. Wer eine Schriftgestalt wahrnimmt, der kann gar nicht anders, als eine verkörperte Seele zu bemerken. Er nimmt Stimmen und Stimmungen, persönliche Eigenschaften und Bewegungsarten wahr und damit immer auch Unterschiede: sei es zwischen Zuständen innerhalb einer Person, sei es zwischen den Charakteren verschiedener Personen. Und diese Unterschiede wertet er, ob er will oder nicht. Den Regungen von Zu- oder Abneigung, von Mitgefühl oder Gleichgültigkeit, von Herablassung oder Bewunderung, die man spontan beim Anblick einer Handschrift empfindet, kann man sich nicht entziehen. Wie angemessen diese Gefühle sind und ob sich einer Handschrift über sie hinaus noch weitere Informationen entlocken lassen, etwa über die Intelligenz, Sensibilität oder Willenskraft des Schreibers, ist eine ganz andere Frage. Nicht nur der Schreibakt, auch die Wahrnehmung eines Schriftbildes ist ja eine höchst zwiespältige Sache. In ihr mischen sich Empfindsamkeit und Selbsterhebung. Wer die subtilen Unterschiede zwischen Schriftbildern erkennen will, muss zart fühlen können. Wer in ihnen aber nach Zeichen von Wert und Unwert sucht, der muss auch über ein robustes Gerüst von Vorurteilen verfügen. Es ist genau diese Mischung aus Ressentiment und Feinsinn, die man im Blick haben muss, wenn man das Verhältnis der deutschen Bildungsschicht zum Dritten Reich begreifen will. Und kaum etwas verkörpert diese Mischung so ideal wie Klages' Graphologie. Sie hat eine merkwürdige Nähe zum Rassismus auf der einen Seite, zu Goethe auf der anderen. In den vielen Monaten, die ich über Klages' Büchern und den Dokumenten seines Nachlasses verbrachte, war dieser Zwiespalt in jedem Augenblick spürbar.

Wer heute die Graphologie als Pseudowissenschaft abtut, liegt sicher nicht falsch. Auch ist erfreulich, dass kaum noch eine Firma von ihren Stellenbewerbern handgeschriebene Lebensläufe verlangt, um sie graphologisch deuten zu lassen. Wer aber nur auf die mickrige Praxis einer veralteten Methode der Persönlichkeitsdiagnostik achtet, die längst durch andere mickrige Methoden der Persönlichkeitsdiagnostik ersetzt wurde, dem entgeht etwas. Der wird zum Beispiel nicht verstehen, warum Klages' Graphologie ein Teil der deutschen Geistesgeschichte ist. Der muss als Schrulle belächeln, dass Köpfe wie Karl Jaspers, Martin Heidegger, Walter Benjamin, Gottfried Benn, Ernst Jünger, Heinrich Wölfflin und Karl Mannheim sich sehr für sie interessierten. Wer sich aber die Mühe macht, Ludwig Klages' Entwurf einer Graphologie nachzuvollziehen, der wird das verstehen. Er wird nämlich nicht anders können, als die Tiefe des Problembewusstseins, die Eleganz der Lösung und die Angemessenheit der Methode zu bewundern. Und selbst wenn kein einziger Satz der Überprüfung standhielte, müsste das die Bewunderung nicht schmälern. Eine gute Theorie kann ja durchaus irren. Aber weil sie ein Gefüge ist, das nur hält, wenn ein Gedanke den anderen trägt, ist eine gute Theorie immer schön. Allerdings ist der Genuss des Theoretischen nicht leicht zu haben. Er erfordert Zeit. Wenn es sich zudem um eine widerlegte oder nutzlos gewordene Theorie handelt, ist ihr Studium sogar reiner Luxus. Es ist ein Privileg des Historikers, für solche Genüsse bezahlt zu werden.

Wie jeder gute Wissenschaftler besaß Klages die Kraft und den Mut, im Kleinen das Große zu erkennen. Wenn er die ersten zehn Jahren seines Forscherlebens fast ausschließlich der menschlichen Handschrift widmete, dann wies ihn das genauso wenig als Fachidioten aus wie Galileo Galilei, wenn er immer und immer wieder Murmeln rollen ließ, oder Gregor Mendel, wenn er Frühling für Frühling Erbsen sortierte. Zugleich unterschied sich Klages von ihnen, weil die Nachwelt darin einig ist, dass er irrte. Doch selbst dieses Verdikt enthält einen Fingerzeig auf seine Leistung.

Klages betrieb goetheanische Wissenschaft. Und auch Goethe irrte ja gewaltig, als er Newtons Optik seine Farbenlehre entgegensetzte. Zugleich irrte er groß, weil der Irrtum nicht auf einem Denkfehler, auf Ungenauigkeit oder auf Schwachsinn beruhte, sondern auf Radikalität. Goethe widersprach Newton nicht, weil er mit einem seiner Befunde nicht einverstanden gewesen wäre. Er setzte sich auch nicht einfach über ein spezielles Thema der Physik mit ihm auseinander. Nein, er lehnte ihn rundweg ab. Alles an ihm, die ganze Art seiner Naturforschung. Und er knöpfte sich den Teil vor, an dem er den Gegensatz zur Polemik steigern konnte. Was ist die Natur – Prinzip oder Mannigfaltigkeit? Gesetz oder Ordnung? Newton sagte gut abendländisch: Die Vielfalt der Erscheinungen ist Illusion. Alles, was ewig und wahr ist, muss einfach sein wie eine Zahl. Kraft ist beschleunigte Masse. Wo immer etwas in Bewegung scheint, ist da tatsächlich nichts als Masse, Distanz und Zeit. Als solche unmerklich für die Sinne, aber arithmetisch begreifbar. Und Licht, sagte Newton, ist ein Strahlenbündel. Wo immer eine Farbe erscheint, ist da tatsächlich nichts als weißes Licht und ein massiver Widerstand. Unmerklich für die Sinne, aber geometrisch darstellbar.

Aber was soll das denn für eine Wissenschaft sein, fragte Goethe, die dem Auge misstraut? Die einer Erscheinung erst glaubt, wenn sie auf dem Papier zum Zeichen erstarrt ist? Die alles, was anmutig ist, Gestalten, Farben und Bewegungen, zum Schein erklärt? Die das Sein der Natur zu einer Sache der Mathematik macht? Eine Herabwürdigung der Natur ist das und eine Beschädigung des Menschen. Wer die Natur auf etwas zurückführen will, das sie nicht selbst ist, der irrt schon im Ansatz. Und sie selbst kann die Natur nur *für* den Menschen sein. Sonst ist sie nichts. Das meint Goethe, wenn er sagt, in den Farben *offenbare* sich die Natur dem Sinn des Auges. Da aber nur Gleiches von Gleichem erkannt werden könne, müsse im Auge selbst ein Licht ruhen, *das bei der mindesten Veranlassung von innen oder außen erregt* werde. Dunkle Sätze sind das. Dass Auge und Licht sich nicht wie Subjekt und Objekt, sondern wie Gleiches und Gleiches zueinander verhalten, erscheint uns am Rande des Irrsinns fremd. Wir sind eben treue Kinder Newtons. Dabei trieb Goethe eine Frage um, die zu ihrer Zeit so zwingend war, dass sie eine ganze Nationalkultur prägte.

Wie kann ein Endliches sich ins Verhältnis zum Unendlichen setzen?

Schleiermacher fand eine Antwort und nannte sie: Religion. Humboldt eine andere und nannte sie: Bildung. Hegel eine dritte: Geist. Und wie lautete Goethes Antwort? Wollte man auch hier nur ein einziges Wort bemühen, es hieße: Erleben. Die Natur ist eins, und sie ist unendliche Mannigfaltigkeit. Wer sie gedanklich in Teilgebiete zerstückelt oder auf Ideen reduziert, der verfehlt ihr Wesen. Wie aber kann der Mensch in seiner Begrenztheit sie denn sonst begreifen? Indem er aufmerksam wartet, bis ihm die Natur zum Erlebnis wird. Denn im Erleben gewahrt man Zusammenhänge. Etwa sei es ein Irrtum zu meinen, die einzelnen Farben gebe es für sich. Sie existieren nicht wie isolierte Punkte. Vielmehr sind sie Symbole, die ohne Anfang und Ende aufeinander verweisen. Darum lässt sich ihre Gesamtheit zu einem Kreis ordnen. Auf einen Blick in eine gelbe Lichtquelle etwa folgt auf der Netzhaut immer ein violettes Nachbild. Violett und Gelb »fordern« sich, folgert Goethe, weil sie in einer notwendigen Beziehung des polaren Gegensatzes stehen. Also müssen sie einander im Farbkreis gegenüberstehen. Treten sie aber gemeinsam auf, das lehren andere Farberlebnisse, dann »steigert« sich ihr Gegensatz zum Smaragdgrün nach der gelben, zum Purpurrot nach der violetten Seite hin. Füllt man nun noch die Leerstelle zwischen Grün und Violett durch Blau, die zwischen Gelb und Rot durch Orange, ist der Kreis geschlossen. Jede Farbe ist nun durch Beziehungen von Nähe und Ferne, Gegensatz und Ergänzung, Steigerung und Mischung beschreibbar.

Die zum Kreis vereinte Totalität der Farben nennt Goethe Harmonie – eine Ordnung, in der sich das Wesen der Natur offenbart: abgeschlossen und vollendet und doch gebunden an die Besonderheit des Auges. Denn jeder Sinn erlebt die Natur auf seine Weise: *Man schließe das Auge, man öffne, man schärfe das Ohr, und vom leisesten Hauch bis zum wildesten Geräusch, vom einfachsten Klang bis zur höchsten Zusammenstimmung, von dem heftigsten leidenschaftlichen Schrei bis zum sanftesten Worte der Vernunft ist es nur die Natur, die spricht, ihr Dasein, ihre Kraft, ihr Leben und ihre Verhältnisse offenbart, so daß ein Blinder, dem das unendlich Sichtbare versagt ist, im Hörbaren ein unendlich Lebendiges fassen kann.* Ist aber jeder Sinn für sich ein Organ fürs Unendliche, dann müssen ihre Wahrnehmungen auch untereinander in einem notwendigen Verhältnis stehen. Und die Erfahrung lehrt, dass es genauso ist. Dass sich in einer Sinneswahrnehmung eine andere zeigen kann. Für Goethe ist das so selbstverständlich, dass er es hier und da einfach hinschreibt, oft mit lyrischer Lakonie. Die Sonne »tönt« eben, das weiß man doch von alters her.

Es ist genau diese Ähnlichkeit eines Phänomens mit einem anderen, die der Begriff des Ausdrucks bezeichnet. Eine Erscheinung erinnert an eine andere, ohne dass man das sachlich oder gar kausal erklären könnte. Es war also eine im besten Sinne goetheanische Einsicht, die Klages erkennen ließ, dass die Graphologie es mit einer Ausdrucksbeziehung zu tun hat. In der Handschrift zeigt sich ein Charakter. Und warum? Weil der Charakter einer Schrift dem Charakter ihres Urhebers ähnlich ist. Wie aber lässt sich die Ausdrucksqualität einer Handschrift in ein diagnostisches Urteil übersetzen? Es war ein im besten Sinne romantischer Einfall, durch den Klages das Grundproblem der Graphologie zumindest theoretisch löste. Alle Fäden, so behauptete er, kommen in der alltäglichen Sprache zusammen. Sind nicht Redewendungen, Sprichwörter und selbst reine Bezeichnungen ein Archiv natürlicher Synästhesien? Ganz selbstverständlich ziehen wir schließlich die Sphäre des einen Sinns zur Charakterisierung des anderen heran. Dur und Moll, hart und weich: Es sind zwei Tastempfindungen, mit denen wir den Grundcharakter eines Musikstücks bezeichnen. Genauso wie wir eine Farbe warm nennen. Einen Geruch stechend. Ein Geräusch hell. Ebenso bezeichnen wir die Regungen des Gefühls durch das Vokabular der mit ihnen verbundenen Körperbewegungen – und ist nicht das Schriftbild das Resultat der Handbewegung? Wir sind jemandem zugeneigt. Man öffnet sich füreinander. Der eine rast vor Wut, der andere hüpft vor Freude. Wer aber empfindlich ist für die Bewegungsbilder einer Handschrift, so Klages, der wird gar nicht anders können, als in ihnen den

Charakter des Schreibers zu erleben. Die Buchstaben des einen perlen frei und ungezwungen wie Champagner, die des anderen kratzen uns in ihrer zackigen Schärfe wie ungeschnittene Fingernägel, der eine Schreiber scheint sich an seinem Füller festzukrallen, der andere mit ihm zu tanzen, dieses »m« ist verschlossen wie ein Kellergewölbe, jenes offen wie eine Girlande, die eine Schrift erinnert an ein Traumbild, die andere an eine Operettenkulisse.

Es ist kein Zufall, dass Klages viele Graphologinnen ausbildete. Er mochte die Frauen, weil er sie für das gefühlsbegabtere und eindrucksempfindlichere Geschlecht hielt. Seine eigene Wissenschaft, die gegen technische Zweckrationalität polemisierte, empfand er als weiblich. Aber er wäre kein Mann seiner Zeit gewesen, wenn er nicht die Verschmelzung von Verstand und Gefühl im großen Denker, kurz: sich selbst als höchste Zierde der Menschheit betrachtet hätte. Jedenfalls war »sensibel« für ihn kein Schimpfwort. Er hielt Zartsinn eben nicht für das Gegenteil, sondern für das Fundament des Denkens. Ist das einmal gesagt, wird man verstehen, dass nicht nur Friedrich sich für Klages' Graphologie begeistern konnte.

Auch Martin besaß nämlich das Buch.

Im Herbst 1921 werden einige Zimmer des großen Hauses in der Weserstraße an eine junge Lehrerin vermietet. Martin freundet sich mit ihr an, auch weil sie ihm manche Ablenkung von seiner Nachkriegsschwermut und von der Abiturvorbereitung bietet, rein geistiger Natur versteht sich. *Sie regte mich dazu an*, schreibt er, *von Zeit zu Zeit ihr Geigenspiel auf dem Klavier zu begleiten und mich für Handschriften-Analyse nach dem Buche von Ludwig Klages »Handschrift und Charakter« zu interessie-*

ren, *was ihrem Wesen sehr entsprach und oft Gelegenheit zu Aus-*
sprachen über die Verschiedenheit von menschlichen Charakteren gab.
Offensichtlich ist Martins Interesse an der Graphologie kon-
templativer Natur. Eine Faszination, ein Buch, eine verwandte
Seele, eine musische Atmosphäre, mehr braucht es nicht,
um aus der Mannigfaltigkeit der Menschen und Schriften ein
um sich selbst kreisendes Gespräch zu spinnen. Es bleibt
allerdings Episode. Die geistesgeschichtliche Tiefe der deutschen Ausdruckswissenschaft wird Martin verborgen bleiben. Doch muss man überhaupt ergründen, was man schon
in sich hat? Wenn Goethe Bilder und Nachbilder, farbige
Schatten und leuchtenden Schnee beobachtete oder Klages
das Bewegungsbild einer Handschrift, taten sie dann nicht
das Gleiche wie Martin, wenn er vom Turm in die Welt sah?
Mochten es hier Schiffe, Werften und Osterfeuer, dort Farb-
erscheinungen oder Briefe sein – die Besonderheit lag ja
nicht im Gegenstand, sondern im Betrachter. *Nicht um Neues
zu entdecken, sondern um das Entdeckte nach meiner Art anzusehen*,
so umschrieb Goethe seinen Forschungsansatz. Und auf
seine Art sah auch Martin in die Welt, lange bevor er sich
Goethe ausdrücklich zum Vorbild nahm. Technisch gesprochen, setzt die goethesche Betrachtungsart den Betrachter
ins rechte räumliche Verhältnis zum Betrachteten. Das ein-
drucksempfindliche Auge muss sich auf genau den Abstand
bringen, in dem eine Erscheinung zu sprechen beginnt. Im
Fall eines mächtigen Schlachtschiffs mag das die Sichtweite
bei Regen sein, im Fall eines Säugetiers mittlerer Größe die
Hörweite eines Schluckgeräuschs, im Fall einer Handschrift
die Reichweite des angewinkelten Arms. Bei einem Wunder-
werk der Mechanik, das Martin als Kind bestaunt hatte, war
die ideale Entfernung ein Katzensprung.

In Vegesack im Staate Bremen gab es, wie vielerorts im Deutschen Reich, eine sogenannte fünfte Jahreszeit, in der die Stadt von einem Volksfest beherrscht wurde. In unmittelbarer Nähe des Hauses, dort wo auf Höhe des Hotels Bellevue die Breite Straße auf die Weserstraße traf, baute der Schausteller Heinrich Dralle jedes Jahr am ersten Wochenende im September ein Karussell auf. Täglich putzte seine Frau die vom runden Dach herabhängenden Petroleumlampen. Wie alle anderen Kinder warf Martin das Marktgeld, das der Vater ihm und Heinz auf den Pfennig genau ausgezahlt hatte, nicht ins Sparschwein. Doch es sind nicht die Fahrten auf dem Karussell oder der Achterbahn, nicht Blasmusik und Laufballons, Zündplättchen und Knallkorken, Schmalznudeln und türkischer Honig, die er in den Mittelpunkt seines Berichts vom Vegesacker Markt stellt. Es ist eine Stimmung. Ein Ereignis, das nur stattfinden konnte, weil er gelernt hat, selbst im Getümmel der Begehrlichkeiten aufmerksam zu bleiben. Was tut der kaum zehnjährige Junge? Er lässt sich von einem Karussell bewegen – während er neben ihm steht.

Eigentlich hat der gemütliche Teil des Samstags schon begonnen. Vor einer Stunde sind Martin und Heinz vom Markt zurückgekehrt. Gerade spielen sie mit der Großmutter die dritte Runde Poch, in der Küche wird schon das Abendbrot zubereitet, als Martin beim Blick aus dem Fenster bemerkt, dass sich über der Weser ein zarter Dunstflaum gebildet hat. Er überlegt nicht lange, läuft zur Garderobe, reißt seinen Mantel herunter und stürzt zur Tür hinaus.

»Wo willst du denn hin?«, ruft ihm die Mutter hinterher.

»Nur kurz zu Dralle«, hallt es aus dem Treppenhaus zurück.

Der Himmel ist noch nicht vollständig dunkel, seine Farbe schwankt zwischen Preußischblau und Nordseeanthrazit, doch wie erhofft hat Frau Dralle schon die Petroleumlampen entzündet. Das abfließende Tageslicht vermischt sich mit ihrem warmen Glanz, Menschen und Dinge erscheinen, als wären sie alle von der gleichen sicheren Hand an ihren Ort gestellt worden: wie auf einem Bild. Viele Kinder sind es nicht mehr, die zu dieser Stunde auf den großen Karussellfiguren sitzen, hier ein Junge im Schiff, dort ein anderer in der Kutsche. Eben hilft Herr Dralle noch einem Mädchen im roten Mäntelchen aufs Pferd, dann setzt sich das Karussell in Bewegung. Martin betrachtet es bloß. Dass jeder Sinn seine eigenen Gesetze hat, weiß er bereits, seit er, angelehnt an das schmiedeeiserne Turmgeländer und bewaffnet mit dem Feldstecher des Vaters, die wuchtigen Hammerbewegungen der Werftarbeiter am gegenüberliegenden Ufer verfolgt und dabei ihre Schläge erst deutlich später gehört hat. Nun gehen die verfeinerten Sinne aber noch einen Schritt weiter. Martin hat es gestern zum ersten Mal erlebt, und nun will er es wieder erleben, wie sie miteinander zu spielen und tanzen beginnen, und wird plötzlich etwas bemerken, das kaum noch mitteilbar ist:

Eines Tages fiel mir auf, als ich draußen vor dem Karussell stand, dass unter dem Zeltdach in der Mitte des Ganzen eine Reihe von Figürchen in einer Art von kleinem Saal sich aufhielt. Jede einzelne war verschieden von allen anderen und obwohl sie meistens paarweise angeordnet waren, machte jede eine Tanzgebärde, in der sie erstarrt zu sein schien. Das wurde aber anders, wenn die Musik der Orgel den Püppchen in die Glieder fuhr und wenn nun unten das Karussell sich in Bewegung setzte. Aus der großen Welt, die in Be-

wegung geraten war, übertrug sich etwas wie ein außerordentlich anmutiger, sublimierter Extrakt in den kleinen Saal und ließ die darin befindlichen Püppchen lebendig werden, bis die Musik verklungen war und das Karussell wieder stillstand. Was Wunder, dass bei diesem Beobachten auch die Musik, die immer damit verbunden war, Melodien aus »Carmen«, »La Traviata« und anderen Opern unter anderem, sich unvergesslich tief in die Seele einprägte. Dieses Geschehen, an dem ich oft und oft sehr aufmerksam teilnahm, führte nun dazu, dass Gefühle des Vertrauens, der Hochachtung und der Wertschätzung während des stillen Anschauens in mir wuchsen und sich zu bestimmten Formen ausgestalteten, die ohne das Zusammentreffen all der Umstände, in denen sie Gestalt gewannen, in dieser besonderen Weise gar nicht hätten zustande kommen können. Gerade, dass ich in heller Wachheit teilnahm an Geschehnissen, deren innerer Zusammenhang mir nur ganz undeutlich zum Bewusstsein kam, führte nun zu Gelegenheiten, im vollen Miterleben mit den Einzelheiten doch noch etwas mehr gewissermaßen zu sehen, als sich mechanisch nüchtern beschreiben lässt. Zwischen den Kindern, die da in der Kreuzung Weserstraße-Breite Straße umherliefen oder standen und den Mitgliedern der Familie Dralle, die jedes Jahr das Karussell wieder aufbauten, in Stand halten und in Betrieb nehmen mussten, bildete sich durch solche zusätzlichen Beiträge von allen Seiten her, wie sie als Gefühle des Vertrauens, der Hochachtung und der Wertschätzung geschildert worden sind, eine menschlich warme Atmosphäre des gegenseitigen Verständnisses und der wechselseitigen Förderung in Bezug auf gute Laune und Wohlwollen heraus, die in der Erinnerung durchaus gleichberechtigt neben alles treten kann, was in der Schule gelernt werden musste, um gedanklich mit den Ereignissen des Lebens einigermaßen fertig zu werden.

Der lange Satz voll gewichtiger Substantive wirkt ein wenig umständlich. Es ist nicht einfach, Gefühle zu beschreiben. Doch der Versuch ist bemerkenswert. Man hat es ja nicht mit einem unbeholfenen Geständnis zu tun oder mit unsicherer Lyrik. Es geht nicht nur um Gefühle. Vielmehr spiegelt sich die Darstellung des Gefühls in der Darstellung von etwas anderem (ohne deshalb aber zur Metapher zu werden). Ebenso ausführlich und präzise will Martin sein Innenleben wiedergeben wie zuvor eine anschauliche Erscheinung. Worum es ihm geht, ist ein Zustand, der Grenzen unwichtig werden und dennoch nicht verschwinden lässt: die Grenzen zwischen den einzelnen Sinnen, zwischen innerer und äußerer Welt, zwischen einander unbekannten Menschen. Doch keine rauschhafte Aufhebung des Unterschiedenen ist gemeint, sondern seine Orchestrierung. Man kennt den geheimnisvollen Mechanismus nicht, der die große Bewegung der Holzpferde mit der kleinen Bewegung der tanzenden Puppen verbindet. Man weiß nur, dass Pferde und Tänzer um dieselbe Mitte kreisen und ihre Bewegung exakt so lange andauert wie die Musik der Drehorgel. Damit treten Bild und Ton in ein ganz eigenartiges Verhältnis: Sie sind weder so deutlich geschieden wie bei den Hammerschlägen am anderen Ufer, noch sind sie so eins wie bei einem einstürzenden Haus aus Bauklötzen. Sie sind einander ähnlich. Die Musik entspricht dem Anblick ebenso wie die kleinen Bewegungen den großen, ohne dass man zu sagen wüsste, ob eines das andere verursacht. Ebenso entspricht die äußere Welt der inneren. Nur deshalb kann Martin ja behaupten, er sehe das, was er wenig später als Gefühl bezeichnet. Und auch die Stimmung der anderen Anwesenden entspricht der eigenen, alle haben teil an einer Atmosphäre des freundlichen Wohlwollens. Wäre Martin aufgefordert worden, diesem vielfältigen Ausdruckserlebnis einen Namen zu geben, er hätte gesagt: Harmonie.

Ich kann nicht behaupten, Onkel Martin persönlich gekannt zu haben. Als ich vielleicht fünf Jahre alt war, wurde mir in der Weserstraße zwar mal ein alter, nach fremder Seife riechender Mann dieses Namens vorgestellt. Aber wer bitte sollte das sein? Einen solchen Onkel gab es doch gar nicht. Da gab es Onkel Heinz, der war zuerst das Vorbild meines Vaters gewesen, und dann war er gestorben. Und dann Onkel Jan natürlich, der kam zu jedem Fest und war immer freundlich. Doch als der sogenannte Onkel Martin plötzlich vor mich hingestellt wurde, war das, als hätte man mir die Existenz eines dritten Geschlechts oder eines zweiten Mondes enthüllt, etwas, das es von Natur aus nicht geben konnte. Instinktiv wandte ich mich von ihm ab. Auch erschreckte mich seine verwachsene Gestalt. Und dann war da noch der Klang dieses seltsamen Wortes: Dedeär. Andauernd fiel es, wenn von ihm die Rede war, es klebte so fest an ihm, als hieße sein Buckel so. Man redete mir zu, ihn ins Dachzimmer des Turms zu begleiten. Als ich mich weigerte, spürte ich nicht seine Enttäuschung, sondern die meines Vaters. Also gingen wir zu dritt. Es dauerte lange, bis wir ganz oben waren. Am Fenster stand ein in den Himmel gerichtetes Fernrohr, vor dessen hinteres Ende ein weißes Papier gespannt war. Onkel Martin sprach mit leiser Stimme von Dingen, die ich nicht verstand. Ich wich seinem Blick aus. Während mein Vater mich zu Interesse und Enthusiasmus drängte, zupfte ich an seiner Hose. Es war mit Händen zu greifen, wie sehr er sich wünschte, ich würde auf diesen alten Mann einen guten Eindruck machen. Stattdessen verhielt ich mich wie ein Kind, von dem man erwartet, dass es einen guten Eindruck macht.

Wieder sprach Onkel Martin das Wort aus: Sonnenflecken.

Obwohl ich sie ja schon gesehen hatte, zeigte er noch einmal auf die blassen Punkte, die sich da auf dem Papier abzeichneten. Doch ich blieb verschlossen. Ohne dass ich Worte dafür gehabt hätte, steigerte sich das Unbehagen, das ich immer in der Weserstraße empfand, auf dem Turm zur Qual. Ich verkrampfte, weil ich mich wie ein Körperteil meines Vaters fühlte. Was immer ich tat oder ließ, ich sah mich mit seinen Augen an, so wie ich fühlte, dass er selbst sich mit den Augen der anderen Familienmitglieder ansah. Er wollte von ihnen dafür geschätzt werden, dass sein Sohn alles richtig machte, was mal dieses, mal jenes heißen konnte: Zurückhaltend sollte ich sein, wenn die Erwachsenen sich unterhielten; mitteilsam, wenn sie mich etwas fragten; gut vorbereitet, wenn es an die künstlerischen Darbietungen ging; hingebungsvoll, wenn gesungen wurde; und ausnahmsweise auch mal neugierig, aber nur, damit man dem Familiengenie aus der Zone etwas zu bieten hatte. Dabei wollte Onkel Martin gar nicht beeindruckt werden. Er warb nicht um mich, so wenig wie ihn mein Unwille zu stören schien. Er wirkte weder enthusiastisch noch gleichgültig. Er ließ einfach geschehen, was geschah. Und vielleicht fühlte er sich zu dieser Begegnung genauso genötigt wie ich.

Jahre später, es muss Ende 1985 gewesen sein, lag auf dem Gabentisch meines Vaters ein Brief. Ich bat, ihn lesen zu dürfen, weil er sich von der üblichen Weihnachtspost zu unterscheiden schien. Den Brief seiner Eltern hatte mein Vater wie immer ausdruckslos gelesen und dann zur Seite gelegt, genau wie den seiner ältesten Schwester. Dieser aber hatte ihm einiges abverlangt. Hier ein Schmunzeln, dort ein Kopfschütteln, gefolgt von einem Stirnrunzeln, dann lange Konzentration. Wenn ich richtig verstanden hatte, war es vor allem die selbstverständliche Rede von Engeln gewesen, die ihn erstaunt hatte. Als er meiner Mutter davon erzählte, wirkte es, als bäte er sie um Hilfe in einer Frage, die ihm unendlich fernlag, aber nicht verrückt erschien. Im Gegenteil, er sprach mit großem Respekt vom Absender. War es vielleicht gar keine Bitte, die er da an seine Frau richtete, sondern ein Hinweis? Ein unbeholfener Versuch, sich noch einmal für sie interessant zu machen? Sieh mal, solche Verwandten habe ich auch, hätte es dann bedeutet. Neulich erst hatte meine kleine Schwester unsere Mutter gefragt, was man sich denn unter einem Engel vorzustellen habe. Sie hatte lange nachgedacht und dann geantwortet, Albert Schweitzer und Gandhi seien wohl welche gewesen, wogegen mein Vater der Form halber protestierte, ohne das aber begründen zu können. Doch jetzt hatte sie auf seinen Bericht wortkarg reagiert. Engel bei den Leos interessierten sie offenbar nicht. Auch mich machte die Lektüre des Briefes ratlos. Die entscheidenden Stellen blieben mir rätselhaft, sie waren noch unverständlicher als die Einführung in den Marxismus, die ich mir kürzlich bei der Bundeszentrale für Politische Bildung bestellt hatte. Trotzdem konnte ich den Brief nicht aus der Hand legen. Sein Anblick bannte mich. So eine schöne Handschrift hatte ich noch nie gesehen. Kleine runde Buchstaben, die in ihrer Unverbundenheit frei, in ihrer perlenden Abfolge geordnet schienen.

»Wer war nochmal C.?«, fragte ich meinen Vater.

»Mein Cousin aus Dresden, der Sohn von Onkel Martin.«

Ich will nicht behaupten, dass mich die Schrift des Sohnes

mit dem Bild des Vaters versöhnte. Aber sie wies in die richtige Richtung: nach Osten. Zum Licht, zum Dunst. In die DDR, ins Kaiserreich.

Ein schöner Schlusssatz wäre das gewesen, poetisch, geheimnisvoll über sich hinausweisend und so weiter. Aber leider kann das Kapitel hier noch nicht enden. Es muss, weil sein Gegenstand zwiespältig ist, selbst gespalten sein. Denn da gab es ja auch noch die andere, die unschöne Seite der Graphologie. Sie interessierte Martin so wenig wie Friedrich ihr zarter Hintergrund. Diese Seite zeigte sich immer dann, wenn die Handschrift nicht Anlass zur Versenkung in das Rätsel von Eigenart und Vielfalt gab, sondern zur Enthüllung einer verdächtigen Seele. Wenn die Graphologie ins Leben eingriff.

Von allen Handschriftenanalysen, die er seinen Kunden zustellte, behielt Klages einen Durchschlag bei sich. Viele von ihnen liegen heute im Deutschen Literaturarchiv in Marbach. Doch der Name ihres Aufenthaltsortes täuscht. Graphologische Gutachten sind eine zutiefst unliterarische Textgattung. Sie sind Dokumente eines muffigen Gemauschels, Existenzbeweise einer kleinmütigen Macht, die sich nicht zeigen will, Zeugnisse einer feigen Anmaßung. Ein Mensch charakterisiert einen anderen, oft mit gravierenden Folgen, allein auf Grundlage einiger allgemeiner Informationen und seines Schriftbildes. Und zwar gegenüber einem Dritten, ohne Wissen und Einverständnis dessen, den es betrifft. Wie sehr auch immer mich die Eleganz seiner Theorie und die Subtilität seiner Wahrnehmung beeindruckt haben mochten, Klages' graphologische Praxis stieß mich ab. In der Vertraulichkeit des Archivs zeigte sich dieser klare Denker plötzlich von seiner dunklen Seite. Ein verbissener Paranoiker, der sich für den Mittelpunkt des Abendlandes hielt, der ständig vor Maske, falschem Schein, Sexus und Hysterie warnte, sich aber zugleich taktisch auf die Bedürfnisse der zahlenden Kundschaft einstellte, der kaum jemandem sein Glück gönnte und vor oberlehrerhafter Besserwisserei nur so strotzte, der vollkommen humorlos war, voller Ressentiment und immer, selbst wenn er wohlwollend urteilte, unerträglich herablassend. Ein komplett gestörter Typ. Aber ganz Deutschland fragte ihn um Rat.

Auch Clara Stern tat das, Ehefrau des Psychologen William Stern und ihrerseits Wissenschaftlerin. Die Sterns hatten Ärger mit ihrem Schwiegersohn. Obwohl sie selbst alle Mittel besessen hätten, ihm psychopathische Tendenzen zu attestieren, wollten sie das Urteil lieber als Schicksalsspruch hören. Das Gutachten, das Klages über die Handschrift des Schwiegersohns anfertigte, befriedigte ihre Wünsche vollkommen. Als Frau Stern in ihrem Dankesbrief um einen Fingerzeig auf Art und Herkunft der angedeuteten Störung bat, antwortete er mit einem Bildvergleich. Die begutachtete Schrift wirke auf ihn wie der Anblick eines Ghettos. Überlassen Sie sich, schrieb er der Jüdin Stern, *gefühlsmässig dem Worte ›Ghettoschrift‹, so erkennen Sie auch, wie vorzüglich alles dazu passt, was Sie über den Mangel an Sauberkeit und Ordnung des Schrifturhebers, über seine Unempfindlichkeit gegen Wohnung, Kleidung usw. anführen!* Man muss davon ausgehen, dass Klages meinte, Frau Stern mit dieser Vertraulichkeit zu schmeicheln. Und dass er sich fragte, warum sie sich nie wieder bei ihm meldete.

Friedrich ließ die graphologischen Gutachten, die ihm geheimes Wissen über Menschen aus seiner Umgebung verschaffen sollten, nicht von Klages anfertigen. Möglich, dass es Heinz Engelke war, ein Klagesschüler aus Bremen. Allerdings kam 1965 in jeder größeren deutschen Stadt auf etwa 100 000 Einwohner ein Graphologe. Es könnte also ebenso gut ein Kollege Engelkes gewesen sein, der für Friedrich die Handschrift einer jungen Frau deutete, der er nur ein einziges Mal persönlich begegnet war. Friedrich handelte nicht im Auftrag der Begutachteten und auch nicht auf Bitten ihres Verlobten, dessen Onkel er war. Vielmehr hatte er umgekehrt den Neffen gebeten, ihm ein oder zwei Briefe von ihrer Hand zu überlassen. Als das graphologische Gutachten dann vorlag, schickte er es nicht etwa dem Neffen. Er schrieb ihm einen Brief, der so begann: *Die Erinnerung in Deinem letzten Brief soll nun der Anlaß sein, Dir in Fortsetzung unseres damaligen Gesprächs etwas über die graphologische Diagnose, die ich aufstellen ließ, mitzuteilen. Der gesamte Text umfaßt 4 Schreibmaschinenseiten, die wohlverschlossen in meinem Schreibtisch deponiert sind. Ich sagte Dir damals schon, daß ich es nicht für richtig halte, Dir den ganzen Wortlaut mitzuteilen. (Später vielleicht mal!) Das was ich Dir damals sagte, wurde weitgehendst bestätigt.* Friedrich fasste nun die Tendenz des Gutachtens zusammen, ergänzt um einige wörtliche Zitate, die das Gesagte untermauern sollten. Der Brief mündete in eine Empfehlung: *Also, laßt Euch Zeit u. laßt Euch durch die Gestaltung der Euch vom Leben in der Gegenwart gestellten Aufgaben reifen u. prüfen. In 3 Jahren kann sich schon vieles klarer kristallisiert haben. Nimm das, was ich Dir schrieb, nicht zu tragisch, sondern nur als Grundlage Deiner eigenen Erkenntnis über das von Dir in Selbstverantwortung zu Gestaltende!* Die Einschätzung, die das Gutachten bestätigte, betraf den angeblich schwankenden Charakter und das Geltungsbedürfnis der jungen Frau sowie ihre Tendenz, sich in eine Scheinwelt aus schwärmerischen

Illusionen zu verstricken. Vielleicht altersbedingt. Vielleicht aber auch wesensbedingt. Das eben gelte es abzuwarten. Bis dahin solle sich der Neffe in Geduld üben und den eigenen Leichtsinn bekämpfen. Sein Charakter sei nämlich kaum gefestigter als der seiner Freundin, wie Friedrich dem Neffen im Postskriptum mitteilt: *Für Dich wichtig aus Deiner Schrift: Selbsterkenntnis treiben zur Erkenntnis des eigenen Maßstabs, weil die Welt der Gefühlsempfindung oft weit über den Maßstab des natürlichen echten Wertes hinausgeht (Überheblichkeit, Illusion, Maßlosigkeit, Scheinwelt).*

Man versteht, warum Friedrich die Graphologie so schätzte. Sie ist ein Schatz für Arme. Alle seine Brüder waren auf ihre Weise vermögend. Und auch seine Söhne waren Neffen. Interessierte sich einer von ihnen für die Wunder der angewandten Physik? Ab ins Oberhaus zu Onkel Heinz. Für Astronomie oder die Geschichte des Schiffbaus? Schreib doch mal Onkel Martin. Die Leos im 17. Jahrhundert? Da musst du Onkel Jan anrufen, der treibt Familienforschung. Und Onkel Fiet? Was konnten Martins oder Jans Kinder bei ihm finden?

Es gab eine Zeit, da hätte er in der Hauptstadt einiges bewirken können. Das hätte ihn sicher interessant gemacht. Aber als ihm diese Macht genommen worden war, was blieb ihm da noch außer den paar Brocken Biologie, die er im Wald und auf den Lehrgängen der SS zusammengekratzt hatte? Nichts jedenfalls, was für junge Menschen spannend gewesen wäre. Ohne die Nähe zur Jugend aber konnte er nicht existieren. Also musste er sich darin üben, die Dinge spannend zu machen. Zu dosieren. Spuren zu legen: zwei, drei Ostereier so auffällig im Moos blitzen zu lassen, dass sie ins Freie lockten, und den Rest in den Höhlen der Waldgeister zu verbergen.

Am Heiligabend das Wohnzimmer so früh zu verschließen, dass die Kinder spätabends mit letzter Kraft zur Bescherung krochen. Die Fluchtgeschichte anzukündigen, drei Jahre bevor er sie erzählte. Es waren nur billige Schokoladeneier, bröselige Buntstifte und rostige Räuberpistolen, aber weil er sie so gekonnt versteckte, schien es viel, viel mehr zu sein. Und auch das graphologische Gutachten verschloss Friedrich ja nicht umsonst in seinem Schreibtisch, um dann ebendies mitzuteilen. Es hatte keinen anderen Zweck, als einen Jüngeren an ihn zu binden. Nur dass der Junge kein Kind mehr war und der Ernst des Lebens bereits seinen Schatten auf ihn warf.

Den ernsthaften Umgang mit jungen Männern musste Friedrich nicht mehr lernen. Schon bei der SS hatte er sein pädagogisches Talent hinlänglich bewiesen. Wäre er nicht so verdammt widerspenstig gewesen, er hätte wohl mehr unterrichten können als nur angewandten Rassenschwachsinn. Bestimmt wäre aus ihm ein guter Lehrer geworden. Aber vielleicht wollte er das gar nicht. Denn seinen größten Reiz entfaltet das Spiel der Erziehung nun mal außerhalb der Institutionen. Im Freien. Am Feuer. Im Zeltlager. In der Waldschule. Auf Wanderungen. Bei Lehrgängen. Was reizte ihn an diesem Spiel? Worum geht es dabei? Es geht um Nahbarkeit. Um lockende Herablassung. Ein Erwachsener spricht einen Heranwachsenden wie seinesgleichen an, lässt aber ein leichtes Gefälle bestehen, so dass der Jüngere seine tastenden Sätze zum Älteren hinaufschieben muss, während der seine Andeutungen und Ratschläge sanft herunterrollen lassen kann. Je nach Gefügigkeit des Schülers wird der Neigungswinkel erhöht oder gesenkt. Solange der Erzieher sich sicher ist, dass der andere ihn sucht, darf es auch gerne so wirken, als verhielte es sich umgekehrt. Das ist die Kunst des Pädagogen, wer sie beherrscht, kann nicht nur Köpfe füllen, sondern auch Herzen formen und Seelen führen. Man hört es nicht gerne, aber der Nationalsozialismus hat diese Kunst durchaus gefördert. Man nannte das Dritte Reich ja nicht umsonst einen Führerstaat. Denn was ist damit gemeint? Hitler etwa, wie er irgendetwas vor sich hinfaucht, woraufhin Bormann sofort ans Telefon und Goebbels zu seinem Tagebuch stürzt? Das Bild ist zu leicht zu haben, als dass es die ganze Wahrheit enthalten könnte. Es gab ja nicht nur die Faucher und Brüller.

Man kennt das aus Pennälerfilmen. Der gute Lehrer, der anders ist als die anderen. Zu dem man aufschaut, weil er etwas zu geben hat und gerecht ist. Das Muster dieses Lehrers wurde 1943 in Babelsberg geschaffen. Es heißt Dr. Brett, der Film heißt *Die Feuerzangenbowle*. Brett, so teilt der Ex-Pennäler Pfeiffer in gemütlicher Runde mit, sei der einzige »feine Kerl« unter seinen Lehrern gewesen. Kein Pauker, sondern ein Mensch. Sein Kollege Professor Bömmel ist zwar ein Trottel, aber letztlich auch ein Mensch, darum kann Brett ihm seine Maximen anvertrauen. *Es wäre ja auch traurig*, sagt er und legt dem Älteren den Arm um die Schulter, als wäre der sein Schüler, *wenn eine neue Zeit nicht auch neue Methoden brächte.* Nicht wie die Hunde prügeln, soll das heißen. Aber auch nicht wie die Vögel fliegen lassen. Sondern wie eine Pflanze schnüren. Junge Bäume, die wachsen wollen, muss man anbinden, dass sie schön gerade wachsen – nicht nach allen Seiten ausschlagen. Und genau so ist das mit den jungen Menschen: Disziplin muss die Schnur sein, die sie bindet, zu schönem, geraden Wachstum. Baumschule spielen? Das konnte Friedrich! Vielleicht sogar besser als alles andere.

Einen Nachlass kann man es kaum nennen, was er da so

zu Papier gebracht hat. Doch es reicht, um einen Eindruck davon zu bekommen, wie wichtig ihm das Baumschulgespräch war. Worin man auch blättert, in Notizen, Tagebüchern oder Durchschlagheften: Kaum ist er selbst erwachsen, wimmelt seine Welt von jungen Menschen, deren Zweige in den Himmel schießen, ohne dass ihre Wurzeln sie schon halten könnten. Die Luftschlösser bauen und die Gesetze des Lebens verkennen. Wer es auch sei, die eigenen Söhne und Töchter, Nichten und Neffen, Kinder von Freunden und Bekannten – einer fürsorgebedürftiger als der andere. Und immer schwankt sein Ton zwischen kameradschaftlichem Zuspruch und sanfter Ermahnung. Aber ach! Das mochte verfangen haben, als man noch Respekt vor ihm hatte. Als seine Worte noch Gehör fanden, weil seine Werte noch was galten. Doch jetzt? Jetzt hört niemand mehr auf ihn. Wie lange denn schon? Seit 1945 vielleicht? Nein, mit dem Dritten Reich mochte eine Welt eingestürzt sein; doch knapp zwei Jahrzehnte später geschieht etwas viel Schlimmeres. Nun beginnen auch die Fundamente zu wanken. Plötzlich erlauben sich die jungen Leute das Gleiche, was er sich als junger Mann erlaubt hat. Aber ohne moralischen Kompass! Sie denken an nichts als ihr Vergnügen, machen sich größer, als sie sind, vergessen ihre Herkunft – und lesen Günter Grass. Günter Grass! Und wie reagieren sie auf Friedrichs Orientierungshilfen? Gleichgültig! Dabei lässt er nichts unversucht. Mal fühlt er sich ein, mal mahnt, mal doziert, mal erzählt er. Doch immer der beste Freund des zu Beratenden, immer die geballte Lebenserfahrung des Soldaten, des Deutschen, des Ehemanns, des Sachbearbeiters, ja des Menschen Friedrich Leo. Schwülstig kondoliert er M42, als dessen Idol Kennedy ermordet wird. Der Schülerzeitung des örtlichen Gymnasiums vertraut er in einem Leserbrief die schockierende Wahrheit über *Die Blechtrommel* an. Dem ältesten Sohn versucht er mit einer aeronautischen Metaphernkanonade die Prüfungsangst zu nehmen. Dann wieder fragt er ihn so behutsam wie suggestiv, was wohl der im Krieg gefallene Großvater zu seiner Begeisterung für Tucholsky gesagt hätte. Aber schert die Jugend das? Nö.

Kapiert er denn nicht, dass seine Zeit vorbei ist? Dass niemand seine Lebensweisheiten mehr hören will? Nein, das kapiert er nicht. Stattdessen erinnert er sich seines alten Steckenpferds, der Graphologie, und lässt über all diese jungen Menschen, die nicht ahnen, wie gefährdet sie sind, schriftpsychologische Gutachten anfertigen. Und er arbeitet sich in die Materie ein, bis er selbst als Graphologe dilettieren kann. Wenn die Jugend ihm ihr Innerstes nicht anvertrauen will, dann muss er da eben selbst ran:

282 Bremen-Vegesack, Weserstraße 84
30. XII. 62.
Liebe Frau K.!

Das Jahr soll nicht zu Ende gehen bevor ich Ihnen noch mal geschrieben habe, um Ihnen unsere besten Wünsche u. Grüße für das kommende Jahr zu übermitteln.

Ich habe im Laufe des Sommers nicht mehr geschrieben, weil ich immer noch gehofft hatte, daß Heinz-Rüdiger doch irgendwie mal wieder von sich hören lassen würde. Aber es kam kein Wort, kein Zeichen. Diese Tatsache hat mir gezeigt, daß er eine Vertrauensbasis zu mir nicht mehr für richtig hält oder sogar sich durch mich gehemmt fühlt. Heinz-Rüdiger ist jetzt so alt und »erfahren« geworden, daß er nicht mehr geführt werden will. Er wird selber seine eigenen Erfahrungen machen müssen u. entsprechendes Lehrgeld zahlen müssen. Mir tat es leid, daß ich Ihnen mit seinem Besuch hier nicht mehr habe helfen können. Mühe genug habe ich mir mit ihm gegeben. Jedoch schien er schon so in sich u. seiner dortigen Umwelt verstrickt zu sein, daß er nur das eine Bemühen kannte, mich nicht hinter seine Kulissen schauen zu lassen. Er ahnte nur nicht, daß ich alles wußte, was sein Innenleben belastete. Da ich sehr aktiv als Graphologe tätig bin, gab ich ihm einige Deutungen seiner Schrift bekannt. Seit dem Zeitpunkt wurde er mir gegenüber unsicher u. scheute sich auch nicht vor bewußtem Lügen als Selbstverteidigung. Von dem Briefwechsel zwischen Ihnen u. mir hat er von mir nie etwas erfahren u. konnte es auch nicht ahnen. Ich kann Heinz-Rüdiger aber nur dann helfen, wenn er Vertrauen zu mir hat u. mir nicht nur Mißtrauen oder sogar Mißachtung zeigt. Wenn ich aber Ihnen oder ihm in ernster Lage wirklich noch einmal helfen kann, bin ich gerne dazu bereit.

Mit besten Grüßen verbleibe ich stets Ihr Friedrich Leo

Ich habe keine Ahnung, wer die arme Frau K. und der bockige Heinz-Rüdiger waren. Vielleicht Gattin und Sohn eines gefallenen Kameraden? Das würde die familiäre Vertrautheit erklären. Jedenfalls zeigt der Brief, wie Friedrich mit Hilfe der Graphologie versuchte, den pädagogischen Neigungswinkel zu erhöhen. Ohne Erfolg, wie man sieht. Ob er wohl oft daran dachte, wie leicht es ihm früher gefallen war, die Nähe junger Menschen zu gewinnen? Erinnerte er sich noch an den Eignungsprüferkandidaten, mit dem er nach einem Lehrgang Briefe getauscht hatte, bis diese zarten Bande von einer Kalaschnikow zerfetzt worden waren? An die Offiziersanwärter der Waffen-SS, deren Bewunderung er auf der Haut spüren konnte wie die ersten Strahlen der Frühlingssonne? Oder an die junge rheinische Bauersfrau, der er die Lockenwickler madig gemacht hatte? Gelegenheit dazu – zur Behandlung der Lockenwicklerfrage, neben der Lippenstiftfrage und der Stöckelschuhfrage ein Kernthema seiner Erziehungsarbeit – hatte eine private Einquartierung des Rekruten Leo Anfang 1940 geboten.

Mit dieser Episode, die er seinem Kriegstagebuch anvertraute, schließt sich der Kreis. Sie zeigt nämlich noch etwas anderes als den pädagogischen Eifer eines Edelnazis. Sie zeigt, dass es keinen Themawechsel erforderte, wenn zuerst von Rasse und dann von Handschrift, Ausdruck und Charakter die Rede war: *Abends haben wir noch lange Unterhaltung mit der Quartiersfamilie über Rassefragen. Besonders mit der Tochter haben wir lange noch über Charakterwertung u. Schriftdeutung uns unterhalten. Dabei frage ich sie, warum sie als Bauerstochter sich solche modischen Locken drehe. Die Antwort ist mal wieder »weil es Mode ist«. Bei dem anschließenden Gespräch findet sie selbst, daß es recht töricht ist, sich als Bäurin so zu »maskieren« und die eigenen körperlichen Vorteile als natürlichem Lebensausdruck so zu verleugnen.*

Rasse ist Eigenart, Eigenart ist Charakter, Charakter ist Ausdruck, wo aber kein Ausdruck ist, da ist Maske, und nirgendwo lässt sich das eine vom anderen besser unterscheiden als in der Handschrift. Das vertrauliche Gespräch dient der Erinnerung an die unmaskierte Echtheit als Inbegriff deutscher Eigenart. Wir brauchen keine Maske, heißt das, weil sich Wesen und Wert an unseren Körpern von selbst zeigt. In den eigenen vier Wänden gibt sich der Rassismus also durchaus einfühlsam. Da ist er nicht sachlich kalt und unbarmherzig, er mischt sich nur ununterbrochen ein: als allumfassendes Wertungsbedürfnis, als sanfte Diktatur der Wohlanständigkeit, als Dauerappell an den Gemeinsinn, als ewige Warnung vor Unzucht, Rausch und Illusion. Erst wenn die Einmischung wirkungslos bleibt, lässt er die Hüllen seiner Geschwätzigkeit fallen. Wenn du nicht zu uns gehören willst, sagt er dann, gehörst du eben zu den anderen. Und denkt sich, warte nur, bis der Krieg für uns vorbei ist; dann fängt er für dich erst richtig an:

Morgens starkes Schneegestöber. Wir machen formale Zugaus-bildung auf einem vollkommen gefrorenen Sturzacker im Schnee. Die Männer haben ziemlichen Knast auf Leutnant Winkler. An-schließend lange Ruhepause im Walde. Es sollen unanständige Witze erzählt werden. Dabei tut sich unser Kamerad Stagge wieder hervor. Stagge erzählte mir Sonntag voller Begeisterung, daß er am Sonnabend eine Frau kennengelernt habe, die verheiratet sei. Er habe sie im Walde innerhalb einer ½ Std. geschlechtlich gebrau-chen können. Auf meine Frage, ob er sich dabei keine Gedanken mache u. an seine eigene Frau u. seinen Jungen denke, gab er mir zur Antwort: »Diese Frau hat mir doch gesagt, daß nichts passieren könne, weil sie ja schon schwanger sei!« Ich habe nichts mehr sagen können. Scheun sagte dazu: »Es gibt eben doch 2 Klassen von Men-schen.«

10. KAPITEL

BD⁵R

Über sein Leben führte Martin sorgfältig Buch. Tag für Tag. Ein Tagebuch wird man es trotzdem nicht nennen, was ihm da durch diese Tätigkeit entstand. Eher ein Protokoll. Schon das Format der kleinen Taschenkalender verbot jede Ausführlichkeit. Aber viel Platz schien er auch nicht zu brauchen. Ihrem Aussehen nach unterscheiden sich die Notate jedenfalls kaum von den astronomischen Daten, die er – ebenfalls täglich – in andere Hefte eintrug. Manche waren so kurz oder so eigenartig, dass nur ein Eingeweihter sie verstand. Meistens genügte ein Wort, ein Name oder eine feststehende Formulierung, um ein Ereignis zu bezeichnen. Und eine Uhrzeit natürlich. *12h55–13h02 Sonnenbeobachtung,* hat er da etwa an einem 24. Januar mit schwarzem Kugelschreiber notiert, direkt über den in Königsblau gedruckten Worten *W. I. Lenin gestorben.* Ein typischer Eintrag. So typisch wie an einem Samstag: *11h05–13h15 Dr. Mager.* Oder während eines Besuchs bei der Familie seines Sohnes: *16h24–16h30 B. u S. treiben Terrorismus.* Für sich genommen mochten das alles Kleinigkeiten sein. Aber was wäre denn selbst das Größte ohne ein Auge, das es der Betrachtung würdigt?

Martins Auge, sein geistiges Auge, war allgegenwärtig. Selbst im Schlaf ruhte es erst, wenn die Flut seiner Träume verebbt war. Aber von den nächtlichen Bildern abgesehen, drang es nur ausnahmsweise nach innen, in die Tiefe, zu ihm selbst: sonntags etwa, wenn er sich in die Welt seiner Kindheit versenkte. Aber seiner Natur nach hielt Martin sich ans Sichtbare. Nichts freute ihn mehr, als wenn sich etwas an seinem Platz befand. Gerade seine privaten Aufzeichnungen belegen das. Er gestand dort ja nichts, keine verborgenen Gefühle, keine verbotenen Gedanken, keine sonstigen Geheimnisse. Er verortete und datierte nur sich selbst im Gefüge von Sein und Zeit. Ob er nun im einen Heft notierte, was er an einem bestimmten Ort zu diesem und jenem Zeitpunkt beim Blick auf die Sonne sah, oder im anderen, dass er es tat: Weil er sich selbst als ein Stück Natur begriff und diese umgekehrt als einen Ausdruck der allumfassenden Vernunft, machte das keinen Unterschied. So zeigte sich im Nebeneinander von persönlichem und astronomischem Kalendarium keine gespaltene Aufmerksamkeit, die das Innere streng vom Äußeren, das Ich vom Universum trennte, sondern ein dialektischer Pendelschwung zwischen Geist und Materie. Ob Mars-Venus-Konjunktur oder Plauderstündchen mit einem Gleichgesinnten, ob Mondfinsternis oder kindlicher Übermut, ob Sonnenstand oder Sonnenbeobachtung: All diese Ereignisse hatten insofern den gleichen objektiven Charakter, als die Wiederholung aus ihnen Elemente einer dauerhaften Ordnung machte. Denn je öfter etwas wiederkehrt, desto mehr geschieht es mit Notwendigkeit. Elemente und ihre Verbindungen aber, das weiß niemand besser als ein Chemiker, muss man nicht eigens schildern. Es gibt ja Zeichen dafür.

Einer der fast ikonischen Einträge, die Martin immer und immer wieder zur Protokollierung seines Tagesablaufs verwendete, sah tatsächlich aus wie eine chemische Formel. Er las sich BD^{5}R. Was auszusprechen war als »B, D hoch fünf, R«, so viel hieß wie »Bind dampft durch die DDR«, und bedeutete:

Ich habe heute spazieren gehend eine Zigarre geraucht, und wo sonst sollte ich dies getan haben als in dem Land, das ich nicht verlassen darf. Warum aber nannte er sich Bind? Nun, er kam eben aus einer Welt, die – anders als später er selbst – noch streng zwischen Drinnen und Draußen unterschieden hatte. Titel, Rang und »christlicher« Name symbolisierten in dieser Welt die Unterschiede innerhalb der bürgerlichen Gesellschaft, die Spitz- und Biernamen, die sich die Angehörigen der gebildeten Stände im Gymnasium, im Jugendbund, in der Burschenschaft oder auch in der Ehe gaben, dagegen die Ebenbürtigkeit innerhalb einer nach außen abgeschlossenen Gemeinschaft. Mein Großvater etwa nannte seine Frau nicht Trina, sondern Mübbal, sie ihn nicht Friedrich, sondern Klaus. Dass ich nicht weiß, wie es dazu kam, gehört dazu. Die Geschichten dieser Namen sind Eigentum der intimen Kreise, die sie hervorgebracht haben. Weil also das Geheimnis Teil ihres Wesens ist, kann hier nicht mehr verraten werden als dies: Wer Einlass zu seiner Welt hatte, der durfte Dr. Martin Leo Bind nennen.

Wenn dieser Bind sich nun selbst durchs Land dampfen sah, dann war das ein fast idyllisches Bild. Es beschwor eine souveräne Langsamkeit. Man vergisst ja oft, dass das Zeitalter des dampfbetriebenen Verkehrs nicht mit der Eisenbahn begonnen hatte, sondern mit dem Schiff. Und wenn Bind dampfte, dann war er natürlich ein Dampfer.

Einer unserer Vorfahren hatte das erste deutsche Dampfschiff gebaut.

So steht es in Martins Erinnerungen. So war es ihm, so war es meinem Vater, so war es mir und allen anderen Abkömmlingen der Weserstraße 84 immer und immer wieder erzählt worden. Doch der Inhalt dieses Satzes, der stark nach

Weihrauch und ein wenig nach Bierdunst roch, ist seinem historischen Maß leider nicht ganz gewachsen. Bekanntlich wurde das Zeitalter der Dampfschifffahrt am 17. Oktober 1807 eröffnet, als die von Robert Fulton erbaute *Clermont* erstmals den Hudson von New York nach Albany befuhr. Und zwar nicht das Zeitalter der amerikanischen, sondern der irdischen Dampfschifffahrt. Wenn nun zehn Jahre später der Vegesacker Schiffbaumeister Johann Lange auf seiner Werft einen Seitenraddampfer baute, so war das sicherlich eine glänzende Ingenieursleistung und für den Eigner ein unternehmerisches Wagnis ersten Ranges. Ein Ereignis der Technikgeschichte war es deswegen noch lange nicht. Er hatte halt nachgebaut, was es andernorts schon gab. Außerdem ist der Satz leider falsch. Unabhängig voneinander war nämlich in Vegesack und in Berlin beschlossen worden, Dampfschiffe zu bauen, mit dem Ergebnis, dass die *Prinzessin Charlotte von Preußen* einige Wochen früher vom Stapel lief als die *Weser*. Johann Lange erfuhr davon angeblich erst viel später. Seine Nachfahren wussten es natürlich, schließlich war es mein Vater gewesen, der mir nicht nur stolz vom ersten deutschen Dampfschiff erzählt hatte, sondern auch davon, dass es genaugenommen das zweite war. Aber was sich in den Köpfen einer Familie abspielt, hat meist weniger mit den historischen Tatsachen zu tun als mit den Geschichten, die man sich über sie erzählt. Jedenfalls wird es niemanden verwundern, dass der dampfbetriebene Wasserverkehr in Binds Kopf eine große Rolle spielte. Das wiederum lag aber nicht nur an seiner Herkunft und an der Zuneigung, die er überhaupt für das Wasser und die Schifffahrt empfand. Es lag auch an dem Land, durch das er sich dampfend bewegte. Seine Zigarre war ja nicht das einzige Rohr, aus dem es da dampfte und rauchte.

Über die DDR in Verbindung mit Emissionsgasen zu sprechen, fällt mir schwer. Es fühlt sich an wie Verrat. Schließlich war der Westen voll von Leuten, die jederzeit mit genüsslicher Herablassung darüber dozieren konnten. Die DDR und der Rauch – wie eine Glocke aus Kneipenschweiß hing das Thema über den Abendbrottischen und Kaffeetafeln der alten Bundesrepublik. Mein Gott, wie ich mich für meine damaligen Mitbürger schäme! Sie meinten ja nicht nur, im Besitz der Wahrheit zu sein, wenn sie mit verdrehten Augen von der Wirkung des sauren Regens auf die »Bausubstanz« oder mit gerecktem Zeigefinger von Zweitaktern als »Drecksschleudern« sprachen, mit sarkastischer Larmoyanz zu Bedenken gaben, dass es für »die Umweltverschmutzung« an der Grenze leider keinen Schießbefehl gebe, und kopfschüttelnd bekannten, wie sehr es sie selbst deprimieren würde, in einer derart »grauen Welt« leben zu müssen. Doch noch schlimmer fand ich, dass sie als Mitgefühl und Sorge ausgaben, was in Wirklichkeit nichts als Angst und Hass war: panische Angst vorm Russen, unbändiger Hass auf den Kommunismus. Und vielleicht war es auch ein wenig Neid auf ein Leben, in dem man zwar viel warten, aber dafür nicht ständig im Kreis herumhetzen musste. Wie können die nur zwischen all den grauen Fassaden Spaziergänge machen, fragte man sich mit geheucheltem Bedauern. Die einzige Antwort hätte in einer Gegenfrage bestanden: Sag mir, zartfühlender Westbürger, der du dein ganzes Leben auf eine Souterrainwohnung in Palma de Mallorca sparst und uns zu bemitleiden vorgibst, weil wir zwei Stunden für eine großartige Schallplatte angestanden haben: Wie lange muss man eine Fassade betrachtet haben, um ihr Grau angemessen zu beschreiben?

Wenn es stimmt, dass jede versunkene Welt zu ihrem Gedächtnis eine angemessene Form braucht, dann lebt die DDR heute als ein Panorama von Schwarzweißbildern. Es war ja nicht nur dem Mangel oder technischer Rückständigkeit geschuldet, dass unzählige Fotografen und die Dokumentarfilmer der DEFA sich weigerten, den Osten in Farbe zu zeigen.

Mochte das eigenhändige Entwickeln und Abziehen im Labor in vielen Fällen nichts als Manier oder ein Hobby gewesen sein – wer Dresden, Wittstock oder Ostberlin schwarzweiß aufnahm, der war vor allem ein Realist. Denn er bewies damit seinen Sinn für die ortsgebundene Bedingtheit des Schönen. Auch ich war einer dieser Selbstentwickler. Auch ich konnte nicht genug kriegen vom sogenannten Grau, das auf Fotos als hundertfaches Ineinander von Schiefer, Krume, Ruß und Milch erschien und in Wirklichkeit als ein unermesslicher Reichtum an unreinen Farben. Auch ich gehörte zu den Bundesbürgern, die sich nach Ostdeutschland sehnten. Nicht aus politischen Gründen, sondern weil die DDR auf eine ganz andere Weise als die Bundesrepublik, die ja eher ein geistig-moralischer Bewusstseinszustand war, den Namen eines Landes verdiente. Den Westen hatte man im Kopf, im Portemonnaie und im Personalausweis. Aber der Osten war ein Stück materielle Wirklichkeit. Er ließ sich mit allen Sinnen fühlen, er war zu riechen, zu schmecken, vor allem bot er unvergessliche Anblicke. Man musste nur zynisch oder naiv genug sein, allein seine Oberfläche zu betrachten. Und das Kontrasterlebnis zu suchen, das sich einstellte, indem man ihn immer wieder betrat und wieder verließ. Betrat und wieder verließ. Betrat und wieder verließ.

Wer wollte, der konnte sich daran erfreuen, dass der eine Teil Deutschlands ihm erlaubte, den anderen zu besuchen. Und wenn er das wachen Sinns tat, dann reiste er aus einer

Volkswirtschaft, die containerweise rostfreien Stahl, geräuschlose Rasenmäher und unvermischten Alkohol bereitstellte, in eine andere, deren unheilbare Stoffwechselkrankheit ein Land voll Schorf und Narben schuf. Natürlich war der Wille zur Wirklichkeitsgestaltung überall zu spüren. Man machte ja auch kein Hehl daraus. Aber die Kräfte waren so roh und die Ausführung so ungelenk, dass alle Eingriffe in die Landschaft sich in das große Tafelbild einfügten, das die stetig fließende Zeit von ihr malte. Man sagt, das Japanische habe Wörter für die Verwandlung, die den Dingen durch die reine Dauer ihres Daseins widerfährt. Eine wundervolle Sprache muss das sein. Im Deutschen gibt es dafür ja nur abwertende Ausdrücke. Der Stein der Zeit, der alles zermahlt. Die Verwitterung, die am Putz nagt. Der Rost, der sich durch die Unterböden frisst. Kein Gespür für das Rascheln der Zeit, das aus Meeresböden Berge und Gebirgen Sandstrand macht. Ich weiß nicht, ob es im Japanischen ein Wort für Vermoosung gibt, aber bestimmt klänge es sehr poetisch. Auf Deutsch klingt es wie ein Putzbefehl. Darum denken die Franzosen auch, »kärchern« sei ein deutsches Wort. Dabei ist es seiner Natur nach nicht deutsch, sondern bundesrepublikanisch. In der DDR stellten sich Entmoosungsfragen nicht. Ob nun gewollt oder nicht, die Dinge kamen und gingen hier im Rhythmus von Wetter und Jahreszeiten, mal plump wie ein Gewitterhagel, mal ausdauernd und leise wie ein Morgenregen im April. Niemand kümmerte sich um ihr Aussehen, und genau darum war ihr Anblick schön. Wenn eine Farbe überhaupt aus dem Farbtopf kam, dann war sie nicht sehr beständig. Kaum aufgetragen, begann sie schon – als wäre sie ein Stück Natur –, ihrer Nachfolgerin Platz zu machen. So wie auf der Außenseite der Gebäude und Fahrzeuge allmählich ein Gesicht entstand und in ihrem Innern ein Geruch. Die Dinge wuchsen und schrumpften, sie korrodierten und verkrusteten, bröckelten und brachen. Sie durften altern, ohne sterben zu müssen.

Wenn Bind nun durch dieses dem Untergang geweihte Land dampfte, dann kam auch da Gleiches zu Gleichem. Vollkommen entsprach das gemächliche Tempo seines Gangs der Unscheinbarkeit, ja der vordergründigen Hässlichkeit des Wegstücks, das seine Reize nur dem aufmerksamen Betrachter enthüllte. Und was tat der Rauch seiner Zigarre denn anderes, als ebendiese zarten Reize nach Kräften zu fördern? Kaum hatte der Gaumen die Geschmacksstoffe des Tabaks aufgenommen und das Nikotin in die Blutbahn befördert, da trat der ins Freie entlassene Rest schon dem unverwechselbaren Gasgemisch bei, das nur der Konvention halber auch in der DDR weiterhin Luft genannt wurde. Dabei hätte es eine eigene Bezeichnung verdient, einen Namen, der seine Stärken betonte. Und die lagen nun mal nicht im Sauerstofftransport, sondern vor allem auf dem Gebiet der dioptrischen Lichtwirkungen. Hätte Goethe doch nur 150 Jahre später in Sachsen-Weimar gelebt! Der den »trüben Mitteln« gewidmete Abschnitt der Farbenlehre wäre wohl noch reicher ausgefallen. Denn welch hohe Meinung hatte dieser Augenmensch vom Dunst:

154. *Die Sonne, durch einen gewissen Grad von Dünsten gesehen, zeigt sich mit einer gelblichen Scheibe. Oft ist die Mitte noch blendend gelb, wenn sich die Ränder schon rot zeigen. Beim Heerrauch (wie 1794 auch im Norden der Fall war) und noch mehr bei der Disposition der Atmosphäre, wenn in südlichen Gegenden der*

Scirocco herrscht, erscheint die Sonne rubinrot mit allen sie im letzten Falle gewöhnlich umgebenden Wolken, die alsdann jene Farbe im Widerschein zurückwerfen.

Morgen und Abendröte entsteht aus derselben Ursache. Die Sonne wird durch eine Röte verkündigt, indem sie durch eine größere Masse von Dünsten zu uns strahlt. Je weiter sie heraufkommt, desto heller und gelber wird ihr Schein.

155. Wird die Finsternis des unendlichen Raums durch atmosphärische, vom Tageslicht erleuchtete Dünste hindurch angesehen, so erscheint die blaue Farbe. Auf hohen Gebirgen sieht man am Tage den Himmel königsblau, weil nur wenig feine Dünste vor dem unendlichen finstern Raum schweben; sobald man die Täler herabsteigt, wird das Blaue heller, bis es endlich in gewissen Regionen und bei ausnehmenden Dünsten ganz in ein Weißblau übergeht.

156. Ebenso erscheinen uns auch die Berge blau; denn indem wir sie in einer solchen Ferne erblicken, daß wir die Lokalfarben nicht mehr sehen und kein Licht mehr von ihrer Oberfläche auf unser Auge wirkt, so gelten sie als ein reiner finsterer Gegenstand, der nun durch die dazwischentretenden trüben Dünste blau erscheint.

Abendröte, blaue Berge – wo erhebende Farberlebnisse in anderen Epochen Dämmerung, Pulverdampf, Wandermühen und vor allem Glück erforderten, da stellten volkseigene Betriebe die gleichen Lichtverhältnisse oft flächendeckend und tagelang am Stück zur Verfügung. Die DDR ließ den Farben nicht nur Zeit zum Kommen und Gehen, sie brachte sie auch zum Leuchten. Der Ostberliner Germanist Werner Mittenzwei hat seinen Memoiren den Titel *Zwielicht* gegeben – mir scheint das wahrlich ein treffendes Symbol für das Land insgesamt zu sein: das Zauberreich mit der Laborbeschriftung, die blühenden Landschaften namens Deutsche Demokratische Republik. Und nicht nur unreine Farben und Zwischentöne gediehen dort prächtig. Auch seinen Bewohnern ließ das Land ja Zeit. Und auch das war seiner Industrie zu verdanken. Schließlich hatte sie auf dem Gebiet der Konsum- und Unterhaltungsgüter so lächerlich wenig zu bieten, dass Freizeit wirklich freie Zeit bedeutete. Selbst wenn man die Stunden abzieht, die man nach der Arbeit vor Geschäften, Schaltern und Amtszimmern zubringen musste, blieb immer noch mehr als genug davon übrig. Tatsächlich war produktive Langeweile das einzige Luxusgut, das der real existierende Sozialismus in Fülle zur Verfügung stellte. Was aber anfangen mit diesem Reichtum?

Eine Möglichkeit war das gesellschaftspolitische Engagement. Westfernsehen eine andere. Sex eine dritte. Doch was blieb, wenn man zu keiner dieser Möglichkeiten neigte, weil man vielleicht nicht die Idee des Kommunismus, aber seine fleischgewordenen Repräsentanten lächerlich fand; weil man als Mensch, der auf seine Bildung hielt, keinen Fernseher besaß; und weil man bei dem Wort »Bohème« eher an eine benachbarte Region in der ČSSR dachte als an einen libertären Lebensstil? Lesen natürlich. Spaziergänge, wie schon gesehen. Ausführliche Gespräche. Dienst in der Kirchengemeinde. Basteln, sei es am Auto, sei es an einem platonischen Körper aus Papier. Vor allem aber war die DDR ein Paradies für alle Arten des Tagträumens und der Bewusstseinsdehnung, darunter nicht zuletzt des Abtauchens in die eigene Vergangenheit. War sie tief genug, konnte man sich ihr sogar mit dem gleichen Ernst widmen wie einem Beruf. Die Bedingungen dafür waren jedenfalls ideal. An die Sommer der Kindheit erinnert man sich nunmal am besten im Sommer, an die Kindheit als solche bei Tee und Madeleines und an eine Kindheit im spätwilhelminischen Deutschland am besten in der DDR. Allerorten lud die Konstanz im Dinglichen dazu ein, den Fluss der Zeit gemächlich stromaufwärts zu tuckern.

Als die Mauer fiel, dampfte Bind schon lange nicht mehr. Er dämmerte seinem Tod entgegen, unverzagt und voller Hoffnung, aber ohne Anteilnahme an der Zeitenwende, die sich da in seiner unmittelbaren Umgebung vollzog. Was sollten ihn auch die Vorboten des 21. Jahrhunderts scheren, wo er kaum je im 20. angekommen war? Er war ein Kind des zerrissenen 19. Jahrhunderts, nicht des Teils, der nach der Zukunft ausgriff, sondern des anderen, der sich lustvoll in den Schacht der Vergangenheit stürzte. Er kam aus diesem Jahrhundert, weil er schon fast zwölf Jahre alt war, als es – nicht der Zahl nach, aber als Epoche – zu Ende ging. Und er konnte in ihm verweilen, weil das Schicksal ihn in ein Land verschlagen hatte, in dem die Zeit sich in gleichem Maße dehnte, wie der Raum sich verengte.

Um 1910 hatte der Turm eine Vertikale in Martins Leben eingezogen. Die DDR befestigte und vertiefte sie. Er durfte nicht reisen. Na und? Es fehlte ihm nicht. Wenn ihm im Haus seiner Großmutter eines geschenkt worden war, dann die Einsicht in die Sphärenhaftigkeit des aufrechten Menschen, für den es keine Richtungen und keine Distanzen gibt, weil er über das Rechts und Links erhaben ist. Den es nach oben und unten und nach allen Seiten zieht, weil er allseitig werden will. Der weiß, dass man Allseitigkeit nicht durch sich selbst verlierendes Gerenne im Raum erreicht, sondern durch wohlbedachte, sanfte Bewegungen am Platz: einen Blickwechsel hier, eine Wendung des Kopfes da, zuweilen einen Drehschritt, nichts jedenfalls, was ein steifes Knochengerüst und eine beengte Lunge überfordern würde. Und durch Geduld. Wer aufmerksam ist und warten kann, dem zeigt die Welt das meiste von allein. Was dreht sich in ihr nicht alles im Kreis, geht nach hinten weg und kommt von vorne wieder, steigt auf, um zu versinken, erkaltet, um sich zu erwärmen, stirbt und wird. Nicht sein Radius macht einen Menschen zum Sphärenwesen, sondern seine Achse. Ihre Stärke entscheidet über die Fülle, mit der das Karussell der Dinge und Erscheinungen sich um ihn dreht. Ihre Höhe bestimmt die Weite, die er überblickt, ob sie ein bewölkter Hinterhof ist oder der Sternenhimmel, in dem sich das ganze Unterweserland spiegelt. Und ihre Tiefe? Sie verankert ihn im Geschicht der Zeiten. Würde es heute noch verstanden, das vertikale Verhältnis zur Welt ließe sich mit einem einzigen, der platonischen Philosophie entstammenden Wort bezeichnen: Schau.

Um sich zurechtzufinden, muss man nicht schauen. Man muss nur die Augen offen halten. Achtgeben, ob ein Auto um die Ecke kommt. Aufpassen, dass einem keiner in den Rücken fällt. Ein Gesicht machen, wenn der Fotograf die Hand hebt. Wer aber die Kraft zu Schau hat, dessen Augen suchen nichts, was sich auf Papier fixieren ließe, schon gar nicht auf Fotopapier.

Nach unserer missglückten Begegnung auf dem Turm habe ich Onkel Martin nie wieder gesehen. Aber ich habe sein Land bereist. Ich ahnte allerdings nicht, wohin wir da fuhren, als mein Vater und ich uns im Oktober 1986, an einem Tag, der schon mittags in München und nachmittags in der Oberpfalz nichts als kalt und grau gewesen war, durchs Hofer Land der DDR näherten. Begriffen habe ich es ohnehin erst viel später. Aber dass mit dem Grenzübertritt ein neues Element in mein

Leben getreten war, etwas Bedeutsames, mit dem ich nicht im Mindesten gerechnet hatte, das war mir schon am Abend desselben Tages klar, als ich in einem schmalen Bett lag, unter einer Decke, die in meiner Erinnerung grün ist, und mir warm und wohl zumute war. Dabei wäre ich um ein Haar gar nicht mitgekommen. Familienbesuch war eben Familienbesuch. Und was sollte ich im Land der bärtigen Speerwerferinnen? Doch dann hatte es mich gerufen.

Komm in den totgesagten park und schau:
Der schimmer ferner lächelnder gestade.
Der reinen wolken unverhofftes blau.
Erhellt die weiher und die bunten pfade.

Dort nimm das tiefe gelb. das weiche grau
Von birken und von buchs. der wind ist lau.
Die späten rosen welkten noch nicht ganz.
Erlese küsse sie und flicht den kranz.

Vergiss auch diese letzten astern nicht.
Den purpur und die ranken wilder reben
Und auch was übrig blieb von grünem leben
Verwinde leicht im herbstlichen gesicht.

Nüchtern betrachtet war es weniger das Ziel als die Aussicht auf ein Wochenende mit meinem Vater gewesen, die mich doch noch umgestimmt hatte. Reisen ging nämlich immer ganz gut mit ihm. Wir konnten einfach mehr miteinander anfangen, wenn die Anwesenheit der Frau, die laut Standesregister seine Gattin und meine Mutter war, unser Verhältnis nicht noch komplizierter machte, als es ohnehin schon war.

Auch unterwegs gab es kaum einen Moment, in dem wir das Gleiche gewollt hätten. Aber es gelang uns, Kompromisse zu schließen. Ich besuchte mit ihm Schlösser und Museen, er zog mir zuliebe Wanderstiefel an. Natürlich stritten wir ständig, Anlässe gab es genug: Die politische Systemfrage war keineswegs entschieden, und auch die Hochspannungsmastenfrage nicht, in der ich die Landschaftszerstörung geißelte, während er mich daran erinnerte, dass ich diesen Schandmalen der technischen Zivilisation nicht nur Sportschau und LGB verdankte, sondern – als Sohn eines Elektroingenieurs – auch sämtliche Nutellabrötchen, die ich je gegessen hatte. Aber kein Graben war so tief, dass der letzte Spieltag ihn nicht jederzeit hätte überbrücken können.

Meine Laune hatte sich seit der Abreise kontinuierlich verschlechtert. Ohne dass mir nach Streit zumute gewesen wäre, empfand ich ein dringendes Beschimpfungsbedürfnis. Gerade hatte Werder wieder gegen die Bayern gespielt, zum ersten Mal seit dem Desaster vom April. Wieder unentschieden. Wieder wäre mehr drin gewesen. Und wieder hatten die Verantwortlichen nach dem Spiel rhetorische Giftpfeile aufeinander geschossen.

»So ein Arschloch«, sagte ich.

»Wer denn?«, fragte mein Vater, offensichtlich durch die Wortwahl gereizt und bereit zum Gegenschlag.

»Der Hoeneß.«

Ich hatte richtig vermutet. Er reagierte nicht so, als sei er persönlich angegriffen worden. Seine Miene entspannte sich.

»Ich weiß, was du meinst. Trotzdem musst du das ruhiger sehen. Hanseatisch. Irgendwann wird Werders Stunde schon kommen. Und dann wird man uns ganz sicher auch in München gratulieren.«

»Aber nur, wenn wir uns ein paar dreckige Tricks von denen abgucken.«

»Vom Rumschimpfen wird's aber auch nicht besser. Ich kann es dir nur immer wieder sagen: Wenn du nur halb so viel Kraft aufs Lamentieren verschwenden würdest, könntest du schon ganz woanders sein.«

»Apropos: Wie lange noch bis zur Grenze?«

»Halbe Stunde vielleicht.«

Je näher wir Ostdeutschland kamen, desto verschlossener wirkte mein Vater. Deutlich konnte ich den Widerstand spüren, mit dem er sich auf die unbekannte Zone zubewegte. Er wollte da nicht rein.

Trotzdem bat er um Einlass.

Auf die Fragen des Grenzsoldaten antwortete er so knapp wie möglich. Er wirkte eingeschüchtert, seine Stimme schwankte, auch der Versuch eines leicht maliziösen Tonfalls misslang. Er fand keinen Halt in der ihm aufgezwungenen Situation. Ich hingegen war plötzlich vollgepumpt mit Adrenalin. Die Kamera! Es überraschte mich, dass ich während der ganzen Fahrt nicht an sie gedacht hatte. Im Hohlraum meiner Ricoh, zwischen dem Klappspiegel und einem alten, bereits belichteten Film, befanden sich nämlich zehn gefaltete blaue Scheine. 1000 Ost-Mark – Geld für all die Schätze, die ich mir kaufen wollte und meinen Freunden mitzubringen versprochen hatte. Auch das war ja ein Grund gewesen, doch mitzufahren: die Aussicht auf den hemmungs- und beinahe kostenlosen Konsum von Kulturgütern. Noten von Bach, Händel, Beethoven, Tschaikowskij und Skrjabin wollte ich über die Grenze schaffen, Bücher sämtlicher verfügbarer Russen, Platten von Okudshawa und Wysotzki, nach Möglichkeit eine Großbildkamera und natürlich alles fürs Schwarz-Weiß-

Labor, ORWO-Fotopapier in Grün, Blau und Rot, jeweils glänzend, matt und seidenmatt, Plastikwannen, Entwickler und Fixierer. Ich glaube, viel mehr als hundert D-Mark hatten die sogenannten Devisen nicht gekostet, ich weiß es nicht mehr genau, nur das strenge Gesicht des Münchener Bankbeamten steht mir noch vor Augen.

»Des derfst fei net einführn, des woast scho, oda?«, hatte er gebrummelt.

Ich behauptete, es als Requisite für ein Theaterstück zu benötigen, aber er hatte sowieso nur seiner Pflicht Genüge getan. Technisch gesehen handelte es sich um Schmuggel, das war mir klar; und das Versteck war ziemlich gut. Aber bis der Grenzer sein Werk zu verrichten begann, hatte ich keinen Gedanken an die Psychologie des Schmuggelns verschwendet. Ich hatte die DDR auf die leichte Schulter genommen. Und nun verhielt der Typ sich so, als suche er tatsächlich nach etwas Verbotenem. Ich fragte mich ernsthaft, ob er vielleicht einen Hinweis bekommen haben könnte. Wenn es dagegen nur Schikane war, funktionierte sie jedenfalls. Dann wurde mein Vater aus dem Auto gebeten. Er verschwand mit dem Soldaten, erst minutenlang hinter der geöffneten Kofferraumklappe, dann noch länger im Grenzhäuschen. Die Fenster waren mit Sichtschutzgardinen verhängt, so dass ich nicht erkennen konnte, was drinnen vor sich ging. Als er wieder einstieg, war er kreidebleich. Ich meine, mich an Schweißperlen auf seiner Schläfe zu erinnern; unwahrscheinlich ist das nicht, denn er schwitzte schnell. Sicher aber weiß ich, dass er ganz, ganz langsam in die DDR hineinfuhr, wie in die Waschanlage, die er seinem Auto alle zwei Wochen gönnte. Erst auf der Autobahn gab er wieder Gas, aber nur verhalten, offensichtlich wollte er nicht mal in die Nähe der erlaubten

100 Stundenkilometer kommen. Ich fragte ihn, ob er mit dem Grenzer Kaffee getrunken habe. Er fand das nicht lustig. Dann erzählte ich, auch das in der Absicht ihn aufzuheitern, von dem versteckten Geld. Da war er plötzlich wach. Und bebte vor Wut. Ich hatte ihn kaum je schreien gehört. Jetzt schrie er. Ich wusste, dass nur ein Teil des Zorns tatsächlich mir galt. Aber es blieb noch genug für mich übrig, um einzusehen, dass es sehr eigensinnig gewesen war, für ein paar Einkäufe die ganze Reise aufs Spiel zu setzen. Und offenbar nicht nur das. Vielleicht wollte er sich aber auch einfach nur Luft machen:

»Wir besuchen zum ersten Mal unsere Familie im Osten, und du denkst nur ans Einkaufen? Begreifst du eigentlich, dass die unsere Geschenke nötiger haben als du dein verfluchtes Fotopapier? Dir ist wohl klar, dass wir vielleicht hätten umkehren müssen, ja? Aber weißt du auch, dass die Dresdener deswegen richtig Ärger hätten bekommen können? Junge, Junge, du scheinst immer noch nicht verstanden zu haben, was für ein verdammtes Glück du hast! Du lebst in einem Rechtsstaat, und den Rest der Welt träumst du dir zusammen, wie es dir gefällt. Aber genau das muss man sich eben leisten können. Verdammt nochmal, da bist du wirklich Kind deiner Mutter: wenn's um dein Vergnügen geht, kennst du keine Verwandten!«

Glück gab es für meinen Vater nur in zwei Formen. Beide schienen in seinem Leben keine Rolle zu spielen, dafür in meinem eine umso größere. Glück war entweder etwas, das ich besaß, ohne es zu würdigen, was ihm das Recht gab, mich darüber zu belehren. Oder ich besaß es nicht, was ihm das Recht gab, es für mich zu erzwingen. Dass überhaupt von Glück die Rede war, und das in beträchtlicher Lautstärke, offenbarte mir nun, dass es wohl doch kein Familienbesuch wie jeder andere war. Es dauerte aber eine Weile, bis mir Ziel und Zweck der Reise wieder zu Bewusstsein kamen. Noch hallte der Knall nach, mit dem wir da gerade im sogenannten Ostblock gelandet waren. Angestrengt versuchte ich beim Blick aus dem Fenster, die Eindrücke mit meinem Wissen vom Kommunismus in Einklang zu bringen. Die riesigen Felder. Ob sie etwas mit Marx zu tun hatten? Ich fragte meinen Vater. Aber der war nicht ansprechbar.

Als wir uns Dresden näherten, war es schon dunkel. Erstaunlicherweise änderte sich daran kaum etwas, als wir in die Stadt hineinfuhren. Das Laternenlicht war hässlich, schwach und eitel, es schien außer sich selbst nicht viel zu dulden. Es tauchte die ganze Stadt in einen Glutschimmer, der von Häusern, Autos und Straßen kaum mehr zeigte, als gerade eben zur Vermeidung von Zusammenstößen nötig war. Die Szenerie glich so sehr einem Traum, dass es mich überhaupt nicht erstaunte, als in der Ferne die mächtige Silhouette eines orientalischen Palasts auftauchte. Und dann öffnete sich zur Linken breit und schwarz die Elbe. Von ihr sollten wir uns nun leiten lassen, hatte C. geschrieben. Die Straße schien durchs Zentrum zu führen. Um uns herum erhoben sich Mauern und Gebäude, von denen man ahnte, dass sie alt waren. Verließ denn hier abends kein Mensch das Haus? Kaum irgendwo sahen wir einen Fußgänger, und vor den Ampeln hielt meist niemand außer uns. Die wenigen anderen Autos sahen alle gleich aus, klein, sandfarben und lächerlich nützlich. Hätten wir ununterbrochen gehupt und Helmut-Kohl-Plakate aus dem Fenster gehalten, wir hätten kaum auffälliger sein können, als wir es mit dem roten Mercedes ohnehin schon waren. Unsere bloße Anwesenheit kam mir ungeheuer taktlos vor. Ich rechnete damit, dass uns jeden Moment ein Volkspolizist anhalten und nach unserer Atmungserlaubnis fragen könnte. Dabei taten wir nichts anderes, als in dem Auto, das wir nun mal besaßen, das Haus unserer Verwandten zu suchen. Und das erwies sich als gar nicht so leicht. Wir waren schon ziemlich lange geradeaus gefahren, als sich plötzlich die Straße gabelte. Davon hatte C. nichts geschrieben. Instinktiv hielt sich mein Vater weiter an der Elbe, aber der Schillerplatz wollte einfach nicht auftauchen. Ich fand das seltsam und schlug vor, nach einem Passanten zu suchen und ihn nach dem Weg zu fragen. Mein Vater wiegelte ab.

»Wir finden das schon.«

Ja sicher, dachte ich, spätestens morgen früh wird C. seine Westverwandten bei der Polizei als vermisst melden. Der kleine M42 und der kleine Per, unterwegs in einem knallroten Mercedes mit Münchener Kennzeichen. Aber irgendwie schafften wir es auch so.

Seit dem Grenzübertritt hatten wir die Fenster nicht mal einen Spaltbreit geöffnet. Als wir jetzt ausstiegen, kam ich mir wie Neil Armstrong vor. Aber nur für einen kurzen Moment, dann überwältigte mich ein würziger Geruch, zu dem mir nichts mehr einfiel.

»Was ist das?«, fragte ich meinen Vater, während ich mir mit den Fingern Luft zufächerte.

»Braunkohle. Kennst du gar nicht, was?«

Ein Lächeln huschte über sein Gesicht.

Das Haus lag an einer kaum befahrenen Kreuzung. Für sozialistische Verhältnisse kam es mir erstaunlich groß vor, aber es wirkte nicht einschüchternd. Eine gemütliche Treppe führte zu einem überdachten Podest, wo sich der Eingang befand. Mein Vater klingelte. Eine ganze Weile standen wir in der dunkelorangen Nacht und warteten. Dann ging die Tür auf. Vor uns stand ein junger Mann von vielleicht siebzehn Jahren. Während ich mich noch angestrengt seines Namens zu erinnern suchte, breitete er seine Arme aus wie ein Pastor, der seiner Gemeinde den Segen erteilt, und rief »Willkommen!«, ziemlich laut und wohlartikuliert. Ich erschrak. Diese Begrüßung klang wie ... ja wie? Aus einer anderen Zeit? In einer anderen Sprache? Jedenfalls war sie schockierend unverstellt. Mit dermaßen fremden Sitten hatte ich nicht gerechnet. Was tun? Ich probierte es mit Arroganz. Sieh mal an, dachte ich, während S. meine Hand kräftig schüttelte, so sehen sie also aus, diese wohlerzogenen Jungs, von denen man immer wieder hört; es gibt sie wirklich, interessant. Doch weiter kam ich glücklicherweise nicht. Noch bevor die Coolness ganz von mir Besitz ergreifen konnte, tauchten hinter dem vermeintlichen Konkurrenten nämlich seine Eltern auf: ein nicht allzu großer, etwas rundlicher Mann mit zurückgekämmtem Resthaar, der nach einer herzlichen Umarmung immer wieder bedächtig mit dem Kopf wackelte und dabei lächelnd »mmmh, mmmh« machte, was auf ein unbestimmtes Wohlgefallen schließen ließ; und eine kleine Frau mit Mireille-Mathieu-Frisur, die meinen Vater und mich förmlich ins Haus hineinzog, wo sie uns mit quecksilbriger Gewandtheit die Jacken vom Leib riss, als wären wir zwei lange ausgebliebene Lausbuben, die nun dringend mal gebadet werden müssten. Mein Vater hatte seinen Cousin zuletzt vor fast dreißig Jahren gesehen, ich kannte keinen dieser Menschen; aber ihr Verhalten ließ gar keinen anderen Schluss zu, als dass wir tatsächlich willkommen waren. Sie schienen sich ehrlich über unseren Besuch zu freuen. Ich weiß nicht, womit ich gerechnet hatte, damit jedenfalls nicht. Auf einen Schlag war München unendlich weit weg. Mich durchzuckte der Gedanke, dass das ja auch Leos waren. Ich versuchte, sie mit Onkel Martin in Verbindung zu bringen, dem alten gebeugten Mann mit der glatten Gesichtshaut und den Sonnenflecken. Es gelang mir nicht.

Die Tür wurde geschlossen.

Das Schiffchen, auf dem wir da gelandet waren, warf seinen Motor an.

Wir tuckerten ins Innere der DDR.

Zwei Räume des Hauses, durch das unsere Gastgeber uns nun führten, spielen in meiner Erinnerung eine besondere Rolle. Der eine war das sogenannte Reich, in dem S. wohnte. Wäre der aufziehende Spott nicht schon bei der Begrüßung im Keim erstickt worden, es hätte ihn mir spätestens verschlagen, als S. uns seine Tür öffnete. Ohne jede Aufdringlichkeit, mit ruhigem Stolz, der sich über niemanden erhob, zeigte uns Martins Enkel seine Werkstatt für Schiffsmodelle. Denn nichts anderes war dieses Zimmer. Doch keine Spur deutete auf Arbeit und Mühsal hin, vielmehr lag über allem, über den Werkzeugen, Baumaterialien und Rohlingen genauso wie über den ausgestellten Modellen, eine Aura liebevoller Sorgfalt. Keinen Bindfaden schien es hier zu geben, der nicht schon für eine Winde gesponnen worden wäre, keine Zigarrenkiste, die nicht immer schon ein Schiffsrumpf hätte sein wollen, kein Stück Blech, das je etwas anderes gewesen war als ein Schaufelrad. Am schwierigsten, erklärte uns S., sei die Beschaffung von Lackfarben. Ich schämte mich. Denn wir hatten nur Kaffee, Schokolade und Kiwis im Gepäck.

Der andere Raum, in dessen Gestalt die DDR für immer Platz in meinem Gedächtnis nahm, war das kleine Gästezimmer im Keller. Äpfel, Maschinenöl, kühle Luft und feuchter Putz hatten sich hier zu einem Duft vereint, wie ihn nur altes Mauerwerk speichern kann.

Das Bett meines Vaters lag im Halbdunkel, er hatte die Augen schon geschlossen. Nur meine Leselampe verströmte noch ein schwaches gelbes Licht. Auf der anliegenden Straße gurrte ein Zweitakter heran, ein Scheinwerferblitz zuckte durch die kajütenartigen Fenster, dann wurde es wieder still. Ich musste an meine Mutter und meine Schwester denken und fragte mich, ob sie wohl gerade in München ein ähnlich verbunden-unverbundenes Paar abgaben wie mein Vater und ich. Vermutlich nicht. Ich jedenfalls wäre in diesem Moment wohl nicht so zufrieden gewesen, wenn ich in meinem eigenen Bett gelegen hätte. Mein Kopf, das wusste ich, wäre in der Stadt umhergewandert, zum vergeigten Tennismatch vom Mittwoch, zur Party in Bogenhausen, zu der ich nicht eingeladen worden war, zu Markus, der sicher gerade wieder dichtete oder komponierte, zu Sabine, deren Gesicht meiner Erinnerung immer wieder entglitt. Tatsächlich aber war für solche Gedanken gar kein Platz, so voll war ich von dem unbekannten Land, in das es uns verschlagen hatte, und der überraschenden Warme, in die dieses fremde Haus mich hüllte.

Ich dachte an das späte Abendbrot, das uns noch serviert worden war. Die Wurst hatte gar nicht mal so übel geschmeckt, und das Radeberger Bier unterschied sich vom Augustiner vor allem dadurch, dass ich es nicht heimlich trinken musste.

Das Gespräch hatte zunächst eine gewisse Schieflage gehabt. In meinem Vater mochte es ganz anders ausgesehen haben als in mir, aber der Grundbass unserer Gedanken war spürbar der gleiche gewesen. Wir hatten beide ein starkes Bewusstsein des In-der-DDR-Seins. Wie auch anders? Was lange nur als Idee existiert hat, als Unterschied von kategorialem Gewicht, das braucht schließlich immer etwas Zeit, um wirklich zu werden. Da ging es uns nicht anders als einem Jungen, der bei seinem ersten Rendezvous die ganze Zeit denkt: ein Mädchen, Wahnsinn, ein Mädchen, nur ich und ein Mädchen! Vordergründig unterhielten wir uns ganz normal, sagten dies und das, aber im Kopf regierte noch die Tagesschau. Verfluchter Polizeistaat, dürfte mein Vater gedacht haben; faszinierendes Sowjetreich, dachte ich; sieh mal an, unsere Ostverwandten, dachten wir wohl beide. Dann aber kam es raus, als mein Vater nämlich meinte, mich verpetzen zu müssen. Er sagte zwar nichts von den Ost-Mark, doch es kam mir wie eine verspätete Rache vor, als er diesen von der Diktatur des Proletariats geknechteten Seelen gestand, dass sein Sohn sich Illusionen über den Sozialismus mache. Das stimmte natürlich irgendwie. Aber eigentlich war ich eher unpolitisch. Das Wort »Sozialismus« hatte in meinen Ohren einfach einen schönen, reichen Klang. Linker Zeitgeist, jugendliche Schwärmerei, philosophischer Ernst, abgrundtiefer Hass auf Hoeneß, Strauß und Kohl, all das brachte es zum Ausdruck; am schwersten aber wog in ihm die Sehnsucht nach Russland und ja, auch nach der Sowjetunion als der gegenwärtigen Gestalt dieses Landes. Trotzdem hatte ich das Gefühl, es nun verleugnen zu müssen.

»Nicht Sozialismus. Marxismus!«, sagte ich verlegen. Als ob das einen Unterschied gemacht hätte.

Aber die drei gingen gar nicht weiter darauf ein. Das Bedürfnis des Westcousins, eine politische Solidaritätsadresse abzuliefern, schien sie nicht zu überraschen. Also ließen sie es geschehen, wohl in der Hoffnung, dass sich die Hysterie bald legen würde, und im sicheren Bewusstsein, dass sie mehr zu bieten hatten als ihre Existenz in einem Unrechtsstaat. Wahrlich, das hatten sie. Ich weiß nicht mehr, wie es dazu kam, aber bald ergab es sich, dass S. seinen Vater bat, das Gedicht vom »Reschedrubbe« vorzulesen, das er als junger Mann mal geschrieben hatte. C. tat es, und als wir gar nicht anders konnten, als über seinen scharfen und doch ganz harmlosen Wortwitz zu lachen, da saßen uns mit einem Mal drei normale Menschen gegenüber. Liebenswürdige Menschen, die auf eine bescheidene Weise etwas besaßen, das uns fehlte. Ich hatte keinen Namen dafür, aber es war ohne jeden Zweifel da und ebenso sicher schien mir, dass nichts und niemand es ihnen nehmen konnte.

Nachdem wir uns zur Nachtruhe verabschiedet hatten, wartete ich, bis mein Vater im Bad verschwunden war. Dann ging ich noch einmal nach oben, klopfte an der Wohnzimmertür und wartete, bis ich hereingebeten wurde. M. und S. waren schon nicht mehr im Raum. C. saß in einem Sessel. Er schloss das Buch, in dem er gerade gelesen hatte, und legte es auf die Lehne.

»Na, noch gar nicht müde?«, fragte er.

Ich rang mit meiner Scheu. Aber es war mir wichtig, also sagte ich es:

»Was Zweili« – ich rief meinen Vater mit seinem Spitznamen – »da vorhin gesagt hat, das mit dem Sozialismus: das war nicht fair.«

C. schien überrascht von dieser Distanzierung.

»Warum denn nicht?«

»Weil es mir nicht um die DDR geht, sondern um die Idee. Ich weiß, dass hier nicht alles optimal ist. Aber bei uns eben auch nicht.«

»Das verstehe ich vollkommen«, sagte er. »Als junger Mann dachte ich da nicht anders. Und dann habe ich einsehen müssen, dass es einfach nicht funktioniert. Aber vielleicht ist das gar nicht so schlimm. Irgendwann habe ich nämlich zu ahnen begonnen, dass dieses Land in seinem So-und-nicht-anders-Sein mir möglicherweise etwas sagen will.«

»Und was?«

»Dass die letzten Unterschiede nicht politischer Art sind.«

Ich tat so, als dächte ich nach. Dann sagte ich noch:

»Vor allem liebe ich Russland.«

»Kennst du es denn?«

»Nein, aber die Literatur.«

»Siehst du, das verstehe ich sogar noch besser. Und daran hat sich auch mit zunehmendem Alter nichts geändert.«

»Stimmt es denn, dass man hier gut russische Literatur kaufen kann?«

»In der Regel schon, vor allem die Klassiker. Ich zeige dir morgen den Buchladen. Da kannst du sicher was von dem Geld lassen, das ihr noch umtauschen müsst.«

Ich merkte, wie mir das Blut ins Gesicht schoss. Kurz erwog ich, C. auch den Devisenschmuggel zu beichten. Doch ich befürchtete, dass das die aufgeräumte Stimmung doch ein wenig zu sehr strapaziert hätte.

»Aber unter den aktuellen Schriftstellern«, fuhr er fort, »gibt es welche, die sind immer schnell weg.«

Er ging zum Bücherregal, zog ein schmales Taschenbuch heraus und gab es mir.

»Das hier zum Beispiel. Ich weiß nicht, ob du den Autor kennst. Du kannst ja mal reinlesen. Wenn es dir gefällt, darfst du es gerne behalten.«

Ich kannte den Autor, aber das Buch kannte ich nicht. Der

schon etwas abgewetzte Deckel zeigte ein Bild im naiven Stil: ein Dampfschiff auf einem See zwischen lauter bunten Bergen.

»Danke«, sagte ich und wünschte ihm eine gute Nacht.

»Gute Nacht. Mögen Morpheus' Arme dich sanft wiegen!«

Während mein Vater schon in tiefen, langen Zügen atmete, begann ich das Buch zu lesen. Es handelte von einem Jungen im kirgisischen Gebirge, der seinen Vater noch nie gesehen hatte. Dieser arbeite, so hatte der Großvater dem Jungen erzählt, als Matrose auf dem großen See, den man vom Gebirge aus in weiter Ferne erkennen konnte:

Die Sonne neigte sich schon zum Untergang auf der Seeseite. Die Hitze ließ nach. Auf den östlichen Hängen entstanden die ersten kurzen Schatten. Je tiefer die Sonne sank, desto weiter würden die Schatten herunterkriechen zum Fuß der Berge. Zu dieser Tageszeit erschien gewöhnlich der weiße Dampfer auf dem Issyk-Kul. Der Junge stellte das Glas auf den entferntesten Punkt ein und hielt den Atem an. Da! Und sogleich war alles vergessen. Am dunkelblauen Rand des Issyk-Kul war der weiße Dampfer aufgetaucht. Da war er! Mit einer Reihe von Schornsteinen, lang, gewaltig, schön. Er schwamm wie ein Lineal, so gleichmäßig und gerade. Der Junge wischte hastig die Gläser am Hemdzipfel ab und korrigierte nochmal die Okulare. Die Umrisse des Dampfers wurden noch deutlicher. Jetzt war schon zu sehen, wie er auf den Wellen schaukelte und hinter dem Heck eine Spur von hellem Schaum zurückblieb. Unablässig hingerissen starrte der Junge auf den Dampfer. Ginge es nach seinem Willen, so hätte er den Dampfer gebeten, näher heranzufahren, damit die Menschen darauf in Sicht kämen. Doch der Dampfer wußte nichts davon. Langsam und majestätisch verfolgte er seinen Weg, unbekannt woher und wohin. Lange war zu sehen, wie der Dampfer dahinglitt, und der Junge dachte lange

darüber nach, wie er sich in einen Fisch verwandeln und durch den
Fluß zu ihm, dem weißen Dampfer schwimmen würde ...

Mein Schlaf in dieser Nacht war tief und satt. Als ich am nächsten Morgen die Küche betrat, roch es nach frischem Kaffee.

»Ah, Jacobs Krönung«, sagte ich nach der Begrüßung zu M., vielleicht ein Spur zu jovial.

»Nein, Dallmayr Prodomo«, sagte sie. »Den bringen meine Verwandten aus Solingen immer mit. Haben wir noch für Monate auf Vorrat.«

Umso besser, dachte ich und setzte mich. Es war ein herrlicher Tag. Die Sonne schien mild, neben der Spüle röchelte eine altersschwache Kaffeemaschine. Irgendwo im Raum piepte es. Ich guckte mich um und sah einen Käfig, in dem sich ein Wellensittich über kleingeschnittene Kiwis hermachte. Ich fragte mich, ob es zu käptncookmäßig rüberkäme, wenn ich die Eingeborenen darauf hinwiese, dass diese Frucht bei uns als Delikatesse galt. Und dass sie sensationell frisch schmeckte. Ich tat es.

»Wir kennen die«, sagte M. »Aber außer Tirili mag sie bei uns niemand.«

Es lag keine Spur von Zurückweisung in dieser Auskunft. Sie sprach einfach nur aus, was der Fall war. Schon die erste Begegnung am Morgen bestätigte also den rundum angenehmen Eindruck vom Vorabend. Und im Laufe des Tages verfestigte er sich. Auf dem langen Spaziergang, den wir später durch die Innenstadt machten, erwies sich C. als ein wunderbarer Führer. Er sprach ruhig, druckreif, ungemein kundig und nicht einen Moment langweilig. Auf der Brühlschen Terrasse übergab er an seinen Sohn, der uns nun, ähnlich fesselnd, in die Grundzüge der Elbschifffahrt einweihte. Viele der vorbeikommenden Schiffe kannte er mit Namen. Einmal winkte er einem Kapitän zu, worauf ein langes Tutsignal ertönte.

»Komisch, eigentlich hat er heute gar keinen Dienst«, sagte er und schien kurz nachzudenken.

Als er fortfahren wollte, unterbrach ihn seine Mutter. Sie fasste mich am Arm und wies auf einen Mann in Pelzmütze und langem Mantel, der vielleicht 100 Meter von uns entfernt stand. Er trug irgendetwas über der Schulter.

»Du wolltest doch einen Rotarmisten sehen – da!«

Hatte ich das wirklich so gesagt? Aber es stimmte. Die Rote Armee bedeutete mir etwas. Sie erinnerte mich an den großen Moment, in dem sich mir das Tor zum Osten geöffnet hatte. Letztes Jahr an Weihnachten war das passiert, am zweiten Feiertag, als alle schon schliefen und ich mehr oder weniger heimlich *Doktor Schiwago* im Fernsehen anschaute: Es war eines der seltenen Kulturerlebnisse gewesen, die einem Leben eine neue Richtung geben. Dabei hatte es überhaupt keine Rolle gespielt, dass die Roten die Bösen waren. Natürlich rührte mich die Liebesgeschichte im Mahlstrom der Revolution zu Tränen. Aber das Bild vom sonnendurchfluteten Holzhaus in der Weite des Urals, dem Ort vermeintlichen Glücks, der Lara und Juri zusammenführt, stand einträchtig neben einem Bild kalter Macht: Wie der schneidig uniformierte Strelnikow dem Zug entsteigt, der die Revolution ins Land tragen soll, und auf einer Lichtung Gericht hält – auch das zog mich an. Auf ganz unterschiedliche Weise fand ich beide Bilder schön. Und mit dieser Schönheit packte mich das Verlangen, die historischen Zusammenhänge zu begreifen, die sie ermöglicht hatten.

Darum nahm ich mir schon am zweiten Weihnachtstag noch einmal die Einführung in den Marxismus vor, die ich kurz zuvor bei der Bundeszentrale für politische Bildung bestellt hatte. Beim ersten Mal hatte ich überfordert aufgegeben, aber jetzt las ich das Buch von der ersten bis zur letzten Seite durch, auch wenn ich vieles immer noch nicht verstand. Als ich im April konfirmiert wurde, hatte sich meine neue Leidenschaft herumgesprochen. Kaum jemand traute sich, mir etwas anderes zu schenken als von Russen geschriebene oder Russland thematisierende Bücher. Ich verschlang sie alle, die dreibändigen Memoiren Paustowskis, die Erzählungen Tschechows, Turgenjews *Aufzeichnungen eines Jägers*, den Bildband über die Sowjetunion und sogar den Russland-Ploetz. Nur vor Tolstoi kapitulierte ich vorerst. Im September gehörte ich zu den neun Schülern unseres Jahrgangs, die als dritte Fremdsprache Russisch zu lernen begannen. Unser Lehrer, ein äußerst feiner Mensch namens Dmitri Milinski, der im März 1942 siebenjährig über den Ladogasee aus dem belagerten Leningrad geflohen war, kam mir allerdings nicht besonders russisch vor. Dafür sagte er zu häufig, zu akzentfrei, zu auswendig, kurz: zu bewundernswert sicher deutsche Gedichte auf.

Der Mann auf der Brühlschen Terrasse aber – der war fremd genug. Da stand er nun also, mein erster Russe, der natürlich ebenso gut ein Tschuwanze oder Kalmüke sein konnte. Ganz bestimmt aber handelte es sich um einen Rotarmisten, auch wenn er mir nicht als das erschien, was er vermutlich war: eine arme Sau im Auslandsdienst, die ihr Heimweh notdürftig mit Stolitschnaja und einem Bildchen von Olga Ostroumowa bekämpfte. Für mich war er ein stolzer Revolutionär, ein Faschistenzerquetscher, ein Wiedergänger Strelnikows. Ich überlegte, ihn zu fotografieren, doch ich traute mich nicht.

Fast mehr noch als der Anblick aber freute mich die Aufmerksamkeit, mit der M. ein Bedürfnis ernst genommen hatte, das sie sicher nicht von sich selbst kannte. Dabei war es als solches noch nicht einmal ausgesprochen worden, eher hatte sie sich einen sehr einfühlsamen Reim auf den Spott meines Vaters gemacht. Und so ging es weiter. Es waren meine Augen, mit denen C. im Buchladen am Altmarkt die Regale inspizierte und mir dann verschiedene Bücher zum Kauf vorschlug. Eines davon war eigentlich kein Vorschlag. Der Ernst, mit dem er mir Dostojewskis *Idiot* in die Hand legte, wirkte auf mich wie ein dringender Rat, ja fast wie eine Bitte. Ich kam ihr erst Jahre später nach und verstand sofort.

Die weiteren Einkäufe gestalteten sich schwieriger als gedacht. Das Fotozubehör – bis auf die Großbildkamera – war schnell gefunden, aber Schallplatten und Noten, so stellte ich fest, konnte man hier zwar in Massen kaufen, aber so gut wie nichts von dem, was meine Freunde bei mir bestellt hatten. So blieben schließlich mehr als 800 Ost-Mark übrig. Was damit anfangen? Ich beschloss, im Kellerzimmer nach einem guten Geldversteck zu suchen. Es fand sich in einer nicht einsehbaren Nische im Gemäuer. Bis zur Wende sollte ich mich noch mehrmals aus diesem geheimen Depot bedienen, ohne es ganz auszuschöpfen. Von dem Rest, der mir im Juli 1990 einen ungeplanten Spekulationsprofit von fast hundert Prozent bescherte, kaufte ich C. und M. einen kleinen Fernseher. Doch weil sie ein solches Gerät gar nicht vermisst hatten, baten sie mich, es weiterverschenken zu dürfen.

Am Nachmittag kamen B. und ihr Mann zum Kaffee. Hatte mich an den drei anderen Familienmitgliedern gerade das angesprochen, was mir selbst fehlte, so erkannte ich in ihr sofort eine Geistesverwandte. Vielleicht lag das sogar an der Distanz zu ihren Eltern, die deutlich zu spüren war, ohne dass sie – anders als bei mir – auch nur den geringsten Zug von Unbedingtheit ahnen ließ. Wo S. sich ohne jede Unterwürfigkeit blind mit seinen Eltern zu verstehen schien, da setzte seine Schwester immer wieder schöne Kontrapunkte, die mal spöttisch, mal ernst, aber immer sehr lebhaft und niemals bösartig waren. Im Konzert ihres Gesprächs gaben die vier das Bild einer Familie ab, in der jeder so sein durfte, wie er wollte. Mich rührte das, und zugleich machte es mich traurig. Von einem solchen Zusammenhalt in Freiheit konnten wir West-Leos nur träumen. Selbst B.s Mann trübte diesen Eindruck nicht, obwohl er unverhohlen zu erkennen gab, dass er das Kaffeetrinken mit uns als Zumutung empfand. Den ganzen Nachmittag über rang er sich höchstens drei Sätze ab; meine Erinnerung behauptet sogar, dass er selbst auf manche Fragen einfach stumm blieb. Augenscheinlich nicht erfreut von diesem Verhalten, nahmen C. und M. es mit bewundernswerter Gelassenheit hin. Sie intervenierten nicht. Vor dem Treffen war uns nur mitgeteilt worden, dass ihr Schwiegersohn sich trotz ausbleibenden Erfolgs mit großer Ausdauer als Schriftsteller versuche. Vielleicht hätte man in dieser Charakterisierung schon eine Andeutung auf das finden können, was C. nachher eine »nicht immer ganz einfache Beziehung« nannte. Doch manche Dinge seien eben, wie sie seien. Und wenn man sie geschehen ließ, das war mir von unserem kurzen Gespräch am Vorabend in Erinnerung geblieben, würden sie einem vielleicht auch irgendwann etwas sagen.

Am Sonntag besuchte ich B. Die Dinge in ihrer Wohnung waren beeindruckend sicher gewählt und an ihren Platz gestellt, doch zugleich waren sie so erkennbar in Gebrauch, dass sich jeder Gedanke an eine »Einrichtung« von selbst verbat. Auch die Unterhaltung mit B. gefiel mir sehr. Dazu mussten wir nicht mal besonders persönlich werden, sie gehörte einfach zu den Menschen, mit denen sich gut zu zweit sein ließ. Nachdem wir Tee getrunken hatten, setzte ich meinen Fotospaziergang fort. Einen ganzen Film hatte ich schon auf der Ruine der Frauenkirche verschossen, nun wurde der andere von den Straßen und Hinterhöfen in B.s Nachbarschaft verschlungen. Vergilbte Schriften und Hängeschilder über ehemaligen Ladenlokalen, alternder Altbau, berghohe Brandmauern, Armeen matt verzinkter Mülltonnen, tanzendes Laub in einer Luft, die sich zwischen kalt und warm nicht entscheiden konnte – ich schwebte durch die Neustadt. Währenddessen stieg mein Vater, vermutlich schwitzend, in den Stadtteil Weißer Hirsch hinauf, um Onkel Martin und Tante Hannelise im Altenheim zu besuchen.

»Schade, dass du nicht mitgekommen bist«, sagte er später, als wir wieder im Auto saßen. »Die beiden hätten sich sicher sehr gefreut.«

»Ich kenne sie doch fast gar nicht.«

»Aber B. wirst du noch oft besuchen können, Onkel Martin wohl nicht. Er ist sehr alt geworden.«

Wir fuhren durch die Dämmerung. Die gleiche Strecke, die gleiche Landschaft, doch wie es sich für eine gute Reise gehört, erinnerte nichts an die Stimmung der Hinfahrt. Ich fühlte mich erfrischt und verwandelt, mein Vater wirkte so gelöst wie schon lange nicht mehr. Der Tacho zeigte satte 120 Stundenkilometer an.

»LPG übrigens«, sagte er nach einer Weile.

»Wie bitte?«

»LPG. Landwirtschaftliche Produktionsgenossenschaften.«

»Was in der UdSSR Kolchose heißt?«

»Genau.«

»Ja, und?«

»Die Felder. Du wolltest doch wissen, warum die Felder so groß sind. Und ob das was mit Kommunismus zu tun hat. Hat es: Kollektivbewirtschaftung.«

»Ach so, stimmt. Danke«, sagte ich, während ich auf die Uhr sah. »Oh, kurz nach sieben, guck doch mal, ob du schon Bayern 2 reinkriegst.«

»Müssten eigentlich nah genug sein.«

Der Sender rauschte, aber das machte nichts. Wir wollten ja keine Musik hören, sondern dies:

... den 1. FC Köln mit 3:1, der 1. FC Saarbrücken trennte sich vom Hamburger SV unentschieden 2:2, Bayern München schlägt Waldhof Mannheim 3:1. Und im Abendspiel gewann Werder Bremen gegen Eintracht Frankfurt mit 4:0.

Mein Vater lächelte triumphierend, als ob er das Ergebnis vorhergesagt hätte. Ich lächelte spöttisch. Tu doch nicht so, als ob du das vorhergesagt hättest, sollte das bedeuten.

»Perfektes Wochenende«, sagte ich.

»Ich habe es dir von Anfang an gesagt«, sagte er. »Aber dich muss man ja immer erst zu deinem Glück zwingen.«

Es wäre kein Problem gewesen, ihm zu widersprechen.

11. KAPITEL

STIMMEN

Man kann unmöglich von Martin und Friedrich erzählen, ohne über eine fundamentale Tatsache zu sprechen. Beide waren religiös. Aber auf welche Weise? Etwa so, dass die Religion eine innere Verbindung – es wäre die einzige gewesen – zwischen ihnen gestiftet hätte? Nein, das wäre zu viel gesagt. Dafür zeigte sich in der Art ihres Glaubens zu deutlich die ganze Art ihres Lebens. Ja, vielleicht trat ihre Gegensätzlichkeit sogar nirgends so offen zutage wie in den letzten Wahrheiten, zu denen sie sich bekannten. Doch dass sie überhaupt das Bedürfnis hatten, zu glauben und sich zu bekennen: das verband sie tatsächlich. Ihre Brüder Heinz und Jan kannten dieses Bedürfnis nämlich nicht, ebenso wenig wie die Mutter und die Großmutter. Wenn allerdings keines von diesen Familienmitgliedern sich als ungläubig oder auch nur agnostisch bezeichnete, dann nur, weil es ihnen die Mühe nicht wert gewesen wäre.

Es war der Vater, von dem die Religion kam.

Heinrich Leo war der Sohn eines lutherischen Pfarrers. Wären Martin und Friedrich zu Beginn des, sagen wir, 17. oder 18. Jahrhunderts geboren worden, wäre damit schon viel über die Art ihres Glaubens gesagt. Was immer einen Lutheraner in diesen Zeiten ausgemacht haben mochte, seine Kinder dürften der konfessionell vorgeschriebenen Bahn in der Regel treu geblieben sein. Doch zu Beginn des 20. Jahrhun-

derts? Was bedeutete es, in den Jahren vor dem Ersten Weltkrieg Abkömmling eines protestantischen Pfarrhauses zu
sein?

Die Frage ist nicht leicht zu beantworten. Um die Jahrhundertwende befanden sich viele gebildete Protestanten in innerer Distanz zu ihrer Kirche. Sie mochten noch den Gottesdienst besuchen, das Abendmahl empfangen und den Pastor
für Taufen, Hochzeiten und Beerdigungen in Anspruch nehmen. Doch so selbstverständlich das Leben weiterhin von
der Kirche gerahmt wurde, so fragwürdig war ihre Deutungs-
macht geworden. Wie lässt sich aus der Überlieferung Sinn
für die Gegenwart ziehen, ein Zeitalter, in dem die Erde alle
zehn Jahre ein neues Gesicht zeigt, in dem auch Wissenschaft und Nationalstaat höchste Geltung beanspruchen?
Der Orientierungsbedarf war gewaltig und das religiöse Gefühl durchaus nicht erloschen. Die Entfremdung von der Kirche ging daher oft Hand in Hand mit dem Willen zur spiri-
tuellen Erneuerung. Wer sind wir im Verhältnis zu Gott? Was
bedeutet es, ein Christ zu sein? Muss sich die Religion in den
Dienst der Moderne stellen oder soll sie ihren Geist bekämpfen? Die krisenhafte Unruhe, die aus solchen Fragen sprach,
fand ihren Ausdruck in einer wahren Flut von Besinnungs-
und Bekenntnisschriften. Nur einige davon, etwa Adolf von
Harnacks Bestseller *Das Wesen des Christentums*, waren zur Ver-
öffentlichung bestimmt. Die überwältigende Mehrheit der
Autoren, meist einfache Pastoren, Lehrer, Ärzte und Staatsbeamte, schrieb für den Hausgebrauch, zur Verständigung
mit sich selbst und zur Erbauung ihrer Nächsten. Doch zeigte
sich nicht genau darin ein lebendiger Protestantismus? Was
wäre schließlich protestantischer als das wortreiche Ringen
um den Glauben und eine kritische Distanz zur Kirche, mag

sie ihren Sitz nun in Rom haben oder in Hannover? Schon möglich. Aber es gibt einen gravierenden Unterschied zu früheren Erneuerungsbewegungen, etwa um 1500 oder um 1700. Die Unruhe der Reformatoren und der Pietisten hatte ihren Grund in echter Glaubensnot, der Sorge um das individuelle Seelenheil. Bei den Lutheranern um 1900 ging die Unruhe dagegen nicht mehr vom Gewissen aus, sondern vom historischen Bewusstsein. Mehr noch als Kinder der Reformation waren Protestanten wie Heinrich Leo nämlich Kinder der Geschichte. Mein Urgroßvater hielt sie für die höchste und letzte Instanz allen irdischen Geschehens, und zwar nicht die christliche Heilsgeschichte, sondern die Weltgeschichte, in der auch die Religion nur ein Phänomen neben anderen ist.

Das 19. Jahrhundert hatte das Christentum vergegenständlicht und historisiert. Jesus? Ein großer Mann, wie Luther. Die Bibel? Ein von Menschen geschriebenes und redigiertes Buch. Die Kirche? Eine Institution im Wandel. Nichts Irdisches ist unwiderruflich. Alles kommt und geht. Alles verändert sich. Alles gibt es im Plural. Sprachen. Staaten. Und ja, auch die eigene Religion. Aber was ist das denn für eine Religion, die sich selbst als ein Stück Geschichte begreift? Kann sie überhaupt noch Glaubenssätze prägen und kultische Handlungen vollführen, denen sie absolute Gültigkeit beimisst? Hat sie noch die unbedingte Kraft zur Transzendenz? Nein, die hat sie nicht mehr, und genau darin liegt das Problematische ihres Zustands: Nichts ist mehr sicher – außer der eigenen Unsicherheit (und der Verachtung des Katholizismus natürlich). Um die Jahrhundertwende gibt es für diesen Zustand denn auch einen Namen, und dieser Name sagt alles: Kulturprotestantismus heißt er.

Eine Religion, die sich selbst als Kultur begreift, hat den Rubikon überschritten. Sie steht mit beiden Beinen in der Wirklichkeit. Doch diese Wirklichkeit ist nicht das, was wir heute so nennen. Sie ist nicht unbekümmert um Gott und die letzten Dinge. Sie ist nicht »weltlich«, im Gegenteil. Sie ist ein weites Feld voller religiöser Trümmer. Gerade die Protestanten mit besonders wachem Kopf und regem Herzen sind es ja, die sich ungläubig in dieser Zone des Religiösen wiederfinden. Nach wie vor gibt es hier die Rede von Gott, es gibt Riten, es gibt Kirchen, es gibt geistliche Ämter, es gibt moralische Gebote, es gibt vom Himmel legitimierte Herrscher. Vor allem aber gibt es die ebenso existentiellen wie unbeantwortbaren Fragen noch, derentwegen der Mensch sich überhaupt ins Verhältnis zu Gott setzt. Aber all das fügt sich nicht mehr zu einem Ganzen.

Eine unangenehme Lage, die nach einer Reaktion verlangt. Aber welcher? Der um Ordnung bemühte Historiker in mir zählt vier Wege, die ein orientierungsbedürftiger Protestant damals wählen konnte. Er konnte dem religiösen Trümmerfeld den Rücken kehren und sich ganz den hiesigen Dingen zuwenden, mochte das dann Elektrotechnik, Kindererziehung oder soziale Frage heißen. Dieser Weg ist konsequent und im Rückblick muss man wohl sagen, die Mehrheit der Protestanten ist ihn im Lauf des letzten Jahrhunderts gegangen. Man konnte aber auch in der unerreichbaren Nähe des Religiösen ausharren. Zum Beispiel, um es zu erforschen. Für einige Klassiker der historischen Kulturwissenschaft, Max Weber und Ernst Troeltsch etwa, stand dieser Impuls am Anfang ihres Denkens. Doch das kam nur für gleichermaßen hochbegabte und heroische Naturen in Frage. Andere wählten den Rückweg in den Glauben. Glauben kann man schließlich immer, man muss es nur wollen. Allerdings muss man sich entscheiden, woran man glauben will, ob in alter oder neuer Form wieder an Gott, das verdiente dann wirklich den Namen Religion. Oder an etwas Irdisches, etwa einen gott-gewollten Gang der Geschichte. Auch das konnte mit religiöser Inbrunst geschehen, und gerade in Deutschland haben viele Protestanten dies getan. So ist es denn wohl kein Zufall, dass der inbrünstige Glaube an ein historisches Geschehen schon bald von einem unübersetzbaren deutschen Wort bezeichnet werden sollte: Weltanschauung.

In dieser Schwebe wachsen die Leojungs auf. Überall ist das protestantische Erbe zu greifen, aber es hat seine Anbindung an die Kirche und damit auch seine Heilsverbindlichkeit verloren. Zwei der vier Brüder sind anspruchslos genug, um sich ganz der entzauberten Welt zuzuwenden. Martin und Friedrich dagegen behagt die religiöse Atmosphäre des väterlichen Hauses. Was vermittelt sie ihnen? Nichts unmittelbar Religiöses, aber etwas, ohne das es zumindest eine Religion wie den Protestantismus nie gegeben hätte. Eine idealistische Grundhaltung. Eine Skepsis gegen alles »Materielle«, die sich jederzeit wieder in Glauben zurückverwandeln lässt. Einen existentiellen Ernst als Lebensgefühl. Ein Bewusstsein der Allzuständigkeit für das Befinden der Welt. Vor allem aber die dauerhafte Anwesenheit einer inneren Stimme. Das berühmte protestantische Gewissen, natürlich. Nur darf man nicht vergessen, dass dieses Gewissen nicht nur eine moralische Instanz ist, also ein Organ der Vernunft, sondern meist auch einen ganz realen Klang besitzt, der aus einem fremden Mund den Weg in die Welt gefunden haben muss, bevor er im eigenen Kopf heimisch wird.

Protestanten, so hat es ein einfühlsamer Historiker mal gesagt, sind traurig. Doch sie können einander trösten. Keiner von ihnen, auch nicht der Pastor, kann an Gottes Stelle eines Amtes walten. Aber Gott hat ihnen allen eine Stimme gegeben. Ohne den Glauben an ihre irdische Stellvertreterschaft kann diese Stimme nicht mit der gleichen Sicherheit freisprechen wie die eines katholischen Priesters, und sie kann nichts offenbaren. Aber sie kann die Stimmung heben. So sehr haben die Protestanten sich im stimmungsvollen Gebrauch ihrer Stimmen gefunden, dass sie, wenn es ihnen die Scham nicht verböte, sagen könnten: Wer wir sind, das lässt sich nur schlecht zeigen, weil unsere Kirchen klein und schmucklos sind oder groß und hässlich, weil wir ohne Bilderwand und Weihrauchdampf auskommen, weil unserem Ritus die Kraft zum Symbol fehlt. Aber schließe die Augen und höre uns zu! Komm in unser Haus und lausche, wie wir uns Mut ansingen, wie wir singend unsere Schwermut vertreiben, wie das Bittere in unserer Musik süß wird. Es mögen die alten Lieder sein, die Sonntag für Sonntag in jeder noch so kleinen Gemeinde gesungen werden, oder die großen Kantaten und Oratorien, für die sich an hohen Feiertagen im Dom unsere Münder mit den Mündungen von Orgelpfeifen, Posaunen und Trompeten zum Konzert vereinen. Und dann höre, wie zu uns gesprochen, wie uns gepredigt wird! Gerade unser Pastor tut es bewegender als alle anderen, so schön, dass du seine Sprache nicht verstehen musst, um ergriffen zu sein, um zu spüren, wie er unserer Furcht seine Stimme leiht, wie unserer Wehmut im Angesicht des Alls, wie dem Leid, das Christus für uns auf sich genommen hat, wie dem Zorn und den Geboten Gottes, wie unserer Hoffnung auf seine Gnade, und um ihn aus dem Evangelium lesen zu hören, als geleite ein väterlicher Freund uns ins Reich der Träume. Noch im Schlaf hören seine Kinder diese Stimme. Hölderlin, Nietzsche, Benn. Danke, deutsches Pfarrhaus.

Befiehl du deine Wege
und was dein Herze kränkt
der allertreusten Pflege
des, der den Himmel lenkt.
Der Wolken, Luft und Winden
gibt Wege, Lauf und Bahn,
der wird auch Wege finden,
da dein Fuß gehen kann.

250 Jahre professioneller Protestantismus sind ein mächtiges Erbe. Pastoren, Superintendenten, Diakone, Kantoren – mehr noch als die Staatsämter und die historische Gelehrsamkeit waren das die Berufe, durch die sich die im Fürstentum Schwarzburg-Rudolstadt ansässige Familie Leo charakterisieren ließ. Heinrich Leo jedenfalls stand zeitlebens unter dem Bann von Predigerstimmen. Sein Großvater – mein Urururgroßvater – Friedrich Ahlfeld gehörte zu den berühmtesten Kanzelrednern des Kaiserreichs. Von weit her strömte man sonntags in die Leipziger Nikolaikirche, um zu hören, wie der strenge Lutheraner gegen die Lichtfreunde, den Liberalismus und andere Verirrungen des modernen Zeitgeists wetterte. Die Stimme von Heinrichs Vater Paul Leo mochte nicht ganz so wortgewaltig gewesen sein, dafür schwieg sie nie. Sie redete ihm nicht nur wie der ganzen Gemeinde Sonntag für Sonntag von der Kanzel ins Gewissen, sondern auch morgens, mittags und abends. Zu Tisch. Zu Bett. Jeden Tag. Das war in den 1880er Jahren gewesen, als der Zweck des deutschen Luthertums vom Anliegen deutscher Kultur und

der Staatsräson des Deutschen Reichs kaum zu unterscheiden war. Ein Pfarrer konnte sich damals zu so ziemlich allem äußern: Glauben, Sitten, Kultur, Geschichte, Politik – entscheidend war nicht das Thema, sondern der typisch evangelische Sound, dem nichts zu hoch und nichts zu niedrig war, um seine Schäfchen darüber zu belehren, was unter Gottes Himmel Sache ist und was auf Erden der Fall zu sein hat. Eine derart geltungsheischende und zugleich allgegenwärtige Stimme vergisst man nicht. Mit ihr ist auch nicht gut streiten. Aber man kann sie in sich selbst zum Klingen bringen. Und das tat Heinrich Leo. Er mochte sich Historiker und Gymnasialprofessor nennen, im Grunde war er doch nichts anderes als ein Prediger.

Kurz vor Kriegsbeginn verfasste er in bester protestantischer Manier eine kleine Bekenntnisschrift. Sie sollte im Falle seines Todes den Söhnen vertretungsweise ins Gewissen reden. Auf zwölf Seiten. Der Titel lautete: *Wohin? Woher? Wozu?* Geradezu mustergültig führt Heinrich vor, wie man angesichts des Unüberschaubaren souverän bleibt. Eine kluge Gliederung, das wusste der Doctor philosophiae, ist meistens schon die halbe Miete. Also nahm er den großen Fragen ihre einschüchternde Allgemeinheit und verteilte sie auf drei griffige Themenkreise. Erstens: *Gott und die Welt.* Zweitens: *Vom Tode.* Drittens: *Tun und Lassen.* Wer das gelesen hat, weiß alles. Vor allem weiß er, dass das Dasein auf Erden nicht nur kein Zuckerschlecken, sondern geradezu sinnlos ist. Wolle man ein gutes Leben führen, so der Autor, müsse man das Ideal anstreben. Doch man solle es in dem Wissen tun, dass das Ideal nicht mal im Ansatz erreichbar ist. Nicht das Erreichen eines Ziels ist also der Lebenszweck, sondern das nutzlose Ringen darum. Und auch im Himmel warte keine Erlösung, zumindest keine, die sich schon auf Erden versprechen ließe. Aber großer Gott, wozu dann der ganze Schweiß, von dem immer wieder die Rede ist? Wozu die übermenschliche und mit absoluter Gewissheit erfolglose Anstrengung, nach den Sternen zu greifen? Wozu das Verglühen im Angesicht des Ideals? Du willst es wissen, mein Sohn? So höre, was dein erschossener Vater dir zu sagen hat: Du sollst dich plagen, damit du den Tod als Rettung feiern kannst. Denn nicht das Himmelreich ist der Lohn für all die irdischen Mühen. Ihr Ende ist es. Und nur wer seinen Tod ersehnt, der wird aus lauter Verzweiflung vielleicht auch irgendwann zu hoffen anfangen: *Zum Tröster über diese furchtbare Wahrheit,* schreibt Heinrich Leo in ekstatischer Kriegserwartung, *ist uns der Tod gesetzt. Und der Untergang ganzer Geschlechter und Völker. Wer lebenslang gerungen hat um den Besitz der Vollkommenheit, des Unerreichbaren, dem wird die Vernichtung seines irdischen Teils zum Lohn. Und er wird an die Unsterblichkeit der Seele glauben.* Das darf man ruhig zweimal lesen. Und dann darf man es neben die Worte stellen, mit denen der Freund Heino Hohnholz seinen langen Nachruf auf Heinrich Leo beschloss, gehalten in der Aula des Vegesacker Realgymnasiums, nachzulesen in der Norddeutschen Volkszeitung vom 7. Mai 1915: *Werdet wie er,* rief er den versammelten Schülern zu, unter denen sich auch Heinrichs Söhne befanden, *werdet rechte deutsche Männer, dann wird unser herrliches Volk und unser liebes Vaterland in alle Zukunft niemals untergehen, sondern blühen in Ewigkeit!*

Wenn er es auch nicht ausdrücklich sagt, einen kleinen irdischen Trost stellt Heinrich Leo seinen Söhnen doch in Aussicht, und das ist die Überlegenheit gegen all jene, die den paradoxen Sinn des Lebens nicht begriffen haben. Die auf irgendein Idyll hoffen, mögen sie es nun Himmelreich auf

Erden oder Himmelreich im Himmel nennen. Zahl und Art der Namen, die diese Menschen tragen, lassen darauf schließen, dass sie die Mehrheit stellen. Komische Namen sind das. Sie heißen nicht wie man selbst, nicht »Kulturarbeiter«, »Gipfelstürmer«, »Teilhaber an der ewigen Unsterblichkeit«, »Jesus«, »Luther«, »Goethe«, »Kant«, »Bismarck« oder »Leo«, sondern »Nörgler-Individualität«, »nutzloser Fleischklumpen«, »Sozialdemokrat«, »Zentrumsanhänger«, »Chinese«, »Kaffeehausliterat«, »großstädtischer Theaterkritiker«, »Herdenmensch« oder kurz und mit einer Sammelbezeichnung »solche Leute«. All das wissen die jungen Halbwaisen nun. Sollen sie sich also nicht beklagen, dass sie keinen Vater mehr haben. Die Teilhabe am Schatz seiner Erkenntnis hat sie reich entschädigt. Nur eine Frage bleibt offen. Woher wusste der Mann das alles? Sein Tod gibt dieser Frage ein noch größeres Gewicht, denn mit seinem Körper ist ja auch die Unvollkommenheit des Vaters verschwunden. Seine Allwissenheit aber, die bleibt, und sie strahlt reiner denn je. Ein schweres Erbe, das man im Grunde nur auf zwei Wegen antreten kann. Man kann die Allwissenheit akzeptieren und ihr nacheifern. Oder man kann sie als Behauptung auffassen und befragen. Heinrich Leos dritter Sohn wird das eine tun, sein erster das andere.

Auch Friedrich eignete seinen Kindern eine Bekenntnisschrift zu. Auch er füllte zwölf Seiten. Der Vater hatte über fast alles geschrieben. Der Sohn dagegen schrieb über fast nichts. Dem entspricht in umgekehrter Proportion auch das Verhältnis der Titel. Heinrichs drei letzten Einwortfragen stellt Friedrich einen prätentiösen Doppelnamen gegenüber: *Richtsätze des Handelns für tapfere Herzen oder Sittengesetz für einen bewußt lebenden Deutschen* lautet er. Wenn zuvor vom Sound des Protestantischen die Rede war, dann meinte das eine starke Form, in der sich über alles Mögliche predigen lässt. Wo es aber nichts zu sagen gibt, da ist der Sound kaum noch mehr als ein Geräusch. Das klingt dann so:

Allumfassend das All erhaltend ist Gott! – Wo der Mensch in Ehr-
furcht vor der Schöpfung, vor all dem Lebendigen in der Natur und
der Idee des Menschentums sich erfüllt, erlebt er die göttliche All-
macht und er kämpft für sie, die Welt mitgestaltend!
Deshalb mache dir zu eigen und prüfe dich danach unentwegt:
Bedenke zuerst, daß du ein Mensch bist und daß das Menschen-
würdige in deinem Wirken seinen schöpferischen Ausdruck
sucht. – Ein Jeder muß durch die Höhen und Tiefen des Lebens. Ihn
kennzeichnet, wie er sich dennoch um das erstrebte Ziel bemüht.
Maßstab deines Handelns in Begeisterung, Liebe und Opfer ist die
Notwendigkeit deines unbeirrbaren Entschlusses, mit dem du dich
jeder Zeit vor einem Größeren zu verantworten hast.–
Sei, der du bist und werde wesentlich: werde durch das, was du
bist, – alles andere lerne verschweigen.–
Lebe bewußt!
Habe Mut zur Wahrheit! Bewirke das Gute, erstrebe das Edle, sei
hilfsbereit und gerecht! –
Zu deinem Schicksal erkenne die dir gestellte Aufgabe, – wie du es
meisterst, wirst du dein Leben gestalten und frei sein! –
Erkenne und achte in aller Natur das Lebendige, aber prüfe sein
Wesen ehe du dich bekennst und liebst.
Antrieb allen Handelns sei die Freude, denn auch Arbeit ist Freude
am Gestalten, und die Leistung des Bewußtwerden der eigenen
schöpferischen Kraft, deshalb sei tätig! –
Bewahre der Väter Gut, bleib treu dem Boden, dem immerfrucht-

baren Schoß deiner Kraft, und ehre das Brot, das dir die Erde
schenkt als Lohn deines Fleißes. So ehrst du das Ewige vor deinen
Kindern.

Alles was du dein Eigen nennst, bewahre es freudig als etwas dir
Anvertrautes und achte es auch bei jedem Anderen, der es gleich dir
ehrlich erworben hat und pflichtbewußt und treu verwaltet!

Treue und Standhaftigkeit kennzeichnen Frau und Mann. Gelas-
senheit, Wissen und Würde den Weisen!

Ehre Vater und Mutter, die dir das Leben gaben und lehre deine
Kinder ein gleiches zu tun, denn du bist Enkel und Ahn zugleich in
der Kette der Geschlechter und nur wahrhaft reich im Besitz deiner
Familie, im Bewußtsein der überzeitlichen Werte deines Volkes und
der Liebe, mit der du am Unsterblichen wirkst!

In allem aber, was du glaubst, tust und liebst, bedenke, daß du ein
Kind deines Volkes, ein Deutscher, bist! –

Man wird begriffen haben, dass ich meinen Großvater im
Großen und Ganzen nicht verachte. Doch wenn ich das lese,
empfinde ich Hass. Und Mitleid mit seinen Kindern. Väterliche Unbedingtheit mag hart sein. Aber solange sie sagt, was
sie will, kann man sich zu ihr verhalten. Regeln kann man
befolgen, man kann sie aber auch brechen. In beiden Fällen
ist klar, was man zu erwarten hat. Aber setzte Friedrich denn
Regeln? Schön wärs. Ein Königreich für ein Masturbations-
verbot! Hielte man sich dran, winkte väterlicher Lohn; hielte
man sich nicht dran, winkte immerhin etwas anderes. Aber
was setzte er dann, ein Ideal etwa? Von wegen. Ein Königreich für eine Charakteristik menschlicher Vollkommenheit!
Ihr könnte man nacheifern und jede noch so kleine Verhal-
tensänderung als Fortschritt feiern, oder man könnte sie
durch ein anderes Ideal ersetzen. Friedrich dagegen setzte

wider alle Behauptung gar nichts. Das sogenannte Sittengesetz benennt ja kein einziges neues Gebot. Es übersetzt
Teile des Dekalogs aus unmissverständlicher Lakonie in
waberndes Geraune. Und der Rest ist nichts als eine meta-
stasierende Mahnung zu allem: zu Hochgestimmtheit, Tiefsinn und Edelmut. In immer neuen Anläufen wird Letztes
ausgesagt, Größtes angedeutet, Vages beschworen – und
dann mit unbedingter Schärfe geboten. Was dabei entsteht,
ist eine irrlichternde Abfolge von Imperativen, ein Dauerappell zu idealischer Gesinnung, der sich wie eine bis aufs
Knochengerüst ausgezehrte Parodie der protestantischen
Gewissensanrufung liest. Man kennt die Wörter, aber man
versteht die Sätze nicht. Wäre es nicht so unendlich ernst
gemeint, man müsste die komischen Effekte bewundern,
die eine an der Schwelle der Wahrnehmbarkeit fehlerhafte
Sprache hervorruft, ein Deutsch, das gerade so falsch ist, dass
man die Verantwortung für das Unverständnis nicht beim
Sprecher, sondern bei sich selbst sucht. Die Struktur des Satz-
baus stimmt, auch die tragenden Pfeiler der Grammatik, die
Beugung der Verben und die Nominalformen, sind korrekt
gesetzt. Der Irrsinn schleicht sich über die Hintertüren ein,
über Präpositionen, Partizipien, Konjunktionen und Kopula-
verben.

Es sind zwei formale Elemente der Predigt, die dieses
Wahnsinnsgebräu, diesen Moralismus im Endstadium zu-
sammenhalten: Rhythmus und Apodiktik. Eine suggestive
Mischung, die zu kritischer Nachfrage nicht gerade einlädt.
Würden diese Sätze jemandem vorgelesen, der des Deutschen
nicht mächtig ist, er könnte durchaus Gefallen an ihnen finden. Parataktische Härte und periodische Ausdauer wechseln
sich unvorhersehbar ab, und so hirnverbrannt sie in logischer

Hinsicht sein mögen, musikalisch sind die Konjunktionen wohlgesetzt. Den Akzent des Unbedingten gewinnt die Rhetorik durch die Verfilzung von Sein und Sollen. An jedem Imperativ klebt eine letztgültige Behauptung über das Wesen der Welt, und keine Aussage, die nicht schon von einer Mahnung zur Selbsterlösung penetriert wäre.

Friedrichs Kinder konnten diesem Text zweierlei entnehmen. Erstens: Man verlangt nicht weniger als das Höchste von dir. Zweitens: Das Höchste bleibt unverständlich. Es ist, als erschiene ihnen der Vater, von dem jederzeit solche Letztanweisungen drohen, in einem Albtraum. Der Traum wäre immer der gleiche. Eine existentielle Situation. Der Familie droht eine große, aber diffus bleibende Gefahr, die Kinder haben Angst, sie spüren bis ins Mark, dass es um Leben und Tod geht. Und dass alle Hoffnung auf ihnen ruht, nur sie können die Familie retten, darum ruft der Vater, der unsichtbar ist und sich anscheinend nicht bewegen kann, ihnen andauernd zu, was sie tun sollen. Sie wissen, wenn sie jetzt nicht versagen, wird sich alles zum Guten wenden. Aber der Vater ruft in einer fremden Sprache.

Wovon man nicht sprechen kann, davon muss man predigen, sagte Friedrich Leo. Zumindest handelte er danach. Aber wer ist das denn, der da nicht schweigen kann? Ein Abwesender ist es. Ein Weltanschauungsdozent der Waffen-SS, der gerade in der amerikanischen Gefangenschaft versauert. Die »Richtsätze« werden seiner Familie im Sommer 1946 von einem vorzeitig entlassenen Kameraden übergeben. Seit fast zwei Jahren hat Trina ihren Mann nicht mehr gesehen, selbst dass er lebt, weiß sie nicht mit Sicherheit. Und nun hört sie ihn aus diesem merkwürdigen Text so deutlich sprechen, als stünde er neben ihr. Immer wieder liest sie den Kindern daraus vor, nur damit sie sich wieder an die Stimme ihres Vaters gewöhnen, auch wenn sie eigentlich noch zu jung für den Inhalt sind. Dem Begleitbrief ist zu entnehmen, dass Friedrich die zwölf Seiten zusammen mit einigen Mitgefangenen entworfen hat, allesamt höhere SS-Angehörige wie er selbst. Sie müssen viel Zeit gehabt haben. Und gewaltigen Orientierungsbedarf. Möglicherweise hatten sie auch nicht mehr alle Tassen im Schrank. Oder wie konnte es sonst zu Sätzen wie diesen kommen: *Erkenne,* heißt es da im Kommentar zum dritten Gebot, *daß das größte Unheil, die größten Vernichtungen und das größte Elend, das es unter uns Menschen gegeben hat, meistens durch die Schwatzhaftigkeit weniger Wissender entstand. Sie sind nicht wesentlich, sie sind nicht Herr ihrer selbst. Sie sind nicht liebens- und begehrenswert. Ihnen gib kein Vertrauen.* Schon möglich, möchte man sagen. Bis einem wieder einfällt, dass die Urheber dieser geschwätzigen Sätze, die ja nicht zuletzt ein beispielloser Vernichtungsfeldzug hinter Stacheldraht gebracht hatte, gar nicht sich selbst meinten. Wie ist dieser Moralexzess der Moralbrecher zu verstehen? Psychologisch, als Projektion, die einem kaum erträglichen Bewusstsein des eigenen Tuns vorbeugt? Mag sein, ich kenne mich da nicht aus. Es gibt aber noch eine andere, weniger tiefgründige Erklärung. Es könnte sein, dass sich die Schwätzer tatsächlich für Hüter einer Moral hielten. Unbestimmter Artikel: nicht *der* Moral, nicht des Sittengesetzes, auf das sich idealerweise alle Menschen verständigen könnten, sondern einer Sondermoral, auf die sie nur sich selbst und ihresgleichen verpflichteten. Und auch wenn diese Moral eher ein Raunen war, das mehr Fragen aufwarf, als es beantwortete: Sie trug durchaus religiöse Züge.

Es ist ein Streit um Worte, ob sich der Nationalsozialismus insgesamt als »politische Religion« deuten lässt, wie das einige Historiker tun. Jedenfalls trifft die Bezeichnung etwas Richtiges. Es steht ja fest, dass die Nazis mit den Kirchen konkurrierten. Der völkische Rassismus wollte seine Mitglieder ganz. Wo Christentum war, soll Deutschtum werden. So lautete die Maxime, auch wenn für den Anfang nur die Avantgarde ernst damit machte. SS-Männer wie Friedrich Leo zum Beispiel. Wer Menschen ganz will, muss ihnen aber auch einen Rahmen geben, in dem sie existieren können. Er muss ihnen sagen, wer sie sind und wie sie leben sollen. Vergiss nie, dass du ein Deutscher bist, sagten darum Leute wie Friedrich mit fester Stimme zu ihren Kindern. Wie so ein Deutscher aber sein Leben einrichten soll, das ließ sich nicht mehr ganz so fest und deutlich sagen. Also mussten sie es raunen: Du kannst nicht, raunten sie etwa, zur Glaubensgemeinschaft in Christo gehören, weil du durch deine Sippe schon Teil der Abstammungsgemeinschaft des deutschen Volkes bist. Was immer du tust, tu es in Verantwortung vor der Wesensart dieses Volkes und in Ehrfurcht vor der göttlichen Macht, die dem Menschlichen mehr als nur eine Daseinsform gegeben hat. Moralisch verpflichtet bist du nur zu Pflege und Verteidigung deiner Eigenart. Edel sein heißt echt sein. Und dazu gehört die strenge Trennung von allem Fremden und Unedlen. Wenn Fremdes und Unedles dabei draufgeht, mag das tragisch sein, eine sittliche Verfehlung kann es nur nennen, wer sich Illusionen über die sogenannte Menschheit macht.

Theologisch gesehen herrscht zwischen göttlicher Gnadenwahl und Rasseprinzip ein strenger Gegensatz. Es gab für Friedrich also gute Gründe, seiner Religion abzuschwören. Ganz los wurde er sie trotzdem nicht. Er mochte eine mustergültige Frau von der Scholle bekommen haben. Er bekam auch eine mustergültige Protestantin. Wie ihr Mann war auch Trina lutherisch erzogen worden. Aber niemand aus ihrer Familie hatte je auf der Kanzel gestanden. Von theologischer Raffinesse und pastoraler Anmaßung genauso unangefochten wie vom Jahrmarkt der Weltanschauungen, wie ihn Städte und Buchmarkt damals boten, war meine Großmutter auf eine schlichte Weise fromm. Ein tiefer Glaube an die göttliche Gerechtigkeit und Respekt vor dem geistlichen Amt – mehr hatte es mit dieser Frömmigkeit nicht auf sich. Aber auch nicht weniger.

Als Friedrich und Trina 1935 heirateten, gingen sie streng genommen eine gemischtkonfessionelle Ehe ein. Die Braut wurde als »evangelisch-lutherisch« im Standesregister geführt, der Bräutigam als »gottgläubig« – eine unter SS-Männern übliche Bezeichnung für die Ablehnung des Christentums einerseits, des Atheismus andererseits. Wie aber kommen ein gläubiger Nazi und eine fromme Christin miteinander zurecht? Kulturell gibt es da kein Problem. Fest im Luthertum verwurzelt, kennen sich beide aus mit dem Schwanken der Stimmung. Und mit den Mitteln, sie zu heben. Um ein erbauliches Wort, sei es gesprochen oder gesungen, ist Trina nie verlegen, genauso wenig wie ihr Mann. Aber auch das Luthertum ist eben nie allein eine Sache des Herzens. In der Welt des 19. und frühen 20. Jahrhunderts, zumal in Kleinstädten und auf dem Land, war es auch eine Sache der Gesellschaft. Mehr als alles andere jedenfalls brachte Friedrich seine Weigerung, den Gottesdienst zu besuchen, den Ruf eines Rebellen ein. Aber wie stand Trina dazu? Wie reagierte sie, als Friedrich ihr auf die Frage, wie er es mit der Religion halte, eine rebellische Antwort gab? Zunächst war sie schockiert. Solche Leute kannte sie nicht. Aber auch Städter, Gymnasiasten und Villenbewohner hatte sie bisher ja nur aus der Ferne gesehen. Gehörte die Freigeisterei bei dieser imposanten Sorte Mann vielleicht einfach dazu? Sie dachte nach. Und plötzlich wurde sie sich der Freiheit ihres Herzens bewusst – des größten Gutes, das der Protestantismus zu bieten hat. Der Pastor mochte es traurig finden, dass »sin leeven Trina« sich mit ihrer Familie nicht in seine Obhut geben wollte. Er wird mich, dachte sie, vielleicht ins Gebet nehmen. Aber er wird mir nichts verbieten. So kam es. Und so zog sie ihres Weges, eines Weges, der von ihrer Familie zu Friedrich führte. Mehr als alles andere brachte ihr dieser Gang den Ruf einer großen Liebenden ein.

Schon ihre Ehe also war nicht in der Kirche gestiftet worden. Darüber mochte sie wohl ein paar Tränen vergossen haben – aber sie wusste, was sie tat. Vor allem änderte es nichts daran, dass sie der Religion, unter deren Bann sie aufgewachsen war, im Herzen treu blieb. Viel schwerer fiel es ihr, ihren Kindern die Taufe vorzuenthalten. Sie hatte sich von alten Banden befreit, doch das war unter den Augen Gottes geschehen. Die Kinder dagegen würden keine Christen mehr sein. Aber was denn dann? Wie würden sie sich später einmal nennen können? Die sogenannte Gottgläubigkeit war ja vor allem eine Beschwörung dessen, was man nicht war. Deutsche würden sie sein, natürlich, aber auch wenn dieser Titel im neuen Staat einen sakralen Klang bekommen hatte, er war doch ein recht magerer Ersatz für die Erhabenheit des christlichen Bekenntnisses. Die Wahrheit ist, die erhabenste Selbstbezeichnung, die Trina sich für ihre Kinder denken konnte, lautete: Leo. Sie mochte weniger unbedingt als ihr Mann an die biologische Dimension der Verwandtschaft glauben. Aber dass sich, worin immer es bestehen mochte, im Familienwappen, in der stolzen Stadtvilla, im Ansehen der Berufe, etwas Altes und Edles zeigte: Vor allem anderen war es diese Ahnung, die Trina mit dem Verlust ihrer Gemeinde versöhnte. Und wenn die SS der Orden war, der sie und ihre Kinder in die Gemeinde der deutschen Edelsippen aufnehmen konnte, nun denn, dann sollte eben ein Standartenführer des Amtes walten, das über Jahrhunderte Sache eines Pastors gewesen war.

Festgeschriebene Riten gibt es nicht, also muss improvisiert werden. Friedrich tut es, und er ist stolz darauf, dass er für die nach alter Sitte wieder an den heimischen Herd geholten Kulthandlungen eine würdige Form gefunden hat. So auch heute. Er hat Trinas Nähtisch mit Blumen und Tannengrün geschmückt. Auf diesem sogenannten Altar stehen nun alle verfügbaren Bilder seiner Vorfahren und auch ein Foto von Mutter und Vater Dodenhoff, vor jedem von ihnen ist eine Kerze aufgestellt. Sein Kamerad, ein Sturmbannführer der 17. SS-Standarte, hat die Patenschaft für die Neugeborene übernommen. Von ihm stammt der handgeschmiedete Kerzenleuchter, in dem das sogenannte Lebenslicht brennt. Es ist Buß- und Bettag, der traurigste und dunkelste Tag des protestantischen Nordens. In Danneberg am östlichen Rand der Lüneburger Heide herrscht so trübes Wetter, dass kaum mehr als der Kerzenschein das kleine Wohnzimmer erhellt. Trina hat ihr Brautkleid angelegt, sie erscheint ihrem Mann schöner denn je. Die Stimmung jedenfalls, so hebt Friedrich es später in einem versöhnlich-werbenden Brief an die Schwiegereltern hervor, sei *wahrlich erhebend* gewesen. Und dann verleiht der Standartenführer Friedrichs und Trinas zweiter Tochter ihren Namen, stellt ihr Leben unter die Mah-

271

nung, *rein* zu *bleiben* und *reif* zu *werden*, und spricht die blöden Sätze aus, die sie feierlich zu dem erklären, was sie ja auch vorher schon war: eine Verwandte ihrer Verwandten.

Zum anschließenden Kaffee gibt es Himmelstorte. Um den Aromen genug Zeit zur Durchdringung aller Zutaten zu lassen, hat Trina sie schon am Vortag gebacken. Der Kuchen ist der einzige Beitrag der Familie Dodenhoff zu diesem Fest. Kein Konditor hat ihn je gebacken. Dazu hätte sich nämlich einer von ihnen mal in die westliche Lüneburger Heide verlaufen müssen, wo er vor Jahrhunderten entstanden ist, in einem langen Verfeinerungsprozess, der keine Erfinder, aber stetige Verbesserungen von namenloser Hand kannte. Himmelstorten werden nicht nachgefragt. Sie werden verlangt, und zwar nicht von Menschen, sondern von Anlässen. Die Himmelstorte gehört zu den rar gewordenen Dingen des privaten Gebrauchs, die nicht frei verfügbar sind. Es gibt sie nur an bestimmten Tagen und nur an bestimmten Orten, in Ahausen natürlich, aber auch überall dort, wo Trinas Kinder und Enkel heute wohnen. Auf der Schwäbischen Alb zum Beispiel oder in Berlin. Selbstverständlich ist ihr Rezept ein Geheimnis. Aber es ist wohl nicht zu viel verraten, wenn ich darauf hinweise, dass verglichen mit ihrem Reichtum, dem Ineinander von brüchigen und weichen, kargen und fetten, bitteren und süßen Bestandteilen, dem ausbalancierten Verhältnis von Farben, Gerüchen und Geschmäckern, auch der beste Baumkuchen nur ein glasierter Ziegelstein ist und auch die beste Sachertorte ein feuchter Klumpen Dreck.

Es war schon die zweite Namensfeier im Hause Leo, die an diesem 17. November 1937 abgehalten wurde. Mit ihr war eine Form gefunden, an die man sich zukünftig würde halten können. Noch viermal sollte es dazu Anlass geben. Doch schon für die folgende Generation hatte die Kulthandlung mit der staatstragenden Funktion auch ihren Sinn verloren. Ganz selbstverständlich wurden meine Schwester und ich wieder der evangelisch-lutherischen Kirche übergeben. Meine Tochter wurde nicht mal mehr getauft. Aber zu ihrer Geburt schickte meine Mutter ein Lebenslicht. Alljährlich brennt es nun an einem dunklen Januarmorgen und wirft sein warmes Licht auf die hellbraun gerösteten Mandelstückchen, die das windradartige Dach der Himmelstorte zieren.

Man darf es Trina nicht als Untreue gegenüber ihrem Mann auslegen, dass sie sich 1945 wieder in die Obhut ihrer Kirche begab. Man muss bedenken, in welcher Lage sie sich befand, als das völkische Zeitalter, kaum dass es begonnen hat, schon wieder zu Ende war. Ihr Mann, für den sie mit ihrer Herkunft gebrochen hatte, war fort, vielleicht für immer. Und wo fand sie Unterschlupf? In ihrer Heimat natürlich.

Mit sechs Kindern sitzt sie da in einer Behelfsheim genannten Wellblechhütte. Aber sie ist Schneidermeisterin, und Kleider werden immer gebraucht. Also tritt sie den Rückweg in die Dorfgesellschaft an. Ihr ist, als erlösten die offenen Arme des Pastors sie von einem langen Heimweh. Als Friedrich im November 1946, nach seiner Flucht aus dem bayerischen Internierungscamp, über Schleichwege in die Heide gelangt, findet er eine ihm fremde Familie vor. Sie ist arm, aber dank des einnehmenden Wesens und des handwerklichen Geschicks seiner Frau steht sie in guter Beziehung mit dem Dorf. Seine Kinder, von denen sich nur die Mädchen überhaupt an ihn erinnern, gehen in den Gottesdienst. Nie wird diese Familie ihr Gleichgewicht wiederfinden. Doch es stimmt nicht, was Friedrich seiner Frau vorwirft, es ist keine Halsstarrigkeit, mit der sie die wiedergefundene alte Form gegen die untergegangene neue verteidigt. Es ist Klugheit und Mutterliebe. Dass sie bereit ist, für ihren Mann auch Großes im Herzen zu verschließen, hat sie hinlänglich bewiesen. Aber jetzt geht es ums Überleben. Sie ernährt die Familie. Ihr Status ist es, der den Kindern ein Minimum an sozialem Ansehen verschafft. Dank ihrer Herzensbildung geraten sie wohl. Und sie setzt durch, dass die Kinder doch noch getauft und konfirmiert werden. Dafür ist sie im Gegenzug sogar bereit, auf den Gottesdienst zu verzichten. Friedrich hingegen braucht ihn. Warum? Weil er ohne Gegner nicht leben kann. Seine Töchter lässt er in die Kirche gehen; und es ist wie ein Ritual, wenn er sonntags am Mittagstisch das Wort ergreift.

»Na, was hat der Pastor wieder erzählt?«, will er wissen. Fast immer ist es W36, die ihm antwortet. Er hört sich an, was sie zu sagen hat, dann setzt er zur Korrektur an. Es folgt der zweite Moralvortrag des Tages.

Einige Jahre später nannte Friedrich seinen Glauben auch wieder Religion. Zuerst aber musste die Verbindung von völkischer Politik und religiöser Inbrunst ein für alle Mal zerschlagen werden. Doch das geschah erst 1952, als die Sozialistische Reichspartei verboten wurde. Bis dahin hatte diese selbsternannte Nachfolgeorganisation der NSDAP Friedrich eine weltanschauliche Heimat geboten, in der er vermutlich nicht viel vermisste. Außer ein bisschen Macht vielleicht. Und das musste ja nicht so bleiben. Beschaulich war es jedenfalls nicht zugegangen in der SRP. Wie schon die erste Machtergreifung, das war den Nazis klar, würde ihnen auch die zweite nicht in den Schoß fallen. Heidnisches Geraune und politische Aktion waren für ihr Engagement darum weiterhin zwei Seiten einer Sache. Und der Erfolg schien ihnen recht zu geben, zumal im norddeutschen Tiefland. 1951 errang die SRP bei der Landtagswahl in Niedersachsen elf Prozent der Stimmen. In Friedrichs Wahlkreis Rotenburg a. d. Wümme waren es sogar 27,6 %. Erstaunlich schnell, nur sieben Jahre nach der bedingungslosen Kapitulation des Deutschen Reichs, schien das Rad der Geschichte eingesehen zu haben, dass es sich in die falsche Richtung gedreht hatte. So zumindest kam es Friedrich und seinen Parteifreunden vor. Doch dann wehrte sich die junge Demokratie. Ganz allein und vielleicht sogar zu ihrer eigenen Überraschung. Zuvor hatten das bekanntlich ihre Beschützer erledigt, die großen Alliierten. Das junge Bundesverfassungsgericht jedenfalls muss sich gefühlt haben wie ein Schulkind, das sich endlich traut, dem dreisten Pausenhofbrutalo, statt ein weiteres Mal sein Butterbrot rauszurücken, einfach die Faust in die Fresse zu schlagen. Und siehe da, die Welt ging nicht unter. Im Gegenteil, das gefürchtete Ekel packte sich einen Beutel Eis auf den Schädel und schlich davon. Aber wohin? Kaum zu glauben, aber es suchte nach Aufenthaltsorten in der Bundesrepublik. Und es fand sie, ziemlich öde verfassungskonforme Vereinigungen, den Bund den Vertriebenen zum Beispiel, die FDP oder eine der Unionsparteien. Weil das der religiösen Inbrunst, die in seinem Herzen glühte, aber wie ein kalter Entzug vorgekommen sein muss, trollte es sich auch an Orte, an denen weiterhin gut Raunen war. Nach Hause. In die Besinnlichkeit, an den Herd der Sippe, ins weihnachtliche Wohnzimmer. Und in die Natur natürlich. Ans Lagerfeuer, unter den Sternenhimmel, in den Wald. Friedrich jedenfalls wählte irgendwann die CDU. Und er zog sich in die Familie zurück, an den Adventskranz und zu seinen geliebten Bäumen, davon war schon die Rede. Doch er fand auch Obdach in einer Religionsgemeinschaft.

So habe ich ihn kennengelernt. Als einen stillen, in sich zurückgezogenen alten Mann, der jedoch einiges Aufhebens um seine Religiosität machte. Nie offen oder gar werbend, das wäre nicht seine Art gewesen. Nein, auch seinen Glauben umgab er mit einem Gestrüpp aus Andeutungen und Geraune. Soweit ich weiß, besuchte er keine Kulthandlungen. Dass er hin und wieder mit Gleichgesinnten zusammentraf, ließ sich höchstens vermuten. Nur an eine kleine blaue Zeitschrift erinnere ich mich, die immer in der Nähe seines Lesesessels lag. Es schien ihn zu freuen, wenn ich darin herumblätterte; ich glaube, er überreichte mir sogar ein Exemplar zu meiner Konfirmation. Von den Artikeln habe ich nichts behalten, außer dass in ihnen eher unpersönlich vom »Göttlichen« als von Gott die Rede war und viele Wörter mit der Vorsilbe »All-« vorkamen. Er selbst sagte nicht, dass er bei den Unitariern war. Das ließ er die blauen Blätter sagen. Oder die anderen Familienmitglieder. Dabei taten sie so, als ob es sich von selbst verstünde, was das heißt: Großvater ist Unitarier. Es klang wie: Er trägt ein schweres Geheimnis mit sich herum; er hat Dinge gesehen, die unser Fassungsvermögen überschreiten, Dinge, über die man nicht spricht. So erfuhr ich nicht, dass die Unitarier um die Jahrhundertwende aus der freireligiösen Bewegung hervorgegangen waren. Dass der lutherische Pastor Rudolf Walbaum diese Strömung am Rande des Christentums später ins Neuheidnische umgedeutet hatte. Dass er damit eine »arteigene« Form des Glaubens prägen wollte. Dass die Unitarier schon vor 1933 zur Arbeitsgemeinschaft Deutsche Glaubensbewegung gehörten. Dass diese Bewegung bald von der SS kontrolliert wurde. Dass Walbaum zusammen mit Herbert Böhme noch in der Kriegsgefangenschaft die Deutsche Unitarier Religionsgemeinschaft gründete. Kurz, dass Großvater bei den Unitariern war, weil es dort von alten Kameraden nur so wimmelte.

Auch Martin gehörte einer freien Religionsgemeinschaft an.

Er entstammte dem gleichen Predigergeschlecht wie sein Bruder. Natürlich. Doch ganz Augenmensch, machte er aus seinem Erbe etwas anders als Friedrich, der magische Erzähler. Er misstraute dem gesprochenen Wort, und erst recht galt das, wenn es in allzu suggestiven Stimmlagen daherkam. Das erinnerte ihn an einen Zug des Vaters, mit dem er nie zurechtgekommen war, die geltungsheischende Bescheidwisserei, die lückenlos über das Sein und das Sollen belehrte, ohne zu respektieren, dass der Mensch beim Belehrtwerden auch Zeit zum Atemholen benötigt. Und zum Nachdenken. Wissen, schön und gut, aber der Kopf braucht Sauerstoff. Und der Geist braucht Fragen. Andererseits: Martin war vom Vater ja nicht nur belehrt, sondern auch zur Freiheit erzogen worden. Der Vater war es gewesen, der die wissenschaftliche Neugier in ihm geweckt hatte; er hatte ihn auf den Turm geführt. Auch deshalb besaß seine Stimme noch Macht über Martin, als sie schon längst verstummt war. Seine geschriebene Hinterlassenschaft jedenfalls konnte der Sohn nicht einfach zur Seite legen. Aber er konnte sich mit ihr auseinandersetzen.

Der mir vorliegende Durchschlag der Denkschrift stammt aus Martins Besitz. Er ist übersät mit handgeschriebenen Randbemerkungen, meist Fragen, die in ihrer Schlichtheit fast kindlich anmuten. Aber man sollte sie nicht naiv nennen. Denn sie sind genau das richtige Mittel, um den aufgeplusterten Sätzen des Vaters den Wind aus den Segeln zu nehmen.

Die Menschheit wird nicht besser, verkündet der Vater. – »Woher kann man das mit solcher Bestimmtheit wissen?«, fragt der Sohn. *Herdenmenschen,* so nennt der Vater alle, die nicht seiner Meinung sind. – »Wer genau ist gemeint?«, fragt der Sohn. *Manche Leute,* sagt der Vater, bevor er zur nächsten Suada ansetzt. – »Wer?«, fragt der Sohn, nun schon etwas gereizt von der Hartnäckigkeit solcher Pauschalisierungen. *Damit sie nicht schafsmäßig durcheinander rennt,* behauptet der Vater, *ist's gut und heilsam, die durcheinandergerüttelte Menschenherde zu belehren* – »Wer soll wen belehren, und was soll gelehrt werden?«, fragt der Sohn. *Du musst fühlen, dass auch die größten menschlichen Taten, die herrlichsten Gaben nichts sind, nur kalte gleichgiltige Zustände oder Verschiebungen in der materiellen Welt, wenn nicht der All-Schöpfer mit dir ist,* verkündet der Vater. – »Das kommt auf die Betrachtungsweise an!«, entgegnet der Sohn. *Du musst Zeiten haben,* – jetzt hebt der Vater zu einem der vielen Crescendi an – *in denen dir alles Irdische und deine eigene Person mit ihren Wünschen und Stürmen versinkt,* – *jeden Tag beim Gebet sollst du den Zustand suchen* –, *und du den ewigen reinen Gott anstelle der mangelhaften Vergänglichkeit schaust. Aus solchen Augenblicken wächst dir die Kraft, du kehrst ins Irdische zurück, mit dem frisch erneuerten Vorsatz, es mit göttlichem Geist zu durchdringen, für das Reich Gottes zu arbeiten. Du hast dann wieder deine Schöpfertätigkeit in die Richtung des großen Schöpfers hineingestellt, aus der sie durch die Hemmnisse der Wirklichkeit fortwährend abgedrängt werden.* – Das mag so sein, denkt sich der Sohn, vielleicht aber auch nicht, und er fragt mit zarter Ironie: »Wird so nicht vielleicht die nachgerade umgekehrte von der erhofften Wirkung erreicht?«

Der Sohn lauscht dem toten Vater nicht. Er unterhält sich mit ihm. Durchaus ungeduldig und keineswegs in dessen Sinn. Doch der Vater lässt es zu, nicht als reales Gegenüber, aber als Autor eines Textes, der trotz seines Verkündigungstons Sätze enthält, über die sich reden lässt. Man kann ihnen zustimmen oder widersprechen. Und auch das gehört ja zum Protestantismus. Seit den Tagen der Reformation hat er sich schließlich auf ein ebenso verbissenes wie lustvolles Streitgespräch eingelassen. Mit dem Gegner, natürlich. Aber vor allem mit sich selbst. Protestanten mögen autoritär auftreten, aber sie tun es nur, weil sie Autorität nicht von Amts wegen beanspruchen können. Sie müssen für ihre Art des Glaubens werben, sie müssen überzeugen und widerlegen, und wenn die Argumente keine Wirkung tun, dann dürfen sie auch fluchen. Das hat immer einen leicht hysterischen Zug, dafür hat der Protestantismus kein so großes Problem mit Häresien. Dass er schon früh in Lutheraner und Reformierte zerfällt, dass einer mächtigen Orthodoxie in den Gemeinden immer schon die Geistesfreiheit in den Seminaren gegenüberstand, dass er im 20. Jahrhundert nicht nur massenweise Nazis und Kirchentagsbesucher, sondern mit Karl Barth auch einen der einflussreichsten Theologen unserer Zeit und mit der Bekennenden Kirche eine Widerstandsorganisation gegen den Nationalsozialismus hervorgebracht hat – all das zeugt von einer großen Stärke: der inneren Vielfalt und der Fähigkeit zum Streit.

Wenn der typische Ort der erbaulichen Predigt aber eine Dorfkirche ist, dann ereignet sich der protestantische Streit meist an Orten, an denen die Wahrheit nicht verkündigt, sondern um sie gerungen wird. In den theologischen Seminaren etwa, wo man den vielfachen Sinn der Bibel auslegt, wo Lehrmeinungen aus allen Epochen und Ländern zur Hand sind, wo die Haushalte der Gelehrten in der Nähe sind und auf eine andere Weise offenstehen als die der Pfarrer. In Städten wie Wittenberg oder Marburg zum Beispiel. In Häusern wie dem von Philipp Melanchthon. Oder von Martin Rade, bei dem jeder willkommen ist, der es ernst meint mit Gott und der Welt.

Regelmäßig versammelt sich hier ein kleiner Kreis zum häuslichen Gespräch. Zu den Teilnehmern gehört auch ein junger Mann aus Bremen, der seit 1922 an der Marburger Universität Astronomie und Chemie studiert. Er fühlt sich in der gebildeten Atmosphäre des Hauses auf Anhieb wohl. Und bald schon gibt es für seine Besuche auch einen sehr persönlichen Grund. Rades Nichte Hannelise, die auch in Marburg studiert und bei ihrem Onkel wohnt, hat es ihm angetan. Als er nach dem Studium Marburg verlässt, hat er sich mit ihr verlobt. Aber Professor Rade hat Martin Leo mehr zu bieten als seine reizende Verwandtschaft. Er gehört zu den mächtigsten Gestalten des liberalen Protestantismus in Deutschland. Sein Geist ist groß und frei. Doch diese Freiheit ist nur schwer zu fassen. Denn Liberalität wirkt ja meist nicht durch das, was sie darstellt, sondern durch das, was sie zulässt. So liegt denn auch die geistesgeschichtliche Wirkung Martin Rades weniger in der Bildung einer Schule oder in dem Einfluss, den seine Gedanken auf das Denken anderer ausüben. Sie liegt vor allem in dem Forum, das er dem kaum durchdringbaren Stimmengewirr des zeitgenössischen Protestantismus bietet. Dieses Forum, sein Lebenswerk, ist eine Zeitschrift namens *Die Christliche Welt*. In ihr kommt so ziemlich alles zu Wort, was in dieser weiß Gott streitbaren Konfession umstritten ist. Aber ist es denn überhaupt noch eine Konfession? Das orthodoxe Luthertum mag auf dem Land selbstgewiss vor sich hindümpeln, in den Städten erlebt der deutsche Protestantismus zu Beginn des 20. Jahrhunderts die größte Unruhe seiner Geschichte.

Nichts, was das Christentum seit anderthalb Jahrtausenden ausgemacht hat, ist diesen Kreisen mehr unantastbar. Lassen sich Jungfrauengeburt und Höllenfahrt Christi mit einem aufgeklärten Bewusstsein vereinbaren? Kann das apostolische Glaubensbekenntnis nicht ohne sie auskommen? Gehört das Alte Testament wirklich zum Christentum oder ist es nicht alleiniger Besitz der Juden? Ist Religion nicht immer Teil einer Nationalkultur? Ist Jesus Gottes Sohn oder war er nur ein außergewöhnlich charismatischer Prediger? Und was ist die Bibel? Göttliche Offenbarung oder ein Stück Geschichte? Dienen wir Gott nicht am besten, indem wir die Welt verbessern? In solchen Kontroversen zeigt sich eine geistige Lebendigkeit, die den Vergleich mit der spätantiken Formierung der Kirche und ihrer Neuformierung am Ende des Mittelalters nicht zu scheuen braucht. Und zugleich steckt in dieser Lebendigkeit auch etwas Panisches. Sie ist symptomatisch für eine Religion, die hin und her getrieben ist zwischen konservativem Starrsinn und historischem Relativismus. Die Größe der aufgeklärten Kreise ist letztlich paradoxer Natur. Sie lässt die Widersprüchlichkeit der eigenen Religion zu, gibt ihr zuweilen messerscharfen Ausdruck – und bewegt sich damit immer am Rande des theologischen Selbstmords. »Mein Herren, es wackelt alles« – nicht zufällig ist es die Jahresversammlung der *Freunde der Christlichen Welt*, auf der Ernst Troeltsch 1896 seinen Glaubensbrüdern diese berühmten Worte entgegenschleudert. Die Zeitschrift steht auf der liberalen Seite. Wie eine Bühne, auf der sich die widerstreitenden Kräfte so lange bekämpfen, bis die einen zerbeult zu Boden sinken und die anderen sich zu neuen Gestaden davonmachen. Letztlich hinterlässt Martin Rade seiner Kirche ein beachtliches Verlustregister. Nirgends jedenfalls wird sein

Erbe besser greifbar als in den Abspaltungen, die es ohne die durch ihn verkörperte Liberalität gar nicht gegeben hätte. So verschieden, ja gegensätzlich diese Zerfallsprodukte sind: sie vereint die Ablehnung der historischen Vernunft. Karl Barths existentialistisch eingefärbte Dogmatik entsteht in diesem Milieu, aber auch Arthur Bonus' mystische Vision eines germanischen Christentums. Aus der einen Idee geht die Bekennende Kirche hervor, aus der anderen die völkisch-antisemitische Bewegung der Deutschen Christen. Für Martin aber wird eine dritte Abspaltung lebensprägende Bedeutung gewinnen.

Es geht nicht anders, am Ende dieser Rückschau auf den deutschen Kulturprotestantismus muss auch noch von der Anthroposophie gesprochen werden. Aber Rudolf Steiner, wird man nun vielleicht sagen, war doch Katholik. Sicher. Aber Friedrich Rittelmeyer nicht. Der war ein Pastor aus Nürnberg. Und er war ein Freund Martin Rades. Weil der bayerischen Landeskirche Rittelmeyers Bibelauslegung zu freigeistig war, wechselte er nach dem Ersten Weltkrieg auf eine Pfarrstelle in Berlin. (Es ist im Übrigen kein Zufall, dass Rudolf Walbaum aus dem gleichen Grund von der Hannoverschen Landeskirche in den Harz versetzt wurde. Auch der schwärmerische Spiritualismus der Unitarier ist ein Kind des liberalen Protestantismus um 1900.) Als er aber begann, sich Gedanken um eine Erneuerung der Kirche im Sinne der steinerschen Lehre zu machen, wurde auch hier die Luft dünn. Nur in der *Christlichen Welt* durfte er seine Ideen zur Diskussion stellen. Sie fanden dort zwar keine Mehrheit, aber doch so viele Anhänger, dass es zur Gründung einer Freikirche reichte. Rittelmeyer nannte sie *Die Christengemeinschaft*. Ihre

Pastoren heißen Priester, und das ist nicht die einzige Annäherung an den Katholizismus. Altar und Liturgie erhalten auch wieder den Rang von Sakramenten. Aber die Entwicklungslehre, der zufolge im Menschen eine Entelechie zur geistigen Einheit mit Gott angelegt ist, steht in krassem Widerspruch zum biblischen Schöpfungsmythos. Angesichts des Wildwuchses, der um 1920 auf dem Gebiet der Religionen und Weltanschauungen herrschte, mag man das mit einem Achselzucken zur Kenntnis nehmen. Aber wie soll man ruhig bleiben, wenn man hört, dass Rittelmeyer den von ihm erfundenen Kultus »Menschenweihehandlung« nannte und sich selbst den »Erzoberlenker« der neuen Kirche? In mir jedenfalls wecken solche Wörter sofort die ganze Abneigung, die ich seit meiner Kindheit gegen die Anthroposophie hege.

Meine Mutter hätte mich gerne auf die Waldorfschule geschickt, wohl weil sie selbst eine besucht hatte. Doch mein Vater ließ das nicht zu, vielleicht sein größter Beitrag zu meiner Erziehung. Eingeklemmt zwischen mütterlicher Neigung und väterlichem Verbot, verharrte ich jedenfalls in genau der unverbindlichen Nähe zum anthroposophischen Milieu, in der abschätzige Vorurteile besonders gut gedeihen. Und Nahrung boten die Freaks wahrlich genug: Bauklötze, mit denen sich nichts bauen ließ; Wachsmalbilder, die aussahen, als hätte man gläserweise Milch und Honig über ihnen ausgeschüttet; Buchstabentänze, die immer wieder nur die Zeichenfolge H-A-U-A-B-Ausrufezeichen zu wiederholen schienen; Gebäude, die Lust auf den Atomkrieg machten; eine butterweiche Flüstersprache ohne Syntax und Grammatik; aus rosa Watte und lila Filz gewalkte Schutzengelpuppen; bei Vollmond gemolkene Vollmilch mit einer Fettschicht wie Kuhschnupfen; restlos zuckerfreie Ernährung für gesunde

Kinder, reine Zuckerkügelchen und rückstandsfreien Alkohol für kranke.

Doch dann muss ich an Martin denken. Und plötzlich fallen mir wieder dieser und jene ein, all die Bekannten, in deren Nähe es sich gut aushalten ließ, obwohl sie eine Waldorfschule besuchten. Natürlich, bei vielen Menschen aus dem Umkreis der Anthroposophie kann man sich schon vorstellen, dass sie genau dieses Buch geschrieben, dieses Haus entworfen, diesen Engel gewalkt oder diesen Bauklotz geschnitzt haben. Doch ich meine die anderen, die, an denen sich die Vorurteile ihre Zähne ausbeißen. So sehr man es auch unterstellte, viele Steinerschüler wirkten ja gerade nicht wie verbohrte Sektenkinder. Eher wie der Nachwuchs eines Eliteordens. Die Mädchen waren oft auf eine selbstbewusste und anspruchsvolle Weise anziehend: Verführe meinen Geist und du kannst meinen Körper haben, finde meine Seele und ich bleibe für immer bei dir, so die Nummer. Die Jungs vom gleichen Schlag bastelten Modellflugzeuge mit selbstgebautem Motor, hatten die Weimarer Klassik auswendig drauf oder spielten in der besten Funk-Band der Stadt Saxophon. Man wird also davon ausgehen müssen, dass die Anthroposophie doch ein paar Gedanken hervorgebracht hat, die man aussprechen, begreifen und dann annehmen oder ablehnen kann.

Anders würde man auch jemanden wie Martin da nicht unterkriegen.

Tatsächlich sind es zwei Ideen, ohne die man kaum verstehen wird, was dieses so bemerkenswert konsequente Leben zusammengehalten hat. Ein Rudolf Steiner zugetaner Bekannter namens Ali, so berichtet es Martin später seinem Sohn, habe ihm diese Ideen in Marburg nahegebracht. Möglich, dass es sich bei diesem Herrn sogar um Friedrich Rittelmeyer persönlich handelte. Schließlich konnte man auch den bei Rades antreffen. Und wenn Martin Bind hieß, warum sollte Friedrich nicht Ali heißen? Man muss diese Ideen gar nicht ausführlich erläutern, erst recht nicht in dem Vokabular, in dem sie wohl dargeboten wurden, und schon gar nicht muss man sie teilen, um ihre Mächtigkeit zu begreifen. Da wäre erstens die Idee der Wiedergeburt. Martin brauchte das Jenseits, um über sich selbst nachzudenken. Aber anders als ein herkömmlicher Christ begriff er sein Leben nicht vom Ende, sondern vom Anfang her. Von der Ungeborenheit statt von der Auferstehung. Die Frage, der er seine Existenz unterstellte, lautete nicht: Wovon erlöst mich der Tod? Sondern: Wie gut habe ich mich in diesem Leben auf das nächste vorbereitet?

Die zweite Idee ist gnostischen Ursprungs und in ihrer Stimmung tief vom Johannesevangelium durchdrungen. Sie erlaubt es, trotz des Bruchs mit dem christlichen Dogma den biblischen Deutungszusammenhang beizubehalten. Gott, lautet sie, ist nicht – oder nicht in erster Linie – der Schöpfer. Er ist reiner Geist und reines Licht. Und der Mensch? Den muss man unterscheiden in das, was er seiner göttlichen Substanz nach sein kann, und das, was er in Gestalt real existierender Erdenbewohner ist. Was er sein kann, hat Christus gezeigt. »Der« Christus, wie Martin ihn nannte, ist in die Welt herabgestiegen. Doch das erlösende Wunder seiner Existenz besteht nicht in der Fleischwerdung Gottes, sondern in der Geistwerdung des Menschen. Als einziger Mensch hat er vollständig wieder aus der Welt herausgefunden. Weil in ihm alles Fleisch überwunden ist, muss er nicht mehr in die Dunkelheit zurückgeboren werden. Umgeben von den himmlischen Heerscharen sitzt er an der Seite Gottes und kann von sich selbst sagen: Ego sum. Ich bin. Dem Raum, der Zeit und der Materie enthoben, bin ich reiner Geist und reines Licht. Alle anderen Menschen lassen sich danach beurteilen, wie nahe sie Christus, dem erlösten Erlöser und der reinen Vergeistigung, gekommen sind. Ob sie schon die Engel hören, die Boten, die sich von den höchsten Höhen des Himmels an die äußersten Ränder der Welt herabschwingen, oder ob sie noch an den Leimen kleben, mit denen der irdische Boden so vielfältig bestrichen ist. Und die Gegenwart? Die offenbart Zeichen eines Heilsgeschehens, in dem sich der apokalyptische Kampf zwischen den Kräften der irdischen Dunkelheit und denen des göttlichen Lichts zuspitzt. Der 29. Dezember 1908, der 14. April 1912, der 1. August 1914 stehen für Martin in einem Sachzusammenhang, ebenso wie der 20. September 1913 und der 16. September 1922 in einem anderen. Im verheerenden Erdbeben von Messina, im Untergang der *Titanic* – eines monströsen Dampfschiffs mit dummstolzem Namen – und im Ausbruch des Weltkriegs, so verkündet er in seinen Erinnerungen, habe sich die Aktivität des *Zerstörungspols* manifestiert. Sie müssten alle Menschen wachen Sinns und guten Willens in Angst und Schrecken versetzen, stünden ihnen nicht die viel feineren, aber für den Erkennenden umso mächtigeren Zeichen des *Lichtpols* gegenüber: die Grundsteinlegung des von Dr. Rudolf Steiner angeregten Goetheaneums in Dornach und die erste von Dr. Friedrich Rittelmeyer vollzogene Menschenweihehandlung. Inmitten dieser Großschlacht zwischen Hell und Dunkel ragt nach Dr. Martin Leo besonders die Zeichenhaftigkeit des Jahres 1909 heraus: Es markiert die Wende, die nicht nur ihm selbst einen Turm, sondern auch der Menschheit Rudolf Steiners *Geheimwissenschaft* beschert hat.

Auch wenn er das an keiner Stelle laut bekannte, es besteht gar kein Zweifel, dass diese Ideen Martins gesamte Lebensführung bestimmten. Dass er sich von körperlosen Wesen beschützt und geführt wusste. Dass die Orientierung auf die »göttliche« Sonne und die strenge Wiederholungsstruktur seiner Handlungen ihn über die irdischen Wüsteneien und die Beliebigkeit des Augenblicks erheben sollten. Dass er sich mit den Erinnerungen an seine Jugend auch dem Zustand seiner letzten Ungeborenheit anzunähern versuchte. Dass er seine chronischen Schmerzen ertragen lernte, weil er sich von der geistigen Anstrengung des Sichgeduldens einen neuen, weniger schmerzempfindlichen Körper versprach. Dass seine Disziplin, seine Beharrlichkeit und seine Sanftmut ihm umso leichter fielen, als er zwar nicht aufs Himmelreich hoffte, aber doch auf ein Erdenleben von geringerer Schwerkraft. Und ebenso wenig besteht ein Zweifel daran, dass diese Ideen eine unaufhebbare Distanz zwischen ihm und seiner Herkunftsfamilie schufen. In der Weserstraße jedenfalls sprach man später mit einer Mischung aus Ehrfurcht und Verachtung von der »anthropowistischen« Weltanschauung, der sich der Sohn und Bruder da verschrieben hatte.

Wenn ich versuche, mir Martin als religiösen Menschen vorzustellen, dann habe ich aber nicht diese beiden Ideen im Kopf. Ich habe zwei Bilder vor Augen. Zunächst sehe ich einen Koffer. Er steht in einer Ecke von Martins Wohnung. Er muss da stehen, denn die Dessauer Christengemeinschaft besitzt kein eigenes Gebäude. Und weil Martin ihr Küster ist, befindet sich das liturgische Gerät für die Menschenweihehandlung in seiner Obhut. Alle paar Wochen packt er die Dinge aus, um sie zu reinigen und, soweit nötig, auch ein wenig aufzupolieren. »Lampenputzer« nennt Hannelise ihn darum spöttisch. Jeden Sonntagvormittag laufen die beiden mit diesem Koffer quer durch die Stadt, von ihrer Wohnung in der Thälmannallee zu dem kleinen Gemeinderaum am Muldeufer, der ihnen von den »Evangelen« zur Verfügung gestellt wird. Die Anwohner der Strecke kennen den Anblick schon. Der Mann ist von hagerer Statur und hat kindlich gerötete Backen, über die sich eine ungewöhnlich glatte Haut spannt. Einen Hals hat er nicht. Er geht langsam, leicht gebeugt und trägt einen dunklen Anzug. Die Frau ist kleiner und etwas rundlich, auch sie hat festliche Kleidung angelegt. Ihr Gesicht, aus dem eine habichtartige Nase herausragt, wirkt selbst aus der Ferne freundlich und ungemein wach. Mit dem Tragen des Koffers, der eine gewisse Last zu bergen scheint, wechseln sie sich ab. Offenbar ein Ehepaar, das ohne viele Worte ganz gut miteinander auskommt. Wohin führt sein Weg? Und was mag es da mit sich herumschleppen?

Und dann sehe ich eine Totenbahre. Sie steht im Keller eines Altenheims im Stadtteil Weißer Hirsch, dem hoch über der Elbe gelegenen Villenviertel Dresdens. Auf ihr liegt Martin in seinem dunklen Sonntagsanzug. Durch das kajütenartige Fenster fällt schwaches Tageslicht herein, zusammen mit den Kerzen, die in einigen hohen Ständern brennen, reicht es gerade zum Lesen. Zwei Tage lang wechseln sich seine Glaubensbrüder mit der Totenwache ab. Immer sitzt einer von ihnen neben der Bahre und trägt aus der Bibel vor. Sie begleiten Martins Übertritt in die nächste Ungeborenheit. Und zugleich wollen sie ihn für sein letztes Leben loben.

Alles liegt nun
florumwoben.
Schlaf umschmiegt nun

288

Unten, oben.

Nur die fernen

Fälle toben.

Leise Geisterhände

tragen

mich vom

Wagen

in des Schlummers

Traumgelände.

Aller Notdurft,

alles Kummers

ganz befreit,

fühle ich ein höheres Sein

mich durchweben.

Als würde er schweben. So kommt es B. vor, als sie ihren Großvater so wohlbehütet daliegen sieht. Aus ihrer Trauer taucht ein kleines Glücksgefühl auf. Denn obwohl sie nicht weiß, wie das gehen soll, sie kann sich gut vorstellen, dass er die Worte hört. Auch Hannelise wacht ausdauernd an der Seite ihres Mannes. Einige Tage später erscheint er ihr im Traum. Er trägt eine Toga und sitzt auf der Treppe eines kleinen Tempels. Ohne sie zu bemerken, ist er in ein Gespräch mit Sokrates, Platon, Pythagoras und Plotin vertieft. Es ist ein zutiefst gemischtes Gefühl, das sie beim Anblick dieser Männer überkommt. Martin ist ihr in dieser Szene so vertraut, wie ein Mensch dem anderen nur sein kann. Und es ist ja auch ihre Welt, die sie da sieht. Sie hat Gräzistik studiert, gemeinsam haben sie die Evangelisten und die Kirchenväter im Original gelesen. Sie liebt die griechischen Philosophen genau wie er. Doch die Unverstelltheit, mit der er sich ihnen jetzt, wo er allein ist, hingibt – die schockiert sie fast. Ihr wird schmerzhaft bewusst, dass ein Teil von ihm auch für sie immer unzugänglich geblieben ist. Um existieren zu können, musste er sich verschließen können. Das wusste sie, so wie sie wusste, dass es nie in böser Absicht geschah; und doch konnte sie nicht anders, als dieses Verhalten auch als abweisend zu empfinden. Aber hier, das spürt sie, kann er sich plötzlich ganz zeigen. Er wirkt so unbefangen, so gelöst. Als sie ihrem Sohn von dem Traum erzählt, hat sie diesem gemischten Gefühl bereits eine Deutung gegeben, die man in ihrer Unzweideutigkeit nur liebevoll nennen kann.

»Endlich ist er daheim«, sagt sie.

12. KAPITEL

DER HEIDE VON AHAUSEN

Der Todeszeitpunkt lag schon so lange zurück, dass man zu seiner Bestimmung einen forensischen Entomologen zu Rate ziehen musste. Trotz des Sommerwetters waren alle Fenster verschlossen gewesen. Instinktiv hatten die Polizeibeamten nach der gewaltsamen Öffnung der Wohnungstür die Nähe des ungespülten Geschirrs gesucht, dessen säuerlich-stechender Geruch einen Kontrast zur unerträglichen Süße der Fäulnis bildete. Der *rigor mortis*, so stellte der herbeigerufene Arzt fest, hatte sich schon gelöst; und auch das Thermometer maß – trotz voller Bekleidung und Übergewicht – acht Zentimeter rektal keine andere Temperatur mehr als in der Umgebung der Leiche. Informativer war da schon die Metamorphose von *musca domestica*, deren in Augen- und Nasenschleimhäuten abgelegte Eier sich bereits in einem späten Larvenstadium befanden. Dennoch konnte der Verfasser des Obduktionsberichts nicht mehr tun, als einen Zeitraum von mehreren Tagen zu definieren, innerhalb dessen der Tod eingetreten sein musste. Dass M41 am 23. Juni 2011 starb, ist also bestenfalls eine auf Wahrscheinlichkeit gegründete Annahme. Auch die Todesursache konnte nicht mehr eindeutig geklärt werden. Er war nicht im engeren Sinn krank gewesen. Aber ihn gesund zu nennen hätte noch weniger gepasst. Jedenfalls konnte es niemanden, der ihn in den letzten Jahren gesehen hatte, überraschen, dass er einfach tot umgefallen war.

Jeder bekommt den Tod, den er verdient, heißt es. Wie alle Lebensweisheiten hätte M41 wohl auch diese erst einmal geglaubt. Nicht dass er leichtgläubig gewesen wäre. Eher gutgläubig. Und von Natur aus neugierig. Hatte es nicht auch geheißen, wem eine Schwalbe auf den Kopf scheiße, dem werde Gutes widerfahren? Und wäre er nicht dumm gewesen, sein Glück zu bezweifeln, statt es auf die Probe zu stellen, als das – es muss im Sommer 1949 oder 1950 gewesen sein – wirklich geschehen war? Und hatte er nicht tatsächlich noch am Nachmittag des gleichen Tages drei herrliche Weißfische aus dem Ahauser Mühlteich geangelt? Nun, er war bestimmt nicht aus Neugier gestorben. Aber wäre er dazu noch in der Lage gewesen, M41 hätte wohl gefunden, dass ihm da ein passender Tod beschert worden war. Übrigens war er damals ohne M44 zum Angeln losgezogen. Nicht, weil der kleine Bruder keine Ahnung von solchen Sachen gehabt hätte. Im Gegenteil, trotz der drei Jahre Altersunterschied war mit dem Knirps eine Menge anzufangen; mehr als mit dem ängstlichen M42 jedenfalls. Nein, es war nun mal einzig und allein ihm auf den Kopf geschissen worden, genau zwischen die beiden Haarwirbel, die in der ganzen Familie nur er besaß. Außerdem war es immer etwas heikel, über derlei Naturgesetze allzu offen zu reden. Also hatte er das Vorzeichen für sich behalten und war allein zur Mühle gezogen. Und der Erfolg hatte ihm schließlich recht gegeben.

M44 starb zwei Jahre vor seinem Bruder. Nach einer langen, heimtückischen Krankheit. Wenn in diesem Fall Zweifel angebracht sind, ob wirklich jeder Tod als Abbild des Lebens anzusehen ist, so beweist er umso deutlicher, dass jeder Mensch das Begräbnis bekommt, das er verdient. Und für dieses Begräbnis hatte M44 wahrlich viel getan. Er hatte seinen Mann gestanden, als seine drei kleinen Kinder plötzlich mutterlos geworden waren. Er hatte sich mustergültig von seinem Vater distanziert, ihn als einziger unter den Geschwistern einen »Nazi« genannt und das sogar definieren können: Friedrich Leo, so sagte er, sei ein menschenverachtender Despot gewesen, ein Individuum mit vollständig deformierter Psyche, dem die nationalsozialistische Ideologie eine Legitimation geliefert habe, um die eigene Deformation zur Norm zu erklären. Und er hatte es sich nicht nehmen lassen, dieser individualisierten Deformation persönlich vors Schienbein zu treten, nicht im übertragenen Sinn, durch Widerspruch, das wäre zwecklos gewesen, sondern ganz wörtlich, mit der Schuhspitze gegen den schmerzempfindlichsten Knochen des Vaters, worauf der zischend durch die Zähne eingeatmet und das Gesicht verzerrt, aber ansonsten keinen Laut von sich gegeben habe. Wie Bild und Spiegelbild müssen sie einander gegenübergestanden haben – der schlanke, breitschultrige Vater und der schönste seiner Söhne, siebzehn Jahre alt und auf dem Sprung in die deutsche Sozialdemokratie. Schon früh hatte er Platon und Heinrich Böll gelesen und sich im Amerikahaus politisch gebildet. Später war er dann ein von den Schülern verehrter Lehrer geworden. Und als er in die Bürgerschaft des Stadtstaates eingezogen war, hatten nicht wenige in ihm den kommenden Mann der Bremer SPD gesehen.

M44 scheint eine gewisse Ähnlichkeit mit mir gehabt zu haben. Tatsächlich habe ich mich früher in einigen seiner Züge wiedererkannt, der Neigung zur abstrakten Kritik zum Beispiel. Oft versuchte mein Vater mir im Eifer eines Streitgesprächs das Wort abzuschneiden, indem er mich unwillkürlich mit dem Namen seines jüngeren Bruders anrief: »Vierli, ich bitte dich!« Doch dann war M44 krank geworden, ausgerechnet er: der sportlichste von allen, der von einem Tag zum nächsten das Rauchen aufgegeben und jeden Morgen im Schwimmbad seine Bahnen gezogen hatte. Und auch dieser letzten Herausforderung war er mit bewundernswerter Willensstärke gerecht geworden, hatte nie geklagt und während des langen Klinikaufenthalts ebenso den Weg in die Malerei gefunden wie ins Christentum. In der Auszeit, die ihm die Krankheit vergönnte, war er nach Santiago de Compostela gepilgert, eine spirituelle Erfahrung, an der er Freunde und Verwandte durch ein von Hand geschriebenes Reisejournal teilhaben ließ. Kurz bevor die Krankheit endgültig zuschlug, hatte er noch einen Kursus in Bildhauerei besucht. Und nun sollte er in Aumund, einer Nachbargemeinde seiner Heimatstadt Vegesack, beerdigt werden. Die Kapelle war so überfüllt, dass sich vor dem Eingang eine große Menschentraube gebildet hatte, die während der langen Feier geduldig im Frühlingsregen ausharrte. Unter den Trauergästen befanden sich der Bremer Bürgermeister und M44s Ex-Schwiegermutter. Viele von ihnen weinten. Auf dem Sarg, der umgeben von Kränzen und Kerzen in der kleinen Apsis stand, lagen prächtige Blumengebinde. Ausführlich und mit einer sehr persönlichen Note wiederholte die Pastorin die Geschichte, die M44 schon zu Lebzeiten über sich erzählt hatte. Immer wieder unterbrach sie ihre Rede, um der Trauergemeinde Zeit zum Singen zu geben. Und es wurde viel gesungen an diesem regnerischen Tag: die Lieder des Luthertums, die Lieder des Freundeskreises, die Lieder der Heide.

Zwei Reihen vor mir saß M41, sofort erkennbar an der Breite seines Kreuzes, den nach vorne gerollten Schultern und den Schuppen auf dem schwarzen Anzug. Weil ich spät gekommen war und weil die Trauernden sich am offenen Grab zu einer langen Warteschlange formierten, konnte ich ihn erst später auf dem Parkplatz begrüßen. Wackelig, um nicht zu sagen wankend, kam er auf mich zu. Das Verhältnis des breiten Bauchs und der noch breiteren Hüfte zu den leicht x-förmigen Beinen ließ einfach keinen anderen Gang zu. Ich hatte ihn zuletzt vor sechs Jahren getroffen und war erstaunt über sein Aussehen. Die spärlichen Informationen meines Vaters, der als einziges Familienmitglied in Kontakt mit ihm stand, hatten Schlimmeres befürchten lassen. Seine Haare, von denen einige büschelweise zu Berge standen, mochten noch etwas spärlicher und weißer geworden sein, aber der gelblichgraue Teint seines Gesichts und die bläuliche Schwärze der mächtigen Tränensäcke hatten sich erstaunlich gut gehalten. Seine Augen blickten ohnehin schon lange so müde, dass nur die endgültige Leblosigkeit ihren Ausdruck noch hätte steigern können. Und wie immer war ich auch bei dieser letzten Begegnung überrascht und sofort eingenommen von der Lebendigkeit, mit der sich plötzlich inmitten dieser gewaltigen Last die Person regte.

»Na, du«, sagte er ziemlich laut, mit anziehender Stimme, so dass es wie »naah, doooh« klang, und ließ dann ohne Übergang ein noch lauteres, ebenso grundloses wie herzliches Lachen folgen. Seine fleischige Hand schoss warm in die meine, während ich mich nach seinem Befinden erkundigte und er wie immer entgegnete: »Dooh – wie solls mir gehen?«, als hätte er den Sinn dieser Quatschfrage noch nie verstanden. Und sofort danach, ebenfalls wie immer: »Muss ja, dooh. Muss ja.« Wir stiegen in verschiedene Autos. Beim anschließenden Essen, das in einem Restaurant auf dem ehemaligen

Vulkangelände stattfand, saßen wir weit auseinander. Ich kann mich nicht erinnern, noch einmal mit ihm gesprochen zu haben.

Dass auch er das Begräbnis bekam, das er verdiente, war meinem Vater zu verdanken. Wie sehr M42 die Umstände zu schaffen machten, unter denen sein Bruder den Tod gefunden hatte, war nur indirekt zu bemerken: an der verhaltenen Freude, mit der er mir von der Beerdigung berichtete. Lange war überlegt worden, wo M41 begraben werden sollte. In Vegesack, wo er den Großteil seines Lebens zugebracht hatte? Nicht umsonst war er anderswo gestorben; die Stadt hatte ihm einfach kein Glück gebracht. An seinem letzten Wohnort? Das wäre unerträglich beklemmend gewesen, so zufällig wie er da gelandet war. In der Heimat seiner zweiten Frau, mit der er technisch gesehen noch verheiratet war? Nicht nur wäre dazu eine Überführung in die Slowakei nötig gewesen – seine Frau hätte es auch anbieten müssen; aber das tat sie nicht.

Doch dann hatte M42 eine Idee. Zusammen mit W36 und M41s Kindern, drei Töchtern und einem Sohn aus zwei gescheiterten Ehen, kaufte er eine Grabstätte auf einem Naturfriedhof in Niederbayern, nicht allzu weit von München und so nah, wie man in Deutschland der Slowakei eben kommen kann. Außer diesen sechsen war denn auch niemand zur Beerdigung gekommen. Aber das schien in Ordnung gewesen zu sein. Jedenfalls klang aus dem Bericht meines Vaters Erleichterung. Als hätte das Leben seines Bruders nach dem desaströsen Tod noch ein zweites, versöhnlicheres Ende gefunden. Er schilderte die Schönheit der Friedhofslandschaft. Mehrfach betonte er, dass M41 die Wahl des Ortes bestimmt gefallen hätte. Das Grab liege auf einer kleinen Anhöhe, die dem Besucher einen wunderbaren Ausblick biete. Es werde durch einen unbehauenen Naturstein ohne christliche Symbolik markiert, auch das sei sicher im Sinne des Verstorbenen gewesen. Und dann sagte er noch, die Kinder der deutschen Frau und die Kinder der slowakischen Frau, die sich am Grab ihres Vaters zum ersten Mal begegnet waren, hätten offenbar Zugang zueinander gefunden.

Es war klar gewesen, dass ich nicht zur Beerdigung kommen würde. Aber warum eigentlich? Auch bei längerem Nachdenken fällt mir keine Antwort ein, zumindest keine, die mich nicht beschämen würde. Als M44 gestorben war, hatte ich keinen Moment gezögert. Dem Ruf an sein Grab nicht zu folgen wäre mir schlicht unanständig vorgekommen. Ich hatte den Onkel früher bewundert, weil er in dieser stocksteifen Familie einen Hauch von Freiheit verströmte, und auch als Nazijäger besaß er meinen Respekt. Aber im Grunde war das eine soziale Beziehung gewesen. Frei von persönlichen Gefühlen, beruhte sie darauf, dass ich ihm die Anerkennung gewährte, die er stillschweigend für sich beanspruchte. Dagegen stand mir M41 auf eine merkwürdige Weise nahe. Als einziges von den fünf Geschwistern meines Vaters. Aber warum war diese Nähe merkwürdig? Weil ich mir ihrer immer erst bewusst wurde, wenn sie da war. Ihr ging keine Anziehungskraft voraus, keine Erinnerung folgte ihr nach.

Es ist bezeichnend, dass ich am Anfang meiner Erzählung behauptet habe, ich sei bei meinen letzten Besuchen in der Weserstraße mit Großmutter allein gewesen. Das stimmt nämlich nicht. Oft saß M41 mit am Tisch. Und oft schaute ich nachmittags noch in seinem Büro vorbei, im Turmzimmer, das vor vielen Jahren die Bibliothek seines ihm unbekannten

Großvaters gewesen war. Er freute sich immer, wenn ich kam. Wie für seine Mutter gab es ja auch für ihn nur noch selten Gelegenheit zum unbeschwerten Gespräch. Er verließ seinen Schreibtisch, von dem aus er einen herrlichen Ausblick auf die Unterweser und das Oldenburger Land hatte, und bat mich an den Konferenztisch. An der Wand hing eine große Landkarte, in der unten rechts mehrere Fähnchen staken. Über dem Bild stand in großen kyrillischen Buchstaben *Sojus Sowetskich Sozialistitscheskich Respublik*. Auch wenn das Land kürzlich untergegangen war: es verband uns, wir kannten es beide. Aber er kam ohne Reisebegleitung aus. Er war nie als Tourist dort gewesen. Er wurde gebraucht.

Zwei Monate nach dem Überfall auf die Sowjetunion geboren, erreichte er fünfundvierzig Jahre später mühelos das strategische Ziel des Feldzugs, den Ort, von dem die Oberste Heeresleitung immer nur geträumt hatte: die Ölfelder Bakus. Und von dort erzählte er. Von schwarzen Seen und Fördertürmen bis zum Horizont. Von schwitzenden Parteifunktionären in der Sauna. Von Besäufnissen mit den Ingenieuren. Mit Wörtern, die ich noch nie gehört hatte: Ölschlamm. Dschoind Ventscha. Karascholeo. Ich hörte ihm gerne zu, eher vergnügt als gebannt, denn obwohl die weite Welt aus ihnen sprach, rührte das Erlebnis des Zuhörens vor allem von der Art des Erzählens her. Er schien besorgt um die Wirkung seiner Geschichten. Warum sonst hätte er, noch bevor ich hätte reagieren können, auf die meist skurrilen oder komischen Höhepunkte einen von starkem, heiserem Lachen begleiteten Verstärkungslaut folgen lassen, der etwa so klang: »Oh neee, doooh!« Aber er erzählte auch gut. Vor allem verstand er es, vor den entscheidenden Stellen die Spannung zu erhöhen, indem er umständlich seine Sitzposition veränderte, einen kräftigen Schluck Kaffee nahm und sich eine neue HB anzündete. Wenn ich wieder gehen wollte, hielt er mich nicht auf, obwohl er gerne noch weiter erzählt hätte. Er wischte sich die Aschebrösel von seinem ausgeleierten Wollpullover und brachte mich zur Eichentür, hinter der sich das immer wieder überraschend helle Treppenhaus befand, ein architektonisches Meisterwerk: Durch das trübe Oberlicht fiel Streulicht in die Tiefe, und als seien sie mitten im Sturz angehalten worden, hingen Kugellampen aus weißem Glas in der Luft.

In seiner Welt strahlte M41 eine unverwüstliche Lebenskraft aus, ein bisschen laut vielleicht, aber immer von ansteckender Heiterkeit. Ihn zusammen mit seiner Mutter am Esstisch zu sehen war dagegen ein Bild des Jammers. Zwei erschöpfte Menschen in einem riesigen Haus, das sie sich schon lange nicht mehr leisten konnten. Im ökonomischen Sinn konnte es sich natürlich nur M41 nicht mehr leisten, ihm gehörte es schließlich. Dass er sich trotz der unabwendbaren Pleite seines Geschäfts nicht zum Verkauf entschließen konnte, hatte aber sehr wohl mit seiner Mutter zu tun. Niemand trug den Namen Leo so stolz wie sie, und nirgendwo wurde die Bedeutung dieser Familie für sie greifbarer als in dem großen Haus. Sie mochte in der Stadt nie ganz heimisch geworden sein – in der Villa am Hochufer zu leben hatte sie immer als Ehre verstanden. Und als Verpflichtung.

»Bedenke, dass du ein Leo bist« – das konnte Trina ihren Kindern sagen, wenn sie etwas an ihnen auszusetzen hatte.

M41 wusste, dass das Haus verloren war. Aber ein tiefsitzendes, ihm selbst nicht ganz verständliches Gefühl wollte, dass die Mutter das nie erführe. Oder wenn, dann erst, nachdem sie ausgezogen war. So zögerte er den Verkauf hinaus, und weil er dafür den Konkurs seiner Firma verschleppte, kostete ihn das eine Menge Geld. Für Trina dagegen gehörte die Rettung des Hauses zu den wenigen Dingen, die sie noch am Leben hielten. Kein Tag verstrich, ohne dass sie mit ihrem Sohn neue Möglichkeiten der Sanierung erwogen hätte. Er war Geschäftsmann genug, um zu wissen, dass es da nichts mehr zu erwägen gab, während ihr ökonomisches Vokabular aus einer Zeit und einer Gesellschaft stammte, in der Liquiditätsengpässe die nächste Fuhre Saatgut oder die letzte Forderung des Finanzamts betrafen.

»Wer könnte denn nur für mich gutsprechen? Irgendwer muss doch für mich gutsprechen können«, sagte sie und schüttelte den Kopf.

»Mutter«, antwortete M41, genervt in der Sache, aber geduldig im Tonfall, »wer auch immer für dich bürgen könnte: Er würde Sicherheiten sehen wollen. Aber die haben wir nicht, weil das Haus längst der Bank gehört. Das ist doch genau das Problem. In deiner Kalkulation beißt sich die Katze in den Schwanz.«

Dat mag ween, as dat woll; aver von nix kümt ok nix, dachte Trina. Moss' barf bi gaan – das hatte sie von ihrer Mutter zu hören bekommen, immer wenn ein Problem sich von der Wirklichkeit in den Kopf zu verlagern drohte. Und sie hatte den Satz an ihre Kinder weitergegeben. Und die wiederum an die ihren. Ich jedenfalls musste ihn mir verlässlich anhören, sobald ich mich bei der Erledigung irgendeiner Pflicht »anzustellen« begann. Und Trina ging die Sache an, zwar nur mit den bescheidenen Mitteln, die ihr zur Verfügung standen, aber egal – was zählte, war der Wille, einem sich abzeichnenden Unglück nicht tatenlos zuzusehen. Also begann sie, Lotto zu spielen. Nicht normales Lotto, das wäre zu ernüchtern gewesen, sondern das Gewinnspiel von Reader's Digest. Die schrieben immer so nett. Viel Post bekam Trina nicht mehr, da freuten sie die persönlichen und immer ermutigenden Worte des Herausgebers umso mehr: *Herzlichen Glückwunsch, Frau Leo! Sie haben alle 6 strengen Zulassungsbedingungen erfüllt. Sie sind für sämtliche Elite-Gold-Privilegien autorisiert und haben Aussicht auf Gewinne im Gesamtwert von DM 1 000 000.* Demenz-Marketing nennt die Stiftung Warentest so was. M41 konnte es nicht fassen, aber die Mutter ließ sich nicht davon abbringen. Bis zum Ende, als ihr Hausstand schon für den Rückzug in die Heide verpackt war, spielte sie um ihre Existenz. Und verlor. Der letzte ihrer vielen Briefe, der gewinnbringende und für immer erlösende, erreichte sein Ziel nicht mehr. Auf dem Postamt brach Trina zusammen.

Alle sechs Kinder hatten die Mutter geliebt. Jedes auf seine Weise, das eine lauter, das andere leiser, das eine rein und unverstellt, das andere vermischt mit anderen Gefühlen, das eine offenherzig, das andere tief in sich verborgen. M41 hatte seine Mutter im Verborgenen, aber tief und unvermischt geliebt. Doch die Trauer um ihren Verlust wurde von einem anderen Gefühl verstellt: unbändiger Wut auf den Vater. Nicht, dass diese Wut neu für ihn gewesen wäre. Im Gegenteil, er lebte mit ihr seit seinem sechsten Lebensjahr, seit dem Tag, als dieser ausgezehrte, hartleibige Mann plötzlich aufgetaucht war und alles durcheinandergebracht hatte. Aber Unversöhnlichkeit gehörte nicht zu M41s Eigenschaften. Als Friedrich gestorben war, hatte ihn das kaltgelassen, nicht mehr und nicht weniger. Doch als er nun endlich, viel zu spät, nach dem Tod der Mutter den Verkauf des Hauses in Angriff nahm, sah er auf einmal die Fratze des Vaters vor sich, so deutlich, als hätte sich der Sargdeckel über ihm nie geschlossen. Der alte Schweinepriester, der elende Monophysit, der verfluchte Moralapostel! Hatte ihm aus dem Grab ein letztes Mal eins reingewürgt, so wie er es seit Kindertagen immer getan hatte. Ihm nichts zugetraut. Ihn gedemütigt. Ihm Steine in den Weg gelegt. Und jetzt – Denkmalschutz. Konnte das denn wahr sein? Die Weserstraße 84 stand unter Denkmalschutz!

Sie haben es doch selbst beantragt, sagte man ihm auf dem Grundbuchamt. Sie sind doch Friedrich Leo, oder nicht?

Um knapp eine Million Mark verminderte der Idealismus seines Vaters, eine Gesinnung, der es um den Erhalt von sogenannten Werten zu tun war, den Realwert des Hauses. M41 hatte mir davon bei unserer vorletzten Begegnung erzählt. Oder sollte ich lieber sagen: unserer letzten? Anders als beim Begräbnis seines Bruders war es nämlich eine echte Begegnung gewesen. Die längste, die es je zwischen uns gegeben hat. Ein Gespräch mit allem, was dazugehört. Und wieder hatte ich die Nähe, die dabei entstanden war, vergessen. Hätte ich dieses Gespräch nicht auf Kassetten aufgenommen, es wäre unwiederbringlich verloren gewesen. Wie seine beiden Brüder hatte ich auch M41 zu Großvater interviewen wollen. Gelegenheit dazu bot ein Besuch bei meinem Vater im Mai 2003. Denn M41 wohnte damals in Bayern. Böhmfeld: Auch der Name des Ortes wäre mir entfallen, hätte ich ihn nicht neben das Datum des Gesprächs auf die Kassettenhüllen geschrieben. Ein Blick in den Atlas verrät, dass es sich um eine kleine Gemeinde nördlich von Ingolstadt handelt, die sich vor allem durch ihre Nähe zur A 9 auszeichnet. Und das würde passen, denn wenn ich mich recht erinnere, war M41 irgendwie an der Autobahnerweiterung beteiligt (oder war es die neue ICE-Trasse?). Dass man ihn überhaupt besuchen konnte, war allerdings ein Glücksfall. Einen wirklich festen Wohnsitz hatte er nämlich schon lange nicht mehr. Er lebte dort, wo er gerade Arbeit fand. Was hatte er seit der Insolvenz nicht alles angestellt, um die Forderungen seiner Gläubiger zu bedienen und um zum Unterhalt seiner Kinder beizutragen: Import, Export Russische Föderation. Steine. Kohle. Dies und das. Mal hier, mal da. Und jetzt? War er halt wieder bei seinen beruflichen Wurzeln gelandet: Straßenbau. Warum nicht? Scheißegal. (Was sollte er bis zu seinem Tod nicht noch alles anstellen: Waffenkonvois in den Irak begleiten, von Norden durch sunnitisches Gebiet, mitten im Krieg. Und dann wieder irgendein Ingenieursjob auf irgendeiner Baustelle in Nordbayern, möglichst nah an der tschechischen Grenze.)

Was solls, dooh, jammern nütz' nix.

Als er mich vom Bahnhof abholte, in einem sandfarbenen Benz, der ihm von der Baustellenleitung zur Verfügung gestellt worden war, schwitzte er. Wir fuhren zu ihm nach Hause. Seine Wohnung hätte liebloser nicht sein können. Zwei Zimmer Erdgeschoss in der Provinz, notdürftig möbliert, ungelüftet, unaufgeräumt, inmitten einer gleichgeschalteten Zone aus gepflegten Rasenflächen, Waschbetonwegen und Riesentrampolinen. Dieser Umgebung wegen war es ihm vermutlich auch egal, dass sich die Jalousie der Terrassentür auf halber Höhe verklemmt hatte. Mit deutlicher Schlagseite hing sie vor dem Ausblick auf die Mitte der Gesellschaft: das einzige Bild, das sich mir aus der Wohnung eingeprägt hat. Die Erinnerung an das Gespräch kommt erst beim Anhören der Aufnahme wieder. Nein, sie kommt nicht. Sie ist sofort da. So wie M41 sofort da war, wenn man ihm begegnete. Die Gespräche mit seinen beiden Brüdern, M44 und meinem Vater, sind beim erneuten Hören vor allem informativ. Sie verraten etwas über ihren Vater, über ihre Kindheit in der Heide, über sie selbst; mal sagen sie es direkt, mal indirekt, mal absichtlich, mal unabsichtlich, aber immer erzählen sie ihre Geschichte, einen Text, den sie offensichtlich nicht zum ersten Mal loswerden und auf eine fast irritierende Weise unter Kontrolle haben.

M41 hatte nichts unter Kontrolle. Er freute sich zunächst mal, dass da jemand gekommen war, mit dem er den Sonntag verbringen konnte. Alles andere würde sich schon ergeben. Über Großvater willst du reden? Nur zu, dooh. Und wie immer war er neugierig. Er wollte auch etwas von mir wissen. Ihn interessierte der Forschungsstand in Sachen SS. Nicht unbedingt, um etwas über seinen Vater zu erfahren – sondern vor allem über sich selbst.

»Weißt du, dass ich in der SS war? Mit der Geburt, dooh.«

»Nee.«

»Doooch.«

»Nein, wusste ich nicht, wollte ich sagen.«

»Ich dachte, ich guck nicht richtig, als ich meinen Mitgliedsausweis unter Vaters Sachen gefunden habe.«

Er will das sofort loswerden, gleich zu Anfang. Und er kommt immer wieder darauf zurück, als ob ihm diese Formalie einen Schlüssel zum Verständnis seines Lebens böte. Ich habe nicht herausfinden können, ob die Mitteilung stimmt. Ob es überhaupt Kindermitgliedschaften in der SS gegeben hat. Nicht, dass ich M41 unterstellen will, er habe sich das ausgedacht; aber möglicherweise hat er in eines der Geburtsdokumente, die am 22. August 1941 im SS-Lebensborn-Heim in Wernigerode ausgestellt wurden, etwas zu viel hineininterpretiert. Doch im Grunde ist das egal. Zum einen ist die Information durchaus plausibel. Sie passt ins Bild eines Züchtungsordens. Andererseits, und das ist viel wichtiger: Er *war* der erste Sohn eines SS-Offiziers, und er wurde auch so behandelt. In diesem Sinne gehörte M41 mit Leib und Seele der SS an. Aber kann ein Kleinkind der SS angehören? Vielleicht sollte man eher sagen, er *gehörte* der SS, das trifft den Sachverhalt wohl besser. Jedenfalls endete diese Mitgliedschaft nicht, wie alle Formen der offiziellen Zugehörigkeit zu NS-Organisationen, durch das Alliierte Kontrollratsgesetz No. 2 mit Wirkung vom 10. Oktober 1945. Sie endete um den 23. Juni 2011.

»Ich war SS, doooh!« – auf diesen Schrei hatte er wahrlich ein Anrecht. Und endlich interessierte es mal jemanden.

Obwohl sie mehrere Stunden dauert, lässt sich die Aufnahme ohne Ermüdung anhören. Sie sprudelt vor Leben. Denn nicht nur in den gesprochenen Worten, auch zwischen ihnen herrscht ein unverwechselbarer Sound. Ein Gattungsrauschen. Menschenkörpersound. Offenbar haben wir Kuchen gegessen. Einer von uns kaut hörbar. Der andere kaut laut. Und noch während des Kauens spült er den Bissen mit einem langen Kaffeeschlürfgeräusch runter. Schlucken. Wups. Ahhh. Alle paar Minuten raucht er eine Zigarette an. Rascheln. Klick. Einsaugen. Plastik trifft auf Glas. Langes Auspusten. Stille.

»Wo waren wir stehengeblieben?«

Er fragt oft zurück. Teils rhetorisch, teils wissbegierig, aber beides unterstützt den Eindruck, dass hier, anders als mit seinen Brüdern, ein echtes Gespräch stattfand, nicht nur ein Interview. Viele seiner Sätze sind elliptisch, sie gehen halbfertig in Nachdenken über, in Unsicherheit über die letzte Behauptung oder in Begeisterung über die letzte Pointe, in

Regungen, die sich nicht bis zum Satzende gedulden können, oder in eine neue Erinnerung, die mitten in der Rede aufgetaucht ist wie eine von nächtlichem Blitz erhellte Blüte. Dann wieder hörbares Grübeln. Kauen. Schlürfen. Wups. Stille. Rascheln. Klick. Einsaugen. Plastik auf Glas. Auspusten. Lautes Husten mit Auswurf.

»Gute Frage«, sagt er ein paar Mal. Und denkt dann nach. Oder: »Das habe ich mich selbst oft gefragt, aber ich bin zu keinem Ergebnis gekommen.« Um dann doch eine Antwort auszuprobieren: »Es könnte sein«, so beginnt sie meistens, das Wort *könnte* laut und anziehend betont, und zur Verstärkung gleich noch einmal: »Es könnte sein, dass …«

Dass was?

Es könne zum Beispiel sein, dass der Vater ihn immer so hart rangenommen hat, weil er der SS-Erbe war. Der älteste Sohn eines Mannes, der die Behauptung biologischer Höherwertigkeit mit seinem Scheitern in Einklang bringen musste. Fleisch von anspruchsvollem Fleische. Die Verkörperung einer Körperphantasie.

Auf meine Nachfrage rief er: »Genau – weil ich SS war!« Das hinterhergeschobene »jaa, doooh« klingt wie die musikalische Verstärkung eines Gedankens, dem er selbst nicht so ganz zu trauen schien. Die Schutzstaffel, nicht die längst untergegangene Organisation, sondern die Idee, hat Vater und Sohn auf eine so fatale Weise aneinander gebunden, dass sie füreinander zu Albträumen wurden: So ließe sich der Gedanke vielleicht formulieren. Der Alte hat in ihm das eigene Ideal gesehen, sonst nichts, das ist der Albtraum des Sohnes. Von ihm wird immer nur das Höchste verlangt.

»Was meinst du denn, wenn du sagst: das Höchste?«

Nachdenken. Rascheln. Klick. Pusten. Glas.

»Gute Frage.«

»Hat er keine Erwartungen formuliert? Wollte er nicht, dass du dich bildest? Dass du etwas lernst und dann Höchstleistungen bringst?«

»Neee. Eben nicht. Klavierunterricht zum Beispiel bekam nur dein Vater, obwohl Vierli viel musikalischer war. Auch Gymnasium wurde von uns nicht erwartet, als Zweili es dann schaffte, staunten alle. Aber im Grunde waren wir einfache Dorfkinder, auch wenn wir nicht richtig dazugehörten. Wir hatten Pflichten im Haushalt und im Garten, viele Pflichten, klar. Aber davon abgesehen waren das nur lauter hehre Worte, die gar nicht zu unserem sonstigen Leben passten: Edel, edel, immer musste alles edel sein, dooh, Deutschland, Deutschland, Land der Dichter und Denker, Land der Landschaften, Land der treuherzigen Edelmenschen, anständig und echt und hochwertig und voll innerer Freude. Und dann das andauernde Moralgeschwätz, dooh, die Tiraden gegen den Schund: keine Jeans, keine Tanzmusik, keine Flachdächer, kein Fußball, kein dies, kein das: Was er für minderwertig hielt, konnte er immer sehr genau sagen – aber der Inbegriff alles Hochwertigen und Edeldeutschen: das waren schlicht und einfach wir. Wir Leos. Wir? Und warum bitte? Dooh, das hab ich nie kapiert.«

»Also viel Gewese um Hokutisi.«

»Um was?«

»Hokutisi. Hochkultur und Tiefsinn. Kennst du gar nicht?«

»Neee« – lautes, bronchial getöntes Zustimmungslachen – »Hookuutisi, ganz genau, dooh. Ganz genau. Und zwar Hokutisi auf Drogen. Aber nix dahinter! Das war ja das Schlimme: dass er dich ständig fertigmachte, weil du gewöhnlicher warst als Goethe und nicht so zackig wie Heydrich – aber sein eigenes Leben, das kriegte er hinten und vorne nicht auf die Reihe.«

Der Vater hat für M41 zwei Gesichter. Und die passen nicht zusammen, je genauer er beide kennenlernt, desto weniger. Das eine ist der Vater, der große Geschichten über sich selbst erzählt. Der heldenhafte Soldat. Der angebliche *Ober*sturmbannführer in ständiger Tuchfühlung mit Übermenschen wie Himmler und Beka Schultz. Der Waldkundler. Die Kinder glauben, er sei Förster. Und dann ist da der Mann, der in seinen Geschichten strahlt, aber in der Wirklichkeit nicht. Der erzählte Vater kämpft gegen eine Welt aus Feinden, der echte Vater kämpft gegen die Welt, in der er lebt, und das bedrängt die Kinder. Bis er kam, gehörten sie zur Mutter. Und die gehörte zum Dorf. Das provisorische Haus mochte eng sein, die ewigen Bratkartoffeln karg – Mutter und Dorf umgaben sie wie eine doppelte Schutzhülle. Aber von einem Tag auf den anderen ist alles anders: Nun herrscht Krieg. Plötzlich muss um alles gekämpft werden. Als ob sie ihm irgendwas übel nähmen, gucken die Leute aus dem Dorf den Vater an. Sie sprechen kaum mit ihm, und wenn, dann ganz anders als mit der Mutter. Aber das Behelfsheim ist sowieso zu klein für alle. Also Rückzug. Hinter den Wald. In ein Haus in der Heide. Es gehört einem Bäcker aus Bremen, aber er scheint es auch dem Bauern Gütersloh für seinen Verwalter versprochen zu haben. Darum fackelt der Vater nicht lange. Im Morgengrauen rücken sie mit Sack und Pack auf einem Unimog an und nehmen das Haus im Handstreich. Wenig später sind auch Gütersloh und seine Leute da. Die Kinder verstecken sich hinter dem großen Fahrzeug. Der Vater nicht, er geht auf Bauer Gütersloh zu, diesen schlimmen, gefährlichen, vermutlich bis an die Zähne bewaffneten Bösewicht, und tippt ihm mit dem

Zeigefinger auf die Brust: »Das ist unser Haus«, sagt er, »wenn du es haben willst, dann musst du Krieg gegen mich führen. Aber das würde ich dir nicht raten.« Klei mi ann Mors, murmelt der Bauer in seine Bartstoppeln und zieht ab. Er kommt nicht wieder, doch das Grundstück befindet sich inmitten seines Pachtgrundes. Sobald die Kinder es verlassen, betreten sie Feindesland. Dann sind sie auf der Hut und alle ihre Sinne sind hellwach.

Das ist jetzt ihr Zuhause.

Zur einen Seite erstrecken sich Felder, Wiesen und birkengesäumte Sandwege, bis irgendwann die Landstraße nach Verden kommt. Auf der anderen Seite steht, wie eine lange dunkle Mauer, der Wald. Hinter dieser Mauer liegt Ahausen, das fremde Dorf, das beinahe ihre Heimat geworden wäre. Auf der Insel zwischen diesen beiden Hemisphären errichtet Friedrich Leo mit seiner Familie eine Wehrsiedlung. Im Grunde macht er tatsächlich, was er sich für die Zeit nach dem Krieg vorgenommen hatte – nur einige tausend Kilometer weiter westlich und umgeben von Feinden, die lustigerweise deutsche Bauern sind. Viel hat er nicht gelernt im Leben, aber das Training in den Quecken bei Fährbrunn, das kommt ihm jetzt zupass. Ein Land »urbar« machen – als M41 erfährt, was das bedeutet, hat er es längst mit eigenen Händen getan. Hat Wurzeln gerodet, den Heideboden »abgeplackt« und umgegraben. Und dann Plantagen angelegt. Ein Jahr später ist alles grün und bunt. Karotten, Kartoffeln, Rote Beete, Sellerie wachsen in der Erde, Salate, Erdbeeren und Gewürze am Boden, Bohnen aller Art, Stachelbeeren und Johannisbeeren an langen Bambusrohren. Prächtig blühende Stauden und Dahlien grenzen den Nutzgarten von der Terrasse ab. Auf der anderen Seite des Hauses liegen die Ställe und Gehege für das Kleinvieh: Dort gackern tagein, tagaus die Hühner, blöken die Schafe, grunzen die Schweine, schnattern die Gänse. Nur die Kaninchen sind still. Aber ein Idyll ist das nicht. Nach der Schule wartet Arbeit auf die Kinder. Arbeit, Arbeit, Arbeit. Tiere sind zu versorgen, Ställe zu reinigen, Unkraut zu jäten, Früchte zu ernten und einzumachen, Böden umzugraben, neue Pflanzen zu säen und zu setzen, Schweine, Gänse und Kaninchen zu schlachten, Schafe zu scheren, Johannisbeeren zu mostieren und vor allem – Holz: Holz ist zu hacken. Im Herbst ist der Keller des Hauses bis zur Decke mit Weckgläsern und Flaschen gefüllt. Dazu kommen die vielen Gänge: für Kienäppel zum Feuermachen und Pilze in den Wald, für Milch, Käse und Butter zu Bauer Vahrjen, für den Rest zum Laden im Dorf. Viel Geld brauchen sie jedenfalls nicht. Die paar Mark, die der Vater nach Hause bringt, die immer gut besuchten Nähkurse der Mutter und die monatlichen 100 Mark aus der Weserstraße reichen aus.

Oft ist der Unterschied zwischen dem erzählten und dem erlebten Vater nur ein diffuses Gefühl. Aber einmal, da kann M41 ihn mit Händen greifen.

Normalerweise haben die Kinder, wenn der Vater abends nach Hause kommt, das Gefühl, da erholt sich jetzt ein großer Mann von den Fährnissen der Welt. Und damit sind nicht die Kreuzottern gemeint, die es in der Heide zuhauf gibt. Mit Kreuzottern wird nicht lange gefackelt. Sie werden mit dem Spaten getötet und vor die Eingangstür geworfen, damit es den Kindern imponiert. Nein, woran der Vater verzweifelt, das ist die grenzenlose Dummheit der Menschen, mit denen zu arbeiten offenbar sein Schicksal ist. Alles könnte so leicht sein, man müsste nur auf ihn hören. Aber man hat ja nichts Besseres zu tun, als ihm Knüppel zwischen die Beine zu werfen, allen voran seine beiden Widersacher: der Oberforstmeister Kirschner und der Oberforstdirektor von Malzahn. Die beiden wollen seine Überlegenheit einfach nicht anerkennen. Dass sie seine Chefs sind, sagt er nicht. Und die Bauern sind kein Stück besser. Kartoffeln mit Ohren sind das, und selbst die haben sie offenbar nicht zum Hören. Wie oft hat er ihnen schon erklärt, dass sie sich mit ihren Drainagen selbst den Boden abgraben. Und was passiert? Nichts. Hauptsache, die Ernte ist drin, und dann Däumchendrehen bis zum Frühjahr: einen Monat vorwärts, einen rückwärts. Schwachköpfe! Aber das Schlimmste, geradezu der Inbegriff alles Feindlichen, unter dessen Banner sich die Gemeinde, die Forstdirektion, alle Bauern und die gesamte moderne Zivilisation zusammengeschlossen haben, das ist die Monokultur. Die Kinder können es geradezu fühlen, wie sie ihnen den Hals abschnürt, diese Monokultur, wie sie alles kalt und grau und tot macht. Immer wenn der Vater darüber doziert hat und sie wieder ins Freie treten, meinen sie zu merken, dass die Luft schon wieder etwas dünner geworden ist. Aber dann sieht M41 den Vater eines Tages im Wald, zufällig, bei einem Streifzug. Der Anblick ist ein Schock, aber auch eine Erleichterung. Er brennt sich dem Jungen ein und begleitet ihn von nun an – wie ein Amulett, das gegen die Behauptung väterlicher Größe schützt. Was hat er gesehen? Eine Lichtung, auf der gearbeitet wird. Zwei Männer stehen am Rand und unterhalten sich. Aber keiner davon ist der Vater. Denn der kniet, zusammen mit vielen anderen, auf dem Boden. Er pflanzt Baumsetzlinge.

Insgeheim scheint der Vater zu wissen, dass die Welt gar nicht Kopf steht, sondern, im Gegenteil, gerade erst wieder halbwegs zurück auf die Füße gefunden hat. Aber wenn er das zugäbe, würde es ihn wohl zerstören. Vermutlich fühlt er deshalb ständig den Zwang, seine Kinder zu bestrafen. Deren Schwäche lenkt ihn von der eigenen ab, vor allem die der Jungs. M42 trifft es eher selten, der versteht es ganz geschickt, keinen Ärger auf sich zu ziehen. Aber die beiden anderen, die scheinen es drauf anzulegen. In M41, seinen Ältesten, verbeißt er sich geradezu. Die Bestrafungen folgen keinem System. Es gibt keine Unterschiede zwischen größeren und kleineren Vergehen, auch um Buße geht es nicht. Und Maximen, auf die sich der strafende Vater berufen könnte, gibt es auch nicht. Es gibt nur den Anspruch auf Vollkommenheit. Und vor diesem Anspruch gibt es nun mal keine Fehler, sondern nur Versagen. Meistens weiß M41, wenn er Mist gebaut hat. Er weiß nur nie, welche Strafe folgen wird. Ob es ein paar Streiche mit dem gespaltenen Rohrstock gibt. Oder eine Backpfeife. Oder eine lange, unverständliche Moralpredigt. Oder eine Strafarbeit. Aber manchmal ist sein Gewissen auch vollkommen rein.

»Und genau dann krachte es oft am dollsten, dooh.«

Als er für die Tante aus dem Dorf einen Handwagen Kienäppel gesammelt hat und die ihm dafür 50 Pfennig zusteckt, dreht der Vater durch. Warum, bleibt unklar, genau wie die Art der Strafe. Er muss stundenlang Holz hacken. Nackt.

»Nackt, dooh! Warum nackt? Ich hab das nie kapiert.«

Aber die Unberechenbarkeit kann auch zum Gegenteil ausschlagen. Eines Tages treibt M41 sich bis zum Einbruch der Dunkelheit im Wald herum, er hat was angestellt, sogar die Mutter ist sauer, und jetzt versteckt er sich lieber. Als er spätabends auf Zehenspitzen ins Schlafzimmer schleicht, bemerkt es der Vater. Doch statt ihn zu töten, raunzt er ihn lediglich an: »Wo hast du dich denn rumgetrieben?« Und wartet die Antwort gar nicht erst ab: »Ab ins Bett, morgen geht's früh raus, wir beide verreisen.« Wohin, sagt er nicht. Noch vor Sonnenaufgang packt er den kleinen Kameraden auf den Rücksitz seiner Miele, und dann ab die Post. Wrummm, knatter, knatter. Durch die ganze norddeutsche Tiefebene. Knatter, knatter. Über den Teutoburger Wald. Da, das Hermannsdenkmal! Was? Knatter, knatter. Nach Münster. Knatter, peng. Zu Beka Schultz. Ding dong. Für dich übrigens: Professor Schultz.

Was reden die da bloß die ganze Zeit, fragt sich M41, als die beiden edlen Blutsbrüder ihre Köpfe zusammenstecken und sein Kamerad, der um ein paar Jahre ältere, aber auch noch minderjährige Schultz junior sich unter den strengen Augen der Mutter herablässt, irgendeinen öden Edelscheiß mit ihm zu spielen.

Bis ins Erwachsenenalter geht das so. Erniedrigung und Kameraderie: der älteste Sohn des Sturmbannführers Friedrich Leo zu sein bedeutet für M41 beides. Der Vater gibt ihm bei jeder Gelegenheit zu verstehen, dass er ihm nichts zutraut. Und als sich herausstellt, dass sein ein Jahr jüngerer Bruder, von dem kein Mensch etwas erwartet, sich überraschend gut in der Gesellschaft zurechtfindet, als die Lehrerin und der Pastor immer häufiger bei den Eltern vorsprechen und für ihren Schützling werben, erst recht, als er die Aufnahmeprüfung für das Domgymnasium in Verden geschafft hat, als Einziger seiner Klasse, kriegt M41 immer öfter vom Vater zu hören: »Zweili, der schafft das mit links. Aber du: du schaffst das nie.« Dass M42 kein Kerl ist wie seine beiden Brüder, dass er Gefahren scheut und immer den Weg des geringsten Widerstands wählt, das sieht der Vater natürlich auch. Aber es geht ja nur darum, dem Ältesten eins reinzuwürgen. Mal ist es Einsi, wie er in der Familie gerufen wird, wurscht, was der brave Zweili jetzt schon wieder kann. Mal tut er ihm in seiner ängstlichen Angepasstheit fast leid. Aber manchmal wurmt es ihn auch. Mit zunehmendem Alter immer häufiger.

»Leutnant? Du willst Leutnant werden?«, fragt ihn der Vater. »Das überlass mal lieber Zweili, der ist vernünftig, auf den hören die Leute. Aber du schaffst das sowieso nicht.«

Er schafft es natürlich doch. Und plötzlich ist er wieder der Älteste. Das Geburtsmitglied. Der Kamerad und Geheimnisträger. Er wird im Alpenraum stationiert. Am Ende des Weihnachtsurlaubs steckt ihm der Vater einen versiegelten Brief zu, den er persönlich übergeben soll, an einen Restaurantbesitzer in Bad Tölz. Als er den Adressaten, einen Mann im Alter seines Vaters, ausfindig gemacht hat, guckt der sich unwillkürlich um und bittet ihn dann in ein Hinterzimmer. Dort muss er ausführlich von zuhause berichten. Dann wird ihm ein Schnitzel gebracht. Während er isst, verschwindet der Wirt. Zum Abschied drückt er M41 einen unbeschrifteten, ebenfalls versiegelten Briefumschlag in die Hand. »Sie bringen ein wenig Zucht in den Laden, das gefällt mir«, sagt er, als er sich von dem jungen Mann in Leutnantsuniform mit einem markigen Händedruck verabschiedet: »Ganz der Vater. So soll es sein.« Genau, du mich auch, denkt M41 und lässt noch einen leisen Schnitzelfurz fahren, bevor er das Lokal verlässt.

Zu dieser Zeit ist schon klar, dass Einsi seinen Vater niemals loswerden wird. Aber er hat inzwischen einen Weg gefunden, damit umzugehen. Seine ganze Jugend über hat er sich bemüht, keine Fehler zu machen. Wie von Dämonen verfolgt und ohne die geringste Aussicht auf Erfolg. Als Erwachsener dreht er den Spieß um. Er tut einfach nur noch

Dinge, die aus Sicht des Vaters falsch sind. Das hat zwei Vorteile. Erstens erleichtert es die Orientierung. Was dem Vater missfällt, lässt sich nämlich viel leichter sagen als das Gegenteil. Außerdem machen die meisten Dinge, die dem Vater missfallen, Spaß. In der Summe kommt dabei ein Lebensprogramm heraus, das sich – anders als das väterliche – durchaus auf Regeln bringen lässt. Du darfst Fehler machen. Probier' Dinge aus, du lernst immer was dabei. Halt die Klappe, wenn du keine Ahnung hast. Geh auf Menschen zu, vermute bis zum Beweis des Gegenteils nur Gutes von ihnen. Bereise ferne Länder, solange du bei Kräften bist, Deutschland kannst du dir auch als Greis noch ansehen. In einer Welt, in der Arschlöcher Disziplin, Enthaltsamkeit und frugale Ernährung predigen, kann Willensschwäche keine Sünde sein. Und wenn was schiefgeht? Scheiß drauf und fang wieder von vorne an.

Das Leben, das auf Grundlage dieser Maximen entsteht, hat allerdings zwei Seiten. Einerseits wird es nie langweilig. M41 ist ständig unterwegs. Schon in der Jugend treibt es ihn ins Ausland. In Dr. Schmidt aus Kiel, wie der Vater Gründungsmitglied der *Schutzgemeinschaft Deutscher Wald*, findet er einen Mentor. Gemeinsam reisen sie nach Norwegen, um seltene Vögel zu beobachten. Später bringt ihn seine Firma herum. Die chemische Ölwehr ist ein junges Gewerbe, gefragt in allen Ecken der Welt: Es trägt ihn nach Südeuropa, in die USA, nach Mexiko und schließlich in die Sowjetunion. Die andere Seite ist andauernde Rastlosigkeit. Irgendetwas juckt M41 unstillbar von innen. Und er kennt kein Maß. Die einmal eingeschlagene Richtung muss um jeden Preis gehalten werden, ein Zurück gibt es nicht. Auch wenn Kopf, Herz und Gewissen längst Alarm geschlagen haben: Der

Drang ist immer stärker. Weiter, immer weiter. Bis es kracht. Zwei Familien lässt er am Rand eines Weges zurück, der Schritt um Schritt an den Abgrund führt. – Aber vielleicht ist die Metapher auch unangemessen. Sein Körper ist ihm egal. Na und? Ist das Gegenteil denn wirklich besser?

Einsi, Zweili und Vierli.

Ihre Namen wuchsen den Brüdern in der Heide zu. Sie hatten denselben Vater. Aber sie erzählen unterschiedliche Geschichten über ihn. Wenn man hört, was Vierli und Zweili über Friedrich erzählen, fragt man sich, ob wirklich von derselben Person die Rede ist. Vierli, der Lehrer und Politiker mit Neigung zur Philosophie, erzählt eigentlich gar nicht. Er entwirft, unter Zuhilfenahme allerlei soziologischen und psychologischen Vokabulars, den Typus eines Unmenschen. Zweili, der Ingenieur, erinnert sich dagegen präzise an kleinste Einzelheiten, auch des eigenen Gefühls, und vermittelt dabei eine ganz andere Botschaft. Der Vater, so lautet sie, war streng, zuweilen hart – aber er hat uns auch beschützt. Für sich genommen klingen beide Texte schlüssig. Doch sie passen nicht zusammen. Legt man sie nebeneinander, kommt einem der eine zu unbarmherzig vor, der andere zu zahm. Einsis Text schlägt eine Brücke zwischen beiden. Seine Geschichte ist unbestimmter, absichtsloser. Die rohe Erinnerung spricht aus ihr, eine Bildermasse, die sich noch keiner Idee und keiner Botschaft gebeugt hat. Dem Inhalt nach ähnelt seine Geschichte eher der des jüngsten Bruders. Aber die im Wortsinn handgreifliche Nähe, die aus Einsis Erinnerung spricht, erinnert an Zweilis Erzählweise. Und trotz aller Monstrositäten: Einsis Vater ist kein Monster. Er bleibt ein Mensch, unverständlich, oft schwer erträglich, aber auch rätselhaft. Immer wieder fragt er sich, warum der Alte so geworden ist, was ihn zu dem gemacht hat, der er war. Auch wenn er keine Antwort findet, allein die fragende Haltung stellt das eigene Urteil unter einen letzten Vorbehalt.

Genauso verhält es sich mit Einsis Blick auf die Kindheit im Ganzen. Gerade weil seine Sätze ohne Umweg aus den Tiefen der Erinnerung kommen, weil sie unbehauen und offen sind, wird die Heide bei ihm viel lebendiger als bei seinen Brüdern. Vierli beschreibt sie wie eine subjektive Landkarte, der Soziologe würde sagen: eine *mental map*. Auf dieser Karte gibt es klar voneinander geschiedene Abschnitte, nahe Wege, ferne Straßen, Orte, Kreise und Sphären. Man kann sich mit ihrer Hilfe einen geographischen Raum vorstellen, aber man sieht nichts darin. Umgekehrt wieder bei Zweili: In seiner Welt setzt sich jeder Ort aus der Summe seiner Details zusammen, jede Pflanze und jedes Ding hat eine genaue Bezeichnung, die »Miele« des Vaters zum Beispiel ist nur bei ihm eine »Miele 98«, jedes Lied hat seinen Text, jeder Dorfbewohner hat Titel und Namen. Wenn die Familie sich in Zweilis Erzählung am Sonntag zu Tisch setzt, wird vor dem Essen gebetet: Erde, die uns dies gebracht, Sonne hat es reif gemacht. Diese Sonne, diese Erde, euer nie vergessen werde. Amen. Wenn sie gegessen haben, setzt sich der Vater an den Schreibtisch, raucht einen Zigarillo und erledigt die Post, wodurch eine behagliche Stimmung entsteht. An der Wand hängt ein Schild mit den Worten *Tu's gleich!* Zweilis Kindheit erscheint als eine entbehrungsreiche, aber geordnete Welt, eine illustrierte Enzyklopädie des Landlebens; und erst als an einem schönen Frühlingsabend, beim gemeinsamen Gesang auf der Veranda, die Mutter plötzlich verstummt, sich am Tischbein festklammert und zu Boden sinkt, der

Vater die älteste Schwester ins Dorf nach dem Doktor schickt, tagelang im Haus nur noch geflüstert werden darf, für lange Zeit jede Glocke wie ein Totenläuten klingt und die Mutter nie wieder ganz die Alte wird – da erst gehört auch die Drohung ihres Untergangs zur Ordnung dieser Welt.

Am Brunnen vor dem Tore,
da steht ein Lindenbaum.
Ich träumt' in seinem Schatten
so manchen süßen Traum.

Ich schnitt in seine Rinde
so manches liebe Wort;
Es zog in Freud und Leide
Zu ihm mich immer fort.

Nun bin ich manche Stunde
entfernt von jenem Ort,
Und immer hör ich's rauschen:
Du fändest Ruhe dort!

Einsis Welt hat keine Terminologie und keine Ordnung, darum ist sie auch nie vom Zusammenbruch bedroht. Sie kommt direkt aus dem Rückenmark, roh und schön wie ein Traum. Mal fliegt er frei wie ein Vogel über Wald und Heide, mal wird sein Gesicht so tief in den Sandboden gedrückt, dass der Mund nur noch ein knirschendes Mahlwerk ist. Ein unberechenbares Nebeneinander von Grauen und Glück. Bei Einsi stellt man sich keine Karten vor. Man hört auch keine Lieder. Aber man riecht den Moder der Pilzstelle, von der niemand außer ihm weiß; man hört die Angel ins Wasser platschen und die Schwarzspechte klopfen; man spürt die einsetzende Dämmerung, als er und Vierli beschließen, den kleinen Waldbach doch nicht ganz bis zur Quelle zurück-zuverfolgen; man friert, wenn er im Winter in kurzen Hosen rodelt; ist erfrischt, wenn er im Sommer in den Everser See oder unter der schattigen Brücke in die Aue springt; man nähert sich mit ihm bis auf wenige Schritte den gefährlichen Orten, dem Moor, das einen auf ewig zu verschlucken droht, oder der verhexten Kreuzung, an der sich vor Jahren ein Mord ereignet haben soll; man schmeckt das Kaffeebrot und den Butterkuchen, wenn er mit den Bauernfamilien Pause beim Kartoffelsammeln macht, und man spürt seine Freude, wenn es spätabends auf dem Hänger vom Feld zurück ins Dorf geht und dann mit einem Pferdefuhrwerk voller Kartoffeln durch den kühlen Wald nach Hause – so wie man die Prügel der Dorfjungen am eigenen Leib spürt (aber weil das aufkom-mende Mitgefühl sofort abgewürgt wird, schmerzen sie nicht lange: »Ach, hör auf, dooh, so war das eben. Die hatten ja auch keine Freude an mir«). Die Erinnerungsfetzen, die wie Blitze in der Dunkelheit aus ihm herausschießen, haben keine Botschaft. Aber sie haben einen Namen. Den Namen eines Buches. Es stammt von einem heute vergessenen, sei-nerzeit aber sehr beliebten Schriftsteller namens Ehm Welk und heißt *Die Heiden von Kummerow*. Es handelt von einer Bande Jungs in einem niederdeutschen Dorf, einer Welt zwi-schen Geisterglauben und Pastorenherrschaft, einer Huckle-berry-Finn-Kindheit voller Abenteuer in der Natur. »Wenn du wissen willst, wie sich meine Kindheit anfühlte«, sagt M41, »dann musst du dieses Buch lesen. Da ist all das viel besser beschrieben, als ich es je könnte.« Ich habe es getan, nicht ohne Vergnügen. Leider konnte ich M41 nicht mehr sagen, dass mich seine hundert Sätze ohne Anfang und Ende, hingerotzt zwischen Fluten von Kaffee, Bergen von Kuchen und Batterien von Zigaretten, viel mehr bezaubert haben als der – von Prof. Dr. Hans Mayer mit einem gütigen Vorwort versehene – Vierhundertseitenroman des Fontane-Epigonen.

Eine Anekdote gibt es, die erzählen alle drei Brüder mit der gleichen Intensität – wohl weil sie ihr Verhältnis und zugleich ein von allen geteiltes Kindheitsgefühl so treffend zum Ausdruck bringt. Aber auch die klingt bei Einsi anders. Er muss gar keine besonderen Erzählkniffe bemühen, es reicht, dass er das Geschehen gerade selbst wieder zu sehen scheint und sich an ihm begeistert, statt nur eine Reihe vertrauter Sätze aus dem Gedächtnis abzurufen.

»Du kennst die Geschichte, oder?«

Natürlich kannte ich die. Mein Vater erzählte sie bei jeder Gelegenheit. Und nicht nur er, auch seine Geschwister, selbst die Schwestern. Und alle liebten sie.

»Ich höre sie immer wieder gern – bitte.«

»Na gut. Also, pass auf.« – er spült mit einen großen Schluck den Kuchenbrei runter und zündet sich eine Zigarette an – »Vierli und ich, wir müssen den Bauern Gütersloh so gehasst haben, dass wir eines Tages beschlossen, den Schuppen auf seiner Weide auseinanderzunehmen. Völlig bescheuerte Idee. Warum? Keine Ahnung, dooh. War halt der Feind. Und uns war jeder Scheiß recht. Jedenfalls, wir rüber, dooh – und los. Mit roher Gewalt, Brett für Brett. Und ab in den Brunnen damit. Der stand zum Glück gleich daneben. Ordnung muss sein. Doooh, und dann plötzlich … die Güterslohleute! Und nicht nur zwei. Mit Hunden. Wenn die uns kriegen, sag ich zu Vierli, dann bringen die uns um, so viel ist klar. Wir also ab durch die Mitte, ich immer hinter dem

320

Zwerg, wenn schon, dann sollten sie mich erwischen, ich war Prügel gewöhnt. Und wer kommt uns da in aller Seelenruhe über die blühende Wiese entgegenspaziert? Ach was, spaziert – geschwebt: Dein Vater, dooh! Voll des Heiligen Geistes, weil er gerade die Zehn Gebote auswendig gelernt hat. Zweili, erzähl kein Scheiß, sag ich, sieh zu, dass du mitkommst, sonst machen die Hackfleisch aus dir. Da hättste ihn mal sehen sollen, den kleinen Pastor! Wie von der Tarantel gestochen, die Knie immer schön am Kinn. Nicht grad elegant, aber lange vor uns im Haus. Na ja, wir habens dann auch noch geschafft. Jedenfalls kann ich mich nicht erinnern, dass wir drei je wieder so zusammen gelacht haben. Dooh, das war'n Ding. Ach ja. – Ach ja.«

Ich erinnere mich, dass ich in das aufziehende Schweigen hinein meine Sachen packte. Ich wollte zurück nach München. Mir war nach Joggen zumute. Doch am Bahnhof überredete mich M41, einen Zug später zu nehmen. Oder auch zwei. Wir gingen in die gegenüberliegende Wirtschaft und tranken Bier. Da fiel mir ein, dass ich ihm Isabel Heinemanns Buch über das Rasse- und Siedlungshauptamt noch gar nicht gezeigt hatte. Es war kurz zuvor erschienen, und ich dachte, es würde ihn vielleicht interessieren. Ich schlug das kommentierte Personenverzeichnis auf. Durch einen alphabetischen Zufall findet sich dort nach LEO, FRIEDRICH der Name MENGELE, Dr. FRIEDRICH. (Natürlich müsste es Josef heißen. Weil der kleine Irrtum aber darauf verweist, dass ein Mengele mehr von einem Leo hatte als von einem Goebbels, hat er durchaus seine Berechtigung.)

Ich stellte das Aufnahmegerät wieder an und schob meinem Onkel das Buch zu.

»Hier: M kommt gleich nach L, und Mengele gleich nach Leo.«

»Nee, oder? Zeig mal her. Scheiße, dooh. Das kann doch nicht wahr sein.«

Was sein Vater eigentlich genau bei der SS gemacht habe.

»Er war verantwortlich für die Selektion der Bevölkerung in den Grenzgebieten. Eindeutschungsfähige von Nichteindeutschungsfähigen trennen.«

Ich zeigte auf den Schutzumschlag. Fotos von zwei Kindern waren dort zu sehen. Frontal, Profil, Halbprofil. Mit Nummern. Wie aus der Verbrecherkartei.

»Das Mädchen haben sie bestimmt genommen, den Jungen wohl eher nicht.«

Warum er sich da so sicher sei.

»Dooh, Vater hat uns solche Bilder doch ständig gezeigt! Auf Dias. Er war ja ganz versessen darauf, Menschen zu unterscheiden. Und bei mir kam noch was anderes dazu. Der muss einen irren Schiss gehabt haben, dass ich die falsche Frau anschleppe. Bin mir sicher, dass er mich darum auch nicht nach Norwegen lassen wollte. Was hast du denn gegen Norweger, habe ich ihn gefragt, schöner arisch geht's doch gar nicht, und ich meine: schön! Aber das war ihm unheimlich, wie alles, was er nicht kannte. Lern erstmal Deutschland kennen, hat er nur gesagt.«

Ich wies ihn auf die Frisur des Jungen hin: der ganze Kopf ausrasiert, bis auf ein handgroßes Dreieck über der Stirn.

»Großvater hätte dir auch mal so einen Schnitt verpasst, meinte Zweili, als er das Bild sah.«

»So einen? Schön wär's. Er hat mir nur den Hinterkopf rasiert, bis auf die Haut. Weil ich da zwei Wirbel hatte. Aber alles andere ließ er stehen. So durfte ich dann am nächsten

Tag in die Schule marschieren. Kannst dir ja denken, was da los war.«

M41 schwieg. Er trank mehrere Schlücke Bier und zündete sich wieder eine Zigarette an. Dann zog er das Buch näher zu sich heran und betrachtete noch einmal die Fotos der beiden Kinder. Mit den Fingerspitzen strich er über das Frontalbild des Jungen, beiläufig, aber unübersehbar, als ob er ein Gepräge erspüren wollte. Er schüttelte kurz den Kopf. Und dann begann er, von seinem Sohn in der Slowakei zu erzählen. Nur Trina hatte von dessen Existenz gewusst. Friedrich war in Unkenntnis seines slawischen Enkels gestorben. Er hätte ihn wohl auch abgelehnt. Oder wäre an der Unschuld dieses kleinen Rassenbastards vielleicht sein Starrsinn zerbrochen? Zärtlich sprach M41 von dem Kind, das schon fast kein Kind mehr war. Nicht gefühlig oder sentimental, gar nicht. Aber zärtlich. Und leise. Neulich habe er ihn besucht und feststellen müssen, dass die Mutter und der Schwager ängstlich mit ihm umgingen. Er durfte nicht Holz hacken. Hat man so was schon gehört?

»Ich zu ihm: Klar kannst du das. Moss barf bi gaan, hätte deine Großmutter gesagt. Also wir in den Baumarkt, Axt gekauft, und dann den ganzen Nachmittag, doh. Der Stapel reicht jetzt für drei Winter.«

M41 lachte. Dann verfiel er wieder in brütendes Schweigen. Schließlich, nach einer langen Pause, sagte er: »Nee, doooh. Was für ein Scheiß. Weißt du was?« – er gähnt – »Wir sollten uns alle mehr vermischen. Das hab ich schon oft gedacht.«

Damit endet die Aufnahme.

Seinem Sohn, dem jüngsten Enkel des Sturmbannführers Friedrich Leo, bin ich nur ein einziges Mal begegnet. Im Juni

1997 muss das gewesen sein, auf einem Familienfest im Garten von W36. Er war noch klein und trug ein Bayerntrikot. Trotzdem gefiel er mir. Ziemlich genau vierzehn Jahre später war er der Einzige, der bemerkte, dass mit M41 irgendetwas nicht stimmte. Als sein Vater auch am dritten Tag hintereinander nicht ans Telefon ging, rief er seinen Onkel in München an. Aber der konnte nicht mehr tun, als den Fall bei der Polizei zu melden.

Soweit ich weiß, hatte Einsi einen indiskutablen Musikgeschmack. Sogar kommerzielle Volksmusik wäre ihm zuzutrauen. Doch wenn ich an ihn denke, dröhnt mir oft Motörhead in den Ohren – vermutlich die letzte Band, die er selbst gehört hätte. Und ich habe Lemmy vor Augen, in einem Dokumentarfilm, den ich mal irgendwo gesehen habe. Piratenbart. Schwarzer, nietenbesetzter Cowboyhut. Auf der behaarten Brust das EK-Zwo am Lederband. Er sitzt da, sagt was, dann wieder lange nichts, raucht und trinkt und raucht, wirft eine Pille ein, spült sie mit einem großen Schluck Jack and Coke runter und sagt, sein Blutdruck sei extrem hoch: Wenn er sich in den Finger schneide, gebe es eine Fontäne. Und dann lacht er. Rauh, kaputt. Und furchtbar liebenswürdig.

I'm a lone wolf ligger
But I ain't no pretty boy
I'm a backbone shiver
and I'm a bundle of joy

But it don't make no difference
'cos I ain't gonna be easy, easy

the only time I'm easy's when I'm
Killed by death
Killed by death
Killed by death
Killed by death

R. I. P. Schutzstaffel boy.

13. KAPITEL

DIE NEIGUNG

Wer heute bei Grohn an der Weserbiegung steht und nach Vegesack hinübersieht, der könnte meinen, ein blühendes Städtchen vor Augen zu haben. Ein grünes Hochufer beherrscht das Bild. Zwischen den Baumkronen schimmert eine Reihe prächtiger Häuser hindurch, sogar eine Turmspitze ragt aus dem Böschungswald. Der Ausblick von dort muss herrlich sein! Ob man Oldenburg sehen kann? An beiden Rändern der Erhebung, da wo sie sich zum Fluss neigt, ahnt man den Ursprung dieses Reichtums. Es scheint, als hätte er mit Schiffen zu tun: Zur Rechten deuten Masten auf einen Hafen hin; und weit hinten, halblinks, thront der mächtige Riegel eines Werftkrans.

Wanderer, sollte dich deine Reise je hierhin führen: Erfreue dich des Anblicks – und kehre um! Gingest du weiter, würdest du eine gespenstische Leere betreten. Auch die schönsten Fotos, die sich von Vegesack machen ließen, sähen nur aus wie aus einem Reiseprospekt. Denn alles hier ist Vergangenheit. Die Anlagen der großen Werft sind längst demontiert. Wer nicht weggezogen ist, altert in der Fußgängerzone vor einem riesigen Eisbecher. Das Sortiment der Buchhandlung ist noch deprimierender als das des Herrenausstatters. Grenzte nicht der Bremer Speckgürtel an die kleine Stadt, gäbe es die meisten Geschäfte ohnehin nicht mehr. Und auch das Haus mit dem Turm hat sich sehr verändert. Aus den Wohnräumen sind Büros geworden, in denen irgendwas mit Geld gemacht wird; die herrlichen Kugellampen aus weißem Glas, die in der Treppenhalle auf verschiedenen Höhen in der Luft zu schweben schienen, wurden durch ein voluminöses Leuchtgerät aus poliertem Messing ersetzt; und an den efeuumrankten Fenstern des Wintergartens, von wo aus man zwischen den alten Kastanien die Weser sehen kann, halten Saugnäpfe kleine Reagenzgläser. Sie dienen als Vasen für Kunststoffblumen. Das Einzige, was in Vegesack wirklich noch gebraucht wird, ist ein Verkehrsmittel zum Verlassen des Ortes: die Weserfähre, mit der Autofahrer ohne Umweg über die Bremer Innenstadt das Oldenburger Land erreichen können. Mit ihrem langen Rumpf, der flachen Kommandobrücke und dem charakteristischen Orange der Seitenwände ist sie schön anzusehen – aber auch dazu muss man den Ort nicht betreten. Man kann einfach an der Weserbiegung stehen bleiben und sich daran erfreuen, wie sie in idealer Beobachtungsferne zwischen den Bundesländern Bremen und Niedersachsen hin und her pendelt.

Genau dort stand vor knapp zweihundert Jahren Anton Radl und zeichnete, was er sah. Kurz darauf malte er den Anblick im Atelier auf Leinwand, ein Jahr später wurde er in Kupfer gestochen. Und was hatte er gesehen? Keine Stadt, sondern eine amphibische Landschaft, in der Erde und Wasser sich vielfältig berührten, ohne dass ein Element Oberhand über das andere gewonnen hätte. Nur der Ortskundige weiß, dass das Bild den Zusammenfluss von Lesum und Weser zeigt. Ohne dieses Wissen könnte man meinen, die Landzunge zwischen den beiden Flüssen rage in einen großen See oder gar eine Meeresbucht. Die Stimmung des Bildes ist idyllisch. Auf der kleinen Halbinsel, deren Ufer von Lachen zerfranst ist, weiden Rinder. Am rechten Bildrand sind Hirten zu sehen. Sträucher, Holzgatter, ein Steg und zwei junge Eichen verstärken den Eindruck ländlicher Beschaulichkeit. In starkem, aber keineswegs schroffem Kontrast dazu öffnet sich zum Hintergrund hin eine maritime Szene von großer Weite. Am gegenüberliegenden Ufer steht ein von Masten und trockenliegenden Schiffsrümpfen gesäumtes Speichergebäude, zur Linken erstreckt sich eine mit Segelbooten gespickte Wasserfläche. Sie reicht bis zum Horizont, von dem allerdings nur ein schmaler Streifen zu sehen ist. In der Bildmitte hat sich nämlich ein bulliger Geestrücken zwischen Himmel und Wasser geschoben. Steil und weiß fällt seine Bruchkante zum Fluss ab. Nur oben scheint er bewachsen. Als trüge er ein dunkles Haar. Kaum zu glauben, dass dort keine Häuser stehen – die Aussicht muss doch herrlich sein!

Über dem Hochufer hängt eine große, grauweiße Formation aus Quellwolken. Wie ein Dach. Man muss genau hinsehen, um zu erkennen, dass die langgezogene graue Wolke am unteren Rand des Gebildes nicht natürlichen Ursprungs ist. Sie stammt von einem Schiff, dessen Position gerade so weit vom Betrachter entfernt liegt, dass man seine Details nicht sofort wahrnimmt. Es überquert den Fluss zur oldenburgischen Seite, ungefähr auf der Strecke, die heute die Fähre nimmt. Erst auf den zweiten Blick bemerkt man, dass es kein Segelschiff ist. Denn nicht nur die Wetterwolke, auch die unscheinbare Gestalt des Dampfers hat der Künstler sehr geschickt benutzt, um in dem lieblichen Sujet einen realistischen Inhalt zu verstecken. Das Schiff ist nicht allzu groß und sein Schornstein, der direkt aus dem Rumpf kommt, so lang und dünn, dass man ihn zunächst für einen abgetakelten

Mast halten könnte. Doch hat man die Täuschung einmal durchschaut, wird man vielleicht sogar auf den Namen des Schiffchens kommen. Es besitzt nämlich ein geradezu ikonisches Profil: der Radkasten im vorderen Schiffsdrittel, die Aufbauten flach, Spannseile am langen Schornstein, die Heckfahne 45 Grad abgewinkelt – für den Kenner ist die Physiognomie der *Weser*, des vermeintlich ersten deutschen Dampfschiffs, genauso unverwechselbar wie die des *Adler*, der ersten deutschen Eisenbahn. Und wer ihre Geschichte kennt, für den klingt »zwischen Vegesack und Brake« nicht weniger historisch als »zwischen Nürnberg und Fürth«.

Der Stich stammt von 1821. Kaum vier Jahre alt, ist die *Weser* da schon ein Sinnbild. Sie steht für einen großen Aufbruch.

Drei Jahrzehnte lang hat Europa im Bann der großen Politik gestanden, hat um Ländergrenzen gekämpft, Regierungsformen ausprobiert und fast alle Reste des Mittelalters beseitigt. Doch nun entfaltet der Kontinent, wie von einem lange aufgestauten Druck befreit, eine nie dagewesene Wirtschaftsdynamik. Eine Epoche des Erfindens, Produzierens, Bauens und Handelns beginnt – für Bremen, dessen Wohl an der Seefahrt hängt, eine große Zeit. Als sie nach etwa 150 Jahren zu Ende geht, bleibt der Stadt nur ein symbolischer Ersatz: die Fußballmannschaft des heute ruhmreich genannten Sportvereins Werder, dessen Stadion auch an einer großen Weserbiegung liegt.

1965 ist für Bremen ein doppeltes Schlüsseldatum.

Im selben Jahr, in dem Werder seine erste deutsche Meisterschaft feiert, bezieht die Freie Hansestadt die ersten Millionen aus dem Länderfinanzausgleich. Dieses Verhältnis von Soll und Haben hat sich in den letzten Jahrzehnten so fest zementiert, dass Bremen als reicher Stadtstaat ohne Bundes-ligamannschaft heute kaum mehr vorstellbar ist. Die positive Seite der Bilanz verzeichnet drei weitere Meistertitel, sechs Siege im nationalen Pokalwettbewerb, einen im Europapokal, sieben Teilnahmen in der Champions League, Platz zwei in der Ewigen Tabelle, eine vorbildliche Vereinsführung, han-seatisches Wirtschaftsethos samt hoher Eigenkapitaldecke, und natürlich all die Fußballgötter: Namen von mythischem Klang wie Dieter Burdenski, Thomas Schaaf, Rudi Völler, Rune Bratseth, Andi Herzog, Claudio Pizarro, Johan Micoud, Miro Klosé, Naldo, Diego und Mesut Özil. Auf der anderen Seite stehen zweistellige Arbeitslosenquoten, die höchste Pro-Kopf-Verschuldung aller Bundesländer und in der Summe umgerechnet 47 Milliarden Euro innerdeutsche Transferleis-tungen.

Am Anfang war Napoleon. Was für die deutsche Geschichte des 19. Jahrhunderts im Allgemeinen gilt, das gilt für die Ge-schichte Bremens im Besonderen. Und auch Johann Langes Geschichte beginnt mit ihm.

Im Sommer 1805 gründet der junge Schiffbaumeister eine Werft. Der Ort ist gut gewählt. Das Grundstück liegt am sogenannten Alten Tief bei Vegesack, einem Uferplatz in unmittelbarer Nähe des Zusammenflusses von Lesum und Weser. Der Zeitpunkt allerdings hätte schlechter kaum sein können. Nur wenige Wochen später verliert der Vizeadmiral de Villeneuve die Seeschlacht bei Trafalgar, eine historische Niederlage, die Napoleon zu einem Taktikwechsel gegenüber dem Erzfeind bewegt. Statt mit Militärgewalt will er England nun durch eine Wirtschaftsblockade in die Knie zwingen. 1806 formiert sich vor der gesamten kontinentaleuropäischen Küste eine Kette aus französischen Kriegsschiffen, die jeglichen Verkehr mit den britischen Inseln unterbinden soll. Die Hafenstädte Hamburg und Bremen trifft das besonders hart, und für Johann Lange werden seine ersten Jahre als Kaufmann mit Abstand die schwersten. Doch die Kontinentalsperre wirft für ihn einen Ertrag von unschätzbarem Wert ab. Sie lehrt ihn die wichtigsten Tugenden des Unternehmers. Er lernt, sich auf neue Umstände einzustellen. Unter widrigen Umständen zu improvisieren. Fehlende Einnahmen durch Sparsamkeit und Fleiß auszugleichen. Und, besonders wichtig, um den Mut nicht zu verlieren: Pläne für bessere Zeiten zu schmieden.

Man darf nicht vergessen, dass auch die Unterbindung von Schiffsverkehr eine Nachfrage nach Schiffen erzeugt. Nur kann Johann Lange in seinen Anfangsjahren nicht die Zweimaster bauen, von denen er eigentlich träumt: keine stolzen Briggs und Brigantinen, sondern neben dem einen oder anderen Zollboot vor allem Galioten, Heringsbüsen, Kutter und Schoner – kleine, wendige Schiffe mit Nutzlasten von selten mehr als 50 Tonnen, die sich gut für stürmische Nachtfahrten zur englischen Insel Helgoland eignen. Wirklich bedrohlich wird die Lage erst, als Bremen im Januar 1811 von Frankreich annektiert wird. Der Handel, auch der illegale, kommt nun fast vollständig zum Erliegen, es herrscht ein strenges Polizeiregiment. Außer dem Bau einer mittelgroßen Galiot stehen auf der Werft bis 1814 nur einige Reparaturen zu Buche, zwei davon an französischen Kanonenbooten. Es ist vor allem die Phantasie, die Johann Lange in diesen Jahren vor dem Aufgeben bewahrt. Und niemand beflügelt diese Phantasie mehr als Friedrich Schröder. Der Großkaufmann aus Bremen hat dem jungen Schiffbauer nicht nur das Ufergrundstück für seine Produktionsstätte verpachtet – er erkennt in ihm auch einen Partner für künftige Unternehmungen. Und die Zukunft hat einen Namen: Dampfkraft. In England hat sie längst begonnen. In genau den Jahren, in denen sich auf dem Kontinent alles um ideelle Güter dreht, um Staatsformen, Grenzen und Gesetze, um Philosophie, Dichtung und Musik, werden in der angelsächsischen Welt handfeste Tatsachen geschaffen.

1807 bewegt sich zum ersten Mal in der Geschichte des menschlichen Verkehrs ein Fahrzeug ohne äußere Krafteinwirkung: die *Clermont*, ein von einer Wärmekraftmaschine angetriebenes Passagierschiff. Es befährt den Hudson zwischen New York und Albany, doch die Erfindung findet schnell ihren Weg zurück ins Ursprungsland der neuen Technologie. Schon 1812 fahren auf allen englischen Flüssen dampfbetriebene Linienschiffe. Es wäre zu wenig gesagt, dass Friedrich Schröder das weiß. Er sieht es förmlich. Wie ein mächtiges Traumbild steht ihm der neue Schiffstyp vor Augen. Aber es ist ein Tagtraum, realistisch und gesättigt von Erfahrung. Schröder ist ein Mann von Welt, der auf langen Reisen seine Vorstellungskraft geschult hat. Er hat dabei Männer von visionärer Kraft getroffen, Wilhelm von Humboldt etwa, den preußischen Gesandten am päpstlichen Stuhl, mit dem ihn seitdem eine Freundschaft verbindet. Vor allem aber hat er sich auf zwei Studienfahrten mit der technologischen Neuerung vertraut gemacht, die schon bald das Gesicht ganz Europas verändern wird. Er war in Birmingham. Er hat James Watt kennengelernt. Er weiß, wie Dampfmaschinen aussehen. Was für Geräusche sie machen. Wie die Luft in ihrer Umgebung riecht. Vor allem aber versteht er, wie sie funktionieren. Und wenn er selbst auch seit 1802 nicht mehr in England war, so ist er über seinen dort lebenden Schwager immer über die neuesten Entwicklungen informiert. Obwohl er noch nie eines gesehen hat, kann er sich also Dampfschiffe sehr konkret vorstellen.

Wäre der Handel mit England nicht unterbunden, er könnte längst Reeder einer eigenen Dampferflotte sein. Nicht als Patriot, sondern vor allem als Unternehmer freut er sich daher über die Siegesnachrichten aus Leipzig, Ligny und Waterloo. Denn als 1814 der Pariser Friedensvertrag unterzeichnet wird, bedeutet das für ihn vor allem eines: freie Fahrt nach England. Das Einzige, was jetzt noch fehlt, ist ein Privileg auf den Betrieb von Dampfschiffen. Als der Bremer Senat es ihm am 18. Juni 1816 für 25 Jahre erteilt, kann die Planung beginnen. Die wichtigste Frage ist, woher das Schiff kommen soll. Am liebsten würde Schröder einer englischen oder schottischen Reederei einen Dampfer abkaufen, der sich bereits bewährt hat. Nur für den Fall, dass das nicht möglich ist, soll gebaut werden. Und auch da spräche die Erfahrung für England oder zumindest einen britischen Baumeister. Ein brandenburgischer Reeder, so ist ihm zu Ohren gekommen, hat gerade einen Schotten mit dem Bau eines Dampfers für die Spreeschifffahrt beauftragt.

Die Einführung einer neuen Technologie ist allerdings nicht nur ein unternehmerisches Wagnis. Ohne Fachleute, die mit ihr umzugehen wissen, sie bedienen, warten und reparieren können, hängt das Geschäft in der Luft. Darum reist Schröder 1816, im kältesten Sommer seit Menschengedenken, nicht allein nach England. Er hat drei ausgewählte Begleiter. Zuerst muss der Mechaniker Ludwig Treviranus genannt werden, ein leidenschaftlicher Bewunderer und Kenner der wattschen Kraft-Wärme-Technik. Gleich 1814 ist er nach England gereist, um sein Wissen auf den neuesten Stand zu bringen. Neben einem Ingenieur erfordert das Unternehmen aber auch Männer, die mit den lokalen Gegebenheiten auf der Unterweser vertraut sind. Denn die sind heikel. Seit langem schon kämpft die Bremer Schifffahrt mit der Versandung des Flusses. Schröder braucht also einen ortskundigen Kapitän. Er findet ihn in Zacharias Spilcker, der seit vielen Jahren die Weser zwischen Bremen, Vegesack, Elsfleth und Brake befährt. Und er braucht, gleichsam als Mittelsmann zwischen Technik und Praxis, einen örtlichen Schiffbauer. Dass das nur Johann Lange sein kann, ist ihm schon früh klar. Er kennt und schätzt ihn seit Jahren, nicht nur als Geschäftspartner. Außerdem hat Schröder sich mit niemandem ausführlicher über seine Idee ausgetauscht. Für beide Männer wäre die Franzosenzeit deutlich weniger erträglich gewesen, wenn sie nicht Zukunftspläne hätten spinnen können. Auch Lange weiß also bis ins Detail genau, wie Dampfschiffe aussehen, ohne je eines gesehen zu haben.

Auf den ersten Blick ist Lange der entbehrlichste der drei Partner. Seine Aufgabe in England wird möglicherweise nur beratend sein. Allerdings ist es nicht unwahrscheinlich, dass ein erworbenes Schiff nach der Überführung umgebaut werden muss; und das wäre dann seine Aufgabe. Aber wer weiß, vielleicht wird man doch ein neues Schiff bauen müssen – und in diesem Fall wäre Lange plötzlich der wichtigste Mann. Er würde dann entweder einem englischen Baumeister kollegial zur Seite stehen und sich dabei alles Wissenswerte für zukünftige Unternehmen abschauen. Oder aber er würde, falls man sich gegen einen Bau in England entschiede, nach eingehender Besichtigung der dortigen Werften den Bau in eigener Regie durchführen. Nun, der aus Langes Sicht beste

Fall tritt ein. Es findet sich kein geeignetes Schiff. Alles, was in Großbritannien angeboten wird, ist entweder zu schwer oder von so ungünstiger Lastenverteilung, dass es im Wesersand stecken bleiben müsste. Und so führt der letzte Weg der Reise nach Soho bei Birmingham: in die Geschäftsräume der Firma Boulton, Watt & Co., wo Schröder eine vollständige Maschineneinrichtung in Auftrag gibt.

Zurück in Vegesack schließt Johann Lange sich für Tage im Zeichenraum ein.

Das Pionierschiff muss schlank und verhältnismäßig lang sein, seine Aufbauten gediegen, aber so klein wie möglich. Das steht schnell fest. Lange entwirft ein Modell, dessen Tiefgang trotz des großen Gewichts des schmiedeeisernen Dampfkessels deutlich unter einem Meter bleibt. Um aber die Manövrierfähigkeit auch bei äußerst flachen Wasserständen in Ufernähe zu erhalten, lassen er und Treviranus sich etwas Besonderes einfallen. Die Schaufelräder sollen nicht direkt an der Kurbelwelle angebracht werden, sondern auf einer eigenständigen Achse, deren Höhe mit Hilfe einer Seilwinde verstellbar ist: nicht senkrecht, sondern in einer Bogenbewegung, bei der die Zahnradverbindung zwischen den beiden Achsen erhalten bleibt. Bedenkt man sowohl die anspruchsvolle Konstruktion als auch die Unerfahrenheit aller Beteiligten, ist es erstaunlich, dass die *Weser* bereits am 30. Dezember 1816 vom Stapel läuft und im Februar 1817 erstmals zur Probe ausfährt.

Das größte Hindernis, das sich der für den 6. Mai 1817 geplanten Jungfernfahrt in den Weg stellt, ist allerdings nicht technischer Natur.

Ganz unerwartet begegnet die Bremer Bevölkerung dem neuen Fahrzeug feindselig. Es macht ihr Angst. Ein geschlossenes Feuer, das mächtig genug ist, die Kraft des Windes zu ersetzen – das weckt katastrophische Phantasien. Als dann auch noch Gerüchte die Runde machen, dass in Amerika mehrere Dampfkessel explodiert seien, droht die Sorge in offenen Protest umzuschlagen. Aber man lebt nicht mehr im Mittelalter. Die Befürchtungen mögen auf Halbwissen beruhen, irrational sind sie nicht. Und eben darum lassen sie sich auch entkräften. Selbst in Diskursen von zuweilen vorneuzeitlich anmutender Hysterie gefangen, können wir nur staunen über die unaufgeregte Sachlichkeit, mit der kurz vor der Inbetriebnahme des Schiffs der für den Bau verantwortliche Ingenieur das Gespräch mit dem lokalen Publikum sucht.

»Etwas zur Berichtigung der Meinungen über die Zwecke der Dampfböte« – unter diesem Titel bietet Ludwig Treviranus in der Bremer Zeitung vom 1. Mai 1817 ein Musterstück an Populärwissenschaft in praktischer Absicht.

Der Dampf ist eine elastische Materie, deren ausdehnende Kraft mit dem Grad der Hitze, wovon ihre Ausdehnung abhängt, im Verhältniß steht. Der Druck, welchen ein Gefäß auszuhalten hat, in welchem ein Dampf entwickelt wird oder eingeschlossen ist, hängt also von dem dabei angewandten Grad der Hitze und der hierdurch erzeuten, größeren oder geringeren Expansivkraft des Dampfs ab. Mit diesen etwas ungelenken, aber in der Sache leicht nachvollziehbaren Erläuterungen beginnt der ausführliche Vortrag. Sie reichen aus, um schon im nächsten Absatz den physikalischen Sachverhalt anzusprechen, der aus Sicht des Fachmanns die Genialität der Erfindung auf den Punkt bringt – während er für den Laien wie ein Wunder klingen muss. Ein verständliches Wunder wohlgemerkt: *Wird Wasser, bei einem Barometerstand von 28 Zoll, bis 80 Grad nach dem Reaumurschen Thermometer er-*

hitzt, so ist die Expansivkraft des Dampfs oder sein Bestreben, das ihn einschließende Gefäß von innen zu zersprengen, nur grade dem Druck der Atmosphäre von außen gleich, so daß in diesem Fall, weil beide Kräfte einander gleich und entgegengesetzt sind, ihre Wirkung auf das Gefäß nur darin bestehen kann, die Masse des letzteren zu verdichten, welches nie die Zerstörung eines kompakten metallenen Behälters, und noch viel weniger eine Explosion verursachen wird. Damit hat Treviranus auch den unkundigsten Leser auf den Unterschied vorbereitet, auf den es ihm ankommt. Die in Amerika tatsächlich explodierten Kessel, so lautet nämlich die Pointe, funktionierten alle nach dem Hochdruckprinzip, bei dem Dampf von großer Hitze erzeugt und direkt in mechanische Bewegung übersetzt wird. Dagegen handelte es sich bei den *nach den Grundsätzen der Herren Boulton und Watt eingerichteten Dampfmaschinen* um *low pressure engines,* deren Druck den der umgebenden Luft maximal um ein Viertel übersteigt. Dass sie trotzdem eine nicht geringe Arbeit verrichten können, liegt an dem Herzstück der wattschen Erfindung: dem Kondensator, einer – neben Wasserkessel und Zylinder – dritten Kammer, in der eingespritztes Wasser den Dampf abkühlt, wodurch ein atmosphärisches Druckgefälle zum Zylinder entsteht. Der Kolben wird also auf der einen Seite vom heißen Dampf aus dem Kessel geschoben, auf der anderen Seite vom kühleren Dampf im Kondensator angesaugt. Treviranus benennt auch die Vor- und Nachteile der beiden Technologien. Obwohl sie eine höhere Maximalleistung besitzen, erfordern die *high pressure engines* weniger Platz, weniger Material und weniger Brennstoff, weshalb sie insgesamt deutlich billiger sind. Für die wattschen Maschinen spricht dagegen vor allem ein Grund. Der allerdings ist so gewichtig, dass der Autor hofft, man werde um seinetwegen bald schon auf alle ande-

ren Technologien verzichten: Sie sind sicherer. (Von Eisen-
bahnen und Ozeandampfern konnte er noch nichts ahnen.)

Es scheint, als hätten die Bremer den nüchternen Worten
eines Ingenieurs, der ihre Sorgen ernst nimmt und durch
sein technisches Wissen auf ein vernünftiges Maß reduziert, tatsächlich Vertrauen geschenkt. Jedenfalls hat sich die
Stimmung bis zur Jungfernfahrt so weit beruhigt, dass der
Senatssyndikus Gröning dem Senator und zukünftigen Bürgermeister Smidt am Morgen des 6. Mai schreiben kann: *Ich
bin im Begriff mit 15 anderen Mitgliedern, dem Herrn Präsidenten
incl., in der Yacht –* gemeint ist der senatseigene Schnellsegler –
*nach Vegesack zu fahren, wohin Fr. Schröder 150 Personen zu einem
gehörigen Frühstück und zur Rückfahrt auf dem Dampfboote, das um
2 Uhr seine erste Reise nach Bremen antreten wird, eingeladen hat. –
Oldenburgischer Seits werden Mentz, Suder, Hansen und Beaulieu,
und Hannoverscher die Söhne der Ministers Bremer und Decken, derer
Einer Drost zu Verden und der Andere Offizier bei der dortigen Gar-
nison ist, dabei erscheinen. – Der Wind ist günstig und das Wetter
ausnehmend schön.* Drei Tage später bricht das Dampfboot zu
seiner zweiten Fahrt auf, die es über die mittlere Weser zur
Allermündung und von dort nach Verden bringt. Nachdem
es auf dem Rückweg auch gelungen ist, zwei Kähne bis nach
Bremen zu schleppen, gelten alle Probefahrten als bestanden.
Ihren täglichen Fahrbetrieb zwischen Vegesack und Brake
nimmt die *Weser* dann am 20. Mai auf. Allerdings kommt man
schon nach wenigen Tage überein, das Risiko allzu flacher
Wasserstände zu meiden und nur noch bei Flut zu fahren,
weshalb ab Anfang Juni Hin- und Rückfahrt auf zwei Tage
verteilt werden. Dabei wird es bleiben, bis am Abend des
14. November 1833 die letzte Fahrt ansteht, zur Abwrackwerft
nach Bremen.

Die *Weser* ist vor allem ein symbolischer Erfolg.

Als Verkehrsmittel setzt sich das Dampfschiff erst am Ende des Jahrhunderts durch. Bis zu seinem Tod wird Johann Lange noch 122 Segelschiffe bauen – aber nur fünf weitere Dampfer. Doch der souveräne Einsatz der neuen Technologie verschafft der jungen Werft über Nacht einen exzellenten Ruf. Bis zum Ende des Jahrhunderts wird sie, begünstigt von der Gründung Bremerhavens und dem rasant steigenden Verkehrsaufkommen nach Amerika, zu einer der größten in Norddeutschland anwachsen. Und nicht nur als Industrieller, auch als Unternehmer hat Lange Erfolg. Die steigenden Gewinne investiert er zu großen Teilen in den Aufbau einer Reederei, so dass er am Ende mehr als ein Drittel aller Schiffe für die eigene Flotte gebaut haben wird. Als Johann Lange 1844 stirbt, arbeiten auf den Docks, auf den Schiffen und in den Büros seiner Firma über 600 Personen.

1893 fließen das Grundstück und die Produktionsmittel für den Schiffbau als Löwenanteil in die Gründungsmasse der Bremer Vulkan AG ein.

Die Stammwerft erweist sich allerdings schnell als zu klein. 1895 zieht der Vulkan darum vom Alten Tief auf die nördliche Seite des Hochufers um, auf das Gelände der Bremer Schiffahrtsgesellschaft, die bereits 1872 ganz auf die Produktion von Eisenschiffen umgestellt hat. Die Hämmer, mit denen die Arbeiter die schweren Niete in dickes Metall treiben, werden von nun an für ein Jahrhundert zum Klangkörper Vegesacks gehören. Als ihre Schläge für Martin Leo, einen Nachfahren Johann Langes, genau wie der morgendliche Gesang des Vaters zu einem Zaubergeräusch seiner Kindheit werden, ist der Vulkan die größte Werft im ganzen Deutschen Reich.

Siegfried den Hammer wohl schwingen kunnt,
er schlug den Amboß in den Grund.

Er schlug, daß weit der Wald erklang
und alles Eisen in Stücken sprang.

Und von der letzten Eisenstang
macht' er ein Schwert so breit und lang.

Martins Bruder Heinz wurde später leitender Ingenieur auf dem Vulkan. Unverheiratet und kinderlos wohnte er zeitlebens mit seiner Mutter in dem betürmten Haus am Hochufer. Martin dagegen verließ Vegesack. Er zog nach Sachsen, gründete dort eine Familie – und starb hoch über der Elbe. Doch das Bild der Weser, des Flusses wie des gleichnamigen Schiffs, verließ ihn nie. Im Gegensatz zu anderen Mitgliedern der Familie sprach er wenig. Die Legende vom »ersten deutschen Dampfschiff« haben seine Kinder viel seltener zu hören bekommen als etwa die Kinder seines in jeder Hinsicht wasserscheuen Bruders Friedrich. Aber wer wollte, konnte in seiner Nähe zum Schiffsliebhaber werden. Sein Enkel S. wollte es. Und er musste sich dazu von Bind, wie er seinen Großvater nannte, keine Vorträge anhören. Es reichte, dass er ihn in die Bibliothek begleitete, wo sie gemeinsam den NVA-Marinekalender studierten. Dass er neben ihm am Fluss stand und dabei wie von selbst die Typen der Schiffe zu bestimmen und ihre Individualität zu schätzen lernte. Dass er die filigranen Modelle zur Hand nahm, die Bind in seiner Kindheit gebaut hatte, und sich fragte, ob er das nicht noch besser könne.

Mein Großvater war anders als Bind. Und S. ist anders als ich. Aber wir verstehen uns gut.

An einem bewölkten Sonntag im August 2011 gingen S. und ich auf dem Blauen Wunder über die Elbe. Wir kamen vom Loschwitzer Hafen, wo das kleine Motorboot lag, mit dem wir eine Flussfahrt zur Brühlschen Terrasse unternommen hatten. Es passte gut zu seinem Besitzer. Nicht neu, aber tadellos in Schuss, besaß es das sympathische Flair aller soliden Handwerksarbeit. Seine Planken leuchteten unter dem glänzenden Lack in jenem tiefen, hellen Farbton, der einen Bootsrumpf vertrauenswürdig und zugleich schön macht: einem Braun von so großer Ausdruckskraft, dass man meint, es riechen zu können. Tatsächlich war nur der Dieselmotor zu riechen gewesen. Tucka-tucka-tucka-tucka-tuck – sein Rhythmus klang mir noch in den Ohren, als S. mich aus meinen Gedanken riss.

»Das nenne ich Glück«, sagte er und zeigte nach links.

Flussaufwärts näherte sich ein Schiff. Obwohl seine besonderen Merkmale offensichtlich waren, konnte ich mir zunächst keinen Reim darauf machen. Gut möglich, dass ohne meinen Begleiter einer der spektakulärsten Anblicke, den die deutsche Binnenschifffahrt zu bieten hat, an mir vorbeigeglitten wäre. Wie ein Krokodil an einem Blinden.

»Warum Glück?«, fragte ich.

S. sah mich verständnislos an. Es dauerte einen Moment, bis er begriff, wie dumm ich war. Dann aber genügten ihm ein Name und wenige Worte, um mir zu erklären, was wir da sahen: die *Diesbar*, einen der ganz wenigen noch mit Kohle befeuerten Seitenraddampfer. Niederdruckmaschine und Kofferkessel, Baujahr 1841, waren als weltweit einzige ihrer Art noch in Betrieb. Sieh mal an, das letzte deutsche Dampfschiff, dachte ich. Ein äußerst seltene Begegnung also, das war mir nun klar – aber sie ließ mich kalt. Während S. das sich langsam nähernde Schiff betrachtete, als würde ihm gleich seine lang vermisste Geliebte entsteigen, starrte ich es teilnahmslos, aber mit schlechtem Gewissen an, wie ein Tourist, der vor den Pyramiden von Gizeh Appetit auf Currywurst hat.

Doch dann traf es mich.

Das Schiff war jetzt in Hörweite. Es verschwand unter der Brücke und tauchte wieder auf. In meinen Ohren hallte noch immer die Erinnerung an das kleine Motorboot nach. Tucka-tucka-tucka-tucka-tuck machte es weiter in meinem Kopf. Von dem majestätischen Gefährt, das nun zum Greifen nah unter uns vorbeifuhr, ging dagegen eine unglaubliche Stille aus. Nur wenn man ganz genau hinhörte, waren die Schläge der Schaufelräder im Wasser zu vernehmen. Tschuup, tschuup, tschuup, tschuup, tschuup machten sie. Es schwimmt, dachte ich. Raddampfer schwimmen. Wie Menschen! Sie verdrängen Wasser, das ist das einzige Geräusch, das sie in ihre Umgebung entsenden. Das Fauchen und Knistern des Kohlenfeuers, das Klacken der Kolben, das Konzert der Pleuelstangen: alle Antriebsgeräusche bleiben im Rumpf verborgen. Dass sich der Repräsentant einer titanischen Epoche mir in fast lautloser Erhabenheit zeigte, ergriff mich nun doch. Eine Dampfmaschine ist kein Verbrennungsmotor – wahrlich keine große Erkenntnis, aber sie überfiel mich mit der Wucht einer lange ignorierten Banalität: Bei James Watt brennt ein großes Feuer stetig vor sich hin, während Konrad Diesel in rasendem Takt eine kleine Zündung auf die andere folgen lässt. Aber wieso war es von diesem Wissen ein so weiter Weg zu der Einsicht, dass nur Zündungen knallen?

Es wäre zu wenig, das Dahingleiten des Dampfers eine Überraschung zu nennen. Es war aber auch nicht sensationell, dazu war die Sinneswahrnehmung als solche zu unscheinbar. Ich kann es nicht anders sagen: Die Macht, mit der das zarte Geräusch der Schaufelräder auf mich wirkte, hatte Züge einer Epiphanie. Ein paar Herzschläge lang neigte ein fremdes Zeitalter sein Haupt zu uns hinab – und entschwand.

Wir gingen weiter. Noch immer amüsierte sich S. über mein Unverständnis. Ob ich denn einen Tiger ohne Hilfe eines Zoologen erkennen würde, fragte er. Ich tat empört. Doch dann musste S. über sich selbst schmunzeln. Technische Ignoranz war schließlich nichts Neues für ihn. Er teilt eben das Schicksal aller Spezialisten, in einer Welt von Banausen leben zu müssen.

»Man vergisst ja gerne«, sagte er, »dass die eigenen vier Wände für andere ein fremder Planet sein können. Geht dir in deinem Beruf ja vielleicht auch so.«

»Welcher Beruf?«, fragte ich unwillkürlich, schob jedoch, um die Sache nicht unnötig kompliziert zu machen, sofort hinterher: »Ja, natürlich. Ich weiß, was du meinst.«

Zuhause bat er mich ins Wohnzimmer. Er nahm ein gerahmtes Bild von der Wand. Ein Aquarell, das einen großen Passagierdampfer zeigte. Seine Schwester hatte es für ihn gemalt, nicht ungeschickt, wie ich fand.

»Da siehst du's – du bist nicht der Einzige«, sagte er.

»Wieso? Das ist doch ein schönes Bild.«

»Ich rede nicht von seiner Schönheit.«

»Sondern?«

»Von der Blindheit des Laien. Ich weiß nicht, wie viele Passagierdampfer B. in ihrem Leben gesehen hat: Binds und meine Modellbauten, Bildbände voller Fotografien, die Poster in meinem Zimmer. Aber wie malt sie die Schornsteine? Senkrecht.«

Ich guckte fragend.

»Sie müssten schräg sein! Nach hinten geneigt! Hast du noch nie die *Titanic* gesehen?« – er schrie mich fast an.

»Verrückt. Jetzt, wo du's sagst, fällt es mir auch auf«, sagte ich. »Aber sonst hätte ich es nicht bemerkt.«

Ihm schien zu dämmern, dass ich nicht zu retten war. Dass ich auf Seiten der Mädchen stand. Er machte eine wegwerfende Handbewegung und lachte. Dann legte er seinen Arm um meine Schulter und schob mich zur Tür.

»Lass uns rübergehen«, sagte er. »Ich glaube, das Essen ist fertig.«

Ich bat ihn vorzugehen. Mir war nämlich etwas eingefallen. Auch mir war schon mal ein Dampferbild geschenkt worden – im letzten Frühjahr war das gewesen, als wir meinen Vater in München besucht hatten –, und ich hatte es sogar fotografiert. Ich holte mein Handy aus der Jackentasche und öffnete den Ordner mit den Fotodateien.

Zweidi – sie hieß eigentlich anders, aber meine Schwester und ich nannten sie so, weil sie Zweilis zweite Frau war – hatte Helene zwei Filzstifte geschenkt: dicke Mäuse, unter deren abnehmbaren Schnauzen sich die Malspitzen befanden, eine rot, die andere hellblau. Helene war mit ihnen im Wohnzimmer verschwunden. Nach einer Weile kam sie wieder und überreichte mir ein erstaunliches Bild. Wir waren Unförmiges und Expressives von ihr gewohnt, turmhohe Blumen, Köpfe mit Armen, vieldeutige Kritzeleien, die sich auf Nachfrage als Klettergerüste, Feuerwehrautos oder Puppenhäuser erwiesen, was Dreijährige eben so malen. Aber dieses Bild war anders. Es zeigte zwei Schiffe von klar konturierter Gestalt: Auf den halbrunden Rümpfen standen in einer kleinen Ausbuchtung wuchtige Schornsteine, streng senkrecht natürlich. Die beiden Elemente waren farblich klar voneinander geschieden: links blauer Schlot auf rotem Boot, rechts blaues Boot unter rotem Schlot. Sonst nichts. Kein Rauch, kein Wasser, kein Himmel, keine Sonne, keine Menschen. Nur zwei bunte Dampfer auf weißem Papier.

Als flögen sie durch eine Wolke.

Auch diesem Anblick war ich zunächst nicht gerecht geworden. Das Bild hatte mich begeistert und auch ein wenig mit Vaterstolz erfüllt, darum hatte ich es ja gleich fotografiert – aber nur seiner Ausführung wegen. Dem Sujet hatte ich überhaupt keine Beachtung geschenkt. Dabei war es nicht irgendein Gegenstand, sondern das Leitmotiv unseres Familienmythos. Und er war auch nicht irgendwo gemalt worden. Über dem Wohnzimmertisch, an dem Helene gesessen hatte, hing ein Ölporträt aus der Biedermeierzeit. Düsseldorfer Schule. Es zeigte Diedrich Lange, den Enkel des berühmten Schiffbauers. Mein Vater hatte es von seinem Onkel geerbt, den er als Kind in den Ferien jeden Tag auf die einst familieneigene Werft begleitet hatte. Natürlich war das alles Zufall. Aber ich war erstaunt, dass es mir damals nicht aufgefallen war. Jetzt aber berührte es mich ähnlich stark wie kurz zuvor die Begegnung mit der *Diesbar,* weniger eindrücklich, aber dafür umso tiefer. Beide Erlebnisse, das stille Dahingleiten des echten und der surreale Wolkenflug der gemalten Dampfer, schienen mir durch eine geheimnisvolle Spannung miteinander verbunden. Enthielt nicht das Bild ebenso viel Wahrheit wie die Wirklichkeit? War vielleicht S. auf seine Weise genauso ahnungslos wie ich? Waren wir nicht beide Banausen, ich in der Welt der Maschinen, er in der Welt der Bilder? War nicht auch das erste deutsche Dampfschiff einmal ein Bild gewesen? Hatte Johann Lange während der Kontinentalsperre nicht herbeiphantasieren müssen, was in Amerika und England schon seit Jahren Realität war? Gab es die *Weser* nicht längst, als er 1816 mit ihrem Bau begann? Und war sie nicht wieder zum Bild geworden, als sie langsam, erst Faden für Faden, dann Meter für Meter, im Meer der Erinnerung versank: beim Abwracken 1833, beim Stapellauf des Nachfolgeschiffs, der *Bremen*, 1834, beim Verkauf der Werft 1893, bei der Inbetriebnahme des ersten Schiffsdiesels 1902, beim Fall der Mauer 1989, beim Verkauf der Villa 1993, bei der Insolvenz des Vulkan 1996, immer tiefer, bis sie den Grund aller Zwecke erreicht hatte?

Die letzten Passagiere der *Weser* gingen am 14. November 1833 in Brake an Bord. Welches Wetter an diesem Tag herrschte, ist unbekannt. Es bleibt also unserer Einbildung überlassen, ob die Marschwiesen, die beide Ufer bis Vegesack säumen, in für die Jahreszeit typischen Dunst gehüllt waren. Ob ein kalter Regen fiel, der womöglich sogar in Schlackerschnee überging, wie es beispielsweise für den 14. November 1942 verbürgt ist. Oder ob es einer der seltenen Herbsttage war, an denen im Großherzogtum Oldenburg und im Königreich Hannover die Sonne schien und die Fahrgäste auf dem hinteren Kajütsdeck hätten beobachten können, wie Brake sich ganz allmählich, Meile für Meile, aus ihrem Blickfeld entfernte. Bei dem fast kanalartig geraden Verlauf des nördlichsten Weserabschnitts wäre das durchaus möglich gewesen.

An der Weser, Unterweser
Wirst du wieder sein wie einst.
Durch Geschilf und Untergräser
Dringt die Flut herein, wie einst.

Deine Mutter, alte Mutter
Bringt das Abendbrot wie einst
Und du isst die frische Butter
Auf dem schwarzen Brot, wie einst.

Große Dampfer, ferne Dampfer
Rufen durch die Nacht wie einst,
Und die Kammer riecht nach Kampfer,
Und du bist erwacht, wie einst.

Und die Sterne, sieben Sterne
Stehn im Fenster blass wie einst,
Und noch immer ruft's von ferne,
Und du weißt nicht was, wie einst.

DIE ZITIERTEN LIEDER UND GEDICHTE

S. 7: Nirvana, *Come as You Are,* auf: dies., MTV Unplugged in New York, 1994.

S. 26/27: David Bowie, *The Man Who Sold the World,* auf dem gleichnamigen Album von 1970; die Coverversion auf: Nirvana, MTV Unplugged in New York, 1994.

S. 31: Tocotronic, *Freiburg,* auf: dies., Digital ist besser, 1995.

S. 54: Wilhelm Müller, *Die Nebensonnen,* in: ders., Gedichte. Vollständige kritische Ausgabe, bearbeitet von James Taft Hatfield. Berlin 1906, S. 121.

S. 193: Wilhelm Müller: *Die Post,* in: ders., Gedichte. Vollständige kritische Ausgabe, bearbeitet von James Taft Hatfield. Berlin 1906, S. 114

S. 232: Stefan George, *komm in den totgesagten park,* in: ders., Die Gedichte, Stuttgart 2003, S. 274.

S. 259: Paul Gerhardt, *Befiehl du deine Wege,* in: Evangelisches Gesangbuch (Niedersachsen, Bremen), Lied 361, Hannover 1994.

S. 288/289: Christian Morgenstern, *Auffahrt,* in: ders., In Phanta's Schloss. Ein Zyklus himmlisch-phantastischer Dichtungen, München 1922, S. 15.

S. 318: Wilhelm Müller, *Der Lindenbaum,* in: ders., Gedichte. Vollständige kritische Ausgabe, bearbeitet von James Taft Hatfield. Berlin 1906, S. 113.

S. 324/325: Motörhead, *Killed by Death,* auf: dies., No Remorse, 1984.

S. 340: Ludwig Uhland, *Siegfrieds Schwert*, in: ders., *Werke*, Bd. 1: Gedichte, Dramen, Versepik und Prosa, Frankfurt am Main 1983, S. 193.

S. 347: Georg von der Vring: *In der Heimat* [1937: *An der Weser*], in: ders., Hundertzehn Gedichte. Ebenhausen bei München 2007, S. 19.

INHALT

1. Kapitel HÄUSER UND LIEDER – *Seite 7*

2. Kapitel THE MAKING OF A NAZIENKEL – *Seite 29*

3. Kapitel KOPFSACHE – *Seite 47*

4. Kapitel KEIN GEHEIMNIS – *Seite 74*

5. Kapitel IM MASTKORB – *Seite 90*

6. Kapitel STADT, LAND, FLUSS – *Seite 121*

7. Kapitel IN BEWEGUNG – *Seite 144*

8. Kapitel VIER, DREI, ZWEI, EINS – FEUER – *Seite 162*

9. Kapitel WENN DAS DER GOETHE WÜSSTE! – *Seite 185*

10. Kapitel BD^{5}R – *Seite 220*

11. Kapitel STIMMEN – *Seite 253*

12. Kapitel DER HEIDE VON AHAUSEN – *Seite 291*

13. Kapitel DIE NEIGUNG – *Seite 326*

Die zitierten Lieder und Gedichte – *Seite 348*

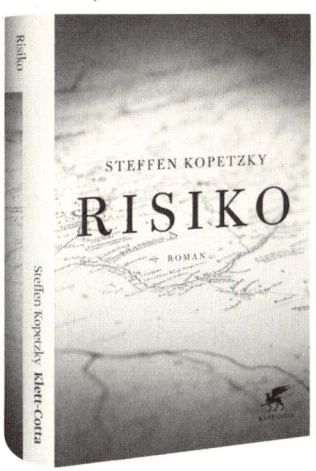